Por el cielo y más allá

Biblioteca

CARME RIERA

Por el cielo y más allá

DEBOLS!LLO

Título original: *Cap al cel obert*
Primera edición en Debolsillo: abril, 2016

© 2000, Carme Riera
© 2016, Penguin Random House Grupo Editorial, S.A.U.
Travessera de Gràcia, 47-49. 08021 Barcelona
© Carme Riera, por la traducción

Printed in Spain – Impreso en España

ISBN: 978-84-663-3404-4 (vol. 1145/2)
Depósito legal: B-3.554-2016

Impreso en Novoprint
Sant Andreu de la Barca (Barcelona)

P 3 3 4 0 4 4

Penguin
Random House
Grupo Editorial

A la clara memoria de mi abuela Catalina, cuya historia no me quedó otro remedio que continuar.

I

Cuando por fin acordaron que fuera el azar quien decidiera por ellos, mandaron llamar al notario. Don Álvaro Medina y Sotogrande, con el sueño pegado a los párpados, y un malhumor de todos los demonios, no tuvo más remedio que cruzar la ciudad de madrugada. Un alba cochambrosa acababa de ser barrida por el día cuando entró en la casa donde con tanta urgencia le solicitaban. En el puño derecho seguía oprimiendo un pañuelo perfumado con menta y hojas tiernas de lima sin decidirse a guardarlo por si volvía a acosarle algún olor desafecto. Durante todo el camino había tratado de evitar así los malos efluvios que sin darle tregua arremetían contra su olfato delicadísimo con el tormento de sus pestilencias. No le era fácil dilucidar si le molestaba más el hedor de las salazones putrefactas, el de las aguas corruptas, la fetidez excremental o la que procedía de la sudoración de los cuerpos hacinados bajo los pórticos. Pero estaba seguro de que la inmoralidad de aquella hora intempestiva acentuaba sus intensidades hostiles, al no poderlas contrarrestar con ninguna esencia agradable. Nadie bienoliente se atrevería a cruzar la ciudad de madrugada, si no fuera, como en su caso, por estricta necesidad.

Por fortuna, a lo largo de su ya dilatada vida, había sido solicitado muy pocas veces tan temprano y en todas se había tratado de casos de vida o muerte. Sin embargo, de pronto le entró la sospecha de que el asunto por el que habían ido en su busca con tanta premura podía esperar momentos más adecuados. El portero de los Fortaleza, al ayudarle a bajar del coche, le informó de que no era don José Joaquín quien le reclamaba, como había creído cuando le llevaron el aviso, sino sus hijos, y de aquellos tarambanas no cabía esperar nada bueno. Incluso se le ocurrió que en ausencia del padre serían capaces de pedirle que levantara acta de cualquier gansada o nadería, impropia de su dignidad. Pero, si en vez de marcharse, se limitó a soltar en voz baja un rosario de tacos mientras seguía al criado hacia el interior de la casa, fue porque ya que de todos modos le habían sacado de la cama, más le valía tener en cuenta la importancia de aquella familia y quedarse. La excusa le permitió aligerar la carga de su enfado y acabó por aceptar que era la curiosidad lo que verdaderamente le impulsaba a no irse. Pese a que en diversas ocasiones había visitado a los Fortaleza, siempre había sido recibido en el mismo gabinete. Quizá ahora podría entrar en los que en más de una ocasión, en conversaciones de hombres solos, había oído llamar «santos lugares». Y eso le compensara en parte el trastorno del madrugón. En la tertulia del Casino se permitiría sonreír con el cómplice menosprecio del buen conocedor cuando alguien hiciera referencia a la *garçonnière* de los hermanos Fortaleza y dentro de nada sabría qué especie de mosca o tábano les había picado.

Hacía tiempo que las peripecias de Gabriel y Miguel de Fortaleza constituían la pulpa de infinitas conversaciones. Sin el recuento de sus escándalos la vaciedad de muchas tertulias hubiera sido difícil de llenar. Gracias a sus vidas disipadas disminuía el aburrimiento de las sobremesas de la colonia. Incluso el padre Taltavull había encontrado en ellas materia admonitoria suficiente para urdir con ejemplos reales los sermones solemnes que, con un éxito nunca visto, predicó en la catedral durante la última Cuaresma. El notario no necesitó hacer esfuerzo alguno para recordar las afirmaciones del claretiano cuando tronaba desde el púlpito que entre las paredes de las habitaciones adonde precisamente él se dirigía ahora «se encierran los siete pecados capitales y toda iniquidad tiene su asiento». La voz del padre Taltavull, rebosante de indignación sacrosanta, como escribió el cronista de *El Diario de la Marina*, parecía retumbar otra vez entre los muros de Casa Fortaleza, traída por las sanguijuelas de su memoria. También él, que asistió con su familia a los sermones que congregaban a la flor y nata de la capital, creyó, como mucha gente, que el predicador manejaba una información de primera mano, Dios sabe si obtenida en el confesionario, que ponía en evidencia el comportamiento de la mayoría de jóvenes de la alta sociedad habanera, entre quienes los tunantes de Casa Fortaleza se llevaban la palma. Los malos ejemplos que ofrecían tenían que ver con hechos que él había oído contar en otras ocasiones, pero modulados por la voz que peroraba desde el púlpito producían un efecto muy diferente. El padre Taltavull aludió, en primer lugar, a las timbas que «los viernes, días consagrados especialmente al culto del Sagrado Corazón» —subrayó con énfasis, y para mayor inri—, reunían a un numeroso grupo de personas que no sólo eran capaces de jugarse las cosechas de caña, el producto íntegro de los cafetales o de los campos de tabaco, sino también ingenios, fincas o haciendas y dejar en la miseria a sus familias. Además, cuando ya lo habían perdido todo, seguían dispuestos a apostar propiedades más sagradas, esposas e hijas menores de edad. Después enumeró los desafíos que allí se habían originado, los conciliábulos secretos, las sociedades sospechosas, ligadas a la francmasonería o al espiritismo, que la Iglesia condenaba sin paliativos. Y por último, en una traca final —los cohetes estallaban directamente en las mejillas de arroz del auditorio más púdico—, el claretiano aseguró que las orgías del tiempo de los romanos eran *peccata minuta* comparadas con las desvergüenzas a las que aquellos jóvenes vivían entregados. La mesa de billar, dijo, sólo por poner un ejemplo —uno de tantos ejemplos condenables como podía poner—, había sido utilizada en más de una ocasión a modo de altar sacrílego sobre el que *demi-mondaines* diversas, nacidas en la isla o fuera de la isla, venidas de París o de Nueva Orleans —la procedencia de las lujuriosas le daba igual—, u otras pecadoras todavía de más ínfima condición, escoria de los barracones, rameras de piel tan negra como sus almas, habían exhibido sus vergüenzas y abierto sus bocas nefandas a la puntería del oro acuñado...

El criado llamó con discreción a la puerta de la *garçonnière* y don Álvaro Medina y Sotogrande compuso la mueca más agradable que supo. Con la boca algo torcida precipitó una sonrisa e inclinó un poco la cabeza. No le fue difícil disimular, acostumbrado como estaba al trato de poderosos de variada estofa, pero fue en vano porque allí no había nadie. El mismo criado, que al ver que no contestaban había abierto la puerta, le hizo pasar y le pidió que esperara un momento. El notario puso mucho empeño en observar el conjunto de aquel salón grande y rectangular que, separado por una mampara de cristales tornasolados con escenas mitológicas de vulcanos y fraguas, se abría a otro espacio. En el centro reconoció en seguida, con regocijo, la mesa de billar. De las paredes colgaban cuadros de paisajes. Dos marinas de gran tamaño, repletas de náufragos que luchaban contra la fuerza del temporal, le llamaron especialmente la atención. ¿De dónde habría sacado la gente que aquel sitio estaba forrado de tapices llenos de odaliscas y tenía el techo pintado con escenas de harenes? Los desnudos de los pobres náufragos, lejos de cualquier concupiscencia, mal podían ser confundidos con carne tentadora y mucho menos sus desesperados movimientos con danzas lascivas. El mobiliario combinaba piezas isabelinas con otras coloniales. Eran lujosos sólo en parte porque el abigarramiento de muebles y objetos prestaba al espacio un impropio aire de almoneda e inducía a confusión: un exquisito jarro de porcelana de Sèvres hacía compañía a un bibelot de barro, una máscara africana tallada con machete ornaba una consola junto a una escribanía de plata inglesa y un cáliz auténtico, trabajado con incrustaciones de piedras preciosas. En una esquina, arrinconados contra la pared y medio cubiertos con tela de sarga, se amontonaban baúles, cajas y embalajes diversos. El notario no supo si es que esperaban un lugar, difícil de encontrar allí, o, por el contrario, acababan de cederlo. Lo que más le gustó a don Álvaro fue la parte destinada a biblioteca. Una espléndida librería, con puertas de cristales adornados por una cenefa de guirnaldas, encerraba centenares de volúmenes encuadernados cuidadosamente. Por su aspecto se parecían más a los devocionarios y misales que a las publicaciones pornográficas que, importadas de París, vía Nueva York, según decían, llenaban la biblioteca de los hermanos Fortaleza. El notario tuvo que hacer un esfuerzo para no comprobar qué escondían en realidad sus páginas y para alejarse de la tentación de abrir la librería, anduvo hacia el otro extremo de la sala y, un tanto decepcionado, se sentó en un sillón. El único elemento que podía inducirle a sospechar posibles deliquios era el exceso de *chaises-longues*. Abundaban de varios tipos, en forma de canapés imperio y en la de rústicas mecedoras de junco. Pero en el fondo se daba cuenta de lo poco fiable de sus conjeturas. También en su casa, amueblada de manera conveniente y alejada de cualquier concupiscencia, las había y él solía utilizarlas para una casta digestión. Quizá aquella estancia no fuera más que la antesala, una especie de preludio de zonas más íntimas y a buen seguro más viciosas, a las que no le sería permitido entrar. El olor a madera y a cuero, mezclado con el aroma del tabaco, le resultaba agradable y no necesitaba sustituirlo por ningún otro. Se guardó, por fin, el pañuelo en el bolsillo y miró el reloj de leontina: pasaban unos minutos de las seis. Las voces de los criados, iniciando el ritmo de un lunes laborable al compás de estropajos y bayetas sobre las baldosas del patio, le llegaban mezcladas con otras más próximas. Por su rotundidad y el tono, dedujo que debían de ser los hermanos Fortaleza discutiendo y se imaginó una vez más que estaban acompañados. Las escenas pecaminosas aludidas por el padre Taltavull adquirieron entonces mayor consistencia y le sobrevino un escalofrío. Según de qué le hiciesen dar fe, su prestigio podría verse comprometido y quién sabe si él mezclado de manera absurda en algún asunto turbio. Todavía estaba a tiempo de reconducir la situación marchándose. ¿No había temido, en cuanto entró, que tanta prisa acabaría en una broma pesada? Además, no sólo le obligaban a madrugar sino que se permitían el lujo de no recibirle de inmediato, como si fuera él quien hubiese ido a solicitarles un favor. Se levantó dispuesto a irse. Hizo sonar la campanilla de plata que encontró sobre la consola para que acudiera el criado. Si se iba, podría asegurar ante todos que había sido él quien había plantado a aquellos tarambanas al enterarse de que no era el viejo Fortaleza quien le había mandado llamar. Omitiría, claro está, la espera que le sacaba de quicio. Oyó pasos y se dirigió decidido hacia la puerta que acababa de abrirse.

—Diga a los señores que me marcho. Me aseguraron que se trataba de un caso extremo... y hace un buen rato que he llegado y nadie se ha dignado notificarme todavía por qué he tenido que molestarme...

—Disculpe, señor —sonreía con aire servil el hombre que acababa de entrar y que tenía aspecto más de administrador que de criado porque era blanco y de edad algo avanzada—, le ruego que no se marche, y que tenga la amabilidad de acompañarme. Los señoritos le recibirán en seguida en la sala de juegos.

Los hermanos Fortaleza se levantaron de las poltronas y tendieron la mano al notario deseándole, pese a que ya era de día, todavía buenas noches. Contrariamente a lo que don Álvaro había sospechado, estaban solos y no observó restos de alcohol en sus rostros ni en las copas que se alineaban en una bandeja, limpias y vacías, sobre un mueble licorero que también contenía botellas. Tampoco parecía que hubiesen pasado la noche en blanco, dedicados a algunos de los ejercicios corporales en los que las extremidades masculinas tienden a representar un papel importante. En todo caso, habían actuado con tanta discreción que nada inducía a suponerlo: ni olores comprometidos ni indicios de juego. Pero la apreciación del notario, hecha con rapidez al mismo tiempo que saludaba con toda la amabilidad de que se sentía capaz, que no era demasiada, había sido en parte errónea. Un cubilete de cuero y una baraja española descansaban sobre una mesa cuyo tapete, de un bragado verde impúdico, podía pasar difícilmente desapercibido. En aquella habitación, de dimensiones mucho más reducidas que la primera, con las paredes pintadas al fresco, sí creyó reconocer las odaliscas de las que tanto había oído hablar, pero no le parecieron tan impúdicas como decían, especialmente cuando comprobó que no eran tales sino pastoras que danzaban bajo la mirada complaciente de un par de faunos.

Gabriel, el mayor de los hijos de don José Joaquín de Fortaleza y de su esposa María de las Mercedes Borrell, que habían llegado a diez, aunque solamente sobrevivían cuatro, tomó la palabra. Antes de mandarle llamar, antes de enviar a buscarle —se corrigió como si tratara de encontrar una expresión más precisa—, en las largas negociaciones que les habían mantenido en vela, no habían resuelto todavía quién actuaría de portavoz. Iban a hacerlo cuando les anunciaron su llegada y por eso le habían hecho esperar. Pero el tiempo perdido, por el que, naturalmente, le pedía disculpas, sería recuperado en seguida ya que si sólo hablaba uno se ahorrarían interrupciones, repeticiones innecesarias e incluso silencios enojosos atribuibles en aquellas horas a las trampas del sueño... Le había tocado hablar a él en nombre de su hermano, sin embargo, antes de continuar quería que Miguel, ahora que contaban con la presencia del señor notario, y acentuó el tratamiento con cortesía, hiciera constar que estaba de acuerdo, lo mismo que él manifestaba que había aceptado sin ningún tipo de coacción...

—Si lo prefieres habla tú, ya sabes que no tengo interés en llevar la voz cantante —subrayó con ironía—. Es cierto que empecé estudios de leyes, pero no los he terminado —añadió, dirigiéndose a don Álvaro.

Miguel de Fortaleza movió la cabeza negativamente. Fumaba con indolencia y parecía más pendiente del cigarro que de las puntualizaciones de su hermano, que ahora se paseaba por la sala...

—Le hemos llamado, señor notario, no porque yo ponga en duda la palabra de Miguel o Miguel la mía, sino porque si usted da fe de lo que aquí suceda, la trascendencia del hecho, cuya repercusión será fundamental para nuestros descendientes, quedará refrendada. Sólo su valioso testimonio, señor notario —dijo mirándole con atención—, podrá disipar las malevolencias ajenas y nos servirá, más que cualquier otra prueba, de que hemos tomado una resolución de común acuerdo después de haberla sopesado durante horas, evaluando pros y contras, ventajas e inconvenientes. No es producto, por tanto, de la improvisación, ni consecuencia de una noche de juerga. Como usted puede comprobar, los dos estamos sobrios...

El notario no entendía a qué venía aquella perorata reiterativa, con cierto aire de pieza retórica, que Gabriel de Fortaleza, atento a las pausas y a la entonación, parecía recitarle adrede. Si lo que deseaban era hacer testamento, como podía deducirse de la alusión a sus descendientes, no veía el motivo de tanto apremio, ya que ninguno de los dos parecía enfermo, por lo menos a simple vista. Además, ciertas decisiones, como las testamentarias, tenían también su horario: las doce de la mañana o las cinco de la tarde era lo apropiado y no esos momentos casi crepusculares, de final de borrachera o de inicio de trabajos forzados...

—Nos hemos atrevido a llamarle, señor notario, conscientes incluso de la hora intempestiva —seguía Gabriel de Fortaleza—, porque uno de nosotros deberá emprender un viaje mientras que el otro se quedará aquí para hacerse cargo, en el futuro, de los negocios de la familia, tal y como desea nuestro padre. Hemos discutido durante los últimos días y toda esta noche a quién le correspondía quedarse y a quién irse, pero no nos hemos puesto de acuerdo. A los dos nos tienta mucho más viajar que continuar aquí, con el compromiso de cambiar de vida y costumbres y la obligación de casarse renunciando al régimen de libertad que hasta ahora hemos disfrutado a placer. Le aseguro que no hemos escatimado horas para analizar, aquilatar y valorar todas las pruebas aportadas por cada uno de nosotros y hemos llegado a la conclusión de que los dos tenemos justificaciones sobradas para preferir correr mundo. Yo, por ejemplo, quiero dedicarme a la pintura y creo que he dado pruebas de mi interés copiando del natural o retratando diversos modelos que no siempre, como se ha dicho con ánimo difamatorio, han sido desnudos femeninos. Nuestro padre, aunque es aficionado a las Bellas Artes, se opone a que un hijo suyo sea sólo pintor, tal vez porque no quiere hacer una inversión tan rotunda en materia artística, y considera que ésta no es una carrera digna cuando se es rico. Las razones de Miguel no son menos poderosas. Si se va a tiempo, antes de que sea demasiado tarde, podrá conjurar las tentaciones y alejarse de las malas compañías que le han llevado a caer en el vicio del juego. Debilidad compartida son las mujeres... Cierto que las hay en todas partes y muy tentadoras, pero en Europa, concretamente en Francia, que es el país adonde yo quisiera dirigirme, porque me han hablado de una academia de pintura estupenda, no hay mulatas, que son para mí el principal obstáculo para practicar la castidad...

Gabriel de Fortaleza dejó de pasearse. Miró al notario con ojos compungidos, como si quisiera darle a entender que se sentía oprimido por el peso de todas aquellas culpas. Don Álvaro no se atrevía a preguntar detalles, pero gozaba con aquella confesión, lástima que su profesionalidad le impidiera prolongar el disfrute difundiéndola entre sus amigos...

—Comprenderá, señor notario, que los dos deseemos huir lejos sin que por ello renunciemos a volver y un día, lo más tarde posible, naturalmente, pretendamos heredar la fortuna de nuestro padre, hoy por hoy vinculada sólo a los hijos que le den descendencia legítima, fruto de un matrimonio a su gusto... Usted debe de saberlo ya que nuestro padre nos ha dicho que el testamento obra en su poder...

Medina asintió con un cierto orgullo, pero se puso a la expectativa:

—Señores, su señor padre me honra con su confianza... No sé lo que ustedes pretenden...

Gabriel de Fortaleza continuó sin darse por aludido:

—Hoy por hoy, si nuestro padre muriera, todos sus bienes, tierras, ingenios, fincas, almacenes, casas, valores, acciones, irían a parar a Custodio, exceptuando una dote para Ángela. Custodio se opondría a repartir nada. Estamos seguros de que su mujer, que nos desprecia casi tanto como nosotros a ella, encontraría sobradas justificaciones para arramblar con todo, y eso no nos parece justo. Nuestra cuñada es más falsa que Judas, cuando no anda entre sotanas con el pretexto de las obras pías, se entretiene difamándonos ante nuestro padre. Los dos, señor notario, estamos de acuerdo en impedir con todas nuestras fuerzas que sean exclusivamente los hijos de esa meapilas, enclenques, criados con agua bendita, los que se lo queden todo y nos arrebaten la parte que nos corresponde.

Y como la única manera de evitarlo pasa por la obligación de casarnos, hemos decidido llegar a un pacto. De momento, sólo uno de nosotros contraerá matrimonio, pero se comprometerá ante el otro a repartir equitativamente la parte de la herencia que le toque. De este modo sólo uno habrá de sacrificarse, y eso nos ha parecido preferible a la inmolación de ambos. Queremos que levante acta de nuestra decisión, tomada libremente, y que dé fe del destino que ante usted decida el azar. Tenemos dados nuevos y estrenamos baraja. Ni los dados están trucados ni las cartas marcadas. Yo proponía probar fortuna con los dados, pero Miguel es partidario de confiársela a las cartas. En prueba de buena voluntad me avengo...

Miguel interrumpió por primera vez a su hermano para pedirle al notario que examinara la baraja. Fue el mismo Gabriel de Fortaleza quien se acercó a la mesa de juego, tomó el mazo y se lo entregó a Medina, que lo dio por bueno. Luego, con una sonrisa le pidió que quitara ochos y nueves. El notario separó las cartas que no servían y dejó las válidas sobre el tapete. Miguel de Fortaleza se levantó de la poltrona y fue a sentarse junto a la mesa de juego. Gabriel guardó el cubilete con los dados y esperó a que don Álvaro Medina ocupase la silla que le ofrecía.

—Le ruego que baraje y que corte —dijo con solemnidad. Después, dirigiéndose a su hermano, le recordó que habían pactado respetar el orden de edad para escoger cartas y tendió su mano grande y peluda. Lo mismo hizo Miguel después, con habilidad de tahúr y gesto ávido.

El notario dio fe de que el perdedor, Miguel de Fortaleza, aceptaba quedarse en La Habana dispuesto a contraer un matrimonio a gusto de su padre. E hizo estampar la firma de los dos hermanos sobre el documento en que Miguel se comprometía a dividir con Gabriel su futura herencia en partes iguales.

II

Hacía por lo menos tres meses que antes de sentarse frente al escritorio repetía los mismos gestos. Primero comprobaba si tenía tinta y suficiente papel. Luego abría el cajón, sacaba un retrato y un camafeo. Después bajaba la llama del quinqué y de puntillas salía de la habitación para ver si había acertado con la disminución de la luz. Trataba de evitar que alguien, familiar o criado, sospechando que estuviera insomne, entrara en su alcoba y aunque fuera para ofrecerle un refresco apetecido en aquellas noches tan bochornosas, prefería pasar calor a que descubrieran que estaba escribiendo o, al menos, en disposición de escribir. Cuando hubo constatado que, en efecto, la llama con la que había de alumbrarse era tan mínima que se confundía con la almilla que quemaba bajo la hornacina de la Virgen, volvió a entrar, cerró la puerta y se sentó. Con sumo cuidado abrió el camafeo, tomó un mechón de cabellos de color caoba y lo olió. El perfume había ido desvaneciéndose y por eso más que aspirar adivinó una lejana esencia de jazmines. Después retiró el finísimo papel que cubría el retrato y lo acercó a la llama del quinqué. Mirándolo desde tan cerca, parecía que lo utilizara como un espejo para buscar en él su propia imagen. Pero en seguida empezó a escribir:

Cuando vengas, cuando llegues a esta casa que ya te espera, haré multiplicar los espejos para que tu imagen lo invada todo. Me vengaré, así, de todos estos meses de alejamiento, de la pena que me causa no tener de ti más que un pequeño retrato que, como siempre que te escribo, preside mis cartas y no se separa de mí ni un solo instante, pues incluso cuando duermo lo tengo debajo de la almohada. El último correo, que zarpó para Cádiz hace casi una semana, se llevó un fajo de cartas para ti, en todas te pedía otro retrato y otro más si fuera posible. Los necesito para poderlos colgar en mi habitación, en mi gabinete, en el cuarto de estar, para que todo el mundo, mi familia, mis amigos, puedan verte. Quisiera, además, mandarle uno a mi hermano Gabriel que, desde hace unos meses, está en París donde aprende a pintar. Cuando sea un pintor famoso, le pediré que te retrate, o, mejor, que nos retrate juntos. Mientras tanto, me gustaría que al menos pudiera ver cómo eres e irse haciendo a la idea de que muy pronto tendrá una nueva hermana. Estoy seguro de que él hubiera coincidido conmigo en la elección e, igual que yo, no hubiera tenido ninguna duda en escogerte a ti entre las demás candidatas,

aunque Gabriel dice que no serviría para hombre ca-
sado, pero eso también lo pensaba yo de mí mismo
antes de ver tu fotografía.

Dejó de escribir y volvió a contemplar a
la muchacha que sonreía tímidamente desde el
otro lado del mar, en su lejana Mallorca. No era
guapa ni fea, más bien corriente, pero tenía ojos
profundos y eso le daba un punto de singular
atractivo...

A mi hermana también le gustaría tener una
copia. Me la pide desde que le he hecho caer en la
cuenta de vuestro parecido. Yo lo descubrí en seguida,
a primera vista, cuando mi padre me dio tu retrato
recién llegado. Desde entonces procuro mirar a Ánge-
la más a menudo para deleitarme con vuestra seme-
janza. No sé si se debe a que pertenecemos a una
misma familia o si es fruto de la casualidad que a
veces, sin saber por qué, se complace en estas coinci-
dencias.

A continuación tomó el quinqué y levantándose se acercó a una cornucopia que pendía de
la pared junto a un tocador en el otro extremo de la
habitación, y se miró durante un largo rato, primero de frente, después de perfil. Hizo una reverencia
al espejo, se echó a reír, volvió a sentarse y continuó apresuradamente:

Aunque tú, querida mía, sobrepasas en atractivos a mi hermana, con quien estoy seguro de que te llevarás muy bien. Ángela es la encargada, ya que mi madre falta, como te dije, desde que yo tenía siete años, de que todo esté a punto cuando llegues, convertida ya en la señora de Fortaleza. Pero no quiero hablarte de ella, sino de ti, de ti que todo lo ocupas. Pronto, aunque no tan deprisa como yo quisiera, podré llenarte de besos. Besos que ahora te mando. ¿Podrás notarlos? O, como el perfume del mechón de tu pelo que siempre llevo conmigo, ¿perderán intensidad, a causa de la distancia? Sólo me miro en ti, sólo a ti quiero verte. Es necesario que reconozcas que en mis circunstancias tiene doble mérito: si en vez de escogerte a ti me hubiera inclinado por cualquier otra candidata de aquí, la comunicación sería mucho más directa y la presencia ayudaría a la vista. A ti he de contemplarte sobre todo con los ojos del corazón, porque los de la cara sólo me sirven para mirar el retrato que ni siquiera es de cuerpo entero... Con los ojos del corazón intento sumergirme en ti, adentrarme en tu alma para saber hacia qué caminos debo dirigir mi vida para complacerte. Te busco entre los trazos de tu caligrafía, persigo con mis dedos la forma que tu mano ha dado a cada una de las letras, intentando encontrar el misterio de tu persona, las señas que incluso tú desconoces de ti misma. A veces me sorprendo contemplándome en los reflejos oscilantes que tú me has ofrecido y en ellos recupero otro espejo y me miro en él a tu lado. Tus cartas, que me sé de memoria, han pasado a formar parte de mí mismo. Me he bebido tus palabras, primero muerto de sed, a grandes sorbos, y después una por una, como si paladeara hasta la última gota del licor más exquisito.

Escríbeme todos los días. Escríbeme muy largo, sólo la correspondencia puede ayudarnos a acortar las distancias y a acelerar el tiempo. Ya sé que tenemos que esperar a que zarpe el correo para poder enviar nuestras cartas y confiar en personas extrañas, ignorantes de nuestra prisa, para que puedan llegarnos. Pero precisamente por eso, por todas esas dificultades y obstáculos, te pido que me escribas más a menudo más y más largo. Desgraciadamente, no sólo es el espacio lo que nos separa —una infinita distancia, un mar inmenso—, sino también, ya te lo dije, el tiempo que transcurre de manera diferente, mucho más perezoso aquí que en tu tierra. Por eso, cuando con los ojos del corazón te contemplo sentada, inclinada dulcemente sobre el papel, en la penumbra de tu cuarto, aquí todavía la luz lo invade todo.

Escríbeme, vida mía. Aunque, gracias a Dios, no falta demasiado para que podamos encontrarnos sin que tengamos que separarnos nunca más, sigue escribiéndome. Hazlo durante la travesía, en el barco que te llevará hasta aquí, convertida, por poderes, en mi mujer.

No te arrepentirás, amor mío, de esta boda. Te lo aseguro. Comprendo que sea duro dejar la tierra propia, abandonar para siempre familia y amigos, como un día hizo el abuelo que, aunque nacido como tú, en Mallorca, llegó a considerar a Cuba su patria e invirtió en obras benéficas parte de su fortuna. Además, todos en casa estamos dispuestos a ayudarte, a facilitar tu adaptación a las nuevas costumbres que no son tan diferentes a las de Mallorca y en las que, estoy seguro, sabrás desenvolverte en seguida. La gente, aquí, ya te lo he dicho, tiene un carácter amable y es de trato suave. Mi hermana ha amaestrado y hasta diría que domado para ti, durante estos meses, a una doncella, escogida entre las esclavas más dispuestas y voluntariosas de nuestra casa, y espera sólo que sea de tu agrado, como espero que lo sean las obras del ala norte de Casa Fortaleza, que ocuparemos tú y yo, y los muebles que están a punto de llegar. Serás recibida como una princesa y tratada como una reina y estoy seguro de que muy pronto no sólo te acostumbrarás a la nueva situación sino que te parecerá que has vivido entre nosotros desde siempre.

El hecho de nuestro parentesco te ayudará, ya lo verás. Procedemos de una misma familia. Tenemos unas mismas raíces y eso nos facilitará a todos la convivencia. Además, ésta es una tierra acogedora. Una naturaleza espléndida ofrece flores de todo tipo y colores que son pura delicia a la vista y al olfato. Haré que cubran de flores el suelo de tu habitación para que cuan-

do llegues pises sólo la suavidad de los pétalos y su per-
fume te ayude a olvidar las incomodidades del viaje.

Dejó de escribir cuando se dio cuenta de que acababa de hacer otra promesa, y pese a que intentaba evitar la tentación de ofrecer cosas por el gusto de sentirse generosa, solía caer en ella, olvidando que aunque no pudiera prometer en su nombre, debería, en cambio, cumplir cuanto prometiera. Por los espejos no tenía por qué preocuparse, había muchos en los salones de los Fortaleza. Su abuelo mandó hacer de encargo los seis que colgaban del salón verde porque le gustaba ver a su mujer multiplicada en las paredes y la abuela, que era presumida, le pidió más para poder comprobar en cualquier lugar de la casa hasta qué punto acertaban las modistas de La Habana. La cuestión de las flores no era demasiado complicada. Lo único que tenía que hacer era acordarse cuando llegara la hora. Ella misma se encargaría de llenar con ramos de fragancias diversas la habitación de la forastera y mandaría cubrir el suelo de pétalos blancos, de pétalos de rosa, de jazmines, de flores de toronja. A nadie le extrañaría. Al volver del convento se había hecho cargo del gobierno de la casa en sustitución de su madre y nada tenía de raro que su hermano pequeño, el predilecto, al que siempre cobijó, le pidiera que cuidara también de los preparativos de la boda y supervisara todos los detalles. Al principio se lo tomó como un entretenimiento más que como una obligación, pero a medida que pasaban los meses y la fecha de la llegada de la forastera se acercaba, creyó que acabaría por sucumbir bajo el peso de aquella carga. Apenas si podía dar abasto. Durante el día corría de un lado para otro; supervisaba las obras como si fuera un capataz; recibía a carpinteros, tapiceros o importadores de muebles, les enmendaba la plana en conocimientos artesanales; escogía muestras de tejidos para paramentos, mosquiteras, butacas, canapés, poltronas, sillas o camas, tratando de imaginar cómo debían de ser los gustos de su futura cuñada; perseguía a bordadoras, costureras y sastres a quienes había encargado coser el ajuar del novio, que trabajaban a destajo para poder cumplir con el plazo convenido. Y de noche... De noche se encerraba en su habitación y, sin que nadie la viera, escribía cartas en nombre de su hermano, incapaz de garrapatear una sola línea con soltura. Cartas que él se limitaba a enviar con desgana, con aburrimiento a ratos, y otros sorprendido por todo cuanto su hermana había llegado a imaginar en su nombre, sin preocuparse de si se correspondía o no con sus sentimientos. Acostumbrado a las mulatas de formas exuberantes, la muchachita del retrato le parecía menos atractiva que un arenque. Si la había aceptado era porque, puestos a sacrificarse, lo mismo le daba casarse con una candidata o con otra y, ya que se trataba de complacer a su padre, en atención a la herencia más le valía satisfacerle del todo.

Ángela de Fortaleza releyó cuanto había escrito antes de continuar, como solía hacer siempre después de una interrupción, para retomar el hilo y no repetirse. Ahora, después de casi siete meses de correspondencia, escribía con mucha más fluidez y sin apenas incorrecciones. Ya no tenía necesidad de consultar manuales de estilo epistolar, ni de acudir a prontuarios para buscar las expresiones más adecuadas y hasta había perdido el hábito de plagiar cartas ajenas. Los volúmenes encuadernados con pastas y cantos dorados que contenían *Les lettres de madame de Sévigné, L'histoire d'Abelard et Heloïse, Les liaisons dangereuses,* que consiguió encontrar entre los libros de sus hermanos, habían vuelto a ocupar su sitio en los estantes de la biblioteca. Hasta el cuaderno donde apuntaba las frases que más le gustaban y donde hacía acopio de citas por si podían serle de utilidad, fue arrinconado en el cajón del escritorio. Escribía sin más ayuda que la que podía encontrar en sí misma, estimulada por su capacidad de escoger palabras y la facilidad con que éstas se iban acoplando a sus intenciones. Pero no se lo tomó como mérito propio sino más bien como constatación tardía de una evidencia: las palabras estaban al alcance de todos y cualquiera podía utilizarlas gratis. Pronto abandonó la costumbre de las primeras cartas, escritas con premura, cuando tardaba horas en corregir un mismo párrafo, enmendando aquí y allá los borradores, sin atreverse a pasarlos a limpio por el temor de tener que acabar rompiendo la página que tanto esfuerzo le había costado. Ahora ya no escribía en sucio, sino directamente en unas hojas de papel liláceo, de manera espontánea y sin apenas cambios. Escribía aquello que ella misma hubiera querido recibir, lo que hubiera deseado poder leer, dirigido a su misma persona. Tal vez por eso venció tan pronto la pereza que le daba tener que enfrentarse con su obligación nocturna, que acabó por convertirse en el momento más agradable del día y procuraba prolongarlo todo lo posible, porque durante ese rato notaba que sus nervios se relajaban, que el cansancio y el sueño acumulados desaparecían y acababa por sentirse mucho más tranquila, despierta y eficiente que por la mañana. De noche se abandonaba por entero al placer de encontrarse consigo misma para correr en busca de una lejana desconocida que muy pronto dejaría de serlo. En el diálogo aplazado de sus cartas hechas también de palabras no escritas, de blancos y de silencios, fue descubriendo un ámbito propicio para las intimidades, un espacio de confortables sombras entre las que se sentía protegida puesto que, bien mirado, aunque el destinatario fuera su hermano era a ella a quien iban dirigidas, a quien respondían y ella quien las esperaba.

Me alejo voluntariamente y sin ningún esfuerzo de todo cuanto no seas tú. Vivo sumergido en los preparativos de la llegada de la señora de Fortaleza.

Sonrió porque esta vez no mentía ni exageraba en absoluto. Lo único que necesitaba rectificar de aquel último párrafo era la desinencia personal del verbo o al menos así la denominaba el señor Ventura, el preceptor de sus hermanos, de quien aprendió nociones de gramática. Pero ésa era una partícula insignificante, apenas una letra impuesta por la necesidad de seguir interpretando su papel. ¿No había ella acaso representado la figura de un gentilhombre en un auto sacramental de Calderón? ¿No le habían dicho que en el teatro de Shakespeare los muchachos hacían de dama joven porque a las mujeres les estaba prohibido salir a escena? ¿Y no podía ser considerado su caso semejante? Sin embargo, seguía aún matizando su interpretación, adecuándola a su personaje.

No quisiera que vieras en mí un ser frágil. No quisiera que vieras en mí un ser débil,

corrigió y borró lo que había escrito. Tomó otro pliego y comenzó de nuevo:

No quiero que veas en esta decisión la de un ser débil que esconde en su necesidad de amar una falta de iniciativa o de interés por la acción, rasgos que se avendrían mal con mi condición de varón, sino, al contrario, el deseo de luchar por complacerte y sobre todo de llegar a ser mejor. Al prometerme a ti, como ya sabes, hice tabla rasa del pasado y me comprometí también delante de mi padre a enmendar mis defectos, a huir de los vicios y sobre todo a evitar las tentaciones del juego.

Los párrafos más difíciles, los que le costaba más escribir, eran los que aludían al comportamiento de su hermano. Le parecía que si Miguel no le impedía hablar de ello era porque tal vez había aceptado el compromiso de su reforma moral y, a la vez, consideraba que tenía que poner en antecedentes a su futura cuñada de cuáles eran las verdaderas aficiones de Miguel. El hecho de referirse a la realidad le impedía dejarse llevar, alejarse de todo lo que no le gustaba. En cambio, los párrafos que hablaban de amor le salían con una gran facilidad, con sólo mover la pluma, aunque ella no había recibido ni enviado nunca ninguna carta amorosa. Su correspondencia anterior se limitaba a la mantenida, durante sus estancias en el ingenio de la Deleitosa de la Esperanza, con un grupo de amigas de su edad y con algunas monjas clarisas, además de las cartas dirigidas a su hermano Gabriel, a quien contestaba en seguida con un montón de preguntas sobre la vida en París. Pero ni unas ni otras tenían nada que ver con el apasionamiento que destilaban las que enviaba a su futura cuñada, aunque se tratara de una pasión fingida. Pronto se dio cuenta del efecto que iban produciendo en aquella enamorada lejana, a la que provocaban si no un incendio —que hubiera resultado impropio y nada elegante en una señorita decente y poco experimentada— por lo menos la yesca necesaria para arder en breve. Notaba entre líneas un humo de turbación que le permitía adivinar que, de un momento a otro, el alma de aquella jovencita sería consumida por la voracidad del fuego amoroso... Ángela de Fortaleza, excitada por su poder, por su capacidad de seducción, pasaba muchas horas saboreando ese deseo de complacer a la que había de ser la mujer de su hermano, enamorándola hasta la médula. En el fondo no hacía otra cosa que cumplir con su palabra. Al aceptar la petición de Miguel prometiéndole que nadie sabría nunca que era ella quien escribía, se comprometió a utilizar todos los recursos para que Isabel Forteza acabase por acudir de buen grado, llamada por la fuerza de sus poderosos reclamos, a abandonarse en los brazos de sus palabras.

Durante aquellos meses Ángela de Fortaleza no vivió para otra cosa ni tuvo más obsesión que el noviazgo de su hermano y su futura boda que, más de una vez, en alguna larga madrugada, inclinada sobre el papel, confundió con la propia.

Ya no soy yo. Desde que te escribo soy otro. Soy tú. Puedes creerlo. Es cierto. Mi yo se diluye en tu persona. Se confunde con la tuya... Cuanto me rodea me es ajeno. Sólo tú me interesas. Quisiera decirte tantas cosas... Aunque, bien mirado, sólo una... Una sola. En un susurro, para siempre. Para siempre y dejar de escribir.

III

María Forteza, aunque no pensara en casarse y tener que dejar Mallorca le diera el mismo pavor que ir al infierno, se tomó como un menosprecio la decisión de su padre. Procuró, no obstante, que nadie notara su disgusto y puso el mayor cuidado en disimularlo, pero después de pasarse las noches mortificando las tablas de su cama de tanto moverse, dando vueltas a las mismas opuestas conclusiones —su padre la quería demasiado para renunciar a su cercanía o la consideraba indigna de una buena boda—, decidió averiguarlo directamente. Una tarde, aprovechando un momento en que el viejo José Forteza entró en la cocina donde ella andaba trasteando, le dijo que quería hablar con él. Su padre le contestó que ya lo estaba haciendo. Sonriéndole, entornó aún más aquellas dos chispas que tenía por ojos y le pidió que lo acompañara a la azotea donde solía subir al atardecer a tomar el fresco. Entre cortinas de sábanas movidas por el viento, pasearon arriba y abajo. Mientras el día se iba diluyendo y se perdían en la neblina los perfiles azulados de las montañas, María escuchaba en silencio las justificaciones de su padre que comenzó la conversación sin preguntar de qué quería que hablasen, seguro de haber adivinado el motivo.

Con la respiración a ratos entrecortada y grumosa a causa de la tos —el invierno había sido duro y el hombre padecía de los bronquios—, José Forteza advirtió a su hija que se hacía cargo de su disgusto, aunque también su hermana Isabel tenía motivos para estar descontenta. Quién sabe si pensaba que la había escogido porque la quería menos que a ella, que tendría que quedarse a su lado. Los ojos del viejo Forteza se humedecieron y con la voz nublada por la pena vaciló unos segundos antes de retomar el hilo. Al recibir la propuesta de su primo José Joaquín de Fortaleza, a quien había pedido ayuda no hacía demasiado tiempo, debido a la mala racha económica por la que pasaban, estuvo a punto de darle las gracias por los dineros que le mandó y declinar educadamente la invitación a convertirse en su consuegro. La presión de sus hijos varones que veían en aquel matrimonio una extraordinaria posibilidad de reforzar los nexos con la rama rica de la familia, le llevó a sopesarlo con más calma y pronto llegó al convencimiento de que era necesario aceptar. Contestó que se sentiría muy honrado de tener como yerno al hijo de su primo y que en el primer barco que zarpara hacia La Habana enviaría el retrato de su hija, sin precisar si se trataba de María o de Isabel. Eso le permitiría ganar tiempo antes de decidir a cuál de las dos tendría que sacrificar. Dejó de pasearse y se sentó en un poyo. María se quedó de pie a su lado. El cielo estaba casi oscuro y las sábanas proseguían sus danzas de fantasmas.

—Te correspondía a ti que eres la mayor —continuó Forteza—, pero por si me equivocaba en la decisión, me encomendé a Dios tanto como a tu madre, que desde el cielo ruega por todos nosotros y le pedí que no me permitiera cometer una injusticia. Y el Señor vino en mi ayuda y me iluminó. Dos fueron las razones por las que consideré que no debías casarte con tu primo Miguel. La primera porque nunca has demostrado interés por el matrimonio. De jovencita querías ser monja... Pero eso ahora no importa, sé que lo que te preocupa es el desaire que crees que te he hecho no escogiéndote, como si no tomara en cuenta tus cualidades o pensara que eres fea o tarada... Puedo asegurarte, María, que nada de todo eso es verdad. A los veintisiete años todavía puedes considerarte joven. Tu madre cumplió veintinueve el día que nos casamos y me dio siete hijos hechos y derechos. A mí no me pareces fea. Si me apuras, te diré que eres más guapa que Isabel, tienes los ojos más alegres y la piel más blanca. Al crecer, superaste los ahogos que te daban de pequeña, pero ahí encontré el motivo para considerar que los partos serían un peligro para ti y me decidí por tu hermana... Porque si una cosa ha dejado clara mi primo, hija mía, ha sido que le dé garantías, naturalmente hasta donde sea posible, de que su futura nuera carezca del mínimo impedimento para poder traer hijos al mundo.

María Forteza dio por buenas las justificaciones de su padre y las aceptó como prueba de afecto. Desde aquella conversación, muchos atardeceres dejaba sus ocupaciones para acompañarle en sus paseos por la azotea. El viejo, estimulado por los deferentes oídos de su hija, la hizo depositaria de lo único que verdaderamente consideraba propio: su memoria. Durante los meses previos a la celebración de la boda de Isabel, hablaron mucho más de lo que lo habían hecho en toda su vida. José Forteza solía conducir la conversación hacia los aspectos que podían interesar a María. Le aseguró, por ejemplo, que si se había negado a pagar la dote que le exigían las monjas, cuando a los dieciocho años se obsesionó con entrar en el convento de las Teresas, fue, en parte, por lo mismo que le había llevado a decidir que se quedara soltera. Ni las privaciones de la vida conventual, ni los riesgos de los partos le convenían. Tanto un caso como otro incluían la condición de tener que dejar Mallorca. Las monjas, debido a sus orígenes infamantes, le hubieran hecho profesar en un convento lejano sin permitirle volver a pisar su isla. Además, la dote exigida por la superiora era demasiado alta. Al parecer, sólo el milagro de los dineros contantes y sonantes podía disminuir la afrenta que suponía llamarse María Forteza y Forteza, hija de José Forteza Valls y de Isabel Forteza Martí, nieta de Gabriel Forteza Miró, de María Fuster Valleriola, biznieta de Miguel Martí Tarongí y Ana Bonnin Bonnin, descendiente directa de Isabel Tarongí, quemada en el primer Auto de Fe de 1691 por judaizante convicta y confesa... Un atardecer de junio de brisa fina y cielo poblado por vencejos, José Forteza aceptó por primera vez delante de su hija que sus antepasados habían practicado en secreto el culto a Adonai, a quien tenían como único Dios, y no negó, como había hecho siempre, que se trataba de una falsa acusación de sus enemigos para perderles. Incluso defendió el coraje de Isabel Tarongí, de la que nunca hasta entonces había querido hablar. Por el contrario, cambiaba de conversación cada vez que María, en la época en que pretendía entrar en el convento, le preguntaba con insistencia por su antepasada. El confesor le había dicho que el impedimento más grande que existía para que ella pudiera ser monja era el hecho de descender de aquella hereje de manera tan directa, tanto por el lado paterno como materno. Su tatarabuela había sido condenada al brasero por haber abominado de la religión cristiana y retornado a la antigua fe, vieja y caduca. María, que había odiado con todas sus fuerzas a Isabel Tarongí, responsable de todas sus desgracias, principal culpable de que Cristo no quisiera aceptarla por esposa, comenzó a considerar que aquel rechazo había sido injusto al notar la emoción con que su padre la evocaba. Incluso su voz demasiado áspera, a veces papel de lija, se volvía algodonosa cuando le contaba que él todavía había podido contemplar el cuadro de Isabel Tarongí expuesto en el claustro de Santo Domingo para que sirviera de oprobio y escarmiento a todos aquellos que pertenecían a su linaje. José Forteza insistía en que sus ojos de niño habían quedado impregnados para siempre de la serenidad dulcísima del rostro de su bisabuela, de una belleza más angélica que terrenal. Su mirada celeste y el aura que emanaba le habían impresionado tanto que a la hora de casarse trató de buscar a alguien que tuviera sus facciones. No llegó a encontrarla, pero si se casó con su prima Isabel fue porque era, entre todas sus parientes, la que más se le parecía. La noche de bodas acabó por confesarle cuál había sido el verdadero motivo de su elección y con qué precisa exactitud recordaba todavía las facciones de su antepasada. Su mujer no se sorprendió en absoluto, incluso pareció que esperaba aquellas revelaciones para poder sincerarse a su vez confiándole el milagro de la bisabuela. Entonces le contó que el pintor, a quien los inquisidores mandaron retratar los sambenitados, con la orden expresa de que acentuara los rasgos más negativos de sus caras, se había quedado boquiabierto ante la belleza de aquella muchacha que parecía la Virgen Santísima y la reprodujo tal cual. Los miembros del tribunal, después de examinar la obra y deliberar durante horas, ordenaron al pintor que empezara de nuevo, porque en el retrato la malignidad de la hereje no aparecía por ninguna parte. Él lo intentó otra vez, procuró buscar taras donde sólo había perfección pero no lo consiguió porque los pinceles no le obedecían. Cuando iba a alargar la nariz o a intentar curvarla como pico de águila para subrayar un rasgo de fealdad, presente en muchos de los de su raza, la tela no se impregnaba. Lo mismo sucedía cuando le empequeñecía los ojos, trataba de que mirasen estrábicos o malignos, mentía un labio leporino o pretendía mostrar unas encías melladas. El pintor, maravillado ante aquel suceso, se dio cuenta de que era un milagro. Los inquisidores, por el contrario, decidieron que estaban ante un caso demoníaco, una muestra más de que el maligno se había enseñoreado de aquella alma proterva y quién sabe si también de la del pintor, al que trataron de abrirle proceso. Él, no obstante, pudo esconderse y salir de Mallorca para refugiarse en tierras de libertad antes de que fuera demasiado tarde. Entonces los inquisidores le pidieron a un fraile de Santo Domingo que se daba cierta maña que intentase retratar a la hereje. Era preciso que trabajara rápido porque sólo faltaba un día para mandarla a la hoguera, pero nada más tomar los pinceles se puso a morir y aquella misma noche entregó su alma. Los del Santo Oficio decidieron colgar el cuadro tal y como lo había dejado el pintor, aceptando los designios de Dios o los del Demonio por si acaso...

José Forteza creía haber escuchado, con la misma exactitud de entonces, la pálida voz de Isabel, somnolienta, desvanecerse con las últimas palabras: de Dios o del Demonio por si acaso..., y se veía a sí mismo en su noche de bodas, insomne, preso de una curiosidad mayor aún que el deseo, sin atreverse sin embargo a despertarla, mirándola dormir sobre la misma almohada, absorto en las ondas de sus cabellos sueltos, del mismo ébano, estaba seguro, que los de su antepasada.

Su hija había azuzado los caballos de su memoria y los veía retroceder al galope, y detenerse en seco en su primera noche de casado. Después emprendían una carrera todavía más veloz, para llegar a la mañana de un domingo de Pascua en que había acompañado a su abuelo y al hermano de éste, el tío José, hasta la iglesia de Santo Domingo para oír misa, confesar y comulgar como manda la ley.

El paseo es corto, cuatro pasos desde el Segell hasta la cuesta del convento, y el día color de miel. El mes de abril se ha tragado las traiciones de marzo, morado y áspero. Pronto madurarán los albaricoques, se nota en el aire la promesa de la fruta temprana. Cristo ha resucitado. Las campanas repican sin parar. Los campanarios retiemblan. Retiembla el baldaquino del cielo que ellos apuntalan. El techo de Ciutat es una zaragata de metales tocando a gloria. Pero no hay pájaros. Han huido al campo buscando un cobijo más silencioso. Los muchachos meten bulla agitando carracas. Todavía es pronto pero ya hay muchos corriendo de un sitio para otro, gritando. Desde lejos le llegan insultos: *xueta, xuetó...,* y risas de los que quieren matar judíos. Pero no le dan miedo. Él no es judío sino cristiano y además va bien acompañado y sabe que no le amenazarán con leña como otras veces cuando le encuentran solo. El tío José tiene la fuerza de un toro. Podría hacer virutas al primero que se le pusiera por medio. Es más alto que nadie y todavía es joven. El abuelo no, es viejo y está enfermo pero se siente protegido por su cariño. Sabe que lo daría todo por él, todo, incluso la vida si fuera necesario. Es el único nieto que le queda. El único a quien respetó la epidemia de cólera que el año anterior se le llevó también a tres hijos y dos nueras. No quiere recordarlo. Al menos hoy no, que es día de fiesta grande. Desde la Argentería hasta Santo Domingo, las calles huelen a *panades* y a *crespells* como una bendición. Pronto podrá resarcirse de los ayunos de Cuaresma. Tiene hambre y trata de entretenerla hasta poder desayunar a sus anchas. Se le hace la boca agua pensando en la pasta dulce de los *crespells* que se fundirá en el paladar y se pregunta si eso no será pecado de gula y tendrá que añadirlo al examen de conciencia... También él debe confesarse hoy. Pero en este momento no se siente capaz de pensar en culpas ni de recordar otra cosa que la cara de milano de micer Picany ni de escuchar —incluso han enmudecido las campanas— nada más que sus burlas. Picany, en vez de seguir los oficios de Pascua con devoción, como el buen cristiano que asegura ser, de sangre limpia y no manchada de mora o judía, se entretiene en mofarse de sus narices, con gestos de una grosería obscena y en voz alta se permite compararlas con las de sus antepasados, cuyos retratos cuelgan del claustro del convento vestidos con los sambenitos, estampados de llamas invertidas, algunos llenos de demonios. Grita el micer. Su voz casi se alza por encima de la del cura que dice misa. Brama y cocea insultos. Les dice que no merecen el perdón, que mataron a Cristo, que *hacen sinagogas,* que chupan la sangre de los pobres, que son perros de presa con patas de lobo, diablos con cola. Él se agarra lloroso a la pierna de su abuelo. Nota cómo los ojos del viejo se clavan en el suelo, la mandíbula le tiembla de vergüenza. Todo el mundo les mira. Sólo el sacerdote sigue diciendo misa como si nada ocurriera. Nadie hace callar a Picany que ofende a Dios con aquella algarabía y que ahora, envalentonado, se acerca hasta su banco —tres filas más atrás del que él ocupa— con el puño cerrado, amenazante.

Pero inesperadamente su tío se encara con él, su tío, no el abuelo, que sigue con la cabeza gacha, como de costumbre, porque las humillaciones le han obligado a mirar hacia el suelo en vez de mirar hacia delante. Su tío se enfrenta a Picany para tratar de hacerle callar. Le dice que aquélla es la casa de Dios, que allí no se entra para insultar a nadie y le conmina a pelearse fuera. Pero el micer, que es cobarde, no acepta la propuesta y, en vez de salir a la calle, se refugia en la capilla del Santísimo.

El tío José no se conforma con plantarle cara a ese sinvergüenza de jurista sino que, en cuanto se acaba la misa, va en busca de unos cuantos amigos de su mismo linaje, fuertes y valientes como él, y les convence para que le ayuden a acabar, y para siempre, con todas aquellas vejaciones.

—Muchachos —dice José Forteza—, sólo si conseguimos que desaparezcan los retratos nos libraremos del oprobio.

—Son nuestros antepasados —le interrumpe Rafael Valls, descendiente de aquel a quien llamaban rabí porque decían que en verdad lo era—, no podemos destruirlos. Sería como matarlos otra vez.

—Te aseguro que te equivocas —le replica con contundencia José—. Te lo aseguro. Nosotros haremos por ellos lo que nadie se ha atrevido a hacer jamás: les permitiremos descansar en paz. Ya nunca podrán ofenderles y ninguno de nosotros volverá a sentir vergüenza ni a maldecir su recuerdo.

La iglesia está casi vacía. Las últimas nubes de incienso se han ido deshaciendo, perdidas entre las altas bóvedas. Su aroma penetrante se mezcla aún con el de las flores abiertas que llenan, a un lado y a otro, los pies del altar. Arden todavía la mayoría de los candelabros. A Dios Nuestro Señor no puede molestarle que se apoderen de unos cuantos para acabar con la injusticia que condena a algunos de sus hijos, cristianos fervorosos que no tienen otra culpa ni han cometido otro pecado que descender de quienes murieron en la hoguera. Dios Nuestro Señor no puede tomárselo en cuenta ni ofenderse si utilizan los cirios, cirios benditos en vez de armas o herramientas. No estaría bien entrar en Santo Domingo con punzones, martillos o sierras. Mucho menos con espadas, trabucos o pistolas, que, por otra parte, no tienen porque les está prohibido poseer armas. Ya toman el agua bendita y se santiguan. Al pasar frente a la capilla del Santísimo, le hacen la correspondiente genuflexión y José Forteza se le encomienda especialmente. En la capilla sólo rezan unas beatas. Picany se ha ido. A nadie le llama la atención aquella media docena de hombres que se dispersan por la nave, cogen algunos candelabros y con ellos se encaminan hacia el claustro, con respeto y parsimonia, como si lo que van a hacer fuera lo más natural del mundo. Sin embargo, al llegar al claustro se les nota que tienen prisa, que lo que desean es acabar lo más rápidamente posible y huir en cuanto las llamas comiencen a surtir efecto. Pretenden que el fuego que un infausto día de 1691 consumió los cuerpos de aquellos desventurados acabe también con la ignominia de los sambenitos. José Forteza se encara con el rostro de Isabel Tarongí y no se atreve a acercarle la vela encendida. Ésta no —dice—, a ésta nos la vamos a llevar. Y pugna por desclavar el cuadro sin conseguirlo, porque está bien asegurado en la pared con doble refuerzo de clavos para evitar tentaciones como la suya. No tiene más remedio que dejarlo. Chamusca ahora la túnica estampada con demonios de Rafael Tarongí que está junto al retrato de Isabel, su hermana. Sus amigos se afanan también, aunque con escasa fortuna. Algunos cirios se han apagado en cuanto los han acercado a los lienzos. Solamente el retrato de Ana Segura, aquella *madó Grossa* que fue saludadora y comadrona, ha aceptado de buen grado las llamas. También consiguen que el de Rafael Valleriola comience a arder. Pero no pueden concluir su misión. Deben marcharse. Desde la iglesia les llegan rumores de pasos acelerados. Un enjambre de sotanas, curas y sacristanes les gritan anatemas e intentan apresarlos. Ya han ido a buscar al alguacil. «Estáis perdidos. ¡*Xuetas* de mierda!» Sin embargo no consiguen atraparles. Por fortuna, los seis han podido escapar. A José Forteza es al que buscan con mayor ahínco, pero burla la vigilancia y antes de que cierren las murallas sale de Ciutat y corre a refugiarse en el campo donde le acogen unos conocidos. Sabe que si le prenden pagará con su vida. Pero no se arrepiente de lo que ha hecho. Al contrario, se siente orgulloso y hasta protegido por Dios por haber encontrado amigos que no le traicionarán y porque, aprovechando que sale de Andratx una goleta aparejada para ir a pescar esponjas a Batabanó, logra embarcarse y esconderse en la bodega. Ya están en alta mar cuando consigue sobornar al patrón con un buen puñado de onzas. El dinero para el viaje procede de los ahorros de su hermano mayor, que generosamente le ha dado cuanto tenía, todo cuanto había de ser para su único nieto. José Joaquín Forteza, con el nombre de Joaquín Fortaleza, desembarcó en Cuba, donde se dedicó primero a la pesca y después entró de mozo en una fonda. Pero muy pronto, porque era emprendedor, además de muy listo, consiguió reunir algunos ahorros que invirtió en negocios de importaciones que le resultaron muy rentables. Por aquella época ya había devuelto a su hermano tres veces más de lo que él le había prestado para poder huir y comenzar lejos de Mallorca una nueva vida. Sin embargo, en su testamento redactó una cláusula que obligaba a sus descendientes, hasta la tercera generación, a acudir en ayuda de los parientes mallorquines en cuanto lo solicitasen con la mayor generosidad.

IV

A Isabel Forteza la decisión de su padre de casarla lejos y con aquel pariente que no conocía le vino de nuevas. Nunca se hubiera imaginado ser ella la escogida en vez de su hermana María, que era la mayor. Sin embargo aceptó contenta la imposición paterna y la tomó como una prueba de afecto. Aunque aún estaba en edad —acababa de cumplir veintitrés años—, la escasa dote con que podría contar disminuía la posibilidad de encontrar un marido a su gusto. El remendón vecino que salía al portal del taller para verla pasar no le gustaba en absoluto y Tófol Aleta, el joyero, que era tan guapo, acababa de comprometerse con una cuya nariz monumental escondía una tentadora cantidad de onzas. El matrimonio con Miguel de Fortaleza le garantizaba un porvenir en la abundancia, sin necesidad de hacer otra cosa que parir hijos y dar órdenes a las criadas para que se ocuparan de todo, mientras ella se abanicaba o se dejaba abanicar por una sirvienta sentada al fresco. Si se casaba con el zapatero o con cualquier ropavejero del barrio, los únicos partidos a los que podía aspirar, tendría también la obligación de parir hijos y de criarlos sola, sin nodrizas ni niñeras, mientras ayudaba a su marido a clavar tachuelas o a remendar suelas de zapato. Sus amigas, a las que en seguida comunicó la nueva porque no sabía guardar secretos, le dieron la razón. ¡Qué suerte tienes, hija!, dijeron las tres a coro. Pero después, para tratar de sobrellevar la envidia que ponía amarillo hasta su aliento, Mariana Valls y Pixeris Valleriola soltaron que también la compadecían por tener que marcharse sola para casarse con un hombre a quien no había visto en su vida.

—Bien mirado, Beleta —dijo Pixeris, que hubiera dado una mano y quizá las dos por poder ponerse en su lugar—, queda muy lejos La Habana. Está más allá de Barcelona y de Liorna y más lejos todavía, por donde dicen que no llueve jamás —y sonrió con un punto de malicia.

—En eso estás muy equivocada, hija. Llueve y mucho, mucho más que en Mallorca —la interrumpió Andrea Malondra, para quien La Habana o Cuba eran algo más que nombres vacíos, puesto que su prometido pescaba esponjas en Batabanó y la ilusión más grande de su vida hubiera sido poder ir a su encuentro. Por eso animaba sinceramente a Isabel a superar con ánimo el temor a la travesía—. ¡Si yo pudiera acompañarte —le decía—, sería la persona más feliz de la Tierra! —y los ojos se le perdían más allá de la ventana de la habitación donde las tres cosían canastillas por encargo, buscando un trozo de mar que se sabía de memoria porque solía mirar hacia allí cuando pensaba en su novio y se hacía la ilusión de que por lo menos alguna gota de aquellas aguas, en el constante ir y venir de las olas, habría llegado desde allá lejos después de rozar el casco de la barca o las redes, o quién sabe si los dedos de Tomeu.

Pero no sólo las amigas envidiaban a Isabel, también sus vecinas, cuyas ganas de casarse tenían un escaso porvenir, pese a que, a ratos, también la compadecieran, sobre todo cuando imaginaban la soledad a la que se arriesgaba, primero durante un viaje repleto de peligros y después en Cuba, sin tener a nadie de los suyos cerca, por mucho que su marido la tratara como a una reina, como aseguraba ella que sería tratada, refiriéndose a la veintena de criados que servían a los Fortaleza, las fanegas de tierra que cultivaban con un centenar de esclavos de su propiedad y los lujos nunca vistos en los que vivían.

La futura señora de Fortaleza, a la que de momento le sobraban dedos de una sola mano para contar los vestidos que había estrenado a lo largo de su vida, y que si no era fiesta de guardar siempre llevaba sobre la falda de estameña listada un delantal de cáñamo, comenzó a fijarse mucho más de lo que lo había hecho nunca en las telas de seda y tafetán que los domingos en misa lucían las señoras, o en su manera de andar, de tomar el agua bendita, mover las manos, abrir y cerrar el abanico o saludar a los conocidos que encontraban a su paso. Dentro de poco seré como vosotras, se decía Isabel, y por eso se atrevía a mirarlas más despacio, con mayor determinación, a sonreírles incluso con una complicidad que ellas no notaban y que, de notarla, de ninguna manera habrían admitido. También ella muy pronto tendría trajes de telas aún más caras, quién sabe si llegadas directamente de París, de donde madame Antoinette, la modista francesa que se había establecido en Palma hacía unos cuantos años, huyendo, como aseguraba, de las *horrdas revolucionarrias,* consideraba que procedía todo cuanto pasaba por elegante. A Isabel le hubiera gustado poder acercarse a alguna de aquellas señoras —doña Dolores Montis, doña Onofrina Bellpuig o doña María Magdalena Gual de Togores— para pedirle que le aconsejara cómo desenvolverse en su futura vida. Pero aunque conocía a alguna de ellas —había bordado las camisillas de los niños de doña Onofrina y su hermana María había enseñado a leer a la hija de doña Dolores— no se atrevió. Temía que se rieran de sus ínfulas y tener que salir de su casa con la cabeza gacha y ofendida por alguna humillante referencia relativa a sus orígenes no limpios. Por eso se sintió feliz el día que se le ocurrió ir a ver a la modista francesa, que en diversas ocasiones le había encargado que bordara algunas fantasías para los trajes de sus clientas. Una mañana hacia las doce, que era la hora de las visitas de compromiso, llamó a la puerta del segundo piso de una escalera con pasamanos brillante y plantas recién regadas, en la calle de San Miguel. Madame Antoinette, halagada, redondeó aún más el gesto de su boca como culo de pollo y entre cacareos ronroneantes por las muchas erres arrastradas y reiterados *ma belle, mon petit chou,* la condujo hasta la salita, amueblada con lujo discreto, destinada sólo a las clientas de categoría donde nunca antes la había recibido. Isabel, feliz por tantas deferencias, le dijo a la madama en cuanto ésta se lo permitió —antes hizo que se sentara, primero en una silla, después en una butaca para que estuviera más cómoda; le ofreció un vaso de agua e incluso chocolate; le preguntó por su familia y repitió *Oh là là* por lo menos una docena de veces— que el motivo de su visita era comunicarle que iba a casarse y que deseaba pedirle algunos consejos, ya que consideraba que ella era una mujer de mundo.

—Por supuesto que sí, querida..., he visto muchas cosas a mis años. Tengo casi cincuenta, *ma petite.* No creas que me quito —añadió, mirándose las abultadas venas de las manos llenas de manchas que denunciaban a gritos que era setentona—. Claro que te ayudaré. Estoy contenta, *ma petite,* de que hayas recurrido a mí. Si he de serte franca, te esperaba. La hermana de Malondra, que trabaja contigo, ya me había hablado de tu matrimonio. Enhorabuena, Isabel. *Oh, je suis hereuse!* —exclamó, batiendo palmas y levantándose para ir a cerrar la puerta, como si quisiera dar una mayor intimidad a la conversación.

A partir de aquel día, muchas tardes, al acabar de coser, Isabel corría a casa de la francesa para que le diera lecciones a escondidas de su padre, a quien madame Antoinette no le gustaba y consideraba que Isabel no podía aprender a su lado nada bueno. Con saber obedecer y ser humilde había bastante para traer hijos al mundo, le repetía el viejo Forteza, en total desacuerdo con la modista, dispuesta a preparar a su discípula un compendio abreviado de pautas de comportamiento mundano, imprescindibles para una señora de su futura categoría. Después de dos semanas de clases, Isabel Forteza sabía mover el brazo con un gesto gracioso, al ofrecer la mano un poco inclinada y posarla con suavidad para que Antoinette se la llevara a los labios, como haría un caballero, cualquiera de los muchos amigos que tendría su marido en La Habana, que previamente habría dicho con gentileza: «A los pies de usted, señora...». Y ella, que soltó una carcajada descomunal e hizo zapatetas la primera vez que la modista soltó semejante frase, contestaba ahora con desenvoltura: «Bese usted la mano, caballero», representando con gran seriedad aquella escena de sainete. En un par de semanas fue capaz de ponerse al día en buenos modales. Aprendió a recogerse la falda con la mano izquierda para subir las escaleras o para entrar en un carruaje sin arrugarla demasiado, ni dejar al descubierto más trozo de pantorrilla que el permitido por el decoro. Pronto distinguió qué tipo de vestimenta era la apropiada para ir a la iglesia y qué debía ponerse para recibir a las visitas que, a buen seguro, acudirían cada tarde a la tertulia de Casa Fortaleza, como en Ciutat la gente fina frecuentaba las de Casa Cotoner o las de la Gran Cristiana. Se enteró del orden en que correspondía sentar a la mesa a los invitados, cómo había que servirles y de qué manera tenían que hacerse las presentaciones. Lo que más preocupaba a madame Antoinette era que Isabel consiguiera comer con *politesse*. Sospechaba que en su casa, aparte de usar cubiertos de madera, todos metían la cuchara directamente en la cazuela. Por eso, ante unos platos vacíos —no estaban los tiempos para invitar a nadie— hizo sentar a su pupila y la adiestró en el arte de manejar los cubiertos. Nada de utilizar el cuchillo para tomar un bocado —podía ser peligroso y además traía muy mala suerte—, prohibido también dejar cualquier hueso o pepita sobre el mantel y, peor todavía, tirarlo al suelo, eso demostraba una pésima educación igual que ponerse el pan dentro del plato, un signo de imperdonable avaricia que era además de muy mal gusto. Le aconsejó que bebiera poco durante las comidas —así le sentarían mejor—, pero si bebía tenía que utilizar siempre, antes y después, la servilleta, y la riñó mucho cuando se dio cuenta de que se la ataba a manera de babero, como había visto hacer en su casa. *Oh là là,* las señoras no se manchan nunca —aseguraba la francesa—, eso de mancharse es cosa de gente baja, añadía dándole un golpecillo en la mano. La *serviette* no tiene más función que adornar el gesto de pasarse una tela por los labios... Isabel fue pronto una experta en calcular el grado exacto de curvatura máxima permitida para que la cuchara pudiera llegar sin peligro hasta su destino final, la boca, que nunca había que abrir de par en par. Sólo por un postigo es correcto que entre la sopa..., amonestaba la modista. También, desde que la madama le enseñó frente al espejo el mal efecto que causaba, decidió no volver a bostezar jamás, no sólo en público, sino incluso en privado, ni siquiera entre los suyos, que a menudo bostezaban, como todo hijo de vecino, de hambre o aburrimiento, sin ponerse la mano delante de la boca, de manera ostensible, grosera y con la mayor naturalidad.

Aprendió todavía muchas otras cosas que Antoinette consideraba dignas de figurar en el compendio mínimo de buenas costumbres mundanas del todo imprescindible para una señora de la clase social a la que muy pronto accedería Isabel. La modista no quiso dejar de lado el cuidado personal y le dio otra tanda de consejos para conservar la suavidad de la piel, disimular las arrugas, sacar los barrillos sin dejar señales, depilarse el bozo y los pelillos sobrantes de las cejas, que Isabel tenía muy pobladas, blanquear los dientes y enrojecer las encías para que el contraste fuera más sugestivo. Cuando sonrías procura *enseñarrr* mucho las *perrlas*. No todas pueden hacerlo y tú tienes una *dentadurra* preciosa, sentenció con su voz carraspeante a causa de la pronunciación de tantas erres.

Isabel aceptaba sus directrices con absoluto convencimiento e incluso, por si acaso se le olvidaba algún ingrediente de los engrudos que la francesa le fue recomendando, pidió a su hermana que los anotara al dorso de cualquiera de los pliegos de las cartas llegadas de La Habana. María se indignó, las frivolidades de la futura señora de Fortaleza tenían la virtud de sacarla de quicio. No soportaba que le hiciera apuntar las asquerosas recetas de la modista, cuyo trato consideraba poco recomendable puesto que nadie en Ciutat conocía a ciencia cierta su pasado. De ahí que, tanto las clientas como las ayudantas, que en su mejor época habían llegado a sumar una docena, pudieran fantasear a placer. Decían que había sido la amante de un duque, allí en el París de la Francia, y se santiguaban al asegurar que anduvo también amancebada con un canónigo de Toulouse, con quien había huido de las turbas *revolucionarrias*. Pero todo eso no eran más que insidiosas suposiciones derivadas de la obsesión que la modista tenía por la limpieza corporal. Y ya que ella de su pasado sólo había dejado escapar, entre suspiros, retales del tejido más honesto y sobrio que nadie nunca hubiera podido llegar a imaginar, la costumbre de lavarse les permitió sospechar un sinfín de antecedentes casquivanos, por más que su conducta, durante los veinte años en que había vivido en Ciutat, había sido intachable. Sólo se le podía censurar el hecho de haberle cortado unos pantalones a aquella perdida de madame Dudevant, aquel marimacho que viajaba con un tísico, un músico tocateclas, quién sabe si con el propósito de contagiar a todos los mallorquines su espantosa enfermedad. La modista se excusaba diciendo que la Dudevant era baronesa, una mujer *savante*, aparte de compatriota suya. En cuanto a los pantalones hacía bien en usarlos, también ella los consideraba más decorosos que las faldas, cubrían más las piernas y su corte impedía que un golpe de viento los levantara. Apostaría cualquier cosa a que acabarían por ponerse de moda, bien mirado, eran mucho más decentes.

Isabel fue espaciando las visitas a la madama cuando ésta —después de hacerle ensayar la pantomima de una comida de gala en la que, del brazo, como si fuera su marido, la condujo hasta el comedor, seguida de otros invitados, una ristra de sillas puestas en fila— le confesó que ya le había enseñado todo cuanto consideraba que se podía aprender, que el resto dependía sólo de su *savoir faire* y que eso no se podía transmitir porque era algo que se llevaba dentro, que era natural del alma, pero que no se apurara, que ella podía pasar por una señora. «Marquesas conozco en Ciutat a las que *darrías* de *comerr* con *cucharrilla*», concluyó. «Estoy segura de que lucirás espléndida en La Habana, *ma petite*», le pronosticó halagadora guiñándole el ojo. «Solamente te hace falta un poco de francés y algo de piano. Por el francés, no hay pega, yo misma puedo enseñarte cuatro palabras. Con el piano no me atrevo, pero quizá, si a tu padre le parece bien, el maestro Cirerol es amigo mío y te cobraría poco.»

José Forteza se rió de su hija cuando ésta le propuso tomar lecciones de música. Canta si quieres, le dijo, que no cuesta nada, pero bajito mientras coses, que la lluvia es buena, pero las inundaciones peligrosas y la Riera trae este año mucha agua.

Isabel, un poco decepcionada por la respuesta de su padre, siguió, no obstante, su consejo y se pasaba el día cantando. Cantaba las canciones de la tierra, desde *Sor Tomaseta* hasta el *Vou-veri-vou*, aunque pronto abandonó aquellos cánticos al considerar que el repertorio no le serviría para dar ningún concierto en la sala de música de los Fortaleza. Sin embargo, puesto que entonaba bien, tenía bastante oído y una voz agradable, se contentó pensando que ya aprendería alguna canción de moda —arias o lieder, como llamaba la madama a lo que cantaban las elegantes— y quién sabe si, acompañada por alguien que supiera tocar el piano, podría llegar a debutar en una velada musical. Por eso ahora esperaba con ilusión que llegara la compañía de ópera que todos los años hacía escala en Palma, después de tocar en Mahón, rumbo a otras capitales de provincia del Levante peninsular, por si, dada la inminencia de su marcha —faltaban solamente cuatro meses y partía para siempre—, su padre le permitiera asistir a alguna representación. Su hermana, que en una ocasión, acompañando a la señora Sampol, había podido ver desde un palco *I Puritani,* le había contado de cabo a rabo todo cuanto allí sucedía y a Isabel le había parecido que todo aquello habría de ser de su gusto puesto que era cosa de mirar y escuchar y no de leer. Leer a Isabel no le gustaba en absoluto. Menos mal que María se moría por la lectura y se había encargado primero de leerle las cartas y después de contestarlas, porque ella apenas sabía escribir. En eso coincidía con la mayoría de señoritas de Ciutat y la modista no se lo había reprochado. A excepción de cuatro o cinco que no sólo leían, sino que encima habían empezado a hacer versos y se los recitaban mutuamente en reuniones tan minoritarias que parecían clandestinas, las demás no tenían más libro que el de oraciones que, por otra parte, apenas utilizaban porque se las sabían de memoria.

Isabel Forteza, perfectamente entrenada para convertirse en una señora, entretenía la espera de la boda cosiendo un humilde ajuar el tiempo que no bordaba la ropa ajena con cuyas ganancias seguía contribuyendo al sustento familiar. Mientras le daba a la aguja para aliviar el pánico que como un ataque imprevisto la pillaba de vez en cuando por sorpresa, se imaginaba ya entre su futura familia, contemplada y consentida. Trataba de contrarrestar así la incertidumbre del viaje, el miedo a naufragar, la angustia de tener que pasar por tantos peligros sola. Intentaba, en especial, rechazar las imágenes de un temporal espantoso que acababa por hundir el barco y, aún más, luchaba por evitar la visión de su propio cuerpo, a merced de las olas, con el vientre hinchado y los labios tumefactos, lo mismo que los del ahogado que había contemplado una vez.

A medida que el plazo de la boda por poderes se acercaba, su pánico iba en aumento y a punto estuvo de suplicarle a su padre que no la obligara a dejar Mallorca, que deshiciera el trato. Ni las cartas de su futuro marido, ni los regalos espléndidos —un abanico pintado con escenas de Watteau, un camafeo, una pieza de seda de la China, una sombrilla con delicado mango de marfil, un aderezo de diamantes— la compensaban del terror de atravesar aquel mar rebosante de inquietas bocas siempre dispuestas a engullirla. Un día en que no podía más, se acusó ante el confesor de querer desobedecer a su padre y después fue a ver a madame Antoinette, a quien sorprendió diciéndole que todo lo que había aprendido y asimilado —se movía y gesticulaba con mucho más garbo— e incluso todos aquellos *merci* y *au revoir,* los *enchanté* y *avec plaisir,* los *messieurs* y *madames,* le daban igual porque no quería marcharse. Tanto el cura como la modista coincidieron en que se guardase como del infierno de hacer tal cosa. Uno apeló a la obediencia filial, a la sumisión debida al padre que representaba a Dios. La otra pasó por alto esa cuestión, pero le hizo comprender que romper aquel compromiso le sería muy perjudicial. Demostraría ante todos que no era una persona de fiar. La francesa revolvió entre sus propios recuerdos buscando similitudes que pudieran ayudar a Isabel. También ella había tenido que abandonar padres y patria para irse lejos. Por eso comprendía tan bien todo cuanto le sucedía a la *petite.*

La modista hizo lo posible para infundirle coraje demostrándole la suerte que tenía. Le recordó una por una las riquezas de Casa Fortaleza, tal como ella se las había enumerado, pormenorizadamente. Insistió en que estaba segura de que no se arrepentiría, que en Ciutat todo el mundo la envidiaba y que, sobre todo, pensara en sus hijos y lo hiciera por ellos. No era lo mismo que germinara en su vientre la simiente de cualquier humilde aprendiz de su barrio a que fuera la de un señor de la categoría de los Fortaleza, le dijo, finalmente, pidiéndole que recapacitara. La madama consiguió aligerar en un par de arrobas el cargamento de pánico que trajinaba y además le hizo un regalo. La obsequió con dos entradas de platea para la ópera que una semana después se estrenaría en Palma y prometió que le presentaría a Carla Duranti, la soprano que hacía el papel de Abigail en *Nabucco*, a la que ella había cortado dos vestidos la temporada pasada.

Isabel Forteza asistió a la representación de *Nabucco* en la Casa de las Comedias, acompañada por su hermana. A la futura señora de Fortaleza, más que la obra, lo que le gustó fue ver de cerca toda aquella gente tan acicalada a cuyo mundo dentro de muy poco ella habría de pertenecer. A María, por el contrario, la ópera le entusiasmó. Después de todo lo que su padre le había contado, *Nabucco* adquiría un significado que iba mucho más allá del espectáculo. Entendió hasta qué punto la patria, para los que no la tenían, como los hebreos, podía ser obsesivamente deseada, y cómo el anhelo de reencontrar la Tierra de Promisión podía impulsarles a la lucha. Pero en su caso, en el caso de los descendientes de los judíos mallorquines, su patria no era sino su isla adonde habían llegado hacía tantísimos años. El coro de los hebreos, y en especial los versos: *«Oh mia patria si bella e perduta / Oh menbranza si cara e fatal»*, se le quedaron grabados muy adentro. Fue tanto el interés que *Nabucco* despertó en María que dos días después quiso acompañar a Isabel a ver a la Duranti que, por intercesión de la modista, accedía gustosa a recibir a la futura señora de Fortaleza. También la cantante tenía que ir a Cuba, el director de la compañía estaba empeñado en que debutasen en el Gran Teatro de La Habana.

V

La muerte repentina de José Forteza cambió la vida de María, que ante la insistencia de su hermano mayor acabó por aceptar que no le quedaba otro remedio que acompañar a Isabel. Rafael se escudaba en que estaría muy mal visto que su hermana pequeña, aunque casada por poderes, viajara sola si ella, liberada de las obligaciones de servir a su padre, no tenía nada mejor en que ocuparse. Empleó para convencerla todos los argumentos posibles, recurrió a la oportunidad que se le presentaba, llovida del cielo, decía, de mejorar de vida, y cuando María le aseguró que se conformaba con la que llevaba en Mallorca, adujo que él no podía hacerse cargo de su manutención y que ella no tenía medios de valerse por sí misma. En Cuba, por el contrario, contaría con la ayuda de su hermana, a quien, por estar casada con un hombre rico, no le supondría carga alguna. Además, también allí debía de haber muchos conventos y seguro que los Fortaleza tendrían influencias suficientes para que en uno u otro quisieran admitirla. El propósito de Rafael era firme. María no podía hacer otra cosa que obedecer. Por eso le pareció inútil oponerse si Rafael estaba decidido a deshacerse de ella.

El resto de la familia, de acuerdo con el hermano mayor, insistió también en enumerarle las ventajas de su marcha y entre todos le compraron un baúl para que, mientras iba metiendo en él sus escasas pertenencias, fuera haciéndose a la idea de que partir era lo mejor que podía ocurrirle. A medida que pasaban los días trató de aceptar la imposición como una especie de hado contra el que no podía luchar y llegó al convencimiento de que Rafael no era sino un instrumento enviado por la Providencia para que se cumpliera su particular destino, que sólo Dios conocía y que nadie sería capaz de alterar, escrito como estaba con letras de molde sobre la piel de las estrellas. Llegó a pensar, incluso, que su padre, sin sospecharlo, había querido librarla en vano de aquel planeta para que fuera su hermana y no ella la que tuviera que marcharse. Se esforzó en quitarse de la cabeza que la muerte del viejo tuviera algo que ver con la voz que parecía reclamarla desde el otro lado del mar, porque sólo de pensarlo le entraban escalofríos. El rechazo que sentía por Rafael, y sobre todo por su cuñada, de quien había partido la idea de mandarla a Cuba, fue desvaneciéndose cuando se percató de que ella en su lugar no hubiera obrado de otro modo. La oportunidad que se les presentaba en aquellos tiempos de vacas flacas, cuando todavía no se habían rehecho de los últimos saqueos que arrasaron viviendas y talleres, merecía ser cazada al vuelo, porque, a buen seguro, no se les volvería a presentar ninguna otra. Comprobó con agradecimiento que, a medida que se acercaba la hora de la partida, hermanos y cuñadas se comportaban con mayor amabilidad y hasta parecían sentir que se fuera. Rafael, en especial, la miraba con pesadumbre, y en la mesa, con la excusa de andar desganado, repartía con ella su ración. A menudo se refería a su lejana infancia compartida y sacaba a relucir las gracias de ella más que las de Isabel, porque consideraba que, con aquella boda, le había tocado el gordo de la rifa y le parecía menos digna de lástima, aunque tuviera que marcharse de Mallorca para siempre.

Fue precisamente durante aquellos últimos días, mientras iba despidiéndose de parientes, amigos y vecinos, cuando María se dio cuenta de que los vínculos que había establecido con cuantos hubieran debido acompañarla hasta la muerte eran mucho más fuertes de lo que nunca hubiera llegado a sospechar y aunque a menudo también le hubiesen entrado unas ganas terribles de huir, de dejarlo todo para irse sin saber muy bien adónde, con tal de que estuviera lejos, ahora que se presentaba la ocasión admitía que aquello no había pasado de ser un deseo inconsecuente. Comprendió, de pronto, que, tanto o más que a las personas, añoraría las cosas. Con las personas, a pesar de la distancia, podría establecer nexos, recibir noticias de tarde en tarde, pero en cambio de los objetos que la rodeaban no volvería a saber nada. La tomarían por loca si al escribir a su familia les preguntaba por el armario de luna que fue de la abuela o por la cama donde dormía o por los bolillos donde dejó comenzado un encaje que ya no habría de terminar... En la luna del armario se miró por primera vez cuando tenía cuatro o cinco años sorprendida ante una imagen de sí misma que guardaba intacta quizá porque no la decepcionó. En la cama, tanto ella como sus hermanos habían venido al mundo y sobre el mismo colchón su madre había entregado el alma a Dios. Pero no eran solamente las cosas de su entorno o todo lo que hasta entonces había considerado como pertenencias propias —el grabado de la Purísima que colgaba de la pared de su cuarto, la maceta con clavellinas que ella misma había sembrado o el mantel de punto mallorquín bordado por sus manos— lo que le costaba abandonar. La pena de alejarse afectaba también a las calles del barrio, a las fachadas de las casas, a los portales, obradores y talleres donde trabajaban tantas caras conocidas, e incluso traspasaba los límites de su barrio y se prolongaba por la ciudad, en iglesias, conventos, o casonas que le eran familiares, se perdía por los caminos que conducían fuera de la muralla, hasta tocar el mar, por poniente o por oriente, hasta llegar a las tierras de labor. Se consolaba diciéndose que se lo llevaba todo grabado en los ojos, marcado a fuego en las entrañas, donde habría de preservarlo para siempre. En el capazo de la memoria había ido colocando cuidadosamente, para que no sufrieran merma o menoscabo, imágenes y sensaciones imprescindibles para cuando, llena de añoranza, intentara buscar consuelo evocando el color dorado de la piedra de Santanyí, el color de la ciudad lamida por el sol en los atardeceres del otoño, el color de pan con aceite de los días calinosos del invierno, el olor de los higos puestos a secar, o el de la tierra recién humedecida por la lluvia, el sabor exacto de las moras y de los nísperos, el beso de las granadas al chocar con sus dientes o aquel beberse la sangre del mes de junio en los frutos rojos de las cerezas. Sentía necesidad de volver a probar todo cuanto durante un año fue descubriendo en el paladar, el año en que para enseñar a leer a los niños de Casa Sampol permaneció en Son Gualba. Quiso más a esos niños que a cualquiera de sus otros alumnos, no sólo por el trato íntimo —dormía en la misma habitación—, sino porque la prematura muerte de su madre les había dejado faltos de ternura. Muchas veces, mientras acunaba a la pequeña cantándole un *Vou-veri-vou* al que había variado la letra —*No ploreu, angelet, no / que na María no ho vol,* y decía María en vez de *sa mareta,* que al fin y al cabo sonaba igual— creía que aquella pequeña era suya, concebida en su propio vientre. Cuando los niños se fueron a vivir a Granada, con los abuelos maternos, porque su padre se volvía a casar con una mujer que los detestaba, María sintió que le pillaban los dedos y con unas tenazas le arrancaban las uñas lentamente. Ahora había vuelto a recuperar aquella sensación y le resultaba todavía más dolorosa. Era como si alguien intentara arrastrarla tirándole de los pelos mientras otro la mantenía asida por las piernas, para descoyuntarla. Trataba de pensar que al llegar a aquella otra isla —por lo menos eso era un aspecto positivo, un punto en común entre su tierra nativa y la de adopción— el tiempo obraría el milagro de que se sintiera entera y completa de nuevo, aunque a la vez eso le pareciera una especie de traición, una infidelidad para con el lugar donde había nacido. Comenzó su añoranza de todo mucho antes de irse, y aunque seguía notando la lisura del aire o cobijándose bajo la sombra maternal de la higuera de la plaza, ni el aire ni la higuera eran ya los mismos. Sin haberse marchado, deseaba un retorno imposible y aún se compadecía más cuando se preguntaba qué pasaría en Ciutat con su propio recuerdo. ¿Quién la tendría presente mientras ella estuviera lejos? Sus hermanos la olvidarían en seguida, igual que los niños a los que había enseñado el abecedario, para quienes no representaba otra cosa que una brizna perdida en el territorio de la infancia, demasiado vasto para que su recuerdo echara raíces, como ella hubiera querido. Con el confesor, a quien probablemente más que a nadie había mostrado su alma, mantenía una estricta relación de penitente. Y aunque nunca le había escondido nada, ni su desencanto por el hecho de que su padre eligiera a Isabel ni después la pena de tener que dejar Mallorca, sabía que no se le podía abrir del todo para pedirle lo que más necesitaba: un poco de afecto algo más profundo que el tenerla presente en sus oraciones como él le prometió y la seguridad de que contestaría sus cartas. El padre Rubió, tal vez porque era negado para la correspondencia, le había aconsejado que no le escribiera, que buscara en La Habana un nuevo director espiritual, que a buen seguro, encontraría algún siervo de Dios dispuesto... Si al menos, en vez de publicar cuatro poesías en el almanaque de fin de año le hubieran permitido imprimir dos docenas, las posibilidades de que alguien leyéndola la tuviera vagamente en cuenta hubieran aumentado.

Durante las últimas semanas su melancólica obsesión la impulsó a escribir versos de una nostalgia desesperada, y su voluntad de permanencia en Ciutat a ir dejando huellas en cualquier lugar, incluso grabando su nombre en el alféizar de la ventana de su cuarto con un punzón o marcando con sus iniciales piedras, muros y fachadas. Una mañana mientras volvía de una visita de despedida, pasando por el Pla del Carme y aprovechando que no había nadie, no pudo evitar el escribir en el tronco de un olmo la fecha de su nacimiento y la del día que habría de tomar el barco. No se dio cuenta de que don Ignacio Dalmau y el padre Bilimelis la miraban desde un balcón con extrañeza, pero sí pudo oír sus exclamaciones: «¡Hace bien su familia en deshacerse de esta loca!... ¡Es inútil, los *xuetas* no son como los demás!...». Aquella mañana, sintiéndose tan diferente a los demás, vagó por Ciutat para mirarlo todo como si lo viera por primera vez, muy despacio y a placer, y al regresar a su casa se entretuvo más rato del que solía en la Plaça Nova frente a Raúl, el ciego que cantaba romances y vendía pliegos sueltos. Pendientes del cordel, exhibía el tesoro de sus canciones: *Trovas nuevas para cantar los galanes a sus damas, Horrorosos sucedidos, Noticias trágicas y crímenes truculentos...* Conocía a Raúl desde el día en que le había ayudado a cruzar la cuesta de Can Berga y él le había dicho que adivinaba por la voz el carácter de las personas, e incluso más, que sólo con oírlas hablar sabía lo que de bueno o de malo encerraban sus almas y por eso estaba seguro de que ella, no sólo era joven y bonita, sino buena y dulce, y blanca de cuerpo y espíritu como almendruco recién pelado. Para abrirse paso esperó a que Raúl terminase su romance sobre *La verídica relación del terrible asesinato de la calle del Pez.*

> *Consédele,* Virgen Santa,
> a mi *corasón* aliento
> para acabar, como debo,
> de contar este *suseso*
> que, por terrible que sea,
> no me ha de faltar, espero,
> el *juisio nesesario*
> para condenarlo entero.
> Pues quien miente se condena
> y quien mata va al Infierno
> y quien engaña a su padre,
> hombre ya canoso y viejo,
> *merese,* Dios, el patíbulo
> y después el fuego eterno.

Todo el mundo hablaba en Ciutat de aquel suceso, que según el romance, había acontecido en la Villa y Corte no hacía demasiado. Con su relato el ciego se ganaba los garbanzos de un mes a esta parte, sin necesidad de variar su repertorio, sin siquiera tener que encargar un tablón a Soler, el pintor de letreros y no de persianas, como aseguraba con orgullo, «que nadie se equivoque», que en un abrir y cerrar de ojos ensangrentaba un cartón con las heridas mortales de la víctima, traspasada por el cuchillo cachicuerno de su asesino, y como quien dice «¡Ay, que me caigo!», levantaba una horca y armaba un montón de uniformes y otro de encapuchados ante un público asombrado de su buena maña. Raúl aceptaba aquello que no veía como una representación maravillosa, digna de ser colgada en la sacristía de la catedral. María pudo abrirse, finalmente, paso mientras todo el mundo buscaba en los bolsillos una merecidísima moneda. Aquella vez el ciego había puesto todavía más sentimiento y había acertado de lleno, así que, según comentaban algunos, dada la cantidad de público que le rodeaba, iba a hacerse de oro. La hora era buena, el día, el mejor, un jueves de primavera, las criadas paseaban a los niños, los campesinos que habían bajado a la ciudad para vender sus hortalizas, después de recoger los bártulos acudían en masa atraídos por las notas de la guitarra de Raúl y su romance, que dentro de nada volvería a recitar de cabo a rabo.

María tuvo que pegar algún codazo para llegar a ocupar un sitio en primera fila. Se otorgó este derecho con la excusa de que era la última vez que escuchaba a Raúl, la última que se encontraría entre toda aquella gente arracimada. Fue mientras rebuscaba una moneda para echar en el sombrero del ciego que ya pedía junto a ella cuando éste la reconoció y le dijo que sabía que se iba a tierras lejanas y que le echaría mucho de menos. Además, hacía dos noches que había soñado con ella. En sueños se vio a sí mismo cantando un romance muy bello y muy triste del que ella era la protagonista, pero no podía recordar nada más. Las palabras del ciego la confortaron. ¡Tal vez él sí la recordaría cuando dejase de tropezar con su voz!

Nunca se había sentido ni tan triste ni tan desvalida como en los días previos a su marcha, ni siquiera en las semanas que siguieron a la muerte de su padre, que la había cogido desprevenida, porque su agonía fue tan breve como la enfermedad repentina que se lo llevó en cuatro días y medio, una mañana de lunes, cuando parecía que el frío había dejado de ser un peligro para sus pulmones, sin que ni ella ni nadie pudieran hacer otra cosa que esperar junto a la cabecera de su cama la ilusión de un restablecimiento que nunca habría de llegar. Durante aquellas horas terribles, María no sabía si era el sufrimiento de su padre o la impotencia de no poderlo remediar lo que más la apesadumbraba. José Forteza se bebía deprisa la vida que aún le restaba, con rumor de mar gruesa, a grandes bocanadas. Contemplando aquel cuerpo vencido, María se sintió tan vieja como si en lugar de su padre fuera a su hijo a quien viera morir, tal vez porque en los últimos meses, desde que aceptó que su misión en este mundo consistiría ya para siempre en cuidarle, sus sentimientos filiales —obediencia y sumisión— fueron también metamorfoseándose en otros teñidos de responsabilidad que se avenían más con los que las madres aseguran sentir por sus hijos. Aceptó incluso que el viejo acabaría por convertirse —encogido y mínimo, malcriado y desobediente— en un niño, en el hijo que nunca habría de tener. Sin embargo, su muerte también había trastocado aquella sensación y María se encontró tan huérfana y desvalida como si su padre la hubiera dejado no a los veintisiete años sino a los siete. De manera inconsciente cambió las imágenes obsesivas de los últimos días —la cabeza reclinada sobre las almohadas con el cuerpo un poco incorporado para combatir los ahogos— por las del hombre joven que de niña hacía que se muriera de risa con unas bien administradas cosquillas o lanzándola al aire para abrirle los brazos cuando ella ya estaba a punto de estrellarse o por las del anciano experimentado, que en las largas tardes de hacía escasamente medio año, le contaba historias familiares que ella iba apuntando en las primeras páginas de la memoria para poder recordarlas una por una hasta el día de la muerte y que, ahora lo sabía, transmitiría a los hijos de Isabel para que ellos a su vez pudieran transmitirlas a los suyos.

Prometió a su hermano mayor que cuidaría de su hermana pequeña, como a menudo había hecho desde la muerte de su madre, por lo menos hasta conducirla sana y salva a Cuba y depositarla en brazos de su marido, al que Rafael había mandado recado, a través de un patrón que partía de Andratx hacia La Habana, de que ella acompañaría a Isabel. Su hermano le juraba, por la memoria de su padre, que allí habría de ser forzosamente bien recibida. Tampoco le quedaba otra alternativa. Desde hacía un par de años no encontraba ninguna casa donde quisieran admitirla para enseñar a los niños. Los señores que hubieran podido permitirse contratarla preferían ofrecer empleo a clérigos ya que desde la desamortización había un enjambre llegado de la Península. Cobraban sueldos miserables, y daban mucho más prestigio a la familia que ella, una pobre muchacha de orígenes manchados.

La última noche, como no podía dormir, la pasó en la cocina sentada en la sillita en la que había repetido a los niños del barrio que la *m* y la *a* hace *ma* y que las vocales suenan mientras que las consonantes son mudas y donde también había escrito todos sus versos, tanto los que firmaba con su nombre como los que a escondidas había vendido a Raúl para que los cantara como si fueran de cosecha propia. Sentada en aquella sillita, durante los últimos meses, había ayudado a coser el modesto ajuar de su hermana y bordado con guirnaldas de flores media docena de sábanas, pero sobre todo la había ayudado a contestar las cartas que su prometido le enviaba, unas cartas largas y llenas de pasión que a María de tan bellas le parecían arrancadas de las páginas de algún libro. Al principio le costaba entender cómo entre tanta distancia Isabel podía inspirar aquel alud de sentimientos pero, poco a poco, consideró que a su hermana no le faltaban méritos y que las prendas de un par de retratos debían de bastar en tierras lejanas para obrar ese tipo de milagros. María tenía miedo de que Miguel, al darse cuenta de que su mujer casi no sabía escribir, adivinara que no había sido ella quien le contestaba y se sintiera defraudado. Ya que si de una cosa daban prueba las cartas era de que su futuro cuñado tenía una de las pocas almas masculinas dotadas de sensibilidad, cualidad que, a su entender, solía faltarles a la mayoría de los hombres, al menos a la mayoría de los que ella había tratado.

A Isabel, por el contrario, no eran las cualidades poéticas lo que más la seducía de su prometido, sino su generosidad contante y sonante: los regalos que le había ido mandando desde el mismo día en que había aceptado convertirse en su mujer. Entre cuanto decían los pliegos que le llegaban después de que el correo de Cuba tocara puerto en la Península, Isabel escogía los detalles que aludían a hechos cotidianos; las referencias al clima, a los muebles o a los criados le interesaban más que las elucubraciones sentimentales que solía escuchar sin inmutarse. Por el contrario, a María lo que le llamaba la atención eran las palabras de amor e incluso la manera con que su futuro cuñado era capaz de transmitirlas por escrito. A menudo, al releer algunos párrafos para buscar una respuesta a la altura de las circunstancias, se había dejado invadir por la pena de no ser ella la destinataria de aquellas cartas y mientras sus ojos ávidos saltaban de un lado a otro para buscar los fragmentos que más le gustaban, había notado un estremecimiento que la conturbaba y había dado gracias a Dios de que nunca habría de permitirle encontrarse con Miguel. Ahora, después de saber que incluso habría de convivir con él, se consolaba mirando el retrato que su hermana había puesto sobre la cómoda, porque ante su imagen la fuerza de sus palabras desaparecía como por arte de magia. Sus ojos miopes, la boca de labios delgados y rictus contraído, la nariz prominente, curvada, de pico de buitre, en consonancia con unas manos crispadas como garras sobre el mango de marfil de un bastón, en un gesto pretendidamente elegante, la frente estrecha y la barba que enmarcaba una cara redonda y sin atractivo, nada parecían tener que ver con las frases encendidas, ni siquiera con la caligrafía precisa de letras bien conformadas. Desde que supo que iba a acompañar a su hermana a La Habana, decidió olvidar para siempre el contenido de las cartas que alguna noche, cuando todavía creía que se quedaría en Mallorca para siempre, se había recitado a sí misma, bajito, con el deseo de que se mezclaran con las imágenes de sus sueños.

VI

De repente notó un cosquilleo en los brazos y al abrir los ojos comprobó que era el roce de una tela que, desde el techo, recubría toda la cama. Sin atreverse a descorrer el paramento, que como un tejido de araña añadía penumbra a la tenue luz de la habitación, trató en vano de reconocer el lugar. Intentó luego incorporarse para levantarse y tampoco lo consiguió porque las piernas no la obedecían. Se palpó el cuerpo y al comprobar que llevaba un camisón sin mangas, que dejaba al descubierto el escote, se tapó púdicamente con el embozo y se esforzó de nuevo para saber dónde estaba y cómo había llegado hasta aquella habitación ajena. Pero lo único que conseguía recordar era un ruido ronco de mar vieja y temporal. Instintivamente se aferró con fuerza a los bordes de la cama a los que apenas llegaba con los brazos en cruz y las manos bien extendidas. Este hecho la persuadió de que no estaba en la estrecha litera de la cámara del barco y al percatarse también de que el suelo había dejado de moverse, consideró que habían llegado a tierra firme. Sin embargo, incapaz de recordar que hubiesen atracado o fondeado en ningún puerto, creyó que estaba soñando, como tantas veces le había sucedido a lo largo del viaje, y se puso a rezar una Salve para pedir a la Virgen que la ayudara a pasar aquel mal trago. El olfato le traía, no obstante, *vita dulcedo, spes nostra,* otras evidencias alejadas del hedor a vómitos y excrementos humanos mezclados con los de salitre y alquitrán, que durante tantas semanas habían mortificado su nariz, sin la más mínima tregua. Percibía un perfume intenso, más dulce que el de la destilación de jazmines o la maceración de violetas, una mixtura que exhalaba aroma de canela, confundida con alguna esencia indescifrable. Los olores eran tan nuevos que no acertaba a reconocerlos y mucho menos a nombrarlos. Dejó de rezar y abrió los ojos todo cuanto pudo, sin atrever a moverse. Temía estar soñando y por si acaso formaba parte del sueño cuanto veía, se quedó quieta, no fuera que con las ganas de despertarse lo ahuyentara. Una brizna de aire movió las cortinas de encajes y crujió la madera de algún mueble. Instintivamente se volvió hacia el lugar de donde provenía el ruido y a mano derecha descubrió una cómoda grande de aspecto panzudo. Una campana de cristal que debía de proteger la figura de algún santo, que no acertó a distinguir, ocupaba el centro del mármol, junto a un ramo de flores secas. Al otro lado, cerca de la puerta había un armario y más allá un tocador con un jarro y una jofaina. Como nunca había visto aquellos muebles ni le decían nada aquellas paredes empapeladas hasta el techo de un palidísimo azul estampado con guirnaldas y pájaros, se concentró en buscar en el blanco del pasado al menos un punto, por pequeño que fuera, que le permitiese sacar una hebra de luz. Pero fue en vano. Todo cuanto la memoria le concedía seguía siendo el rumor hostil de la marejada. La mar continuaba ululando en la caracola de su oreja, sin descanso posible. ¿Desde cuándo?, se preguntaba. ¿Cuánto tiempo había pasado desde el último temporal? Volvían los rugidos del miedo. Los golpes de azadón de las olas, que, entre coces y bramidos, azuzaban los colmillos de sus innumerables bocas contra el vientre indefenso del barco. No le importaba volver a pasar la angustia de aquellas horas si a partir de aquel hilo podía enhebrar la aguja que le sirviera para zurcir los retales de la memoria. Una pereza mineral, una lasitud infinita la llevó a cerrar los ojos y a navegar, sin desearlo, otra vez por los caminos de la inconsciencia. A ratos, como si no estuviera dormida, las señas del mundo —rumores mezclados con restos de conversaciones, cantos de gente que faenaba fuera— la empujaban suavemente a dejar el suyo lleno de niebla y entonces volvía a entreabrir los ojos, volvía a hacer esfuerzos para recobrarse. En un intento desesperado, se pellizcó el brazo con la mano derecha. Pero tenía tan pocas fuerzas que apenas pudo hacer presión. Entonces se le pasó por la cabeza que agonizaba, que aquel runrún era lo último que oiría, que pronto estaría de cuerpo presente en aquella habitación cedida por algún buen samaritano que le había dejado un lecho para morir. Volvió a rezar. Pasaba del credo al señor mío Jesucristo. Se encomendó al Cristo de la Buena Muerte. Intentó hacer examen de conciencia, aunque no conseguía reconocer sus pecados. Las culpas y faltas, los defectos e imperfecciones se diluían en una nebulosa. Su arrepentimiento se difuminaba en una especie de limbo. El Cristo de la Buena Muerte tenía el mismo rostro que el de Santa Eulalia. Y de pronto se encontró de nuevo en Ciutat arrodillada en un banco de la iglesia al lado de su hermana, un día antes de embarcarse, llorando. Y llorando llamó a Isabel pero la voz no le salía. No puedo morirme, Señor. He de acompañar a mi hermana, lo prometí... Intentó levantarse pero las piernas no le respondieron. Las notaba de plomo. Se destapó. Quería ver con sus propios ojos si era suyo aquel cuerpo que no la obedecía. Pero sólo lo reconoció a medias. El camisón se le había arrebujado en la cintura, sobre los pantalones de encaje que le cubrían las piernas, que, por debajo de las rodillas, llevaba vendadas. Volvió a taparse. Tenía la impresión de que cuanto le estaba sucediendo le era ajeno. Le pareció que la tela que cubría aquel lecho prestado en el que yacía debía de estar en su cabeza y que al recubrir también con un velo de niebla las facultades del entendimiento y las potencias del alma le obnubilaba la consciencia. Estéril de recuerdos cercanos, volvió al Cristo de Santa Eulalia, al barco y al temporal. Volvió a Mallorca, de donde era y de donde venía hacia La Habana. Hacia atrás podía retroceder sin miedo, lo que no podía era seguir hacia delante porque una barrera de mar se lo impedía. Tal vez estoy muerta, pensó, aunque si estuviera muerta no vería nada, y abrió más los ojos. Se dio cuenta entonces de que a su lado estaba sentada una muchachita joven, de piel oscura y cabello rizado que le sonreía, y mirándola exclamaba:

—¡Virgen de Regla! ¡Qué milagro tan grande, la niña ya despertó!

Escuchó la voz con sorpresa. Nunca había oído un acento tan blando, ni una cadencia tan suave. Intentó preguntarle quién era y dónde estaba pero la voz no le salía. No podía pronunciar palabra.

—¿Qué desea, niña?

María Forteza movió la cabeza y señaló la boca. La negrita a su lado la contemplaba con curiosidad. Había retirado la mosquitera y con el abanico que tenía en la mano parecía darle aire aunque en realidad se abanicara a sí misma.

—¿Qué desea, niña? —volvió a insistir.

Ella repitió el gesto mientras con los ojos intentaba preguntarle todo lo que quería saber sin conseguir transmitir más que su perplejidad.

—¿No puede hablar, niña?

María negó con la cabeza. La muchacha salió entonces de la habitación, gritando:

—¡La señorita se ha despertado! ¡*Niña* Angelita, la señorita se ha despertado!

Ángela de Fortaleza acababa de ajustarse el corsé ayudada por su doncella cuando oyó los gritos de Felicitas mientras salía de la habitación que le habían asignado a la señora de Fortaleza, la menos calurosa y resguardada de la finca para no perturbar su descanso y acelerar su restablecimiento. Ángela tuvo que ordenar a Felicitas que dejara de gritar y de golpear la puerta de su cuarto, porque ya la había oído y en cuanto se acabara de vestir iría a ver a su cuñada. Pero la negrita seguía alborotando la casa comunicando a todos que la Virgen de Regla, a la que habían rezado una novena, por fin había hecho el milagro de curar a la señora de Fortaleza.

Ángela, con los cabellos sueltos para darse más prisa, tardó sólo tres minutos en abandonar su alcoba para ir a la de la forastera. Nada más abrir la puerta se dio cuenta de que llevaba puesto todavía el peinador y se desprendió de él con gesto firme. Sin palabras, con una mirada ordenó a su doncella, que la seguía dos pasos atrás, que lo recogiera y le cerró la puerta en las narices. Después, de puntillas, intentando no hacer ruido, se acercó a la cama y retiró la mosquitera. La enferma volvía a tener los ojos cerrados. Ángela con cuidado le arregló el embozo y le retiró los cabellos de la cara. Luego le cogió la muñeca para tomarle el pulso.

—¿Estás mejor, querida? —le preguntó en un susurro—. Felicitas dice que te has despertado. ¡Ojalá no sea una fantasía de las suyas!

María Forteza abrió los ojos y miró a Ángela. No recordaba haberla visto en su vida. Hizo esfuerzos para hablar pero no consiguió articular palabra. Le buscó los ojos y en ellos volcó todas las preguntas pendientes, como había hecho antes con la negrita.

—Mandaré en seguida aviso a La Habana —dijo Ángela—, para que venga Miguel. Estoy segura de que en cuanto recobres las fuerzas podrás hablar. Has estado muy grave, pobrecilla, pero el peligro ya ha pasado. El médico está abajo, voy a buscarle.

Ángela salió con el mismo sigilo con que había entrado. En la puerta se cruzó con Felicitas, que esperaba órdenes, y le mandó que en silencio hiciera compañía a la señora. Pero Felicitas, en vez de estar callada, rompió a cantar bajito y al acabar trazó un par de cruces sobre la enferma. Al ver que ésta volvía a abrir los ojos, le dijo que había cantado y rezado para espantar a los espíritus malignos que la mantenían prisionera, atada a aquella cama de pies y garganta, ya que ser mudo era peor aún que estar preso, peor que ser ciego o sordo, peor que cualquier otra cosa, y que ella no deseaba que la *niña* se quedara sin hablar para siempre, que lo que deseaba era que volviera a hablar en seguida, aunque sabía que cuando las señoras hablaban daban mucha mala vida a los esclavos, les castigaban con *cuero* largo de palabras puntiagudas, palabras que golpeaban el alma y la hacían sangrar igual que al cuerpo, porque por el alma también pasaban venas...

La enferma contemplaba a Felicitas desconcertada, nunca había visto de cerca a alguien tan oscuro. De su parloteo sólo entendía palabras aisladas. De pronto la negra se calló y comenzó a moverse deprisa alrededor de la cama tratando de alisar las arrugas de la colcha mientras entonaba una letanía para espantar a los malos espíritus, según dijo.

María Forteza pasaba de la semiinconsciencia a la perplejidad de la que emanaba un punto de lucidez que le permitía tener la sospecha de que había llegado a casa de los Fortaleza, y la habían acogido con afecto, pero echaba en falta a su hermana, ¿por qué no venía a verla Isabel? ¿Por qué la dejaba sola?

Ángela había entrado otra vez y había hecho salir a la negrita. Con una sonrisa amable que dulcificaba el gesto adusto de su rostro altivo, acercó una silla a la cama y retiró la mosquitera. Luego, con la ayuda de su doncella que sostenía una bandeja con una taza, intentó que la enferma tomara un caldo de gallina, escogida por la cocinera entre todas las aves del corral, porque era la candidata con mejores popas, y sacrificada especialmente para ella. Al tercer sorbo pareció despertársele el apetito dormido tantos días, durante los que le habían hecho tragar líquidos a la fuerza.

—Muy bien, querida —dijo Ángela—. Así te curarás pronto. ¿Quieres descansar? ¿Quieres que no hable?

La enferma negó con la cabeza.

La voz de Ángela de Fortaleza fue imponiéndose suavemente sobre el tejido de otros rumores venidos del jardín y, todavía desde más lejos, ladridos de perros, gritos de pavos reales, canciones de trabajo, murmullo de agua, pisadas de cascos de caballos. Le contó que todos habían estado muy contentos con su llegada y que habían dado muchas gracias a Dios porque le había conservado la vida en un viaje tan accidentado, que hasta estuvieron a punto de naufragar a causa de un tifón. Le contó que también había sobrevivido a la epidemia de peste que había asolado el barco llevándose por delante al menos a una docena de pasajeros. Le dijo que si había sido capaz de superar todas aquellas penalidades, también superaría lo poco que le faltaba ahora que por fin había llegado a casa de su esposo y estaba junto a ella, su cuñada Ángela, en la Deleitosa de la Esperanza, la plantación de la familia, porque los médicos consideraron que los aires del campo le serían beneficiosos y abreviarían su convalecencia.

La voz inconfundible de Felicitas desde detrás de la puerta pedía permiso para que entrara el médico. El doctor Ripoll se inclinó lentamente mientras saludaba antes de dejar su inseparable maletín de cuero sobre la silla. Después, con la misma parsimonia, se acercó a la cama para examinar a la señora. Le tomó el pulso, la auscultó, le miró la garganta. Satisfecho, porque consideró que al haber recobrado la consciencia estaba fuera de peligro, diagnosticó solemne que la gravedad ya había pasado. Pidió después que le trajeran agua caliente, vendas, yodo y la jofaina de las curas. Con sumo cuidado procedió a desvendarle las piernas tumefactas y llenas de costras. María apretó los labios y no se quejó porque no podía. El médico, ayudado por Ángela, limpiaba los abscesos purulentos con agua jabonosa antes de aplicarles una compresa yodada y proceder a vendarlos de nuevo.

—Debe curarse cuanto antes, señora —le decía Ripoll mientras volvía a vendarle las heridas—. No estaría bien que tuviera que regresar a La Habana muda y con muletas. Su marido no me lo perdonaría. Si usted come y hace un esfuerzo le aseguro que las piernas la obedecerán muy deprisa. Se lo prometo... En cuanto a la garganta, hoy mismo debe empezar a hacer gárgaras. Miel, bicarbonato y limón con agua templada, y ya lo creo que volverá a hablar, y por los codos..., como todas las mujeres, con perdón. Pero tiene que comer, señora de Fortaleza. La alimentación es el sustento del cuerpo y también del espíritu. La desnutrición acaba con las almas, hace que se escapen del cuerpo para ir en busca de otros alimentos, pueden estar seguras... —aventuró socarrón, dirigiéndose también a Ángela—. Volveré por la tarde, y mucho ánimo —dijo apretando la mano de la enfermera.

Luego recogió sus utensilios, cerró el maletín, hizo una reverencia y salió, acompañado por Ángela. María les oyó hablar detrás de la puerta, pero no entendió qué decían. Supuso que se referían a ella, a la evolución de sus males, y entonces, por primera vez, cobró conciencia de que en aquella casa la habían tomado por quien no era, por Isabel, la mujer de Miguel de Fortaleza.

VII

María, a quien desde su llegada a Cuba todos llamaban Isabel, no supo que su hermana había muerto hasta que Ángela se lo contó, en presencia del médico, por si la noticia la afectaba hasta el
punto de tener que administrarle algún remedio de
urgencia. Supo entonces que, en el cuaderno de bi-
tácora del barco que la había trasladado desde el
puerto de Barcelona hasta el de La Habana, el capitán Daviu había anotado entre los nombres de
los pasajeros atacados por la peste los de María
e Isabel Forteza y Forteza, naturales de Palma de
Mallorca, y que junto al de María figuraba una
cruz con la fecha del óbito. Ángela hizo acopio de
toda la delicadeza de la que fue capaz para decirle
que Dios le quitaba una hermana, pero le daba otra
en su persona y le prometió que la acompañaría
siempre, ayudándola con cuanto estuviese en su mano. Con un tono apesadumbrado, acorde con la escena, se sumó a las lágrimas de la que creía su cuñada y mostrando su carácter resuelto le aseguró
que ya había encargado cincuenta misas en sufragio de la difunta al capellán del ingenio y en cuan-

to volviesen a La Habana mandaría que se celebrasen unos funerales en la catedral. Mientras el doctor Ripoll recetaba una infusión de hierbas calmantes a la enferma a punto de desmayarse, Ángela añadió que si no hubiera sido por una carta de Rafael, llegada desde Mallorca de manos de un marinero, en la que decía que Isabel viajaba acompañada por su hermana María, nadie en casa de los Fortaleza hubiera demostrado el menor interés por averiguar el nombre de las víctimas causadas por la peste en el barco *El Catalán*.

Pocas horas después de conocer la noticia, a fuerza de ordeñar la vaca de la memoria, María creyó recuperar el instante en que su hermana, enferma de peste, pero aún consciente, le puso en el dedo su anillo de boda. Sin embargo, no estaba segura de que el rostro descarnado de Isabel, los ojos brillantes por la fiebre y los labios resecos color de mora, que ahora evocaba por primera vez, correspondieran a su agonía en el barco, quizá porque a aquellas imágenes se superponían otras que respondían a una realidad más antigua, cuando Isabel, todavía niña, acosada por el tifus estuvo a punto de morir y le hizo prometer que rezaría por ella todos los días de su vida mientras le entregaba un anillito de filigrana que siempre llevaba. Las imágenes de una Isabel consumida por la enfermedad despidiéndose de ella mientras la vida se le escapaba, entre estremecimientos y convulsiones, debían de provenir de entonces, porque por mucho que se esforzaba no conseguía recuperar el momento de su muerte. Los recuerdos parecían empeñados en conducirla hacia las horas quietas de la travesía, cuando la bonanza les deparaba largos ratos de aburrimiento sobre la vasta soledad marítima y hablaban sin parar. Juntas habían proyectado un futuro en común, porque Isabel le había prometido que nunca permitiría que la apartaran de su lado, que ocurriera lo que ocurriera, la señora de Fortaleza jamás abandonaría a su hermana, que se había sacrificado acompañándola a cruzar el mar. Isabel se pasaba el tiempo haciendo cábalas para tratar de aliviar la monotonía de aquel único paisaje siempre azul, imaginando su vida en La Habana. En ocasiones se veía ya en casa, estrenando vestidos, sombreros y mantones a docenas, de todos los colores posibles, menos de los marítimos, porque se había hartado de azules..., y para todo contaba con María. Me ayudarás, le decía, a escoger las telas, a dar conversación y atender a las visitas, tendrás que seguir escribiéndome las cartas..., añadía riendo, y más adelante, cuando lleguen los niños les enseñarás a leer, nadie, ni el mejor maestro, podrá hacerlo con tanta dedicación como su tía... Empezó a recobrar frases sueltas y después, poco a poco, le fueron viniendo a la memoria conversaciones enteras pero ninguna en la que Isabel se mostrase dispuesta a que ella la sustituyese, casándose con su marido. Por eso tenía el convencimiento de que murió sin darle tiempo a prevenir nada ni a darle el anillo que ella aún conservaba en el anular de la mano derecha. Supuso que hubo de ser el capitán quien se lo entregara, después de comunicarle la muerte de Isabel, aunque la explicación más plausible que encontraba para no recordar aquel momento, para no poder evocar con certeza ninguna referencia de la agonía de su hermana, era la de su propia agonía. Debieron de contagiarse a la vez, cuando sólo faltaba semana y media para llegar al puerto de La Habana y juntas fueron confinadas en una bodega con los demás apestados. María necesitó reunir todo el coraje que le faltaba para hacer el esfuerzo de verse a sí misma cerrando los ojos de Isabel pero la memoria le negaba esa imagen: su hermana había muerto sola, sin que ella hubiera podido estar a su lado consolándola, y a continuación su cadáver, como se hacía con todos los apestados, debió de ser tirado por la borda a hurtadillas sin ceremonias, sin ataúd, envuelto sólo en el sudario de su propia sábana, atado con unos cabos al colchón, al que habrían añadido un lastre para que se hundiera más deprisa. El mar, ávido, solía aceptar de buen grado aquellos comistrajos repulsivos y los engullía con rapidez, aunque a veces vomitara y escupiera lo recién tragado. Con las primeras luces de un amanecer turbio, María se despertó espeluznada porque en sueños había creído contemplar el cuerpo mutilado de Isabel, flotando en medio de las aguas.

La piedad por su hermana la llevó a modificar también esa circunstancia y se contó a sí misma, porque así tenía intención de relatarlo a los demás cuando pudiera, que Isabel había sido despedida con todos los honores en una ceremonia solemne, presidida por el capitán vestido de gala y con la tripulación formada en la cubierta. El propio capitán Daviu, después de escuchar con devoción un responso entonado por el capellán de a bordo, había pronunciado unas palabras muy sentidas alabando la personalidad de la señora de Fortaleza, a quien había tenido el gusto de tratar durante aquella desgraciada travesía. Daviu hubo así de ponderar las cualidades y virtudes de Isabel, además de su belleza. De tanto imaginar la escena acabó por aprenderse de memoria las palabras del capitán que había hecho su discurso funerario en mallorquín para que el alma de la señora se sintiera más acompañada al ser despedida en su lengua.

María Forteza regresaba lentamente al mundo de los vivos con un dolor que iba aumentando a medida que la muerte se alejaba de su lado. Notaba en las piernas un suplicio de infinitas tachuelas clavadas por martillos expertos y en la garganta un embudo por donde se precipitaban las palabras en cuanto pretendía hacer el esfuerzo de pronunciarlas. Todavía nadie había oído su voz que a ella le parecía engullida por una especie de fuelle que desde el estómago le robaba los sonidos. Mucho más resignada a quedarse coja, impedida incluso, que muda, hacía todo cuanto el médico le ordenaba. Llevaba el cuello envuelto con una bufanda con lo cual se pasaba el día empapada en sudor. Con paciencia infinita, trató de hacer las gárgaras prescritas por el doctor Ripoll, por lo menos tres veces al día, después de las comidas. Llegó incluso a aficionarse al sabor del limón y al del bicarbonato que en un principio encontraba amarguísimo. Se acostumbró también a dominar las náuseas que sentía cuando Ángela, en funciones de enfermera, le apretaba la lengua con el mango de una cuchara para que el médico le aplicase un algodón con yodo sobre la faringe, donde aseguraba que había un absceso que, si no cedía con aquellas curas, tendría que ser extirpado en cuanto recobrara las fuerzas.

Pero la enferma, decidida por encima de todo a ponerse bien, no sólo siguió al pie de la letra las directrices del médico, sino que también dejó que Felicitas interviniese con otros remedios que, según Ángela, no servían para nada, aunque tampoco podían hacerle ningún daño. Accedió a que la negrita le untase el cuello con una especie de engrudo hecho de pulpa de plátanos quimbombó y yuca molida que le aliviaba durante unos minutos la sensación de calor con sus virtudes refrescantes. También aceptó, aunque sorprendida, que impusiera las manos sobre su cabeza, tal y como había visto que hacían los curas en Mallorca cuando algún hombre se confesaba, y rezase en una lengua desconocida una salmodia, *en kendá salanga fediyamufé,* que sonaba a conjuros y jaculatorias. Tampoco se opuso a seguir las instrucciones de una vieja mandinga, que le instaba a que probara sus brebajes de cocimiento de semillas de ajonjolí y hojas de yagruno, y un buen día entró en su cuarto con una jofaina tapada de la que emanaba un olor balsámico que no era de eucaliptos, como el que recordaba haber olido de niña cuando la abuela, para reblandecer los pulmones, le hacía meter la cabeza dentro de una gran olla, sino de hojarasca y resina. Dejó que la negra le cubriese la cabeza con una toalla para inhalar directamente de la jofaina aquel vaho que no le devolvió la voz pero que en cambio le produjo la sensación de que el embudo de la garganta menguaba y los pulmones se le ensanchaban.

Mientras esperaba una mejoría que llegaba lentamente, tenía todo el tiempo del mundo para volver del revés el cuello y los puños de la camisa de sus recuerdos, organizar la memoria a su conveniencia y tratar de borrar las fronteras entre lo que había sucedido y lo que, por el contrario, le hubiera convenido que llegase a suceder. A veces conseguía que los límites fueran lo suficientemente borrosos para instalarse en una tierra de nadie, donde poder construir un pasado sin remordimientos que le permitiese encarar el futuro adoptando el nombre de su hermana. Tenía entonces la seguridad de que Isabel le daría desde el cielo su bendición aprobando su comportamiento. A ratos oía incluso la voz de Isabel diciéndole: María mía, me muero..., cásate con Miguel. Con la voz de su hermana sonando en su cabeza se mezclaban las voces de las veladoras a las que Ángela había ordenado que no se movieran de su lado para atenderla y a las que, por mucho que bajasen el tono y hablasen mansamente como quien reza el rosario, percibía con nitidez. Parecía que el oído se le había agudizado, quizá para compensarla por la pérdida del habla. Una tarde, entre alusiones y chismes que hacían referencia a gentes que no conocía, la vieja mandinga de las hierbas salutíferas soltó una retahíla que aludía al *niño* Miguel y a sus relaciones con las esclavas. El Miguel que ella conocía por las cartas en nada se parecía al ser lascivo que aquella mujer describía con detalles de una obscenidad tan cruda que la turbaron, especialmente cuando medio riéndose Felicitas aventuró que tal vez el *niño* no habría querido esperar a solemnizar las bodas para hacerle un hijo. María, aterrorizada, pensó que si era cierto, si Miguel la había poseído sin que ella se enterase, pensando que poseía a su legítima mujer, y se negaba a aceptarla por esposa cuando supiera que no era Isabel, tampoco habría convento que la admitiera. No tenía más remedio que intentar por todos los medios casarse con él. Sólo de esa forma evitaría que la enviasen de vuelta a Mallorca donde ahora, a pesar de la añoranza por su casa, por sus humildes pertenencias, por su cama, mucho más dura que esta prestada en la que yacía, con doble colchón de lana, o por la pobre habitación donde dormía, que hubiera cambiado con gusto por la amplia y lujosa donde estaba instalada, no quería volver. Tener que cruzar de nuevo el mar la aterrorizaba. Prefería morir a embarcarse de nuevo. Pero si Dios no la llamaba a su lado, estaba dispuesta a hacer cualquier cosa para quedarse en Cuba, aunque fuera mendigar. Impedida y sin poder hablar no podría vivir más que de la caridad ajena. Para convencer a los Fortaleza de que era a ella a quien correspondía casarse antes que a su hermana, necesitaba ponerse bien, igual que para convencer a Miguel de que casándose con ella era casi como si se casara con Isabel. Se parecían tanto que los retratos que le habían enamorado podían pasar por suyos, incluso Isabel, para ir a casa del retratista, se había peinado como ella y en el barco algunos pasajeros habían llegado a confundirlas. ¿No le había dicho su padre que era más guapa que su hermana? Además, ella había contestado una por una las cartas de Miguel, y para probarlo estaba dispuesta a recitárselas enteras, palabra por palabra, al oído sobre la misma almohada. Quizás más que de Miguel, la decisión de que éste la aceptara por esposa dependía de don José Joaquín de Fortaleza, ante quien, en cuanto estuviera restablecida, imploraría ayuda, segura de que no habría de defraudarla. Aunque a veces, cuando no se sentía tan animosa, pensaba que la generosidad del señor de Fortaleza tendría un límite, que ya había hecho bastante acudiendo en socorro de los parientes de Mallorca, que el matrimonio de su hermana fue como una propina que no tenía por qué repetirse con ella, enferma y sin dote. Tratando de buscar una salida, pasaba muchas horas rezando y no sólo se dirigía a Jesucristo y a la Virgen María sino a su padre para que desde el cielo le mostrase el camino que había de tomar. Sola y desamparada se sentía aún más huérfana. A ratos, sin embargo, sacaba fuerzas en la creencia de que era la madre de sí misma y que había de hacer cuanto pudiese para consolar a la niña que llevaba dentro.

También, a medida que pasaba el tiempo, las brumas de su memoria comenzaban a desvanecerse, y se rasgaban las telarañas que envolvían los recuerdos. De pronto una tarde le pareció que recuperaba el momento en que se había contagiado por la peste que acabó con la vida de la mitad de los pasajeros y buena parte de la tripulación. Se le hicieron presentes las horas de agonía, la inconmensurable sensación de sed, el horror a la muerte, cuyo rostro había tenido tan cerca que podía llegar a confundir su fétido aliento con el suyo propio. Pero no pudo averiguar en modo alguno cómo había pasado del barco al hospital, ni cómo desde allí, finalmente, había sido trasladada a casa de los Fortaleza. Sí había recobrado, no obstante, las señales que le permitían recomponer su identidad, no le quedaba más remedio que darse a conocer. Pero el miedo a tener que dejar aquel techo protector, sin saber adónde ir, de abandonar la habitación que la acogía, la disuadían impulsándola a retrasar todo cuanto fuera posible la decisión y se pasaba muchas horas con los ojos cerrados, concentrada en sí misma como si aún navegase en la inconsciencia. Se decía que en cuanto pudiera valerse, confesaría quién era, pero mientras tanto no. Dejaba que el médico la animase asegurando que estaba mejor y que muy pronto podría andar si seguía obedeciéndole como hasta ahora. Dejaba que Felicitas rezase su repertorio de oraciones y continuase aplicándole los mismos engrudos. Dejaba que desde la cocina le subiesen los caldos más sabrosos de las gallinas más gordas. Dejaba que Ángela le leyera las cartas que su hermano le enviaba desde La Habana, cartas tan apasionadas como las que recibía Isabel en Mallorca y donde le notificaba que pronto iría a verla, que contaba las horas que faltaban para que le permitiesen estar a su lado ya que, sólo obligado por el médico, aceptaba el sacrificio de tener que esperar a que estuviera más restablecida.

Pero Miguel no tenía ninguna intención de visitarla y le daba lo mismo dónde y cómo se encontrara. La había visto un instante antes de que la trasladaran a la Deleitosa y le había parecido más delgada, fea y mustia que en las fotografías. Para alejarse de ella, y con la excusa de que cuando estuviera curada le sería más fácil vencer la repugnancia que le causaba aquel saco de huesos y aquellos ojos sin expresión, pidió a su hermana que se la llevase al ingenio. Ángela accedió porque se sentía responsable de aquella pobre desgraciada a la que había encandilado con sus cartas, pero hizo prometer a su hermano que acudiría al campo en cuanto ella le llamase y que, al menos durante las primeras semanas de convivencia matrimonial, se comportaría a la altura del personaje que había mantenido aquella correspondencia y fingiría ser aquel que ella había ido construyendo a lo largo de año y medio de escribir cartas en su nombre. Miguel se avino. Eso le permitiría un tiempo de libertad. Acababa de iniciar una nueva conquista: la hermana de un amigo, venida de Tampa, con aires de domadora de circo y ojos verde claro, dos cosas que por separado siempre le habían atraído y que juntas le habían hecho enloquecer. De momento no quería pensar en los problemas de su matrimonio, ni estaba dispuesto a ocuparse de nada que no fuera el rabioso presente. Por eso dejó que otra vez su hermana decidiera por él, que siguiera escribiéndole en su nombre, si le apetecía, debía de tener ya mucha práctica, después de tanto tiempo. A él le daba lo mismo. La moda de la correspondencia siempre le había parecido una bobada de frailes o mujeres desocupadas, y él no tenía ni un pelo de ninguno de los tres, estaba seguro. Si llegada la hora no le quedaba más remedio que irse a la cama con aquel pellejo se lo tomaría como el sacrificio que el azar le deparó el día en que se había jugado con Gabriel su futuro, pero, mientras tanto, sólo él decidiría con quién deseaba compartir las sábanas. Ángela le riñó por su mala cabeza, como solía hacer siempre, pero también como siempre Miguel no le hizo caso. Ni una sola vez durante el tiempo que la nueva señora de Fortaleza pasó en la Deleitosa tuvo el detalle de ir a verla. Las noticias que de vez en cuando le llegaban de su mejoría en vez de contentarle le enojaban, y así se lo indicó a Ángela en una nota breve donde también le aseguraba que su deseo más ferviente era que Isabel se muriera, tal vez así su padre permitiría que se casara con la señorita Tumbell. Ángela, indignada, estuvo a punto de romper el papel, pero, finalmente, lo guardó para poder usarlo, amenazándole con enseñárselo a su mujer si se portaba mal. Pero el azar le tomó ventaja.

VIII

La mejoría de la enferma permitió que Ángela, aburrida de pasarse el día en la Deleitosa, aceptara con gusto la invitación de la señorita Dorothy Parker, traída en persona por el administrador del ingenio Morena Clara. En una nota de caligrafía inglesa impecable, la señorita Parker insistía en las ganas que tenía de conocer a su vecina más cercana. Acababa de llegar a Cuba y no había podido establecer aún contactos con nadie. Por eso le rogaba que le permitiera invitarla a tomar el té o, si lo prefería, dadas las costumbres locales, a cenar. Dejaba el día y la hora a elección de Ángela, con tal de que fuera pronto, le decía. Sólo necesitaba que se lo notificara con antelación suficiente para que pudiera mandarle el coche. Le preguntaba también si detestaba algún tipo de comida o, por el contrario, prefería un determinado plato para que el cocinero tuviera a punto los ingredientes. Aquellas puntualizaciones tan inusuales iban acompañadas de una esencia de violetas intensísima. Ángela, que guardó en el bolsillo de su delantal de labores la carta, siguió notando la persistencia de su olor durante toda la tarde y aun a la mañana siguiente.

Su aroma la perseguía todavía dos días después, un viernes por la tarde cuando el cochero de los Parker le abrió la portezuela de la volanta y con una reverencia se presentó: «Mi nombre es Marco Antonio, para servirla, y estoy a sus órdenes». Después, desde el pescante esperó que la señorita le mandara partir. Alto, con ojos de menta y piel de clara a punto de nieve —una rareza entre los de su oficio—, manejaba con energía las riendas de una yegua también blanca. Era la primera vez que Ángela salía de la Deleitosa desde que llegó con la forastera y estaba excitada. Además, había tomado la decisión de ir a casa de los Parker por su cuenta, sin consultar con nadie, y sospechaba que su padre, cuando lo supiera, la reñiría. Nunca el señor de Fortaleza había aceptado ninguna invitación de su vecino, disculpándose siempre con pretextos inconsistentes. Pero esta vez era a ella a quien invitaban. El billete iba dirigido directamente a su persona y firmado no por el señor Parker, sino por la señorita D. Parker, que no era lo mismo, y esa diferencia le permitía disipar las dudas y no tener que buscar ningún subterfugio para declinar el ofrecimiento. Accedió con la excusa de que ir al ingenio de sus vecinos le permitiría olvidar por unas horas el cansancio acumulado durante tantos días de atender a la enferma, y aceptó como un premio la posibilidad de conocer a una muchacha que parecía de su edad, aunque era consciente de que lo que verdaderamente le atraía era el hecho de tomar sin consentimiento de nadie una decisión que la llevaría a comprobar si su padre estaba equivocado en no querer mantener con los Parker ningún trato. La curiosidad de poder constatar por sí misma si todo cuanto decían sobre la extraña vida de Parker era cierto, si de verdad vivía con un montón de concubinas con las que tenía numerosos hijos, porque su religión coránica se lo permitía, la excitaba más aún que comprobar si los lujos que había incorporado al ingenio eran tantos como había oído y hasta qué punto había dilapidado una fortuna en la modernización del Morena Clara.

Ángela de Fortaleza había visto una sola vez al señor Parker y más que en él se había fijado en su bastón de nácar y empuñadura de oro, del que, decían, no se separaba nunca porque dentro escondía un finísimo estoque. Fue cuando Parker se presentó en la Deleitosa acompañado de su abogado para intentar comprarle la finca a su padre. Sin importarle lo más mínimo que no estuviera en venta, ofreció el doble de su valor. Estaba dispuesto a pagar no en dinero, letras de cambio o pagarés de banco, sino con esmeraldas de valor certificado y más perdurable. Pero si las esmeraldas no eran del gusto de Fortaleza y prefería lingotes de oro, tampoco tenía inconveniente. Hablaba con la contundencia de los que están acostumbrados a mandar pero su tono era agradable y la corrección con que planteó sus intenciones, absoluta. Admitió incluso comprender que el señor de Fortaleza no quisiera desprenderse sin necesidad de un ingenio tan productivo pero, por si un día cambiaba de opinión, él le rogaba que tuviera en cuenta su interés por la Deleitosa, ya que eso le permitiría ampliar sus dominios hacia el norte. Fortaleza le aseguró que perdía el tiempo, pues jamás vendería la finca y ofreciéndole la cortesía estricta de un cigarro lo despachó en cuanto creyó haber cumplido con los mínimos elementales de hospitalidad. Molesto por las maneras directas de Parker, Fortaleza le consideró un prepotente y se ahorró en el futuro cualquier contacto. Sin embargo, no dejaba de prestar atención a todo cuanto la gente contaba de Parker, deseoso de saber qué mejoras estaba realizando en el Morena Clara, en qué invertía y, sobre todo, de dónde procedía el cargamento de piedras preciosas que, según decían, había confinado en una cámara acorazada construida a propósito en un lugar recóndito de la finca. El propio Parker había hecho correr el rumor de que el tesoro procedía de la explotación de una mina que tenía en el Brasil. No obstante, por las inmediaciones del Morena Clara, todos aseguraban que el origen de su fortuna era muy otro y que provenía de África. La había amasado en Dahomey, en donde había llegado a establecer una factoría importantísima, comerciando directamente con los reyezuelos africanos. Decían que había llegado allí como náufrago. El capitán del bajel en el que viajaba había mandado que le tiraran por la borda, porque tenía la sospecha de que estaba a punto de encabezar un motín y prefería contribuir a cebar a los tiburones que equivocarse. Pero los tiburones tuvieron que conformarse con apenas un bocado. Su habilidad en manejar el cuchillo, su fuerza y la experiencia marinera le permitieron escapar y consiguió llegar exhausto hasta la costa, donde unos nativos le auxiliaron cuando estaba a punto de perecer. Con un engrudo de aguardiente y azufre, consiguieron cortarle la hemorragia y cauterizarle la herida. Tardó semanas en poderse mover y cuando por fin pudo andar cojeaba y fue para siempre. Otros diferían de esa versión, no habían sido los tiburones los causantes de su cojera, sino los leopardos que una noche atacaron el campamento donde dormía, en una de sus furtivas incursiones para cazar negros en las selvas de África. Las marcas de los colmillos clavados en la pierna fueron también para siempre. Pero nadie entre quienes lo contaban había visto su piel, y la cojera era tan leve que podía confundirse con la manera de andar, pesada y vacilante, de las gentes de mar que ni cuando desembarcan son capaces de abandonar las costumbres forzosas de a bordo.

Ángela de Fortaleza tenía presentes todas esas habladurías y aun otras mientras se dirigía al Morena Clara y se entretenía juntando retales de conversaciones sacadas de aquí y de allá, salpicadas con comentarios sobre Parker, que había ido oyendo directamente sin prestarles demasiada atención. Ahora lo engarzaba todo en un mismo rosario y pasando las cuentas intentaba adivinar qué había de cierto en aquellas habladurías y cuál debía de ser su verdadero origen. Se decía que si tenía una hermana tan educada como demostraba su caligrafía era del todo imposible que hubiera sido un vulgar marinero atacado por tiburones o un cazador furtivo mordido por leopardos. Todo lo que contaban de su fortuna debían de ser infundios inventados por la envidia, aquella yedra que, según su confesor, trepa siempre por el tronco de los poderosos. A punto ya de hacerse una exacta composición de lugar, entraron en los terrenos del Morena Clara. La curiosidad por cuanto veía la distrajo de sus cábalas y concentró toda su atención en el entorno. Un letrero sostenido sobre pilares de mármol anunciaba que aquellas tierras, valladas por alambradas, pertenecían al ingenio de David S. Parker. El camino que conducía hacia la casa parecía recién empedrado, probablemente para evitar los lodos que convertían en intransitable cualquier sendero durante la estación lluviosa. Al llegar a la verja principal, que abrió un criado alto y asimismo rubio como el cochero, Ángela de Fortaleza tuvo la impresión de que estaba muy lejos de Cuba, porque se le hizo realidad ante los ojos un grabado que había visto de pequeña, en un libro que le mostró su hermano Gabriel, donde se representaba una villa veneciana de Palladio rodeada de jardines. Los contornos del edificio se recortaban en una atmósfera nítida y perfumada. Ninguna peste a barracón, ningún efluvio desafecto interfería los buenos olores de aquel aire delgado y limpio. Ángela se sintió en seguida atraída por el lugar y con deseos de bajar de la volanta. A medida que se acercaban hacia la casa, los cascos ligeros de la yegua resonaban con más alegría, pero la distancia engañaba y a Ángela le pareció que el tiempo se había vuelto perezoso y que el carruaje apenas avanzaba. El camino, para evitar los tramos más empinados, serpenteaba y a ratos parecía alejarse de la villa que se levantaba sobre una colina desde donde se dominaba el resto de edificaciones. El viejo ingenio anodino, sin carácter como todos los de los alrededores, había quedado atrás junto a otras construcciones que parecían deshabitadas. A ambos lados de la cuesta crecían los plataneros y las palmas reales. Después de un último recodo, unos mármoles convertidos en efebos y ninfas se alineaban simétricos en la avenida que iba a parar a una rotonda presidida por una fuente dedicada a Neptuno, al que acompañaban media docena de delfines. Frente a ésta, se levantaba un edificio rectangular de dos plantas, cuyo amplio alero estaba sostenido por columnas dóricas. La volanta se detuvo junto a la entrada principal. Del piso alto, abierto a un pórtico, salía una música de viola. No se oía ningún otro rumor. Si no hubiera sido por el tañido de las notas, Ángela hubiera tenido la impresión de que la habían conducido a una casa deshabitada. Pasaron unos minutos hasta que la señorita Parker —rubia, alta, de ojos azules, vestida de blanco— acogió a la recién llegada y la invitó a entrar. Parecía más joven de lo que probablemente era y al sonreír adquiría un punto de malignidad perturbadora, un cierto aire perverso de mujer experimentada que se diluía en inocencia en cuanto volvía a ponerse seria. El acento extranjero endulzaba aún más su manera de hablar. Acogedora y cálida, hizo pasar a Ángela a través de diversos salones, llenos de tapices gobelinos, muebles imperio, canapés y cómodas doradas, sobre las que habían sido colocados enormes ramos de flores blancas, hasta el cuarto de estar, para que descansara un rato del viaje y le ofreció un refresco. Un criado blanco, vestido de librea, les llevó en una bandeja de plata una jarra de cristal con zumo de lima. Dorothy sirvió las copas y antes de que la señorita de Fortaleza lo probara, se refirió a sus propiedades para conservar la lisura de la piel y evitar la flacidez del cutis. Inició después una conversación en el más puro estilo británico, aseguró riendo, sobre el tiempo. El calor le molestaba mucho, por eso le sugirió a Ángela que dieran una vuelta por el jardín, el lugar más agradable de la finca, y donde se estaba más fresco. Si le apetecía, antes de la puesta de sol, podían ir hasta el estanque y pasear en barca. Nadie las molestaría. No había más que patos y media docena de cisnes blancos. Su hermano había mandado construir en medio una isleta con un pabellón. A veces se retiraba allí porque le gustaba estar solo. Ángela aceptó con curiosidad la propuesta. Para llegar al estanque había que cruzar el jardín. Nunca la señorita de Fortaleza había visto otro igual. Durante el paseo, Dorothy le iba enseñando los diversos tipos de plantas y trataba de justificar los motivos por los que su hermano, muy aficionado a la botánica, había mandado sembrar tantas variedades de especies. Algunas, como los mirtos y los olivos, verdaderas rarezas en el trópico, las había hecho traer de Grecia. Su obsesión por la mitología clásica, que había estudiado a fondo, le había inducido a tener cerca las plantas de Venus y Minerva, las diosas del amor y la sabiduría, según tengo entendido, puntualizó Dorothy, ante la perplejidad de Ángela que nunca había oído hablar de nada parecido.

Comenzaba la hora incierta del atardecer. Los pájaros volaban trazando círculos, señal de que pronto se irían a dormir, y los hibiscos empezarían a cerrarse. Dorothy le propuso a Ángela tomar el atajo que partía del laberinto mandado construir por su hermano a unos jardineros franceses. Los cipreses, las tuyas, el boj, recortados por las tijeras de podar, tomaban formas caprichosas de animales. Sus ramas habían sido moldeadas para adecuarlas a cada lugar, y aumentaban o disminuían según el espacio. Se doblegaban para formar pequeñas arcadas, recogidas y sombrías, o, por el contrario, apuntaban hacia el cielo, y junto a sus troncos les nacían amores que cabalgaban sobre delfines de mármol. A medida que las muchachas se internaban en el laberinto, aquella naturaleza domesticada se volvía más y más densa. De pronto, entre el follaje surgieron una serie de misteriosos surtidores que las alcanzaron de lleno...

—Son las sorpresas de David —dijo Dorothy—. Perdona que no te haya avisado. No me acordaba del lugar exacto donde estaban.

Riéndose ante la expresión desconcertada de Ángela, volvió hacia atrás y le enseñó el funcionamiento del artilugio. Medio escondidos en el suelo, había diversos botones. Al presionarlos, pisándolos sin querer, el mecanismo hacía brotar el agua.

—Lo mandó copiar de los jardines del palacio Pedrovoretz en San Petersburgo —le dijo—. Estuvo allí una vez invitado por el zar. Tendremos que dejar el paseo para otro día. Estás empapada, no sabes cuánto lo siento. Vamos a casa para que te cambies...

Dorothy condujo a Ángela a través de un túnel vegetal. Las ramas formaban una especie de cañón y tuvieron que agacharse. El suelo estaba lleno de flores blancas sembradas entre los pequeños parterres. Después de pasar bajo dos arcos de mirtos, apareció la salida. Un sol color de coraza se hundía hacia poniente.

—Vamos a darnos prisa —sugirió Dorothy—. A David le molesta que la cena se retrase.

Desde detrás de los cristales del salón que se abría sobre el pórtico del primer piso, sir David Parker —como le llamó el criado—, de pie, vestido con una guerrera de oficial de la marina británica sobre la que lucía dos pequeñas condecoraciones, con las manos cruzadas sobre el mango del bastón de marfil, esperaba a las señoritas. Eran las nueve en punto cuando Ángela de Fortaleza saludó a Parker, a quien seguramente no hubiera reconocido si lo hubiera encontrado en otro lugar. Guardaba de él un recuerdo vago, pero no hacía ni dos horas lo había completado con una serie de rasgos que tomó prestados a su imaginación y que apenas tenían nada que ver con los de su persona. No se le podía considerar viejo como había creído que era, sino apenas maduro, un hombre de unos cuarenta años, bien llevados. A pesar de tener muchas arrugas alrededor de los párpados y en la frente, los ojos, de un azul acerado, eran dos halcones en guardia, signo inequívoco de juventud. Tampoco en los cabellos de rizos oscuros o en la barba negra el tiempo había puesto sus humillantes regueros blancos. Al sonreír —lo hizo en seguida inclinándose ante una Ángela presa de un repentino ataque de timidez— perdía el aire soberbio y como si fuera un héroe antiguo, de los que según Dorothy tanto le gustaban, se humanizaba.

David Parker sorprendió a Ángela bendiciendo la mesa antes de cenar —¿de dónde habrían sacado que era de religión musulmana?—. Después, con maneras de anfitrión atento, condujo la conversación hacia un terreno que pudiera interesar a la señorita de Fortaleza. Empezó por agradecerle que hubiera aceptado su invitación y les acompañara aquella noche. Esperaba que a partir de entonces lo hiciera siempre que le apeteciera, pues deseaba que considerara el Morena Clara como su casa, y no se la ofrecía, insistió, como mera fórmula cortés, sino de corazón. La presencia de Parker azaraba a Ángela, que no encontraba las palabras precisas para agradecerle su amabilidad y alabar la belleza del lugar como se merecía. Acertó sólo a balbucear que le había impresionado...

—Le seré sincero —replicó Parker—, si no hubiera pensado que esto había de gustarle no habría dejado que Dorothy la invitara. La belleza y el arte son un consuelo contra las impertinencias de la vida —añadió con aire melancólico y en seguida, sin embargo, inició una conversación sobre modas para que las muchachas pudieran intervenir a gusto. Estaba suscrito a las principales revistas de París y Londres y sabía qué tendencias imponía la aristocracia en los salones de Europa cada temporada e incluso se atrevió a opinar sobre qué vestidos podían favorecer más a las mujeres, aunque él considerara que lo más elegante era una túnica blanca, como la que llevaban las estatuas griegas y algunas damas a finales del siglo XVIII, tal y como mostraban sus retratos. Preguntó a Ángela y después a Dorothy qué pensaban, se rió de sus ocurrencias, y les llevó la contraria en algunos aspectos en los que no estaba de acuerdo, como en la instauración de los corsés, que consideraba prisiones ambulantes con las que se constreñía la libertad del cuerpo femenino, y se permitió advertir que, en según qué situaciones de urgencia, constituían un grave impedimento. Lo dijo sin mirarlas, quizá para provocar, esperando su reacción, pero las dos callaron. Hablaba con un tono lleno de metales, haciendo pausas largas, mientras masticaba unos *vol-au-vents* rellenos de *foie* que se fundían en la boca, y bebía pequeños sorbos de un vino púrpura que, según dijo, le enviaban sus bodegueros de Borgoña. La cena servida por criados blancos, vestidos con libreas galonadas con un escudo en donde Ángela pudo distinguir un áncora, una cruz de aspas y el pico puntiagudo de un águila, un motivo que se repetía en las copas, pero no en los platos de mayólica, ni en los cubiertos de oro con el anagrama de una *T* y una *M*.

Acabada la cena, Parker se retiró unos minutos para fumar pero regresó casi inmediatamente y se hizo servir ron junto a las chicas, que hacían proyectos para volver a verse. Ángela, sin embargo, aseguró que apenas disponía de tiempo porque tenía que atender a su cuñada enferma y les contó la historia de su desgraciado viaje que interesó mucho a Parker. No en vano era marino, le dijo, después de ofrecerse a Ángela para lo que pudiera necesitar. Cuando pusieron fin a una larga sobremesa, el anfitrión acompañó a su invitada hasta el límite de la finca y mandó que dos hombres a caballo escoltaran la volanta hasta su casa.

Durante el viaje de vuelta la señorita de Fortaleza estaba todavía más excitada que a la ida y no podía dejar de pensar en todo cuanto le había sucedido. La música de viola se le había clavado en los oídos y aspiraba el aroma de las rosas, que Parker había mandado que cortaran para ella, más intenso que el de violetas con que se perfumaba Dorothy. Aparte del lujo, de los jardines laberínticos y de los secretos de agua, dos cosas le habían llamado poderosamente la atención: el señor de la casa y el hecho de que en el ingenio Morena Clara no se hubiera topado con nadie de color: en comparación, el más moreno era sir David Parker.

IX

En el reloj de la Deleitosa, que daba las horas con una solemnidad exagerada tal vez para disimular los defectos de su mecanismo poco preciso, sonaban las nueve cuando María se levantó por primera vez de la cama sin ayuda. Apoyándose en las muletas trató de andar. Se había prometido a sí misma que si lo conseguía, intentaría buscar papel y lápiz y supuso que en la habitación de Ángela habría de encontrarlos. Había tomado la decisión de no esperar a recobrar la voz para confesarle la verdad, por mucho que le costara, y aquella noche en que su falsa cuñada cenaba fuera, en casa de los Parker, se le presentaba una ocasión oportuna. El escritorio de Ángela había sido cerrado con llave pero no le fue difícil encontrarla. Estaba en una bandeja sobre el tocador. Al abrirlo lo primero que vio fue el billete de Miguel dirigido a su hermana y cómo ésta había dejado a medias una de aquellas cartas que él simulaba escribirle desde La Habana, y que tanto se parecían a las que ella había contestado también en nombre de otra persona. Sorprendida y confusa hasta los tuétanos por ese doble descubrimiento que la afectaba de lleno y tratando de no dejar ningún rastro que pudiera delatarla, regresó a su cuarto, notando hacia Ángela un sentimiento nuevo, por completo ambivalente. Por un lado, no comprendía cómo podía ser capaz de continuar escribiendo en nombre de Miguel las cartas apasionadas que le leía, sabiendo que no tenían nada que ver con los auténticos deseos de su hermano. Por otro, seguía pensando que, si no hubiera sido por sus cuidados, probablemente no hubiera podido sobrevivir y le tenía que estar muy agradecida. Sin embargo, como sus atenciones iban dirigidas hacia otra persona, temía que se considerara estafada cuando supiese que ella no era Isabel. Pero a la vez, el hecho de que durante casi un año y medio se hubiera carteado con ella, creyendo que escribía al prometido de su hermana, le hacía suponer que entre las dos se habría establecido un nexo tan fuerte que, estaba segura, le daría el coraje necesario para esperar el porvenir con la confianza de su apoyo. Comprendió de pronto que el motivo por el cual a menudo se había sentido cobijada por las palabras llegadas desde el otro lado del mar, enternecida como cuando de niña oía la voz de su madre llamándola *ropit, estrella fina, ninona dolça*, era porque habían sido escritas por otra mujer. No estaba, pues, equivocada cuando pensaba que aquel prometido lejano de Isabel tenía alma femenina. Confesarle todo eso de inmediato le resultaría más fácil porque no tendría más remedio que contárselo por escrito. Dejarlo para más adelante para decírselo de viva voz, si es que algún día desaparecía la afonía, tal como el doctor Ripoll pronosticaba, le costaría mucho más. Estaba segura de que teniéndola delante la vergüenza le impediría hablar. Sin embargo, a ratos dudaba acerca de la conveniencia de manifestarse tan a las claras. Se preguntaba qué significaba para Ángela la correspondencia mantenida, y hasta qué punto se había involucrado en ella. Quizá se había limitado a cumplir con un papel sin dejar traslucir ningún sentimiento propio. O tal vez no, tal vez las cartas escritas a pocos metros de su habitación, llenas de ternura, eran la expresión verdadera de su propia intimidad y sólo mentía cuando estampaba al final la firma de su hermano. Si estaba en lo cierto, si el afecto de Ángela era sincero, no tenía nada que temer, porque le brindaría cobijo a su lado y no necesitaría casarse con Miguel o meterse monja. Había hecho bien al abrir el escritorio. Aquellas líneas estúpidas le habían quitado un gran peso de encima. Si su cuñado sólo la había visto un momento antes de que se fuera a la Deleitosa, al salir del hospital, quedaba claro que no había tenido con ella ningún tipo de contacto, como había oído insinuar a las esclavas. Además, si Ángela le permitía permanecer a su lado como una hermana, ya no se vería obligada a entrar en un convento. Aunque quizá, en vez de decirle todo aquello abiertamente, fuera mejor insinuárselo y después de declararle quién era, pedirle consejo y esperar su reacción. Tampoco podía obrar de otro modo.

Medio incorporada en la cama, rodeada de almohadones dispuestos por Felicitas, a la que había pedido papel y lápiz, empezó a escribir. Dudó desde el principio cómo encabezar la carta porque no sabía si debía tratar a Ángela como a una benefactora, ante quien estaría para siempre agradecida, o podía dirigírsele como a una amiga. Empezó, después de pensarlo mucho, con un «querida», desdeñando «apreciada», que le pareció demasiado neutro, y decidida a no emplear «queridísima», por excesivo, y tuvo que hacer esfuerzos para evitar las palabras tiernas a las que tan acostumbrada estaba cuando contestaba las cartas de parte de su hermana. Si Ángela sospechaba que se había carteado con ella, era inútil que guardase la revelación para cuando pensara que podía favorecerla. Con el temor de dejar escapar cualquier alusión comprometedora y también con el de no encontrar la expresión acertada, se pasó mucho rato haciendo probaturas. Le costó un gran trabajo poner en orden todo cuanto necesitaba decirle y echó a perder más de una docena de pliegos antes de llenar finalmente tres hojas con letra vacilante, no tanto por la debilidad que todavía la embargaba, ni por la postura, bastante incómoda, sino, sobre todo, por el miedo que le daban las consecuencias de lo que estaba escribiendo. Era consciente de que una vez que Ángela supiera que ella era sólo la parienta pobre a quien nadie había mandado a buscar y por quien todos, pero en especial ella, habían tenido que molestarse, ya no podría desdecirse ni seguir suplantando un segundo más a su hermana muerta. A medida que iba escribiendo, se sentía prisionera de sus propias palabras, las palabras iban enseñoreándose de su persona, las palabras la atenazaban hasta convertirla en su esclava y nunca podría quitarse de encima sus grilletes. Buscó toda suerte de justificaciones para que Ángela se hiciera cargo de que no había pretendido engañar a nadie. Le dijo que durante las primeras semanas no se había dado cuenta de nada y por eso tampoco llegó siquiera a enterarse de que todos la tomaban por Isabel. Después, al recobrar poco a poco la consciencia, comenzó a barruntar que si la habían acogido con tanta generosidad era porque la habían identificado con otra persona, aunque a ratos ni ella misma sabía quién era ni dónde estaba. Por eso, durante los días pasados en aquella nebulosa, les podía haber dado a entender, sin querer, que era Isabel o incluso estar convencida de que lo era, no sólo porque así la llamaban todos los que la rodeaban, mucho más conscientes y sanos que ella, sino porque en su dedo anular lucía un anillo de casada. El anillo que todos reconocieron como el que Miguel había enviado a su prometida, y que ésta se había puesto en el dedo, cuando antes de embarcarse, se celebró la boda por poderes. Pero ahora que estaba mejor, ahora que en parte había recuperado las fuerzas, tenía que decir la verdad, aunque resultara contraproducente a su situación de mujer pobre y desvalida, soltera sin dote y en tierra extraña. Le parecía, sin embargo, que, para agradecer mínimamente cuanto los Fortaleza, y especialmente Ángela, habían hecho, no tenía más remedio que comenzar por confesarlo todo, por mucho que eso pudiera perjudicarla, y apelar, luego, a su generosidad, a la caridad cristiana y demás virtudes para pedirle protección, aunque enumerando a la vez en cuántas cosas era capaz de trabajar para no resultar un estorbo ni mucho menos una carga: desde ejercer de gobernanta, hasta coser y bordar, pasando por enseñar a los niños a leer, o escribir para otros cartas y versos, como ya había hecho en Mallorca, ayudando a un poeta falto de inspiración —concretó— porque le dio vergüenza aludir al ciego que cantaba romances y reconocer su escasa categoría. La idea de regresar a Mallorca de inmediato, a pesar de lo arrepentida que estaba de haber dejado su tierra, se le hacía insoportable. Prefería morir a volver a embarcarse. Le pidió —ya estaba a punto de acabar la tercera hoja— con la caligrafía más arrodillada que le salió para acompañar las palabras más humildes que supo encontrar —el párrafo se desmayaba entero—— que la ayudara a confesar al señor de Fortaleza que ella no era la hija que había creído recibir, que intercediera ante él y después ante Miguel, al que no podría mirar nunca a la cara por la vergüenza que le causaba haber suplantado sin querer a su mujer. Lo escribió por puro compromiso porque, después de lo que había leído, no sentía ningún respeto por él y le consideraba una mala persona. Finalmente, volvió a rogarle que no la abandonara en aquella hora dolorosa, que la ayudara a encaminar sus pasos hacia algún convento donde pudieran acogerla.

Faltaba poco para que el día ahuyentara la lividez grisácea del amanecer cuando María acabó de escribir. Había tardado casi ocho horas, no sólo por su debilidad o la dificultad de escoger las expresiones más adecuadas, sino también por el hecho de contemplar en el espejo de las palabras fragmentos resquebrajados de su pasado e inciertos reflejos de un futuro sin porvenir. Las lágrimas por sí misma emborronaron algunos párrafos y tuvo que volver a copiarlos con paciencia, intentando que la emoción no la obligara a repetirlos una vez más. A ratos, la hoja era una línea de sombra que enmarcaba un retrato del que surgía el rostro de Ángela inclinada sobre los papeles que, hasta entonces, había creído que le enviaba Miguel. Sin embargo, el perfil de Ángela iba fundiéndose poco a poco, diluyéndose en una superficie de agua de donde acababa por dibujarse lentamente el rostro de muerta de su hermana.

María se durmió sobre los pliegos ya doblados al tiempo que las garras del alba arañaban el balcón. Rodeada de papeles, rotos algunos, arrugados otros, así la encontró Ángela un par de horas más tarde cuando, seguida de Felicitas, que en una bandeja le llevaba el desayuno, entró en la habitación. La señorita de Fortaleza tenía ojeras y cara de sueño. Había pasado la noche desvelada, posiblemente porque se había acostado tarde y se había despertado un montón de veces entre sueños extraños que la remitían a su visita al Morena Clara. En el último, se había contemplado a sí misma cercada por los tiburones en medio de un naufragio del que la salvaba Parker arriesgando su vida y venía a contárselo a la enferma. Pero al darse cuenta de que todavía dormía desistió y muy sorprendida al ver la habitación en aquel desorden de papeles, riñó a Felicitas y la amenazó con darle *cuero,* sin querer escuchar sus razones ni aceptar que fuera la *niña* Isabel quien, después de pedirle papel y lápiz, le hubiera ordenado que la dejara sola para escribir. Ángela, ayudada por la esclava, puso orden en la cama de María, que no se despertó. Recogió uno por uno los papeles, evitando que Felicitas tirara los rotos y le ordenó que saliera sin hacer ruido porque la *niña* Isabel seguía durmiendo. Llena de curiosidad, en cuanto la esclava se fue, se sentó en la mecedora donde durante tantas horas había velado a la enferma y empezó a leer una carta dirigida a su persona, primero con interés y después, a medida que avanzaba, con sorpresa mayúscula. Se tenía por una mujer intuitiva, pero en ningún momento se le había pasado por la cabeza que la forastera pudiera ser otra que su cuñada. Al acabar, intentó incluso recomponer los papeles rotos por si María hubiera escrito algo de lo que se hubiera luego arrepentido, y eso pudiera interesarle, precisamente por el hecho de que había sido eliminado. Tratar de descubrirlo en el mosaico que iba recomponiendo con diminutos pedazos era como aventurarse, gracias a la reconstrucción de un plano, a la búsqueda de un tesoro robado. Pero en los párrafos eliminados no encontró nada sustancial, excepto que María no sabía cómo justificar el anillo de boda porque no tenía noción del momento en que había ido a parar a su dedo.

Ahora, después de leerlo todo, después de guardar en los bolsillos de su deshabillé de seda color carne incluso los trozos más pequeños de aquellos papeles, se sentía todavía más imprescindible. Se daba cuenta de hasta qué punto aquella muchacha de la que no sabía ni siquiera la edad dependía de ella. Eso que, por una parte, la estimulaba, le ofrecía, por otra, una contrapartida negativa: sus esfuerzos por enamorar hasta la médula a Isabel habían sido vanos. Inútiles todas las cartas, inútiles las noches en vela humedeciéndole los labios resecos con agua fría y aplicándole compresas en la frente, creyendo que su imagen correspondía a la que ella construyó en su correspondencia enamorada. Se preguntaba si las cartas que la enferma había leído, pero no contestado, las cartas que desde allí mismo le había escrito como si fuera Miguel, habrían sido suficientes para que se diera cuenta de su capacidad de seducción. Se decía que aquella confesión por escrito dirigida a ella directamente y no a su padre o a su hermano, era una prueba de que la intrusa sentía por su persona algo más que agradecimiento. Estaba segura de que en el futuro dependería tanto de ella como en el pasado, cuando ella y sólo ella, Ángela de Fortaleza, tuvo el coraje de disputarse con la mismísima muerte aquella presa, y ganarle la batalla. Por eso no quería precipitarse en determinar nada sin antes sopesar con calma todas las posibilidades. Barruntaba qué sería lo más conveniente para aquella desventurada pero también para sí misma. Tal vez lo mejor y lo más sensato fuera casarla con Miguel, aunque estaba segura de que éste pondría pegas, escudándose en lo enamorado que había estado de Isabel, capaz de haberle inspirado aquella volcánica pasión epistolar... Ángela sonrió. Conocía a Miguel y habría apostado a que echaría mano de esa excusa para evitar la boda con la forastera y la esgrimiría ante su padre si éste le ordenaba casarse con su

cuñada. El único impedimento para que eso suce-
diese era que la enfermedad hubiera podido dejar
estéril a María. Si así lo consideraba el señor de Fortaleza, Miguel estaría salvado y quizá podría casarse con la tal Arabella Tumbell. Aceptar a la intrusa
como la hermana que nunca llegó a conocer porque, excepto ella, las demás hijas de sus padres se
empecinaron en buscar nodrizas en la gloria celestial, no le hacía gracia. No deseaba que se convirtiera en su sombra, sobre todo porque, conocien-
do a su padre, tendría que tratarla de igual a igual
y aunque se consideraba más lista y atractiva que
aquella desgraciada, no tenía ningunas ganas de
que los demás pudieran establecer comparaciones.
Ya le bastaba con que de pequeña todos, desde su
madre hasta la última esclava, no pudieran evitar
referirse continuamente a la belleza seráfica y a la
bondad beatífica de la otra Angelita, la hermana
que la precedió y que murió a los cinco años de repente, cuando ella estaba a punto de nacer. Si no
quería regresar por donde había venido, la mejor
solución sería el convento, siempre que su padre le
pagara la dote, cosa que el señor de Fortaleza haría
con toda seguridad.

Ángela imaginaba a su parienta lejana con
las tocas blancas y el hábito amusco de las clarisas
y ya se veía asistiendo junto a los suyos a la ceremonia de su entrada en religión en la misma iglesia
donde ella había pasado tantas horas de rezos. La

madre abadesa en persona procedería a cortarle los cabellos, que ahora sobre la almohada se mostraban en desorden formando ondas de color caoba. Ella misma recomendaría a María a la maestra de novicias, a quien tanto quería, pues era la persona que la había acogido cuando, después de morir su madre, su padre la internó allí para que la educaran. Tenía doce años y pasó casi seis aprendiendo todo lo que tenía que saber una señorita de buena familia, aunque por aquel entonces no pensara en salir del convento. Las monjas ya habían empezado a tratarla como a una hermana más, alguien que muy pronto pasaría a formar parte de aquella comunidad de esposas de Cristo, vírgenes escogidas directamente por su amorosa pasión. Sin embargo, cuando cumplió los dieciocho años, el señor de Fortaleza decidió que volviera al mundo. Quería que su hija recuperara la libertad por lo menos durante unos cuantos meses antes de meterse monja, para poner a prueba su vocación, que se vería reforzada, si era verdadera, cuando se diera cuenta de los engaños de la vida en el siglo, se justificó ante la madre abadesa, remedando su manera de expresarse. La monja aceptó, segura de que Ángela superaría la prueba, porque la había convencido de que solamente en el claustro conseguiría un buen lugar en el cielo en el que, como en el teatro, había entradas de patio de butacas con poltronas muy confortables, palcos lujosos, desde donde se dominaba toda la panorámica del escenario, y sillas bastante más incómodas en el primer piso, o incluso lugares en el gallinero desde donde la representación sólo podía verse de pie. Si quería asistir al espectáculo eterno desde la mejor butaca del teatro, tenía que reservarla desde una celda de las clarisas a fuerza de oraciones y sacrificios. En esa creencia y con el firme propósito de volver pronto, la señorita de Fortaleza dejó el convento. Pero la vida en el siglo resultó más agradable de lo que nunca hubiera podido llegar a imaginar. No sólo no tenía que madrugar ni mortificarse con disciplinas, sino que cuanto deseaba le era concedido de inmediato sin que le costara ningún sacrificio. Y el día en que por primera vez asistió al estreno de *L'elisir d'amore* en el Teatro Principal, consideró que la representación eterna también debía de verse bien desde una discreta fila del tercer piso y decidió renunciar a la clausura. Sentía sólo una pena: abandonar a sor Concepción, la maestra de novicias que en los momentos más duros, en las horas más bajas, cuando añoraba rabiosamente su casa y lloraba recordando a su madre, siempre había estado a su lado, acogiéndola de palabra y obra. Durante los primeros meses si soportó aquel enclaustramiento fue gracias a ella. Después, si vivió con alegría fue porque ella estaba a su lado. Para complacerla ponía todo el empeño del mundo en hacer buena letra, en aprenderse de memoria los Evangelios, y lo que más le costaba, bordar flores en el tambor de luna sin manosear el hilo ni errar las puntadas. De noche, en el dormitorio, renunciaba a hablar con sus compañeras, cinco jovencitas en una situación semejante a la suya, para que sor Concepción, al hacer la última ronda, la encontrase recogida rezando las oraciones de la noche y le diera un beso para desearle unos sueños poblados de ángeles. Al salir del convento le escribió a menudo y, gracias a aquella correspondencia, se le desveló la capacidad de expresarse y sobre todo de poder liberar sus sensaciones, reconduciéndolas cuando lo creyera necesario —la maestra de novicias no era un amante sino una monja— por los surcos de las imprescindibles líneas de sombra. Por carta, mucho más que de palabra, Ángela de Fortaleza había aprendido el difícil arte de la seducción. Que Isabel profesara en las clarisas —María, se corrigió mentalmente— constituiría, en cierta medida, un acto de justicia compensatoria. Con la entrada en religión de María restituía a las monjas de su pérdida ya que ella vendría a ocupar su lugar. Al mismo tiempo que, gracias a las oraciones de su parienta, conseguiría mejorar su situación en el teatro del cielo, a aquellas alturas postergada, probablemente, a un rincón no demasiado cómodo. De ese modo, también ella sacaría provecho. Rezando por sus intenciones de por vida, la forastera no haría más que resarcirla de sus cuidados... Devanando aquella madeja se levantó para cerrar la ventana que una ráfaga de viento había abierto de par en par y notó, de pronto, los ojos de María fijos en su nuca. Con una sonrisa se acercó a la enferma y la besó en la frente. Después, en un susurro, le dijo:

—Confía en mí, María, querida. Todo saldrá bien.

X

Ángela de Fortaleza, tres días después de aquella madrugada de sábado en que supo que Isabel había muerto, mandó a buscar a su hermano. Había decidido decirle personalmente todo cuanto María le había contado por carta y quería ser la primera en averiguar si estaba dispuesto a casarse con su cuñada o, por el contrario, escudándose en que ya había cumplido una vez con la voluntad de su padre prefería escoger a la domadora de circo que, a pesar de su fama de comehombres y sus aires de *demi-mondaine*, pertenecía a una buena familia. Si no le quedaba otro remedio que contraer matrimonio, era hasta comprensible que escogiera inmolarse a gusto a tener que aceptar forzado la entrada en la cofradía del santo y perpetuo aburrimiento. Sin embargo Ángela, en el billete que ordenó al cochero que le entregara en persona, aunque tuviera que ir a buscarle al garito más clandestino, no le adelantaba nada, ni siquiera dejaba entrever el motivo por el cual le requería de inmediato. Sólo añadía que si le conminaba a acudir en seguida a la

Deleitosa, era por su bien, pues estaba segura de que lo que había de comunicarle le interesaría sumamente.

El cochero, con el uniforme galonado de pasamanería que tanto le gustaba lucir y una sonrisa llena de dientes, fustigó los caballos para que partieran de inmediato y mirando hacia las ventanas de la fachada principal de la casa, saludó inclinando la cabeza, como muestra de respeto. El carruaje salió a galope tendido entre los gritos y aspavientos de los esclavos que trabajaban en el jardín, pero en cuanto abandonó la plantación de los Fortaleza, Agustín Tomé puso al paso a los caballos, ya que si los conducía mucho rato forzándolos, acabaría por reventarlos y no ganaría tiempo. Además, si iba despacio, podría descansar, cosa que siempre le apetecía, y no tendría que estar pendiente del desasosiego de la yegua de varas que, al galope, solía ponerse nerviosa.

Tras las cortinas de finísima muselina del cuarto de estar que se abría sobre el porche del primer piso, Ángela de Fortaleza, acompañada de María, le vio partir. Ella misma había ordenado a la mujer del capataz que preparara un par de canastas con frutas de las que se cultivaban en el ingenio —papayas, mameyes, chirimoyas, mangos, guayabas y platanitos, además de higos chumbos, una excentricidad que impuso el señor de Fortaleza— y unas cuantas docenas de huevos que su padre prefería a los que vendían en La Habana, porque decía que los suyos procedían de gallinas conocidas. Por su parte, la cocinera había añadido una serie de compotas, mermeladas y confituras con las que quería obsequiar al patrón. Por esto, Ángela, aunque había mandado al cochero que no se entretuviera y se diera toda la prisa posible, le había dicho también que tuviera cuidado. Ahora, con semejante arremetida estaba segura de que los huevos habrían organizado una tortilla monumental, las frutas estarían golpeadas y las conservas llenas de cristales. «Es inútil —dijo mirando a María que estaba sentada en una tumbona—, Agustín Tomé no tiene término medio. No entiende jamás lo que se le dice. Rápido no significa en tromba». María sonrió. Alejada de la ventana, junto a un velador sobre el que aún permanecía encendida una lámpara de petróleo, parecía ausente contemplando la llama que se le antojaba un pájaro fantástico que, en vez de piar, chisporroteaase en una extraña jaula de cristal. Ángela, al verla abstraída y llorosa, para evitar una crisis de lágrimas a las que era propensa, le recordó que ninguna de las dos había desayunado todavía y tomándola del brazo se la llevó al comedor, donde estaba preparado el chocolate y los bollos que, a imitación de las ensaimadas mallorquinas, aunque sin acertar en el punto exacto de pura delicia de las auténticas, los Fortaleza tenían por costumbre desayunar. Las amasaban en la cocina del ingenio todas las mañanas y la pastelera —una conga de formas exuberantes y color rebajado de azúcar moreno, con quien, según decían, Gabriel de Fortaleza había perdido la virginidad un verano de los más calurosos que se recordaban— era expertísima. María, desde que el médico la autorizó a cambiar de dieta y le permitió, al ir recuperando poco a poco el apetito, abandonar los frecuentes zumos y caldos, disfrutaba con las ensaimadas. En Mallorca no las comía a diario como aquí, sino en ocasiones de fiesta, contadísimas. Casualmente, fue después de atragantarse con un bocado, toser y beber unos sorbos de agua cuando le retornó la voz. Una voz pequeña, casi dormida, con la que contestaba a todo cuanto le iban preguntando, primero Ángela y después el médico. El doctor Ripoll, entusiasmado, diagnosticó que el hecho de superar la afonía era síntoma inequívoco de que las cuerdas vocales no estaban afectadas por ningún tumor maligno, un riesgo que le había preocupado mucho aunque no lo manifestara para no alarmarlas, y que ahora descartaba definitivamente. Ya sólo faltaba, para que el restablecimiento de la salud de la señora de Fortaleza fuera completo, que las heridas de las piernas se curasen del todo y venciera la debilidad de su cuerpo. Él garantizaba las dos cosas. Su experiencia científica —dijo, recogiendo los bártulos clínicos con los que acababa de examinar a la paciente, para meterlos de nuevo en el maletín de cuero color azafrán— adquirida como médico de la Deleitosa de la Esperanza y antes del ingenio San José Bendito, uno de los más grandes de Cuba, le permitía afirmar que estaba absolutamente convencido de su curación. No en vano él mismo había logrado restablecer a mil setecientos treinta y seis enfermos, algunos muy graves, añadía. Si podía ofrecer la cifra exacta de tantas curaciones era porque llevaba por escrito la relación de cuantos pacientes visitaba, y no como otros médicos que él conocía, que no se molestaban en abrir historia clínica. Y pronunció las dos últimas palabras saboreándolas con delectación y las repitió de nuevo, historia clínica, sí, señoras. Médicos, continuó, que recetaban a la misma persona remedios opuestos, incapaces de establecer ni siquiera un diagnóstico, ignorantes de lo mucho que estaba avanzando la ciencia médica..., él, en cambio, estaba al día... Desde París, desde Londres, desde Nueva York recibía las mejores publicaciones científicas y si no había abierto consulta en La Habana, era porque a causa de sus ideas progresistas el gobierno le hubiera hecho la vida imposible.

—La ciencia médica avanza —reiteró solemnemente—, y yo en nombre de la ciencia y de mi ojo clínico, señora de Fortaleza, estoy en disposición de asegurarle que muy pronto podrá celebrar la fiesta de la boda y abrir el baile. Me apuesto lo que quiera.

—No lo haga, doctor —suplicó María con su voz quebradiza—. Yo también estoy segura de lo contrario. No se juegue nada —añadió con tristeza— porque perderá.

Ángela, que había pedido a su parienta que no revelara a nadie la verdad antes de que la supieran su padre y su hermano, intentó cambiar de conversación, preguntando al médico si aconsejaba que la enferma saliera al jardín a tomar el aire. Ripoll puntualizó que debía pasear sin cansarse cuando el sol no fuera demasiado fuerte, e inclinó su corpachón prominente en señal de aprobación y movió la cabeza un par de veces hacia delante, con un gesto característico que imitaban para divertirse los hermanos Fortaleza cuando eran pequeños, pues le encontraban un gran parecido con el de las tortugas. Mientras se despedía, desde la puerta volvió a felicitar a la señora de Fortaleza por la salud recobrada, y sonriendo le aseguró que podría tener hijos, con toda normalidad. Entonces María estuvo a punto de interrumpirle para decirle que ella no era la mujer de Miguel. Pero, finalmente, se limitó a tratar de contener las lágrimas y a evitar los sollozos, sin conseguirlo. El médico, a quien el llanto femenino sacaba de quicio, la amonestó: si no era capaz de controlar las emociones, no le permitiría ver todavía a Miguel...

—Tendré que recetarle sedantes para prepararse —aceptó, por fin, condescendiente...

Los remedios del médico no fueron necesarios. Miguel de Fortaleza ni siquiera quiso saludar a María. Llegó a la Deleitosa tres días después de que Agustín Tomé le llevara el aviso. El cochero le encontró, tal como la señorita Ángela le había indicado, en un garito del barrio de la Mercé donde un montón de señoritos troneras jugaban hasta las tantas, sin importarles que los vecinos, hartos de que no les dejasen dormir con el alboroto de sus escándalos, llamaran a la ronda. Miguel fue directamente desde el tugurio y, sin pasar por casa ni cambiarse de ropa, mandó recado a su padre, notificándole que se iba a la Deleitosa. Al llegar, al filo de una medianoche llena de viento, despertó a los esclavos domésticos y ordenó que le preparasen su cena predilecta: consomé al jerez, pollo asado y pasteles de hojaldre. Mientras ellos cumplían sus órdenes maldiciendo los huesos del *niño* entró sin hacerse anunciar por la doncella ni pedir permiso en la habitación de Ángela y, furioso en vez de agradecido, sacó del bolsillo de los pantalones el billete que ella le había mandado, gritándole:

—Y bien, ¿qué es lo que debo saber con tanta urgencia? ¿Es que Isabel no tiene cura? ¿Se morirá pronto? ¿Eso es lo que ha dicho el médico?

Ángela de Fortaleza, medio incorporada en la cama sin apartar la mosquitera, contemplaba a su hermano a través de los minúsculos agujeros que manchaban su rostro de finísimas ranuras, con un gesto pretendidamente serio, por fin traicionado por una sonrisa burlona. Tardó en contestarle y cuando lo hizo, le respondió con una orden.

—Lo primero que tienes que hacer es salir de aquí, ahora mismo. ¿Quién te has creído que eres para entrar sin llamar?

Pero como Miguel no se movía, sacó una pierna de debajo de la sábana y le pegó un puntapié.

—Tendrás que esperar a que me levante —le dijo— y no pienso hacerlo delante de ti. Has crecido demasiado por muy hermano mío que seas... Además, no te diré palabra hasta que no estés presentable. Apestas a tabaco y a sota de bastos, dos cosas que no aguanto.

Miguel de Fortaleza, molesto, protestaba:

—Eres tú la que me ha mandado a buscar. Agustín no ha hecho más que azuzar a los caballos. Si no fuera urgente, ¿qué motivo habría para hacerme soportar un viaje tan incómodo?

—Claro que es urgente, pero no quema, para tener que soltarlo todo ahora mismo. Da gracias a Dios de que esté dispuesta a decírtelo a estas horas —añadió maligna—. Podría dejarlo para mañana.

Ángela acompañó a su hermano a la mesa. Para no tener que vestirse de nuevo se puso sobre el camisón un kimono que había sido de su madre, estampado con mariposas irisadas y flores azules y lilas. Se cepilló el cabello y, por no salir de la habitación con el pelo suelto, se lo recogió en una trenza que le llegaba hasta la cintura. Así acentuaba el aire de familia con su parienta, el mismo que ella ya había notado en las fotografías de la muerta. Hasta que Miguel no acabó de cenar Ángela no pudo mandar a los esclavos que se retirasen. Mientras, como no quería que ninguno de ellos pudiera siquiera sospechar lo que su hermano tenía que saber sin falta, le habló de todas las banalidades que se le pasaron por la cabeza... En cuanto comprobó que nadie podía escucharles, se llevó a Miguel a la biblioteca para mayor seguridad.

—Los libros en los estantes —dijo— aíslan más que las paredes. Aunque sólo fuera por eso, como parapeto de orejas ajenas, todo el mundo debería procurar tener una buena biblioteca. ¿No crees?

Miguel no le contestó. Se acercó a la mesa escritorio que había al fondo, abrió un cajón y sacó una caja de tabaco. Iba a torcer unas hojas cuando Ángela se le plantó delante, tras quitárselas le puso las manos en las solapas y mirándole fijamente, porque no quería perderse ni la más leve mueca de su reacción, le espetó:

—Eres viudo. Puedes volver a casarte cuando quieras.

XI

Ángela se encargó de transmitir a María las disculpas del viudo. Consternado y abatido por la muerte de su mujer, no había tenido fuerzas siquiera para entrar a saludarla antes de regresar de nuevo a La Habana, donde quería encargarse personalmente de organizar los funerales más solemnes que jamás se hubieran celebrado, oficiados por el obispo y el cabildo en pleno. Ángela insistía en que necesitó mucho rato y mucho tacto para convencerle de la verdad, porque Miguel estaba tan enamorado de su mujer que se negaba a creer que la persona que iba lentamente restableciéndose en la Deleitosa y que todos habían tomado por la joven señora de Fortaleza, no era Isabel, en quien pensaba noche y día, como probaban las cartas que desde La Habana le seguía enviando. Su hermano estaba tan alterado, tan fuera de sí —continuaba— que ella misma había tenido que suplicarle que dejara de llamar a la esposa que, desgraciadamente, ya nunca podría oírle, porque temía que con tales gemidos María se despertara y la escena afectara aún más sus nervios delicados. Después de la larga conversación mantenida con el inconsolable viudo, podía asegurarle que Miguel no se sentía con fuerzas siquiera para pensar en casarse de nuevo, ni aunque fuera con la persona más próxima a Isabel, como era ella, su única hermana. Pero con el tiempo, apaciguado el dolor de la pérdida, diluida la pena en el transcurso de las horas, tendría que hacer lo posible para volver a casarse. De este modo, Ángela intentaba enmascarar el feo que Miguel había hecho a su pobre cuñada, a la que ni siquiera se había dignado dar el pésame. No necesitó esforzarse demasiado: María, con la voz rota, le aseguró que se hacía cargo de todo, que entendía perfectamente la desesperación de Miguel, y comprendía el rechazo que debía de sentir hacia su persona, aunque sólo fuera por el hecho de haber sobrevivido a su hermana. Hubiera sido más conveniente que Dios Nuestro Señor la hubiera llamado a su lado a ella en lugar de a Isabel, dijo haciendo pucheros. Además, a ella nadie la esperaba ni la necesitaba. Al contrario, era un estorbo para todos. Una voluptuosa sensación autocompasiva la llevó a refugiarse en los brazos de Ángela que le prometió que nunca la abandonaría, que podía estar segura de su amistad, y por eso, para velar por su porvenir, era necesario que hablaran con su padre, y que organizaran su futuro para que los acontecimientos no las pillasen desprevenidas. Ángela era de la opinión de que tenían que volver cuanto antes a La Habana para arreglar, en primer lugar, la situación legal de María, demostrando que había un error en los papeles que la daban por muerta porque, tanto si entraba en el convento de las clarisas, cosa que ella le aconsejaba de todo corazón, como si acababa por casarse con Miguel pasado un tiempo, necesitaría unos documentos que dieran fe de que existía, ya que en los ahora vigentes aparecía como difunta. Además, en La Habana estaba el señor de Fortaleza que era el único que tenía la facultad de decidir sobre cuanto atañía a su familia, de la que María ahora formaba parte. Seguramente el señor de Fortaleza desearía notificar a amigos y conocidos el fallecimiento de su nuera y presentarla a ella como a su sobrina.

Ángela comenzó a organizar el regreso. Se despidió de los Parker y les prometió volver muy pronto a verles. Dio órdenes al servicio para que, antes de cerrar la casa, hicieran una limpieza general que incluía blanquear las paredes, frotar las maderas de los muebles con aceite de trementina, deshacer los colchones y cardar las lanas. Con tan higiénicas disposiciones quería evitar que la más pequeña miasma procedente del cuerpo de la enferma pudiera medrar, previniendo así posibles contagios. Mandó que su doncella Rosa de Alejandría fuera preparando el equipaje y que Felicitas se ocupara del de su parienta. Mandó que la cocinera, la pastelera, los ayudantes de cocina, el mozo que servía la mesa, las encargadas de la limpieza, todo el enjambre de servidores domésticos que al llegar los señores pasaban a su disposición, se pusieran de nuevo a las órdenes del mayoral que los emplearía en los trabajos que considerara más necesarios. La casa, cuando las señoritas se fueran, permanecería sumida en un silencio de respeto que guardaba ausencias a los propietarios, hasta que volvieran a instalarse en la finca, lo que sucedía dos o tres veces al año, a no ser que algún acontecimiento extraordinario, como el de la convalecencia de la forastera, les llevase a romper esa rutina. La mujer del mayoral, que ejercía funciones de gobernanta, era la única que disponía de las llaves para poder abrir de vez en cuando la casa para airear y limpiar, aunque conseguir gente dispuesta le costara tener que amenazar con doble ración de *cuero* si se negaban a obedecer. Los esclavos aseguraban que los malos espíritus vagaban por la casa vacía con la intención de posesionarse de las almas y comerse los cuerpos de quienes en ausencia de los amos osasen entrar. La superstición de los negros tenía un punto de razonable: el último verano que la madre de Ángela pasó en la finca, poco antes de morir de manera repentina, un perro, que misteriosamente se había quedado encerrado en la casa después de que se marcharan los señores, mató a dentelladas a una esclava que había entrado para ventilar las habitaciones. El accidente motivó la leyenda. El perro, que el mayoral no consiguió ni siquiera herir a pesar de su fama de buen tirador y que huyó entre aullidos estremecedores, podía volver en cualquier momento para seguir matando a más gente de color. Los esclavos, a medida que el tiempo pasaba, en sus terroríficas conversaciones, afilaron sus colmillos, que a veces adoptaban forma de sierra como si fueran de tiburón, le inyectaron en sangre los terribles ojos y le hicieron pisar con patas de cabra, provistas de mortíferos espolones. Y aunque eran pocos los que en realidad lo vieron, muchos a fuerza de escuchar aquellas historias hablaban también con el conocimiento que da la experiencia personal y añadían aún más detalles precisos: el color rojo del pelaje, el tamaño de las orejas, la perversidad de su mirada rabiosa o el potente olor fétido que exhalaba, y todos coincidían en que estaba impregnado de azufre.

Una mañana de lunes, muy temprano, después de oír misa en la capilla del ingenio, celebrada en privado por el mismo cura que todas las fiestas de guardar la decía también para los negros en un improvisado altar, frente a los barracones, la señorita de Fortaleza se despidió de los servidores de la Deleitosa. Uno por uno, los esclavos domésticos le besaron la mano y ella los bendijo. Después, el mayoral, acompañado por una representación de los trabajadores de la plantación, le deseó buen viaje. Su mujer, además de unas viandas para el camino y unos canastos con las frutas y verduras preferidas por el señor de Fortaleza, ofreció dos ramos de flores a las viajeras y celebró que los aires de la Deleitosa hubieran devuelto la salud a doña Isabel, cosa que todos los de la finca tenían por muy buen augurio. Incluso había oído a la gente de los barracones, que era muy supersticiosa, que aquel hecho iba a repercutir en la cosecha de caña, que a buen seguro, sería de las que hacen época. María aceptó los cumplidos de la mujer del mayoral con una sonrisa triste.

—Estoy muy agradecida a todos. Todos, blancos y negros, han contribuido a que recuperara la salud. Han rezado por mí y se han desvivido por atenderme. Dé las gracias a todos de mi parte...

—No, señora, las gracias son todas suyas —cortó la mayorala como si considerara impropio lo que acababa de decir la forastera—. ¡Adónde iríamos a parar con tantas consideraciones!

Ángela ayudó a María a subir al coche y, después de acomodarse a su lado, depositó con mucho cuidado sobre el asiento una bolsa provista de los remedios que le había dado el médico, un frasco con éter para hacerla volver en sí de un previsible desmayo, una ampolla con una infusión de hierbas salutíferas que mermaban la tensión nerviosa y, antes de ordenar al cochero que partiera, le recomendó una vez más que mantuviese los caballos al trote, que no los dejara al galope, ya que marchando demasiado deprisa era difícil evitar los baches tan contraproducentes para la delicada salud de doña Isabel. Ángela seguía sin comunicarle a nadie que la enferma no era la mujer de Miguel. Esperaba que a su regreso encontraría una manera airosa de salir del paso, justificándose en que María, por vergüenza, le había pedido que no lo dijese.

La forastera se entretenía en ver cómo se deslizaban al otro lado de los cristales del carruaje las extensas plantaciones de caña, un mar vegetal cuyas olas se movían al ritmo impuesto por la brisa que cimbreaba los troncos. Era la primera vez que veía aquella extensión de verdes tiernos bajo un cielo muy alto, mucho más alto que el que ella estaba acostumbrada a contemplar en Mallorca, aunque quizá de una luminosidad menos intensa. A una parte y otra del camino, entre campos vastísimos, emergían, de vez en cuando, las siluetas blancas de los ingenios, rodeados de palmeras que mecían sus palios con una elegante parsimonia que nunca había percibido en las que había visto en Mallorca. Cerca de la vivienda principal, otras construcciones —barracones para los esclavos, almacenes, talleres, establos— mostraban, dependiendo de su número, el grado de pujanza de la propiedad. Todo era nuevo para María puesto que del viaje de ida no recordaba nada. Ahora lo miraba por primera vez con voluntad de anotarlo con exactitud en la primera página de su memoria.

Tenía tanta necesidad de ahuyentar los recuerdos de todas las penalidades sufridas que las imágenes del paisaje le parecieron propicias para empezar a cubrir con sus telas estampadas de verdes de bienaventuranza los desvencijados muebles de su pasado. Notaba los nervios mucho más relajados, quizá también estaba a punto de superar las crisis de angustia y lágrimas en las que caía con frecuencia desde que había empezado a levantarse de la cama.

Pensó que era una suerte estar viva, habiendo recuperado el habla y la posibilidad de andar. Su pobre hermana no había sido tan afortunada. Dio gracias a Dios, y empezó a rezar un padrenuestro por el alma de Isabel, como acostumbraba a hacer siempre que se acordaba de ella, cosa que ocurría muy a menudo. Para concentrarse en la oración cerró los ojos, pero tuvo que abrirlos en seguida porque un vaivén del carruaje la impulsó primero hacia atrás y después hacia delante. Los caballos se habían espantado cuando un grupo de jinetes les había adelantado a galope tendido, llenándolo todo de polvo y provocando que el cochero casi perdiera el control. A punto estuvieron de volcar, porque una rueda entró en un hoyo y chocó contra unas piedras. Ángela riñó a Agustín Tomé y le amenazó con que al llegar a La Habana sería castigado por su poca habilidad.

—¡Debías de estar en Babia, como siempre, tonto! —le dijo con irritación.

No tuvieron más remedio que pararse para que el cochero intentara arreglar la rueda y sosegar los caballos. María se alteró menos de lo que Ángela sospechaba. Las piernas, que seguía llevando vendadas, se habían resentido con el golpe pero podía moverlas. Se encontraba bien y aspiraba con gusto un aire embalsamado. A un lado y a otro del camino unas flores blancas y pequeñas salpicaban el verde. Ángela le dijo que aquellas tierras pertenecían a Parker y una vez más le contó sus excelencias. Subieron de nuevo al coche. Muy pronto el paisaje cambió de fisonomía y se volvió escarpado. Ángela abrió las provisiones preparadas por la mayorala y se las ofreció a María, que probó los pasteles rellenos de carne. Por lo fuerte de las especies se atragantó, pues no estaba acostumbrada a sabores tan picantes. En Mallorca comía habas y sopas todos los días. El cordero, la única carne que podían permitirse, sólo lo tomaban por Pascua. La variedad de manjares de Casa Fortaleza era otro motivo para lamentar la mala suerte de su pobre hermana.

El cochero tuvo que echarse de nuevo hacia un lado porque volvían a venir jinetes a galope tendido. Los caballistas no parecían propietarios o empleados de alguna hacienda cercana que acudieran deprisa a un requerimiento urgente, sino una cuadrilla que, por su aspecto —iban armados con rifles y machetes—, debían de pertenecer a alguna partida organizada. No obstante, esta vez, quizá porque el camino era un poco más ancho o porque no había cogido desprevenido a Agustín Tomé, no pasó nada, aunque las señoritas, alarmadas, dejaron de comer, como si se preparasen para una eventualidad inminente y les pareciera inoportuno que las encontrase masticando.

Ángela le preguntó al cochero si sabía quiénes eran y él le respondió que le habían parecido gentes del Morena Clara, porque vestían de blanco de pies a cabeza. Sin embargo, tanto si eran como si no, las *niñas* podían estar tranquilas porque él estaba allí para protegerlas. ¡Valiente protector serías tú!, le soltó Ángela, arrepentida de haber enviado por mar a las criadas con los equipajes y haber accedido a las súplicas de María para no embarcarse. Pero, con la intención de no alarmar a María no hizo ningún otro comentario y le recomendó que intentara dormir y así llegaría menos cansada a la posada donde harían noche porque el viaje era largo y, como podía comprobar, fatigoso. María, por su parte, prefería distraerse contemplando el paisaje y preguntando por el nombre de las plantas y sobre todo por el de los muchos pájaros que nunca había visto, tan diferentes a las garzas, estorninos o gorriones que le eran familiares, puesto que a menudo desde la azotea de su casa se entretenía mirando las bandadas, y disfrutaba viéndolos trazar círculos en torno al campanario de Santa Eulalia.

—Los que ahora acaban de levantar el vuelo, pequeños y negros, son tomeguines... —le iba mostrando Ángela—. Y aquéllos de allá se llaman tojosas y estoy segura de que encontraremos algunos judíos que tienen un piar hosco y pesado.

—¿Y por qué los llamáis judíos? —preguntó con curiosidad María.

—Porque arramblan con todo —contestó Ángela con naturalidad.

—¿Estás segura de que no son garzas?

María sonrió y volvió a mirar el paisaje. El camino seguía cruzando una gran extensión de monte bajo en el que identificó romero, lentisco y margallón, que también crecían en Mallorca. El terreno iba volviéndose cada vez más abrupto y los caballos se resentían. En la línea del horizonte, lejos, se perfilaba una montaña azulada. El aroma de las flores de café había sido sustituido por la hojarasca, menos perfumada, pero igualmente intensa. María se sentía a gusto y volvió a dar gracias a Dios. Recordó que su oración había quedado interrumpida por el incidente y la continuó sin cerrar los ojos. Pero se sobresaltó y pegó un grito al ver entre los matojos los cuerpos mutilados de dos negros con las vísceras al aire.

Ángela trató de tranquilizarla.

—No te asustes, no es nada... Son cimarrones. Deben de haberse escapado de alguna plantación. A veces les da la locura de irse... Los negros son desobedientes y mentirosos... ¿No es cierto, Agustín?

—La *niña* siempre tiene razón —dijo el cochero con una sonrisa.

—Y flacos de memoria —insistió—. Éstos, por ejemplo, al huir estoy segura de que ni se acordaban de que en todos los ingenios hay perros amaestrados, perros destinados a la caza de fieras salvajes, como ellos.

—Es espantoso, pobre gente —dijo María horrorizada.

—Les está bien empleado, por tontos. Saben lo que les espera y se escapan... No les compadezcas: los negros son salvajes, no se les puede considerar como a los blancos, ya lo irás aprendiendo. El color de su piel les contamina también el alma. En la Biblia se les maldice, por eso tienen que hacer méritos dobles si quieren ir al cielo... ¿No es cierto, Agustín?

—La *niña* dice la verdad, *niña* Angelita dice siempre la verdad...

María volvió a mirar por la ventanilla y se preguntó por qué la naturaleza era tan bella y las personas, fueran negras o blancas, tan desgraciadas.

XII

María Forteza vio por primera vez al suegro de su hermana, sentado detrás de una mesa escritorio, absorto en un libro de cuentas. A su lado, de pie, en silencio, Mateo Febrer, su administrador, con cara de circunstancias, esperaba la aprobación de sus tareas numéricas. María, acosada por un repentino ataque de timidez, no permitió que Ángela interrumpiera a su padre. Con un gesto le pidió que no entraran todavía y la retuvo junto a la puerta del despacho, oculta tras los cortinajes de terciopelo. Desde allí se entretuvo en contemplar, primero la habitación, cuyas paredes estaban rodeadas de sillas y repletas de cuadros hasta el techo, demorándose en examinar cada detalle antes de atreverse a mirar hacia donde estaba el señor de Fortaleza. Lo hizo, además, de forma disimulada, como si lo que verdaderamente le llamara la atención fuera la ventana, que se abría por detrás de él, porque temía que si don José Joaquín se daba cuenta de que era observado se molestara. Como estaba inclinado sobre la mesa, no podía verle los ojos, que seguían fijos en el papel. De vez en cuando movía las cejas y al alzarlas fruncía también la frente, amplia, y colmada de surcos por donde los años habían ido dejando su reguero de penas. Las mejillas, un tanto flácidas, estaban también llenas de arrugas, y alrededor de los ojos la piel parecía haberse quebrado. Aunque era viejo —había cumplido el pasado invierno sesenta y seis años—, a María le pareció mucho más joven, tal vez porque no tenía canas y excepto en las sienes su pelo era abundante. Iba bien peinado y llevaba la barba perfectamente recortada. Para María las señas de la vejez no estaban en las arrugas, porque la gente de Mallorca, acostumbrada al sol, las acumulaba casi desde su nacimiento, sino en la cosecha de flores de nieve que adornaba la cabeza, como ella misma había escrito en unos versos de felicitación para la abuela de los niños de Son Gualba, el día que cumplió noventa años. María había pasado muchas horas despierta aquella noche —la primera noche que había dormido en La Habana siendo ella misma, y no ella inconsciente, tomada por otra— intentando encontrar las palabras, los gestos con los que debería agradecer al señor de Fortaleza su benevolencia, y pedirle ayuda. Pensó en arrodillarse a sus pies, tal como había visto hacer a la doncella de Ángela, mientras le imploraba que le permitiera quedarse en los barracones con su madre gravemente enferma, pero luego decidió que era mejor mantenerse de pie, en una postura recogida y humilde, pero no tanto que pudiera parecer que había renunciado a su dignidad. Finalmente, decidió que le haría una reverencia, una cortesía francesa con la que su pobre hermana, por indicación de la modista, aseguraba que las señoritas bien educadas acostumbraban a saludar a las personas de edad o merecedoras de especial respeto. Además, le besaría la mano, porque ahora, sin familia directa cerca, él representaba a su padre y por eso, a continuación, le pediría que la bendijera.

Ángela aprovechó el momento en que su padre levantó los ojos del papel para empujar suavemente a María y hacerla entrar. Al verlas, el señor de Fortaleza se puso de pie y fue a recibirlas. Con los brazos abiertos acogió a la forastera, que, contrariamente a lo que se había propuesto, intentó arrodillarse a los pies de don José Joaquín que no se lo permitió y, alzándola con firmeza, la besó en la frente. María, incapaz de pronunciar palabra, dejó que Ángela hablara en su nombre, en cuanto el señor de Fortaleza hubo despedido al administrador, ordenándole que volviera más tarde para acabar de pasar cuentas.

El señor de Fortaleza las invitó a sentarse en unas mecedoras que había en el porche, hacia el que se abría su despacho, en el rincón más acogedor. La luz bien armada, que desde fuera entraba belicosa, se encontraba primero con las telas de la mosquitera que recubrían la ventana y después con las plantas que crecían en grandes macetas sostenidas sobre peanas, y así, mermada su fuerza, vencida y casi humillada, se volvía amable y dulcificaba cuanto tocaba. En cambio el ruido exterior, los gritos de los que pregonaban mercancías, el estrépito de los carruajes e incluso el ulular de las sirenas de los barcos del puerto, penetraba tal cual, sin que pared o cristal pudieran impedirlo. El señor de Fortaleza, al que a veces le fallaba el oído, pese a no querer admitirlo delante de extraños, no estaba dispuesto a exhibir esa merma ante la recién llegada, por eso acercó la mecedora a la suya y ella lo tomó como un gesto de deferencia. María volvió a notar el mismo olor a tabaco, cuero y agua de rosas que la había invadido cuando el suegro de su hermana, impidiendo que se arrodillara, la había besado, y se sintió acogida. A su nariz le costaba acostumbrarse a tantos olores mezclados, a veces demasiado fuertes y que nunca había percibido en Mallorca, ni siquiera cuando entraba en los establos de Son Gualba para ir a buscar con los niños leche tibia, acabada de ordeñar.

El señor de Fortaleza paseó sus ojos de un azul nublado, casi grises, por la persona de María, que se había sentado al borde de la mecedora con el cuerpo echado hacia delante y las manos juntas sobre la falda. Con la celeridad de un experto en materia femenina, evaluó en seguida el grado de atractivo de su parienta. No era guapa pero tampoco fea. Tenía las facciones bien proporcionadas y el cuerpo armónico, la cintura parecía estrecha y las piernas más bien largas. A la falta de pulpa que intuía en las nalgas, ya que los pliegues del vestido caían sin marcar forma alguna, le veía fácil arreglo, dependía sólo de una buena alimentación que en su casa quedaba garantizada. Sin embargo y a pesar de su delgadez, no era una escoba, como le había dicho su hijo, suplicándole que no le casara con semejante manojo de huesos. Tenía mucha mejor cara que cuando llegó porque ya había superado la enfermedad. El hecho de que le hubiera ganado la partida a la muerte era una prueba inequívoca de su fortaleza. Después de todo cuanto le había ocurrido, parecía un milagro que la debilidad no la mantuviera aún postrada y que pudiese andar sin ayuda. Además, lo hacía con gracia. Eso era lo que primero valoraba en las mujeres, si se movían bien con pasos de pájaro o por el contrario parecían ocas. Calzaba unos botines pequeños, cuestión fundamental para su gusto. Nunca había soportado a las mujeres con los pies grandes. A lo largo de su vida había dejado pasar algunas oportunidades estupendísimas, porque era del todo incapaz de irse a la cama con alguien cuyos pies sobrepasaran la medida que consideraba adecuada, la de su mano abierta. Incluso, cuando el grado de intimidad se lo permitía, leía el futuro de sus amantes en las plantas de sus pies, mucho más expresivas, a su entender, que la palma de la mano. Si los ojos pasan por ser el espejo del alma, argumentaba, los pies son el del cuerpo.

Pero, más que la certeza de unos pies acordes con la medida adecuada, lo que más le impresionó de María fue su aire desvalido y la humildad que había demostrado con el gesto de arrodillarse. Había, además, un parecido con alguien que él conocía, quizá fuera sólo un punto de contacto con alguna otra mujer, algo que ligaba a aquella muchacha a una experiencia ya vivida. ¿A quién había amado que se le pareciese? ¿A quién? Mientras la buscaba afanosamente por los escondrijos de la memoria, simulaba que escuchaba con atención el relato de Ángela sobre el cúmulo de infortunios pasados por su parienta que, por otro lado, ya conocía porque su hija se los había contado de antemano. Si ahora insistía de nuevo, era porque a la forastera no le salía la voz y ella, para ayudarla, le tomaba la palabra contestando las preguntas que su padre le hacía por cortesía. Entre tanto, el señor de Fortaleza seguía esforzándose en encontrar por algún rincón de su remota juventud cualquier huella, por débil que fuera, que pudiera abocarle a la posibilidad de vislumbrar por qué aquella muchacha le resultaba familiar. No era, sin embargo, por el aire de familia —la nariz un poco demasiado larga, quizá como la de Ángela, los ojos marrones y la boca carnosa...—. No, no era eso. El parecido no se concentraba en ningún detalle. Quizá era la manera de juntar las manos sobre la falda, ¡qué palidez la de sus manos! ¿A quién demonios se parecía? ¿A quién?

A María, por el contrario, don José Joaquín de Fortaleza no le recordaba a nadie. Ni siquiera a los señores más señores de Ciutat, a los condes y marqueses que había podido conocer, porque a todos sobrepasaba en consideración. Bastaba comprobar cómo la había acogido y con qué atentísima deferencia la escuchaba ahora. Vestido con una levita clara, pantalones de raya perfecta, los zapatos como dos espejos, lo encontró más elegante que al heredero del conde de Montenegro, que era tenido por la persona más refinada de Mallorca, de la que todo el mundo sabía que había compartido con el Rey el mejor sastre de la corte, donde encargaba todo cuanto llevaba puesto. Ella, no obstante, no hubiera apostado a favor del sastre del conde si hubiera tenido que compararlo con el que tenía el señor de Fortaleza. Don José Joaquín le pareció el hombre más cabal y generoso del mundo, y lo que más le gustó de su persona fue que al sonreír mostraba por debajo del bigote una dentadura blanca y simétrica, y sonreía a menudo para darle ánimos, porque desde hacía un rato era ella quien contestaba sus preguntas entre toses y sorbos de tila azucarada que el señor de Fortaleza había mandado traer para ayudarla a calmar su nerviosismo. Quizá lo que menos le gustaba de él era la voz un poco nasal, como la de tanta gente de su familia, aunque el hecho de hablar en un tono bajo y sumamente hospitalario lo disimulara un poco. Las maneras amables que usaba con ella —pobrecita María o Marieta, como la llamaba a menudo, salpicando con alguna que otra dosis de diminutivos la conversación— no parecían ser las que utilizaba con los demás. Bastaba ver con qué autoridad había ordenado al administrador que se retirara o al criado que trajera su tila. ¿No le había contado Ángela que cuando su padre daba un grito temblaba toda la casa? Debía agradecerle también esa deferencia. Y sobre todo que quisiera aligerarla del peso de haberse hecho pasar por Isabel ante la gente de la Deleitosa y especialmente ante el médico excusándola con una nota de su propia mano. En cuanto al porvenir, ella haría todo lo que él le ordenara.

—Lo que usted disponga, lo que sea más conveniente —dijo, cuando él le preguntó qué prefería, ya que conocer sus deseos le resultaría de mucha ayuda para decidir sobre su futuro.

Como Ángela la había ido convenciendo, a lo largo de aquellos días, de que lo mejor era entrar en un convento, optó por suplicar a don José Joaquín la dote necesaria para hacerse monja, descartado el matrimonio con Miguel y el regreso a Mallorca. El señor de Fortaleza aceptó en seguida. La dote sería espléndida, le dijo, para que pudiera escoger un convento conforme a la consideración que, como parienta suya, le correspondía. Sin embargo, sólo estaría de acuerdo en que ella se metiera monja si ése era verdaderamente su deseo, porque si albergaba la más pequeña duda, si escogía el convento como refugio, él le ofrecía que se quedara en su casa, donde encontraría entretenimiento sobrado ayudando a Ángela a disponer del orden doméstico. Prefería el convento, murmuró con una voz a punto de quebrarse, pero tragándose las lágrimas. La muerte de Isabel y su salud recobrada, tanto lo malo como lo bueno, todo cuanto le había ocurrido desde que dejó Mallorca, le parecían designios de la Providencia, que le señalaba el camino, dirigiéndola hacia una vida de clausura y ella no podía rechazar lo que Dios Nuestro Señor tan claramente le manifestaba.

Don José Joaquín de Fortaleza le ofreció otra vez el espectáculo de sus dientes perfectos.

—No estés tan segura —dijo sonriendo—. Dios tiene demasiado trabajo para encargarse de dirigir nuestros pasos. Somos nosotros los que tenemos la obligación de caminar hacia aquello que nos atrae, siempre que sea posible, naturalmente.

A María la afirmación del señor de Fortaleza la sorprendió. Si lo que acababa de decir no era pecado, estaba muy cerca de serlo. ¿Ponía en duda la Providencia Divina? ¿O había entendido mal? ¿No era la vida un valle de lágrimas? Pero no se atrevió a replicarle. Añadió que de jovencita ya había querido ser monja, pero que su padre no pudo pagar la dote exigida. Entonces don José Joaquín le encargó a Ángela que enseñara a su prima todos los conventos de La Habana para que escogiera el que más le gustara, con la seguridad de que habría de ser admitida de muy buen grado.

—Con los brazos abiertos —puntualizó—. El dinero suele llegar a conseguir milagros muy diversos —añadió con una pizca de cinismo.

A María le sorprendió el aplomo con que hablaba el suegro de su hermana, incluso en lo tocante a la religión. En Mallorca ningún señor se hubiera manifestado con aquella naturalidad, sin subterfugios.

—Hoy mismo pediré que me envíen tu fe de bautismo —concluyó—. Como sabes, es un requisito indispensable para comenzar el noviciado. Aunque, con lo que tarda el correo, pasarán algunos meses antes de que puedas entrar en el convento... Mientras tanto necesitarás ropa, vestidos, sombreros y todas esas cosas que lleváis las mujeres, tantas que nunca he podido llegar a aprenderme sus nombres, así que tratarás con Ángela de lo que quieras comprarte y ella enviará recado a los tenderos para que vengan a casa. Todos se pirran por enseñar a domicilio las novedades en cuanto las desembarcan. Créeme, Marieta, aquí nos llega de lo bueno lo mejor... No quiero que lleves nada prestado, aunque sea lo que habría de haber pertenecido a tu pobre hermana, que en paz descanse —dijo, bajando con tristeza el tono, pero en seguida volvió a levantarlo para dirigirse a su hija—: Ángela, manda aviso a la modista y que mañana mismo empiece a tomar medidas a tu prima.

Luego el señor de Fortaleza hizo sonar una campanilla.

—Que venga el administrador —ordenó al negro que había comparecido preguntando qué deseaba.

Cuando Febrer regresó haciendo reverencias y frotándose las manos a la vez, en un gesto mecánico, aprendido quizá en algún seminario durante su remota juventud, don José Joaquín le ordenó que hiciera el favor de pagar todas las facturas que llegasen a nombre de la señorita María, que desde ese instante él acogía como a una hija. Después mandó que sacara de la caja fuerte doscientas onzas de oro y se las entregó como dinero de bolsillo del que no era necesario que le rindiera cuentas.

—Dispón de esta cantidad como tú quieras.

María, que nunca había visto reunidas tantas monedas, se negaba a aceptarlas. Finalmente, ante la insistencia del señor, tomó la bolsa, en la que el administrador las había metido. La mitad serán para misas por la pobre Isabel, determinó, y una cuarta parte para los pobres.

Pero don José Joaquín, como si le hubiera leído el pensamiento, le dijo que solamente podía gastar aquella cantidad en su persona, que ya había destinado una partida para los funerales que, dos días después, se dirían en La Habana por el alma de Isabel, y otra para misas y rosarios en sufragio de su alma, que administraría su nuera Matilde, la mujer de Custodio, a quien su frecuente trato con los curas la convertía en la persona más entendida de la familia en cuestiones referentes a la salvación eterna.

XIII

La noticia de su inminente boda con María se la dio el señor de Fortaleza a sus hijos una tarde de junio. La sorpresa de Miguel y Custodio fue tan mayúscula que aún días después continuaban con cara de pasmo, aunque tratando de maquinar la manera de disuadir indirectamente a su padre de una decisión que tan perjudicial podría resultarles. Ángela, pese a mantenerse al margen de sus conciliábulos, estaba aún más furiosa que sus hermanos y mucho más disgustada. Al chasco —admitía que en ningún momento se le había pasado por el magín que la forastera pudiera acabar por convertirse en su madrastra— unía la sensación de que la había engañado, ya que todo había sucedido a sus espaldas. María no había tenido siquiera la delicadeza de consultarla y, en consecuencia, no había podido advertirla de que estaba a punto de cometer un disparate mayúsculo. Si María se lo hubiese dicho, si hubiesen hablado, estaba segura de que habría sido capaz de convencerla para que declinara el ofrecimiento. La boda era demasiado desigual para que pudiera resultar acertada. No sólo el señor de Fortaleza era uno de los hombres más ricos de La Habana y ella no tenía dónde caerse muerta, sino que además, entre los dos, había casi cuarenta años, una diferencia que establecía una distancia mayor aún que la que suele mediar entre padre e hija. ¡Si hasta podían ser abuelo y nieta!, por mucho que la forastera, delgada y escuálida, con su aire enfermizo, pareciera una vieja, y en cambio él, porque se teñía la barba y el cabello, aparentara tener unos cuantos años menos. Si la falsa beata hubiera tenido la consideración de pedirle consejo, no sólo la hubiera advertido de eso, sino también de que, después de semejante boda —con la que aquella desagradecida pretendía entrar en el mundo de los Fortaleza por la puerta grande y no por la de servicio, la puerta angosta que se merecía, como acogida que era—, todo el mundo en La Habana le volvería la espalda. Ninguna de las personas que frecuentaban su casa, ninguna de las señoras que en vida de su madre, que Dios tuviera en su gloria, la habían visitado muchas tardes —las Santovernia, Jaruco, Aguas Claras, Hernando y tantas otras— querrían tratos con ella. Ya se estaban encargando sus hermanos de difundir por todas partes cómo era de hipócrita, aprovechada y desagradecida la extranjera, tanto que las clarisas, que en el fondo lo sospechaban, se habían quitado un peso de encima cuando la futura postulante había decidido permanecer en el mundo, convencida de que fuera del convento el plato de lentejas que iba a corresponderle sería mucho más suculento, aunque con él pudiera llegar a perder su ración de cielo. Ángela podía añadir incluso más detalles de cómo su parienta —muy pronto su madrastra, ¡qué ironía!— se había retractado de su fingida vocación porque gracias a la maestra de novicias tenía informaciones de primera mano. Sabía, por ejemplo, que apenas hacía un mes que su padre había escrito a la abadesa y en vez de remitirle la partida de bautismo que acababa de llegar de Mallorca y era el único requisito que faltaba para que María pudiera entrar en el convento, le había dado las gracias en forma de pagaré para que fuera invertido en la remodelación del claustro, atacado, al parecer, por el mal de la piedra y que él sufragaría con gusto con tal de compensar a las monjas las molestias ocasionadas por su sobrina, aceptándola primero tan desinteresadamente y después teniendo que renunciar a las expectativas que su entrada en religión les ofrecía. Ángela se sentía incapaz de entender cómo María, con su aire apocado y aquel aspecto de sardina en escabeche, había encandilado al viejo que sólo en un rapto de senilidad le pudo llegar a pedir que se casaran. La monja, sin embargo, no la culpaba, era Ángela la que cargaba las tintas sobre la hipocresía de la forastera. Sor Concepción consideraba que María se habría limitado a obedecer a don José Joaquín, que habría sido éste quien la habría hecho cambiar, torciendo su deseo de ser esposa de Cristo. Tenía razón Ángela en que la forastera no era demasiado atractiva, pero al señor de Fortaleza le podía resultar agradable por su juventud y además porque pertenecía a su familia, le entroncaba con su ascendencia, y con la tierra mallorquina de sus antepasados, un lugar que a sor Concepción, nacida y criada en Cuba en una familia criolla, le parecía bárbaro y exótico. La monja justificaba la conducta de María. Trataba de convencer a Ángela de que seguramente fue su padre quien debió de prohibirle que revelara su decisión para evitar que se propagara la noticia antes de que él se entrevistara con el obispo de La Habana. Fortaleza visitó a su eminencia para pedirle que, a cambio de una limosna generosa, le dispensara de las amonestaciones y tuviera a bien casarlos cuanto antes. Todo eso había llegado a oídos de las clarisas directamente insuflado por boca de su eminencia reverendísima, que muchos domingos iba a verlas, porque entre las monjas tenía un par de amigas de mucha confianza, además de dos primas. A Ángela le resultaba aún más ofensivo que sor Concepción se hubiera enterado casi al mismo tiempo que ella, pues el mismo día en que el señor de Fortaleza se entrevistó con el obispo, reunió a sus hijos para darles la noticia. Lo hizo con la mayor naturalidad, sin preocuparse de conocer su opinión. No obstante, cuando Miguel insinuó que aceptaría por esposa a su parienta con tal de que él no lo hiciera, le golpeó con palabras como puños donde más podía dolerle y le consideró indigno de casarse con María. Ya había sufrido la pobre bastantes calamidades para cargar con otra más convirtiéndose en su esposa, le dijo. Además, si a él le apetecía casarse de nuevo —añadió pausadamente, como si meditase cada una de las palabras— estaba en disposición de hacerlo con quien se le antojara sin necesidad de consultárselo a nadie. Podía disponer de sí mismo como le diera la realísima gana —insistió— igual que de su fortuna. Había duplicado con su esfuerzo el patrimonio dejado por su padre y en consecuencia le pertenecía por entero. No tenía obligación de compartirlo con nadie. Que Miguel y Ángela vivieran regaladamente a su costa y Gabriel y Custodio hubieran vivido asimismo durante años no significaba que de ahora en adelante tuviera que seguir todo igual. Ellos disponían ya de la herencia de su madre y no se morirían de hambre si él decidía desheredarlos. Observó una por una las caras de sus hijos antes de continuar, para calibrar el efecto que causaban sus palabras, si la consternación era superior a la rabia o viceversa, y aprovechó, una vez subido al púlpito de las amonestaciones, para sermonearles afeándoles su conducta de señoritos troneras, incluyendo a Gabriel, que seguía en Europa, y mostrándose algo más condescendiente con Custodio. Solamente Ángela se libró de su reprimenda aunque le echó en cara que encubriera a Miguel, tratando de disimular la gravedad de sus faltas o lo que era peor, escribiendo en su nombre las cartas de amor destinadas a su pobre mujer. El sermón del padre no fue recibido como uno de tantos a los que les tenía acostumbrados, ya que al menos tres o cuatro veces al año los predicaba aunque con escasa repercusión en sus propósitos de enmienda. Esta vez sí lo tomaron muy en serio, sobre todo cuando aludió a su deseo de tener descendencia de nuevo, y eso, advirtió, le llevaría a modificar el testamento. Ya no era necesario que se preocuparan por casarse, ni que establecieran pactos, ni que la mujer de Custodio procurara sembrar cizaña entre ellos para sacar la mejor tajada, porque buena parte de la herencia o según cómo se comportaran la herencia entera, iría a parar a su nueva familia. Les advertía de que en el futuro deberían considerar como a una madre a María y tratarla con el respeto debido. Ángela, abochornada al enterarse de cuanto su padre sabía de sus noches en vela, fue, no obstante, la única que se atrevió a replicar que más que a una madre —nunca podría olvidar a la suya—, seguiría considerando a su parienta como a una hermana, lo mismo que había hecho hasta entonces, aunque a partir de la boda le cedería el mando de la casa, puesto que a ella correspondía dirigirla como señora de Fortaleza.

—Me parece muy bien —dijo don José Joaquín, pasando por alto la cara de almendras amargas de su hija—. Eso te permitirá descansar una temporada. Podrás volver a la Deleitosa, si te apetece. Siempre te quejas de que tus obligaciones domésticas te impiden quedarte más tiempo en el ingenio...

Don José Joaquín de Fortaleza dio por acabada la reunión pretextando que en la tertulia de la Sociedad Filarmónica, a la que tenía por costumbre acudir los lunes, le esperaba aquella noche su mejor amigo, recién llegado a Cuba. Pero antes de dejarlos, recomendó a sus hijos —más que una recomendación era una orden, puntualizó con ironía— que desde aquel mismo instante comenzaran a tratar a María no como la parienta pobre acogida por su generosidad, sino como quien sería, después de que el señor obispo de La Habana la convirtiera en su mujer, lo que sucedería al cabo de cinco días, porque su eminencia había aceptado con mucho gusto su petición. Por eso estaba ansioso de comunicárselo a don Antonio Oliver que venía de Tampa y le traía noticias frescas de sus negocios en el continente, y a quien él, a cambio, quería darle personalmente la nueva, porque seguro que si tardaba un par de horas más en ir a la tertulia, cualquier otro le tomaría la vez. El señor obispo de La Habana tenía una oreja tan dúctil y hospitalaria como parlanchina era su lengua de campana. A estas alturas el chisme ya debía de haber comenzado a circular por la ciudad y él no deseaba perderse la primacía de los comentarios generados. Le apetecía saber el grado de benevolente acidez, la punta de sarcástica condescendencia —era viejo y rico— con que los untarían sus contertulios. Pero más que nada quería sincerarse con su amigo contándole el porqué de su decisión y cuáles habían sido los motivos que le habían llevado a tomarla, después de tantos años de viudedad, cuando acababa de cumplir sesenta y seis y se sentía tan cortejado por la muerte que a veces le entraban tentaciones de marcharse a dormir al mausoleo que había mandado construir en el cementerio de La Habana cuando murió su mujer, para ir así acostumbrándose al lugar, en vez de acostarse en su cama, demasiado grande y vacía. Ahora, sin embargo, en un último intento de burlarse de la que nunca falla, dormiría acompañado. Deseaba confesarle cómo de repente, no hacía demasiado, coincidiendo con la llegada de María, le había parecido que todavía era tiempo de conjurar los reclamos de la muerte, y que, con alguien a su lado, se creía con fuerzas para pararle los pies cuando escuchara su resuello hostil detrás de la puerta. Un cuerpo joven cerca del suyo, un cuerpo de carne tibia y piel sin arrugas era un salvoconducto para la vida, una especie de rehén detrás del que se sentiría protegido, casi seguro, porque la maldita no se atrevería a disparar mientras permanecieran juntos. Tenía ganas de explayarse con su amigo, de contarle todo lo que le había pasado durante aquellos últimos meses y por eso se cambiaba de ropa deprisa ayudado por el criado mientras ordenaba que el cochero tuviera el carruaje a punto, porque quería partir inmediatamente. Tenía ganas de confesar en voz alta a alguien que no fuera María que se había sentido atraído por ella casi desde el momento en que la vio porque le recordó a alguien perdido en la nebulosa de su juventud y sólo era, quizá, porque tenía el mismo modo de juntar las manos que su madre, cuando, mucho antes de serlo, de jovencita, había posado para el pintor que la retrató, con un gesto ya para siempre parecido al de María. Luego, por sus palabras, por todo cuanto le fue contando en las largas sobremesas, después de que sus hijos pidieran permiso para levantarse ya que incluso Ángela se hubiera muerto de aburrimiento escuchando sus conversaciones por las que solían deambular gentes venidas de lejos. El señor de Fortaleza mostraba ahora un interés grandísimo por sus antecedentes y por llegar a saber quiénes eran sus antepasados por los que apenas había preguntado a su padre, quien, por otro lado, parecía evitar cuidadosamente referirse a sus orígenes y a los motivos que le habían llevado a abandonar Mallorca. Sólo después de morir, en el largo memorándum que acompañaba sus últimas voluntades, sin ofrecer tampoco demasiados detalles, permitió que se desvelara la causa de su huida y su procedencia conversa. Fue en aquel mismo papel donde le ordenaba que tuviera siempre presente la deuda de gratitud con sus parientes de Mallorca, con los descendientes de su hermano, gracias a quien había podido conseguir salvar la piel. A pesar de darle a conocer cuál era su ascendencia, judíos, procedentes de la tribu de Leví, y, en consecuencia, tenidos en Mallorca por personas de sangre manchada, aunque proviniesen de la parte más noble del pueblo elegido, escarnecidos y humillados como chuetas durante generaciones, no le transmitió ningún instinto de venganza, ni le inculcó tampoco ningún sentimiento de orgullo por sus ancestros. Nadie es responsable de sus ascendientes, escribió en el memorándum, pero sí de sus descendientes y, en consecuencia, le mandó que se preocupara de sus hijos y de los hijos de sus hijos y no por sus antepasados. Porque lo que de verdad tendría importancia en el futuro no serían los hechos de los abuelos o de los bisabuelos, sino de los nietos y de los biznietos, la manera como se perpetuasen los Fortaleza, no lo que habían sido los Forteza. Era hacia delante, hacia los Fortaleza y con los Fortaleza hacia donde era necesario mirar, y por eso también, por lo que quería decir la palabra —no sólo para enmascarar el apellido que podía delatar quién era, un fugitivo de la justicia, un emigrante al que nunca hubieran dado permiso para salir de la isla, porque a los descendientes de los criptojudíos les estaba prohibido abandonar Mallorca— había cambiado de nombre. Se había limitado a intercalar dos letras, pero con ese mínimo añadido había hecho variar el rumbo de la historia de su familia a la que, en el momento de morir, dejaba consolidada como una de las principales de la ciudad. Y con el prestigio que otorga la opulencia bien administrada, a punto para que su hijo, o tal vez su nieto, pudiera mandar que le bordasen en pañuelos, camisas y calzones una corona con tres o cuatro puntas, se había fabricado un escudo en el que una mano estrangulaba a una especie de oso feroz, y en campo de gules aparecía una airosa fortaleza de la que sobresalían un par de torres. Satisfecho con la invención de una genealogía tan acorde con su apellido la mandó labrar en piedra en la fachada principal de la casa que acababa de comprar en el barrio más noble de La Habana, cambiándolo por el antiguo escudo que pertenecía a los aristócratas arruinados que se la habían vendido, ellos sí, con el pedigrí que otorga el convencimiento de saberse descendientes de algún heroico conquistador enajenado e indómito al que un cerebro alimentado con garbanzos durante generaciones de hambrunas debió de llevarle, despreciando su vida, a tener el valor suficiente para embestir con ferocidad de bestia acosada seguro de que si sobrevivía a la batalla, cualquier trozo, por mínimo que fuera, obtenido en el reparto de las nuevas tierras, era cien mil veces mejor que el terrón yermo que había dejado en las Españas. El escudo con una triste bellota —¿debieron de ser honrados porqueros los antepasados de los marqueses?, se preguntaba, divertido, el mercader Fortaleza— no le convenció y lo mandó sustituir en seguida, no fuera cosa que, a la larga, los historiadores locales confundieran sus orígenes. Los suyos —contaba en aquel pliego— nacían de él por voluntad propia. Le pertenecían absolutamente, era el único responsable y los quería catapultar hacia el futuro. José Joaquín de Fortaleza, que a lo largo de su vida había seguido fielmente las directrices de su padre, mirando siempre hacia delante, sentía ahora una vivísima curiosidad por saber todo lo que el primer Fortaleza había encubierto. Así que desde que María llegó no tenía más obsesión que mirar hacia atrás para poder contemplar, guiado por ella, los rostros de los suyos que ya nunca podría conocer. Dedicó mucho tiempo a pedirle detalles sobre el color de los ojos, o la manera de juntar las manos de remotos tíos y primos. Y, cuando creyó que se había hecho una idea cabal de cómo eran, porque sabía los gustos de cada uno, las aficiones predilectas, su destreza en el oficio escogido, el espíritu mercantil que demostraban o las enfermedades de las que morían, le pidió que deshilvanara sus propios recuerdos. Pasaron muchas tardes sentados todavía a la mesa sin que los esclavos se atrevieran a quitar los manteles a pesar de que ya era hora de servir la cena, entretenidos en una conversación inacabable al amparo de la memoria fidelísima de María. Fue en mitad de sus palabras, un buen día, cuando él decidió proponerle que se casaran, antes de decirle que aquella misma semana había recibido su fe de bautismo, a la que acompañaba la referencia a sus orígenes infamantes por lo que las clarisas podían también rechazarla. María aceptó sin vacilar. Sin poderse contener, se levantó e impulsivamente fue a acurrucarse junto al señor de Fortaleza, que sólo había tenido tiempo de abrir los brazos para acogerla. Al hacer el gesto, sin darse cuenta rompió una copa cuyos pedazos chocaron con la taza de café aún medio llena que se derramó sobre el mantel y manchó también el vestido blanco de María. Los dos se rieron. El criado, que había entrado precipitadamente al oír el ruido de los cristales, se retiró en seguida al ver abrazados al señor y a la forastera. Corrió hacia la cocina para notificar a su gente que había pillado al amo y a la *niña* besándose como si de aquel beso pendiera su vida.

XIV

La seda suave y a la vez densa de su vestido de novia la llevó a abstraerse unos instantes en el infinito trabajo de los gusanos, después mariposas libres, aunque sometidas al imperio de tantas flores de luz, tal vez porque en su habitación todo resplandecía. Así, material en bruto para unos versos sólo imaginados, se lo dijo a su marido cuando éste se le acercó para preguntarle bajito en qué estaba pensando. Aquella noche, como muchas otras que vinieron luego durante los primeros meses de casada, estuvieron llenas de gusanos y de mariposas entremezclándose sobre su piel con la certidumbre agridulce del amor. El señor de Fortaleza, que no acompañó la petición de su mano con el consabido brazalete, y tampoco le regaló ninguna joya para que la luciera el día de la boda, fue, en cambio, llenando de oro —anillos, pulseras, cadenas, collares, pendientes, camafeos, prendedores, broches— el cuerpo de María a medida que su lengua, sabia, antigua y dúctil, iba trazando caminos para poner los mojones que limitarían su posesión.

La primera noche, para que no se asustara demasiado —el señor de Fortaleza no podía olvidar que María había pretendido encerrarse en un convento, lo que le resultaba de lo más excitante, porque se sentía como quien le ha ganado una partida a Dios— y también con la intención de ahorrar energías —a sus años se le hacía cuesta arriba quedar bien, ¿en qué purgatorio le esperaban sus noches de gloria?, se preguntaba a menudo—, fijó muy bien los objetivos de la operación. Los trabajos de amor, esperando que no fueran en vano, se concentrarían primero en los cabellos, que él mismo quiso cepillar, después en la nuca, luego en el resquicio que queda entre el mentón y el cuello. Cuando consideró como propio el lugar, depositó en la caracola rosada y tibia de sus orejas dos diamantes del tamaño soberbio de los garbanzos. Para que María comprendiera los motivos que le llevaban a actuar de aquel modo, enumeró las diferentes tácticas mediante las que los generales del mundo entero mandan conquistar las fortalezas. A veces, le dijo, cuando la plaza tiene un gran valor, la estrategia consiste en asediarla poco a poco, que siempre es más aconsejable que arriesgarse a un ataque por sorpresa, que puede resultar contraproducente si lo que deseamos es una rendición incondicional y sobre todo perdurable.

María comprendió en seguida que había decidido utilizar con ella esa táctica dilatoria y se lo agradeció. Había oído contar cosas terribles de la noche de bodas e incluso recordaba que una antigua vecina de Ciutat había salido huyendo de su casa gritando que su marido quería clavarle una especie de punzón que guardaba escondido entre las piernas. Don José Joaquín de Fortaleza tenía una manera muy diferente de actuar. Sólo quince días después, cuando ya había conseguido que la piel de su mujer se familiarizara con el tacto de sus manos, le pidió permiso para desnudarla y lo hizo a mordiscos. Ante el desconcierto de María, se justificó asegurándole que para llegar a aquel preciso momento y poder hacer exactamente lo que hacía, había conservado durante más de sesenta años aquella dentadura perfecta.

Fue después de poseerla cuando la cubrió de pies a cabeza con el oro y las alhajas que iba extrayendo a puñados de un cofre que había escondido debajo de la cama, como si fuera el tesoro de un personaje de leyenda, y también a puñados lo iba depositando sobre su cuerpo. Tal vez aquellas riquezas, le dijo, entre el tintineo de las piezas que iban cayéndole desde la frente hasta las uñas de los pies, suavemente, como una lluvia, no equivalían exactamente a su peso, pero servían para cubrirla por entero, sin dejar rincón ni pliegue. Nunca —ni en los cajones bien abastecidos de los plateros de su barrio, ni en Casa Sampol— había visto tantas joyas juntas, ni en su vida hubiera podido imaginar tener tantas. Eran suyas. Su marido —mi marido, se repetía a menudo un poco incrédula, y sonreía con satisfacción—, su marido, no sólo se las había ido regalando durante todas aquellas prodigiosas noches de asedio, a medida que se abría paso por túneles o escalaba almenas, sino que en la última, le había entregado un documento donde hacía constar que eran de su propiedad, por si algún día tenía que demostrarlo ante cualquiera. Después de un inventario minucioso, las palabras con que se describía cada una de las piezas y se estipulaba su valor se alineaban en largas hileras, el notario Medina Sotogrande daba fe de que don José Joaquín de Fortaleza tenía el gusto de regalárselas como dote.

—Nunca, aunque vuelvas a casarte cuando yo me muera —le dijo en un susurro—, tendrás unas bodas como éstas. ¡Puedes estar segura!

María le sonrió. Con las mejillas encendidas, la frente sudada, despeinada y todavía desnuda, pero cubierta púdicamente con la sábana, al señor de Fortaleza le pareció muchísimo más guapa que cuando la vio por primera vez. Siempre había creído, y así solía asegurarlo en conversaciones de hombres solos, que la virginidad era un impedimento para la perfección femenina, a la que, por otro lado, durante muchos años, estuvo dispuesto a contribuir desinteresadamente. La plenitud de la belleza era un don que las mujeres debían a los hombres, afirmaba, pero ésos no eran asuntos adecuados para tratarlos con una señora, aunque fuera la propia, ni decirle así, de golpe, que el hecho de haber llegado a serlo le sentaba tan bien. María protestó:

—¿Casarme otra vez? ¡Eso no, de ninguna manera! Además, yo no quiero que te mueras nunca...

—Por ahora no pienso hacerlo, pero algún día, cuando esté cansado de vivir...

A María le inquietaba que el señor de Fortaleza no mencionara nunca a Dios, el único capaz de manejar las tijeras de cortar los hilos de la vida.

—Yo sólo le pido a Jesús —dijo, sin atreverse a regañarle— que me lleve a mí primero. No podría soportar que fuese de otro modo.

—Es ley de vida que me sobrevivas... Y me parece bien: tu amor me hará más perdurable. Podrías ser mi hija, o hasta quizá mi nieta —apuntó con ironía.

María enrojeció. Él, al notarlo, le acarició el pelo.

—No te preocupes, mi amor. Más bien es una ventaja. Puedo quererte por partida doble, como padre y como marido.

María cerró los ojos con un gesto de lasitud.

—Y como amante —añadió, en un susurro— si los años me lo permiten, querida, y sigo...

No terminó la frase por pudor. Tampoco fue capaz de confesarle cómo la flor abierta de su sexo contribuía a excitarlo y más aún su grupa. No se atrevió porque supuso que se escandalizaría. Casi todas las palabras alusivas a la anatomía humana eran materia reservada a las conversaciones de hombres solos, no admitidas por las mujeres ni siquiera en los momentos más íntimos. Entre la larga lista de las que había poseído, sólo las negras, que además solían ser de su propiedad, aceptaban sin remilgos las obscenidades que le apeteciera soltar. Con las blancas, perteneciesen o no a la categoría de las honradas, e incluso con las mulatas, había tenido que llevar mucho cuidado y no se había atrevido siquiera a pronunciar ciertas palabras. A menudo le había sido fácil conseguir quitarles el corsé para llegar, con más o menos celeridad, a la cueva de sus tesoros, pero siempre había sido a cambio de no pronunciar frases alusivas a su victoria, como si al dejar caer las piezas de ropa que oprimían sus carnes, con tal de establecer una relación de equivalencia, le hubiesen atado la lengua. A su primera mujer la verdad es que no había sentido necesidad de hacerle ningún comentario de ese tipo. Demasiado a menudo había tenido que acudir a recuerdos de otras camas para cumplir. Sus hijos habían sido engendrados gracias a los estímulos de imágenes ajenas. Nunca Mercedes le había consentido que le quitara el camisón y no llegó a conseguir más contacto con su cuerpo que el estrictamente necesario, el permitido por el ojal que dejaba al descubierto la rendija donde debía ser depositada, de una manera mecánica y casi aséptica, la simiente que le permitiría tener descendencia legítima, mientras ella rezaba a todos los santos que así sucediera. Con María todo había sido diferente. El hecho de que ella misma le hubiera confiado antes de casarse que apenas sabía lo que pasaba en los lechos matrimoniales porque nunca se había interesado por el amor de los cuerpos, lejos de inhibirle, le dio el coraje necesario para esperar que todo lo pudiera aprender con él, junto a su alma. Escogió adrede la palabra porque sabía hasta qué punto era del gusto de María, que tenía propensión a vestirlo todo de espíritu. Un beso, decía, era cosa del alma, sobre todo porque, a pesar de que hubiera un contacto físico —unas bocas que se unen—, son las almas las que salen de los cuerpos para fundirse en un mismo aliento, tal como le había escrito a Miguel en una de las cartas en nombre de su hermana. También eso, que, finalmente, no se había atrevido a confesarle a Ángela acabó por contárselo a su marido, aunque no lo hizo en la cama, sino una tarde, la primera que paseaban en la volanta por la Alameda de Paula, dos semanas después de la boda, entre los saludos de los conocidos y la incómoda voracidad unánime de las miradas hacia su persona. Sin embargo, no fue capaz de decirle, por la vergüenza que le daba, que no sólo había escrito alguna carta, sino todas, y, en consecuencia, se había carteado con la que era ya su hijastra. Enrojeció al recordarlo, y para que él no lo notara procuró ladear la sombrilla de manera que le cubriera el rostro. El señor de Fortaleza pensó que aquel gesto se debía a que le molestaba la manera en que todo el mundo, criollos o españoles, militares o funcionarios de la metrópoli, ricos o pobres, propietarios como ellos, comerciantes, importadores y hasta gente menuda, se fijaban en ella. Entonces insistió de nuevo en que se marcharan de Cuba una temporada, en que emprendieran un viaje de novios, tal como le había ofrecido antes de casarse, cuando le dijo que le apetecía mucho llevarla a Europa y enseñarle París, donde él ya había estado porque su padre le había mandado allí de joven, para demostrar a todos la pujanza económica de los Fortaleza, además de contribuir a la formación de su heredero, ensanchándole el mundo. Ahora, en París, estaba Gabriel, y los dineros que muy a menudo le pasaba su tío desde Barcelona, fruto de la herencia de su madre, no parecían en consonancia con el éxito que aseguraba haber alcanzado como pintor. Si iban, podrían comprobar hasta qué punto era verdad lo que les escribía. Pero ése no era el único motivo del viaje, a pesar de que para María constituía el de mayor importancia, y a ratos le permitía contener su rechazo a embarcarse, don José Joaquín esgrimía otros fundamentándolos en razones de peso. Argumentaba que sentía la necesidad de recobrar espacios y lugares, calles y monumentos, de verlo todo por última vez. Estaba seguro de que el París de su juventud no era el mismo de ahora, pero todavía podría enseñarle a María muchos rincones que se mantenían como antes. Además, al abandonarlos hacía cuarenta años, prometió volver al menos una vez en su vida, y aquél era el mejor momento para cumplir su palabra.

—Algunas veces las deudas de agradecimiento no las contraemos con las personas —le dijo— sino con los lugares, por las cosas que nos han enseñado.

—¿Qué te ha enseñado París que no tenga La Habana? —le preguntó María con curiosidad, porque suponía que le hablaría de amores de juventud.

—A París le debo tres cosas —pero en seguida rectificó y matizó—, mejor dicho, dos —porque consideró del todo inadecuado confesarle que allí había llegado a la conclusión de que no hay ningún sexo femenino igual, a pesar de que todos puedan servir para lo mismo—. La primera, el punto exacto de temperatura que conviene a los buenos borgoñas...

Y como a María la cuestión no parecía importarle mucho, decidió pasar a la segunda.

—En Francia me di cuenta de que los franceses son mucho más que españoles con dinero, como decía mi padre, porque están convencidos de lo que son desde siempre. No es sólo que tengan más reservas de oro, tienen más fe, más seguridad en sí mismos, más confianza en sus raíces y están dispuestos a buscarlas en cualquier lugar, en su pasado monárquico y revolucionario a la vez, en los Borbones y en la Bastilla juntos, en los políticos, en los escritores, y aceptan su historia sin remordimientos, encarando el futuro con entusiasmo. *La Marsellesa,* tan revolucionaria y obscena, no sé si sabes que fue escrita en una casa de dudosa reputación, sigue siendo el himno nacional, y aunque la revolución ha sucumbido y su letra se refiere a estandartes sangrientos, cosa de muy mal gusto, especialmente a la hora de comer, suena antes de empezar cualquier banquete oficial...

Desde París llegarían hasta Roma, donde él no había estado nunca, y juntos irían al Vaticano, si es que ella quería recibir la bendición del Papa, y de regreso podrían recalar en Mallorca. Él conocería la tierra de sus antepasados y ella además de abrazar a su familia les demostraría que tenía el porvenir perfectamente asegurado. Pero ni eso la tentó. El recuerdo de la espantosa travesía le había hecho olvidar la añoranza por su tierra. Si él la obligaba, naturalmente le acompañaría. ¿Cómo iba a negarse? Pero si lo hacía sólo por darle gusto podía ahorrárselo.

Fue durante aquel paseo cuando al señor de Fortaleza se le ocurrió que tal vez un viaje corto le proporcionaría la confianza necesaria para embarcarse en otro largo más adelante y le propuso tomar el barco correo que, dos veces por semana, unía La Habana con Tampa, un viaje que duraba apenas un día por una mar a menudo bonancible, al amparo de las aguas del Golfo. Al volver a subir las escaleras de Casa Fortaleza, María había aceptado de buen grado cruzar a los Estados Unidos. Y sólo después, si su marido lo consideraba oportuno, llegar hasta Europa.

Los preparativos del viaje fueron breves. Don José Joaquín tuvo que resolver algunos asuntos pendientes con su administrador pero no se demoró más de cuatro días. Al quinto zarpaba el barco, en el que ocuparon el camarote más lujoso. Como la travesía era corta, por deseo del señor de Fortaleza no les acompañó ningún esclavo. En Tampa iban a hospedarse en casa de su íntimo amigo Antonio Oliver, que había firmado como testigo en la ceremonia de su boda, y no necesitaban servicio. Al despedirse, el señor de Fortaleza dijo al administrador que no sabía cuánto tiempo estaría fuera, el necesario, matizó, para ver de manera directa cómo andaban unas inversiones que acababa de hacer con unos socios norteamericanos. Era cierto que tenía la intención de cuidar de sus intereses, pero también deseaba alejar a María de La Habana y enseñarle un poco de mundo, para que se fuera entrenando en las obligaciones y compromisos de la vida social, pero sobre todo tenía ganas de poder estar a solas con su mujer, lejos de los comentarios y las maledicencias que, tanto amigos como enemigos, hacían correr sobre su matrimonio con la forastera. Por eso también, para no tener testigos cercanos, había renunciado a llevarse criados propios.

En Tampa, los agasajos de sus amigos, los banquetes, tertulias y conciertos domésticos organizados en su honor, pronto les resultaron insoportables, puesto que apenas les dejaban tiempo para la intimidad. Un buen día, el señor de Fortaleza, de acuerdo con María, decidió agradecer a su anfitrión sus muchas atenciones y marcharse a Nueva Orleans, la ciudad más parisina de América, donde podrían prescindir de una vida social impuesta. Consiguió a muy buen precio, dada su buena educación, una doncella mestiza para María y para él compró a un plantador de algodón, arruinado por las deudas, el mejor esclavo doméstico que tenía en venta. Con tan escaso séquito emprendieron viaje a Nueva Orleans, donde el señor de Fortaleza contaba con amigos —algunos decían que también con bastardos—, para quedarse más o menos tiempo, según la predisposición que mostrara María a viajar a Europa. Pensó primero en reservar un par de habitaciones en un hotel que se había inaugurado hacía poco con capital francés, una garantía, y del que todos alababan sus comodidades. Pero finalmente, consideró que era mejor buscar casa. Así no sólo tendrían más espacio sino que María podría ensayar mejor las artes domésticas, disponiendo el orden casero.

Los Fortaleza ocuparon un edificio nuevo, recién construido por un arquitecto local que acababa de volver de París donde había pasado bastantes años. Tenía un pórtico neoclásico, sostenido por columnas, a la moda del barrio más elegante de la ciudad. Contaba con una estupenda zona de recibo, alcobas amplias y cuarto de baño completo, con una bañera enorme en forma de barca, de la que sobresalía un mascarón con un cisne dorado a punto de emprender el vuelo. En proporción, aquella casa era mucho más higiénica que su palacio de La Habana, que, pese a ser mucho más grande y suntuoso, no había incorporado el avance de la bañera que permitía lavarse por entero. Por la novedad que eso implicaba, don José Joaquín quiso probarla en seguida y se encontró tan a gusto sumergido por completo en el agua que a partir de aquel día tomó la costumbre de bañarse todas las noches, antes de meterse en la cama. María había hecho traer sales de olor y esencia de rosas para diluirlas en el agua, porque en algún lugar había leído que en maceración contribuían a mantener la lisura de la piel. Desde entonces, ella era la encargada de preparar el baño a su esposo y de diluir, según las estaciones, esencias diferentes.

El señor de Fortaleza procuró que su mujer entrara en contacto con las modas del momento, muy parecidas, por otra parte, a las de La Habana, o incluso menos al día que allí. La llevó al teatro, la acostumbró a relacionarse con personas de mundo, a recibir y a devolver visitas. A pesar de que la falta de interés de María le había inducido finalmente a desistir del viaje a Francia, y aunque saber idiomas nada garantizaba —él conocía diversas personas que eran igualmente estúpidas en otras lenguas—, recomendó a su mujer que aprendiera un poco de francés. Ella aceptó con cierta tristeza, porque recordó a su pobre hermana pendiente del vocabulario que intentó enseñarle la madama modista. A menudo pensaba que la muerte de Isabel había propiciado su matrimonio con el señor de Fortaleza y le entraban remordimientos. Que la desgracia de su hermana hubiera contribuido a su suerte no le acababa de parecer justo. Todas las tardes, mientras don José Joaquín jugaba al tresillo, ella se esforzaba en pronunciar las frases de saludo y presentación de las primeras lecciones. El profesor, un muchacho tímido con escasas disposiciones pedagógicas, pero muy proclive al enamoramiento, ponderó en seguida el buen acento de la señora y su facilidad para el aprendizaje de lenguas. Las clases hubieran tenido que prolongarse, ya que, a pesar de sus grandes aptitudes idiomáticas, los avances de María eran escasos, pero el señor de Fortaleza, al observar la mirada lánguida del profesor y la manera devota con la que besaba la mano de su alumna, decidió prescindir de sus servicios, con la excusa de que no era necesario que su mujer alcanzara en francés más que los mínimos niveles de cortesía ya adquiridos. La señora de Fortaleza había progresado también en todos aquellos detalles necesarios para las relaciones sociales, como era llevar la sombrilla con gracia y no como si fuera el palo de una escoba dispuesta para limpiar de telarañas el techo, o recogerse la falda en el punto preciso, ni más arriba ni más abajo, para poder subir una escalera sin dejar ni un centímetro de más al descubierto ni tropezar con el vuelo o los refajos... Pero más aún que todos esos detalles que ahora dominaba, había visto un mundo diferente, muy distinto al acostumbrado y se había formado de él una opinión propia.

En Nueva Orleans pasaron tres meses y por siempre jamás los dos coincidieron en que aquellos días llevaban el nombre de felicidad. Una noche, en el teatro donde una compañía europea representaba *Nabucco* María se desmayó. La emoción al escuchar el coro de hebreos fue tan grande que las fuerzas la abandonaron. Al día siguiente el médico confirmó que estaba embarazada. Entonces el señor de Fortaleza decidió dejar la casa, vender los esclavos y prepararse para volver a La Habana.

XV

Ángela de Fortaleza fue a refugiar su despecho por la boda de María con su padre a la Deleitosa de la Esperanza. Se marchó con la excusa de que siempre había pasado los veranos allí, porque hacía menos calor que en La Habana y, a ser posible, no quería privarse de los aires menos bochornosos. Había además otro motivo, Dorothy Parker le había escrito animándola a que fuera. Tanto ella como su hermano estaban deseando volver a verla y hasta contaban los días que faltaban para el esperado reencuentro, le decía, entre otras tantas lisonjas y amabilidades.

En cuanto descansó del viaje, veinticuatro horas después de su llegada a la Deleitosa, la señorita de Fortaleza fue a visitar a los Parker. Quería darles una sorpresa y no mandó a nadie por delante. Partió a media tarde para evitar la impertinencia del sol y recorrió la hora larga que separaba las dos fincas casi a galope tendido para tratar de llegar lo antes posible. En la bolsa que pendía de la montura, envuelto con sumo cuidado, llevaba un regalo para Dorothy que le había costado mucho elegir. Para encontrarlo había mandado llamar a muchos tenderos buscando algo especial, un objeto que, además de demostrar su buen gusto, lo fuera también del de su amiga. Pensó, primero, en una joya, en un camafeo o en un colgante, pero finalmente se decidió por un abanico. Escogió uno con mango y varillas de finísimo nácar, en cuya tela se reproducían con suma delicadeza escenas donde dos muchachas se hacían confidencias, primero en un jardín y después en una barca. El parecido entre ella y su amiga y las jovencitas del abanico —una rubia y la otra morena, aparentaban tener su misma edad— la sacó finalmente de dudas y la convenció de su elección. Siempre que lo abra, no tendrá más remedio que pensar en nosotras y se acordará de mí cuando esté lejos, se dijo, ya que Dorothy le había anunciado que al terminar el verano regresaría a Europa. El regalo me permitirá seguir a su lado, por muy lejos que esté. Y, mientras lo pensaba, recordó que había escrito una frase parecida acompañando un obsequio para Isabel e inmediatamente rechazó la evocación, porque de ninguna manera quería entremezclar su amistad con Dorothy con la desgraciada historia de su cuñada, y se concentró en seguir llevando el caballo al galope. Dentro de nada estaría frente a la fachada principal del ingenio Morena Clara. El criado que la ayudó a desmontar era alto y rubio, y como todos los que servían en aquella casa sin esclavos, puesto que nunca había visto ningún negro por allí, de una belleza poco corriente. Con gran amabilidad la invitó a pasar aunque le dijo que ni el señor ni la señorita estaban. Desconocía cuándo iban a volver, pero, naturalmente, les podía esperar todo el tiempo que quisiera y la acompañó a la misma salita en la que Dorothy la había recibido la primera vez, y, como entonces, le sirvió también jugo de lima en una copa de cristal tallado. Al poco rato, Ángela de Fortaleza, aburrida y enfadada consigo misma porque había sido incapaz de prever que Dorothy no estuviera, decidió dar una vuelta por el jardín y llegar hasta el estanque.

El cielo claro y desnudo, sin asomo de nube con que cubrirse parecía más alto. El calor, asesino de flores recién nacidas, mustiaba también tallos y hojas e incluso se ensañaba con los arbustos más resistentes. Pero el lugar seguía siendo bello y tranquilo. Había pájaros y mariposas enormes, de colores irisados, en torno a los senderos solitarios que se bifurcaban. La señorita de Fortaleza, sorprendida de no encontrarse con nadie, ni oír más rumor que el piar de los pájaros, unido a veces a los gritos lejanos de los pavos reales que provenían de la parte del ingenio viejo, donde suponía debían de estar trabajando, siguió por la avenida que también conducía al estanque, sin atreverse a entrar sola en el laberinto. Algunos cisnes se deslizaban en medio de las aguas y otros descansaban en la otra orilla, con el pico escondido entre el plumaje, cerca de los juncos de la ribera. Ángela se encaminó hacia allá para verlos de cerca, y mientras bordeaba el estanque, tuvo la repentina impresión de que había alguien merodeando entre la arboleda y se volvió. Junto a un tronco, agazapada, pudo observar el cuerpo de una persona. Vestía una túnica blanca y se tapaba la cara con las manos. Sollozaba. La señorita de Fortaleza se acercó para preguntar qué le sucedía. La muchacha, casi una niña, no le respondió y siguió llorando. Ángela procuró tranquilizarla, inclinándose a su lado, le ofreció ayuda sin dejar, no obstante, de hacerle preguntas. Quiso saber quién era, qué le ocurría, qué hacía allí escondida, llorando con tanto desconsuelo y cuál era el motivo de su pena. La muchacha tardó un rato en poder contestarle. Y antes de hacerlo, entre jipidos y lágrimas, la miró de hito en hito. Finalmente aceptó decirle su nombre: Violeta, y cuando Ángela, para halagarla, comentó que era muy bonito, ella añadió que en el Morena Clara todas las muchachas tenían nombres de flores porque así lo había decidido el señor Parker, a quien pertenecían. Luego le contó el motivo de su pena. Hacía unos días que Rosa, su hermana, había sido vendida con otras compañeras. Nunca volvería a verla y por eso lloraba. A pesar de que Ángela intentó retenerla tomándola por el brazo, Violeta se escapó en cuanto oyó pasos. El mismo criado que había recibido a Ángela se acercaba apresuradamente. Venía a buscarla por si necesitaba algo..., le dijo, con la cabeza gacha y los ojos mirando al suelo, con postura de humildad forzada. Ángela, sorprendida, le contestó que no, que había salido a tomar el aire y antes de que pudiera preguntarle por Violeta, el muchacho añadió, con energía:

—Le ruego que vuelva al salón. He cortado jazmines y rosas para usted y me he permitido encargar a la cocina que le prepararan un helado.

—Gracias, pero prefiero continuar el paseo —contestó Ángela, con firmeza.

—Lo siento, señorita, pero en ausencia del señor no estoy autorizado a dejar que nadie pasee por los jardines. El señor ha dado órdenes de que las visitas esperen siempre dentro de la casa. Le pido, por favor, que tenga la amabilidad de acompañarme...

A pesar de la corrección con que se expresaba, el tono era contundente y un punto amenazante. Ángela tuvo miedo, pero más aún de demostrar que lo tenía.

—Diré al señor Parker hasta qué punto se extralimita en el cumplimiento de sus deberes, pero será otro día porque ahora me voy. Ya tengo bastante con lo que he visto. Sobre el escritorio de la sala encontrará un paquete. Déselo de mi parte a la señorita Dorothy y dígale que estoy en la Deleitosa donde pasaré el verano. Allí tendré mucho gusto en recibirla.

Ángela de Fortaleza, arrepentida de haber ido al Morena Clara, sola y sin decírselo a nadie, espoleó al caballo para tratar de que partiera con toda celeridad. Muy pronto oscurecería y a pesar de que conocía bien el camino y era una amazona experta, tenía miedo. Una angustiosa inquietud la llenaba desde el encuentro con Violeta. ¿Sería cierto que Parker tenía esclavos blancos? Sin embargo, una monstruosidad tan enorme, por muy en secreto que la llevara, no podía mantenerse oculta. Nunca ninguno de los detractores de Parker lo había siquiera insinuado. Tal vez Violeta se refería a personas de color, cosa bien distinta puesto que los negros eran inferiores en todo, hasta había quien aseguraba que carecían de alma, que eran animales... No quería darle más vueltas. En cuanto volviera a ver a Dorothy se lo preguntaría abiertamente, y, en caso de que fuera verdad, rompería con los Parker cualquier relación. Pero Dorothy no dio señales de vida ni siquiera para agradecerle el regalo.

Durante la primera semana la señorita de Fortaleza no se movió de la Deleitosa, esperando en vano la visita de los Parker, pero el día en que se cumplían nueve de su llegada, no tuvo más remedio que ir a casa de los Montojo, sus vecinos del norte, para felicitar a la señora con motivo de su cumpleaños. A su regreso, el mayoral le dijo que el señor Parker, acompañado de su administrador, había estado allí preguntando por ella y le entregó una nota. La letra de Parker era pequeña y desigual. Le costó un rato averiguar lo que había escrito: tanto él como su hermana estaban de viaje cuando ella había ido a verles y por eso tampoco habían podido corresponder antes, devolviéndole la visita. En nombre de Dorothy le agradecía el regalo y le rogaba que le hiciera el honor de aceptar una invitación a cenar el próximo miércoles.

La justificación del amo del Morena Clara menguó sus resquemores y aumentó las ganas de ver a Dorothy. Pocas veces había tardado tanto en escoger un vestido. Primero pensó que sería blanco para estar en consonancia con el gusto de sus anfitriones. Pero después decidió todo lo contrario. Tenía uno de seda adamascada de pálido color amusco que le sentaba muy bien. Además, de ese modo, podía dar a entender a Parker que sus gustos le resultaban indiferentes. Mandó a la doncella que le cepillara el cabello con mucho cuidado, y luego que se lo recogiera en unos rodetes. El sol del verano lo volvía más claro, pasando de caoba a un rubio más favorecedor. Después de vestirse, se puso un collar de perlas sobre el escote y con polvos de arroz se blanqueó las mejillas. Un velillo de tul cogido al ala de un pequeño sombrero le permitía preservar mejor los afeites de la cara, además de darle un aire más enigmático. Agradeció al espejo la imagen que le retornaba con una sonrisa y dio órdenes de partir. Esta vez además del cochero la acompañaban dos esclavos viejos de la mayor confianza.

Parker, mientras la hacía pasar, sin esperar a que ella le preguntara por Dorothy, le dijo que no estaba. Había tenido que regresar a Europa antes de lo previsto por cuestiones largas de explicar, y por eso le había pedido con insistencia que la despidiera en su nombre. Él, apenas llegado de Tampa, había ido a la Deleitosa para cumplir con su encargo, y al no encontrarla se había permitido invitarla a cenar porque tenía mucho interés en hablarle. Antes de que Ángela replicara sobre la inconveniencia de que estuvieran solos, o le diera a entender que si hubiera sabido que Dorothy no iba a estar no hubiera ido, Parker insistió en que el asunto que quería confiarle era delicado y por eso le pedía que le escuchara, y le propuso dar una vuelta en barca. De este modo nadie podría oírles, aunque todo el mundo pudiera verles...

La señorita de Fortaleza dio por buenas las razones de Parker y aceptó con curiosidad. Dejaría que se explicara antes de referirse a Violeta. Pero Parker, que tarareaba una canción de moda mientras remaba con la misma facilidad con que hubiera podido manejar los cubiertos, seguía sin empezar ninguna conversación. Ángela, desasosegada y cada vez más nerviosa, intentaba adivinar, haciendo conjeturas sobre qué querría hablarle pero no se atrevía a interrumpirle. Finalmente dejó de cantar, y de una manera casual, se refirió a la belleza de los cisnes blancos y le contó cómo Júpiter se había encarnado en uno para poseer a la princesa Leda. Ángela no entendía a qué venía todo aquello ni por qué de repente Parker le preguntaba cuál era su color predilecto y después si le gustaban las rosas o tal vez prefería las violetas. Sólo entonces la señorita de Fortaleza intuyó hacia dónde quería llevar la conversación.

—¿Por qué me lo pregunta? ¿Violeta? A mí me gustaría mucho saber quién es Violeta... ¿Es cierto que tiene esclavos blancos, señor Parker?

Ángela había tenido que hacer un esfuerzo para soltárselo todo de golpe y ahora esperaba que él le contestara mirándole con firmeza. Pero Parker seguía remando en dirección a la isleta con la mayor tranquilidad. El agua se enturbiaba cada vez más, cuajada de líquenes, densa, verdinegra.

—El día que vino a vernos, Violeta le pidió ayuda... Los criados me lo han dicho.

—No es cierto. Fui yo la que, al darme cuenta de que lloraba, me acerqué para saber qué le ocurría. Y me contestó que habían vendido a su hermana Rosa.

—¿Y qué más? ¿Volvió a verla?

—No. Nunca.

—Es una lástima porque tenía esperanzas de que usted pudiera darme alguna noticia. Violeta desapareció el mismo día que se encontró con usted. La hemos buscado por todas partes infructuosamente. Hubiera tenido que obligarla a marcharse con Dorothy, sin ablandarme, no se puede ser débil —dijo, como si hablase consigo mismo.

—¿Quién es Violeta, señor Parker?

Parker la miró, sonrió y antes de responderle, dejó los remos y saltó a tierra. Después ayudó a Ángela.

—Venga, le contestaré a cuanto quiera preguntarme —dijo, conduciéndola hacia el pabellón. Unas columnas dóricas sostenían una airosa cúpula de mármol bajo la que había un estrado con almohadones y una mesita baja con bebidas y frutas—. ¿Desea beber o comer alguna cosa? —Ángela negó con la cabeza.

—¿Le gustaría saber qué tenía que ver conmigo la dulce Violeta?... Se lo diré, aunque estoy seguro de que lo sabe. Violeta era, o es, ojalá esté viva, una esclava, en efecto. Nacida en mis granjas de Recife y criada allí hasta que cumplió doce años, yo mismo la elegí, junto con otras compañeras, ocho para ser exacto, y las mandé traer a Cuba. Quería acabar de adiestrarlas personalmente, dar el *nihil obstat* a su educación, como he tratado de hacer con otras muchachas, desde que compré el Morena Clara. Deseaba disfrutar de la contemplación de sus cuerpos en la hora fugitiva de su transformación. El paso —añadió, melancólico, con voz queda— de la infancia a la adolescencia, tan breve, luz efímera, regalo de los dioses que todavía nos permite olvidar la derrota... plenitud de nunca más... pétalos sobre la memoria...

Parker no terminaba las frases, hablaba en un tono apagado, como si lo hiciera sólo para sí mismo. Estaba sentado mirando el estanque pero de pronto se levantó e interrumpió aquella especie de salmodia que la señorita de Fortaleza escuchaba sin intuir siquiera adónde quería ir a parar.

—Perdone —añadió después de una pausa—, usted no puede entenderlo. Es mujer, pero, sobre todo, es demasiado joven... A su edad resulta difícil que comprenda que el fracaso lo mide el tiempo ido, el tiempo, a la postre, se convierte en el peor enemigo, por eso me preocupa tanto retenerlo, capturar el instante, someterlo... no hay tesoro comparable al precioso instante que se va... —y en seguida continuó en un tono neutro—: No soy traficante, sino criador, criador de blancas y de blancos, especializado en mejorar nuestra raza... —y se rió—. Si presentara mis obras a un concurso, estoy seguro de que me llevaría el primer premio. Sin embargo sólo soy altruista en parte... —ironizó—. Me dedico a ello para sacar provecho. Lo hago para vender. Los productos que obtengo con simiente de primera clase suelen ser de una rara perfección. Supongo que se ha fijado en los criados que me sirven, tienen cuerpos de palmera, ductilidad de junco, como dice Dorothy. Los elijo cada tres años entre los mejores, y casi nunca me quedo con muchachas. El precio que obtengo por ellas duplica o triplica el de ellos..., y es necesario pensar en los negocios, porque la inversión hecha es costosísima. Aunque obtengo buenos rendimientos, no se lo negaré. A menudo trabajo por encargo, a precio convenido...

Ángela estaba tan desconcertada que no sabía ni qué decir ni qué hacer. Nunca nadie le había hablado de aquel modo, pero no se atrevía a interrumpirle y no estaba segura de sentir sólo rechazo por su persona abyecta. En ningún momento Parker le había pedido opinión y seguía hablando sin mirarla.

—Además de cuerpos bellos, casi estatuarios, proporciono a mis clientes mercancía de primera, productos exquisitísimos, de una educación refinada, con conocimientos de idiomas, música, danza o canto, según el grado de interés o de capacidad de cada criatura. Excuso decirle que todas han sido perfectamente adiestradas en las artes del amor. Excepto en el caso de Violeta, nunca he tenido ninguna queja ni ningún fracaso. A pesar de conocer su destino, mis pupilas lo han aceptado con agradecimiento, sabiendo que les espera una vida mucho más fácil que la de la inmensa mayoría de mujeres, esclavas domésticas, vendidas por las propias familias al mejor postor, obligadas a traer hijos al mundo como conejas, humilladas y maltratadas por sus maridos... Mis esclavas son mucho más libres, son princesas destinadas a una vida de placer, serrallos de Oriente, burdeles exquisitos de París, frecuentados por príncipes, dachas rusas propiedad de los zares... No, no produzco *carbón*, destinado a trabajos forzados, como ustedes, que viven de la sangre de los negros, ni nunca he utilizado el látigo... El mío es un negocio diferente: belleza pura, incontaminada, casi perfecta. Mis productos son exquisitos... y caros.

Parker hablaba como si estuviera solo. A ratos sus ojos se concentraban en las propias manos perseguidas por venas como espolones de tiempo, otras parecía pendiente de los cisnes que cruzaban el estanque deslizándose sin apenas conmover el agua. Cuando la señorita de Fortaleza dijo: «Basta, no quiero oír más monstruosidades», y con un gesto de desprecio se levantó y fue hacia la barca, ni siquiera se inmutó.

XVI

Ángela de Fortaleza malgastó muchas horas consagradas al aburrimiento de acabar una labor de *frivolité* en repasar los acontecimientos de su última tarde en el Morena Clara. Su memoria prefería detenerse en los instantes pasados en la isleta, a partir del momento en que Parker cometió la indelicadeza de confesarle, sin escrúpulos, cuáles eran sus actividades, y ella mordió el anzuelo de aquella verdad sin saber hasta qué punto no habría de dejarla indemne. Una y mil veces se había visto tomando la decisión de marcharse, asegurándose a sí misma que su dignidad le impedía estar ni un segundo más al lado de semejante hombre, y por eso se fue de repente, sin despedirse siquiera. Sin embargo, inexperta en el manejo de la barca y queriendo darse más prisa de lo que le permitían sus fuerzas, perdió un remo y al intentar cogerlo se cayó al agua. Tuvo suerte de que Parker, que la había dejado ir sin hacerle ningún caso, aparentemente ensimismado en los movimientos de los cisnes blancos, se diera cuenta de lo que acababa de suceder, y con rapidez se quitara la guerrera, la camisa y las botas y se metiera en el agua, mientras Ángela de Fortaleza intentaba inútilmente volver a subir a la barca. Él, sin decir nada, riéndose con aires de victoria, la empujó sin miramientos dentro del bote y, como los remos flotaban más lejos, en vez de ir a buscarlos, decidió tirar de la barca por el cabo que colgaba de la proa y nadando consiguió arrastrarla hasta la otra orilla. Al llegar, respiraba jadeante, pero mantenía una sonrisa burlona.

—Ya se ve que remar no es lo suyo —le dijo mientras la ayudaba a salir—. Tendrá que cambiarse de ropa —le sugirió en tono divertido—. Parece que siempre que viene al Morena Clara se empeña en mojarse. ¡Qué le vamos a hacer! —y estalló en una gran risotada, ordinaria y desabrida como una detonación.

Ángela estaba furiosa y se sentía sobre todo burlada. Había querido dar una lección al traficante humillándole con su desdén, negándose a estar un minuto más a su lado y ahora, a pesar de que no pensaba agradecerle que la hubiera salvado de tan ridículo naufragio, tenía que admitir que sin él todavía estaría en mitad del estanque, luchando con las faldas, que le dificultaban los movimientos. Además, no le quedaba otro remedio que aceptar la ropa prestada por Parker, si no quería hacer el viaje de vuelta mojada y cubierta de liquen y, lo que era peor, que en la Deleitosa la vieran llegar en tal estado. Por eso siguió a Parker hasta la casa y se dejó conducir por un criado a las habitaciones de arriba. Allí una doncella la hizo pasar a un vestidor, cuyo armario abrió para que escogiera el traje que prefiriera. En seguida tendría preparado el baño. Ángela de Fortaleza aceptó aquella higiene impuesta y la tibieza perfumada y espumosa que llenaba una bañera en forma de concha, sostenida por cuatro garras de águila en metal dorado, le calmó los nervios. En vez de darse prisa en salir, se entretuvo en disfrutar de la dulce languidez que el contacto del agua con mixtura de rosas ejercía sobre sus miembros. Nadie la ayudó a secarse, pero encontró sobre un taburete una capa blanca preparada para envolverse en ella. La tela tenía la virtud de repeler el agua y era mucho más suave que las toallas que usaban en la Deleitosa. Tanto refinamiento se avenía poco con alguien que traficase con carne humana, blanca para mayor afrenta, y convidaba a la calma. Por eso tenía que hacer esfuerzos para mantener firme la decisión de marcharse en cuanto acabara de vestirse, y no caer en la tentación de dejarse invadir por el bienestar de la lasitud, aceptando que era una pena no poder lucir ante Parker aquella indumentaria prestada que le sentaba muy bien. Incluso con el cabello mojado y suelto, el espejo le devolvía una imagen gratificante. Tenía hambre, pero de ninguna manera podía consentir en quedarse a cenar. Llamó para ordenar al criado que avisara al cochero y bajó las escaleras cuando la volanta estuvo frente a la puerta. No pensaba decirle adiós a Parker, pero deseaba que él saliera a despedirla y sobre todo que le pidiera que no se fuera. Pero Parker no compareció. Desde el balcón de su habitación vio cómo se iba y la dejó marchar riéndose, con esa risa estrepitosa y vulgar que antes no había descubierto, y cuando ella subió al coche, le espetó: «Adiós, señorita Ángela. No se acerque al agua cuando vuelva por aquí...», que la sacó de quicio y ordenó al cochero que, en lugar de ir a la Deleitosa, la llevase a la guarnición española para presentar una denuncia. Sin embargo a mitad de camino de nuevo cambió de parecer. Si Parker le había confesado con tan pasmosa tranquilidad a qué negocios se dedicaba era porque sabía que no corría ningún riesgo. Seguro que antes de hacerlo había sopesado la posibilidad de que ella se escandalizara y se lo había contado todo a propósito. Todavía se sentía más estúpida. Las autoridades no harían sino reírse de ella, como él aún debía de estar haciendo. Además, ¿qué pruebas aportaba para ratificar que el tráfico de blancos era el negocio que sustentaba la economía del Morena Clara? Lo que le había dicho Violeta no era suficiente ni tampoco lo que Parker le había contado. Por otro lado, su factoría no estaba en Cuba sino en el Brasil, y las muchachitas debían de pasar en el Morena Clara por invitadas suyas. Más le valía no decir nada porque quizás entonces también peligraría su reputación. ¿Qué había ido a hacer ella al ingenio? No le quedaba más opción que volver a casa y esperar. Pero ¿esperar qué? Desde hacía tiempo no hacía otra cosa. Al salir del convento esperaba recuperar el afecto de su padre, demasiado pendiente de los negocios para prestarle atención, esperaba también enamorarse, encontrar a alguien que pudiera hacerla feliz. Pero ninguno de los pretendientes que la rondaban le interesaba lo suficiente y su padre tampoco se había preocupado de sus deseos de casarse buscándole un candidato de su gusto. Tal vez prefería que dirigiera la casa y se ocupara del orden doméstico el mayor tiempo posible, ya que tenía para ello una gran disposición. Ella pareció aceptar aquel destino impuesto, esperando cartas venidas de lejos. Las esperó como si verdaderamente le hubieran sido dirigidas. Como había esperado las noches para escribir las suyas, dándose cuenta de hasta qué punto se sentía falsamente afectada de amor. En toda aquella comedia, que Miguel le había pedido que representara, había actitudes, gestos y modulaciones tan íntimas que, a veces, le parecían obscenas. Pero a pesar de los escrúpulos de conciencia, no fue capaz de confesarle al director espiritual que se comportaba como alcahueta de su hermano y no fue por temor a que el padre Petrus le censurara el oficio, sino por miedo a exteriorizar cuánto le turbaba todo aquello. ¿Cómo podía atreverse a manifestar sin que la tomaran por loca que unas palabras vanamente enamoradas le producían a ratos emociones ciertas? Excitada e inquieta, siguió esperando la llegada de la prometida de su hermano, afanándose para que todo estuviera a punto, con el deseo de dar por terminada su misión una vez celebradas las bodas para poder dedicarse en cuerpo y alma a encontrar el objeto de su pasión descubierta, un hombre de carne y hueso, en cuyos brazos sosegaría por fin sus sentidos y dejaría de fingir las palabras. Pero las cosas no habían sucedido como había previsto —nunca sucedían como ella imaginaba— y ahora, después de todo cuanto había pasado con los Parker, había llegado a considerar que ésa era la característica fundamental de su existencia.

El verano avanzaba y ella seguía esperando. Algo tendría que suceder, finalmente, que la liberara de la monotonía de aquellas horas, entontecedoras por partida doble, como consecuencia de la alianza del calor con el aburrimiento. Pero en la Deleitosa, aunque el ritmo corriente del ingenio seguía su rueda de tiempo inexorable, no pasaba nada, nada que la afectase personalmente. Desde La Habana, de tarde en tarde, le llegaban noticias de su padre y de María. Un buen mal día la forastera le escribió todavía más afectuosa que de costumbre: deseaba compartir con ella su alegría, estaban esperando un hijo. María esperaba un hijo que cambiaría su vida y, de rebote, también podría cambiar la suya y la de sus hermanos. A buen seguro que a estas alturas su padre habría modificado el testamento a favor de su segunda mujer. En el que ella conocía, el de la famosa cláusula que desheredaba a los hijos varones sin descendencia fruto de legítimo matrimonio, ella salía muy beneficiada. Miguel, que continuaba en La Habana con su vida de crápula, no le escribía. De Gabriel no sabía nada y lo que le pudiera pasar a Custodio y su familia le tenía sin cuidado. Pero era necesario reunir a sus hermanos para hacer frente común y, sobre todo, velar por ella misma. La única posibilidad que le quedaba era conseguir una buena dote y casarse, pero ¿con quién? De vez en cuando pasaba revista, entre los hijos de los propietarios de los alrededores, a sus posibles maridos, pero ninguno le gustaba demasiado. Aquel verano, no obstante, había estado más receptiva con todos y había correspondido a las invitaciones de sus familias con la excusa de entretenerse para olvidar el desaire de los Parker. Sin embargo, sólo se interesaba realmente en las conversaciones en las que se les tenían presentes, a pesar de que no sacara de ellas más que referencias deshilachadas o detalles que ya conocía. Sólo ella había sido invitada durante aquel año al Morena Clara y era la única que mantenía relaciones con los vecinos, los demás propietarios, igual que su padre, no querían tratar con ellos. Parker, pese a su riqueza, no les gustaba, pero no especificaban por qué motivos, como no fuera por el hecho de ser extranjero, británico para más señas, lo que constituía una pésima carta de recomendación. Sabían que sus negocios principales estaban todos fuera de Cuba y poco les importaba si tenía minas o si su fortuna procedía de la trata. Mientras no les molestara y siguiera ocupándose de sus asuntos sin meterse en los de los demás, nadie habría de reprocharle nada, aunque prefirieran no relacionarse con él. Ángela no obtuvo más aclaraciones y tampoco se atrevió a confiarles sus sospechas, no fuera a poner en entredicho su propia reputación.

Una tarde, la señora de Montojo, la madre de uno de los posibles aspirantes a marido, con el que, si no encontraba nada mejor, debería resignarse a contraer matrimonio, se santiguó al mencionar al amo del Morena Clara, quejándose de la producción cada vez más mermada de café de las tierras que unos años antes se había negado a venderle. Inés de Montojo no necesitó que Ángela le tirara de la lengua para seguir hablando de los poderes demoníacos de Parker, capaz de los peores maleficios, cuando no conseguía lo que deseaba. Bastaba verle pasear en la volanta, acompañado de bellezas que en breve se esfumaban, después de haber sido seducidas por virtud de Satanás, con quien seguro mantenía tratos. Ella había oído decir que había pactado con el Diablo. No obstante, no fueron las informaciones de su posible suegra las que impresionaron a Ángela sino las de un invitado, un tal Panchito Gómez, un joven abogado de Santiago, amigo de los hijos de la casa, que aseguró que Parker no se llamaba así ni era inglés y que, en efecto, era un miserable seductor de jovencitas a las que después abandonaba de mala manera. Ángela de Fortaleza, que miraba a aquel muchacho con buenos ojos porque era muy bien plantado, decidió dedicarle la mejor de sus sonrisas. Pancho Gómez pasó de pronto a ser la persona más interesante de la reunión, ya que era el único que parecía saber de verdad cosas de Parker. Aquella noche la señorita de Fortaleza volvió a casa acompañada por el joven abogado, que a caballo escoltó su volanta. A Pancho Gómez la Deleitosa le pareció una finca espléndida y le pidió a Ángela si podía volver a verla. Ella, halagada, le dijo que siempre sería bien recibido, que estaría encantada de que la visitara cuando le apeteciera. Él lo hizo al día siguiente por la mañana, con un pomo de jazmines en la mano y una profusión de frases galantes en la boca. La señorita de Fortaleza aceptó las dos cosas con agrado, pero recondujo la conversación en cuanto pudo. Cuando Pancho Gómez se fue, después de pedir permiso para frecuentarla todos los días si era posible, Ángela sabía lo que más le interesaba: un amigo de Gómez, que había estudiado leyes como él, había tratado al dueño del Morena Clara a raíz de un litigio por unas tierras y por eso podía asegurarle que no se llamaba Parker ni había nacido en Inglaterra, sino en Andratx, en la isla de Mallorca. Hijo bastardo de un noble que nunca había querido reconocerle, llevaba el apellido de su madre, Moner, y se llamaba Tomeu. Muy joven se había embarcado con Pedro Blanco, de quien había aprendido el oficio de corsario. Siempre de parte de quien pagaba más, había sido capaz de traicionar a su patria poniéndose al servicio de los ingleses que, en efecto, le habían condecorado y en la actualidad gozaba de nacionalidad británica. Apenas tenía información sobre Dorothy, pero había oído decir que, a veces, una hermana suya, con la que solamente Dios sabía qué tipo de relaciones mantenía, pasaba temporadas en el ingenio y, no hacía demasiado, alguien le había contado que había muerto ahogada en el lago.

Aquella noche la señorita de Fortaleza soñó con cisnes blancos a los que ella misma retorcía el cuello mientras las aguas verdes del estanque se teñían del color de la sangre. Los cisnes blancos hundían sus picos en el cuerpo de un recién nacido hasta matarlo. Las vísceras del niño flotaban sobre el lago mientras María, enloquecida, se lanzaba al agua. Parker, sin moverse, de pie, desde el pabellón, lo contemplaba todo con una sonrisa distante. Después, se vio a sí misma desvistiéndose lentamente para meterse en una bañera, tal y como había sucedido, pero cuando iba a hacerlo Dorothy la llamaba. Desnuda, seguía la voz de su amiga y se adentraba en el laberinto y allí, finalmente, la encontraba degollada sobre la hierba, bajo un ciprés.

Al despertarse de la pesadilla, tenía la boca pastosa, los ojos hinchados y el sudor la cubría por completo. Llamó a la doncella para que le sirviera un refresco. Rezó y, más serena, volvió a la cama... Pero el sueño la había trastornado y no consiguió dormirse. ¿Qué tenía que ver Parker con el niño de María? ¡Ojalá naciera muerto! Ese deseo no hacía que se sintiera culpable pero, en cambio, se arrepentía de no haberse preocupado más por su amiga. Quizá nunca había salido del Morena Clara, quizá era cierto que Parker la había hecho desaparecer en el fondo del lago. Si era así, estaba claro que la pobre Dorothy no había podido despedirse ni escribir dándole noticias, ni nunca habría recibido el abanico... Ángela de Fortaleza tomó la decisión de volver de inmediato a casa de Parker para preguntar por Dorothy. Le hablaría de su sueño, le echaría en cara sus diabólicos manejos y, sobre todo, las informaciones que había obtenido de Pancho Gómez y le exigiría una prueba de que su amiga estaba viva. Se sentía en la obligación de enfrentarse directamente con él.

Decidió ir al Morena Clara a caballo, que era la manera más rápida, acompañada por dos esclavos. Encontró a Parker en la hamaca del porche con un refresco en la mano. Al verla, no demostró ninguna sorpresa, se levantó y fue hacia ella para ayudarla a desmontar.

—Hoy no podremos hablar en la isleta, como la otra vez —le dijo—, el estanque está seco, mandé que lo vaciaran para buscar el cuerpo de Violeta... No sé cómo no se me ocurrió antes... —añadió con aire triste—. Estoy en deuda con usted, tendría que haberla avisado. La enterramos la semana pasada. Si quiere puedo acompañarla a su tumba, para que le rece una oración... Pero usted dirá en qué puedo servirla... —prosiguió con tono neutro, de puro cumplido—, a qué motivo debo su siempre agradable visita —y marcó con intención sus últimas palabras—. Venga, pase por favor, —y la invitó a entrar, pero Ángela no se movió.

—He venido porque necesito saber dónde está Dorothy. Anoche soñé que me pedía ayuda. Alguien me ha dicho que está muerta, señor Moner.

En la voz de Ángela había un tono de firmeza nuevo. Sin embargo, Parker no se dio por aludido y frivolizó:

—No debería decírselo, pero enfadada está mucho más atractiva. ¿Sabe que hoy incluso me parece guapa? Dígame, ¿qué quiere tomar?... ¿Zumos? ¿Los zumos de Dorothy?

Y mientras se lo preguntaba, hizo sonar una campanilla que había sobre una mesita cerca de la hamaca, y le señaló una mecedora. Ángela no se sentó.

—No tomaré nada, gracias. He venido para hablar de Dorothy —volvió a insistir con un hilo de voz, como si le fallaran las fuerzas—. Necesito saber que está viva, que usted no la ha hecho desaparecer.

Parker se rió...

—Sabe qué le digo, me gusta escandalizarla...

—A mí, en cambio, me gustaría ser un hombre, así podría hacer con usted lo que se merece... —y le miró con cara de desafío.

Un criado preguntó qué deseaba el señor, y él le encargó refrescos de frutas y helado. Esperó a que se marchara para replicar:

—Siempre he sido gentil con usted, señorita de Fortaleza... No merezco que me trate así —y volvió a reírse.

—¿Dónde está su hermana?

—Su interés por mi persona me halaga, sé que se ha pasado el verano indagando sobre mí, con algún resultado positivo, según parece. Para que vea hasta qué punto se lo agradezco, le diré que Tomeu Moner no tiene ninguna hermana, o mejor dicho, al menos que él sepa... No me arriesgaría a poner la mano en el fuego por esa cuestión. Con Dorothy no tengo ningún vínculo familiar, pero sí uno más fuerte, de intereses. Digamos que es mi socia y siento por ella un gran aprecio fraterno. Quizá sea la persona a la que más quiero.

—Le he preguntado dónde está Dorothy y todavía no me ha contestado.

El criado dejó sobre la mesita helado y zumos. Parker intentó servir a Ángela, pero ella lo rechazó con un gesto.

—¿De verdad no quiere beber nada?

Ángela negó con la cabeza. Seguía frente a él de pie, sin moverse.

—Usted se lo pierde, con su permiso tomaré un helado... El correo es lento, la última carta me llegó de Marsella. Dorothy se fue a Europa porque uno de nuestros mejores clientes reclamaba mercancía y ella era la encargada de hacérsela llegar hasta Estambul... y ponerla en manos del bajá... ¿Ha estado alguna vez en Constantinopla? ¡Qué pregunta tan estúpida!, claro que no, puede que ni siquiera sepa por dónde cae. Una señorita de su categoría no necesita saber esas cosas... Tengo un amigo, un noble nada tonto, que riñó a su hija porque le había preguntado dónde estaba Rusia... Constantinopla es lo mejor del mundo... Asia a un lado, al otro Europa... Si algún día tiene ocasión, no deje de ir...

—He venido para hablar de Dorothy —le cortó Ángela—. ¿Por qué quiso conocerme? ¿Para qué buscaba mi amistad? ¿Por qué me mintió? ¿Por qué tenía tanto interés en que volviera si no iba a estar? ¿Por qué no se despidió?

—Son muchas preguntas de golpe, ¿no cree? Iremos por partes —dijo con calma—. Fui yo quien le pidió a Dorothy que le escribiera... Su fama había llegado al Morena Clara y necesitaba conocerla. Venus y Minerva reencarnadas —y se rió para subrayar la ironía. Ángela se le encaró.

—Cuentan que es Satanás, pero a mí me parece un pobre diablo ridículo. Quiero pruebas de que Dorothy está viva.

—Se las puedo dar... Aunque en realidad no tengo por qué. No es asunto suyo.

—¡Voy a denunciarle!

—Hágalo. Me gustan las mujeres bravías. Siempre pensé que usted era una rebelde, un ángel rebelde...

Ángela de Fortaleza se daba cuenta de que Parker le estaba tomando el pelo. Se iba poniendo nerviosa y no sabía cómo reconducir la conversación.

—Dígame, antes de que me marche, por qué Dorothy buscaba mi amistad y enséñeme la carta.

—No tenga tanta prisa. Siéntese, por favor, así podré hacerlo yo también, y le contestaré a todas las preguntas. Si son fáciles, claro. Yo no pude estudiar en ninguna escuela, ni tuve preceptores... No estoy acostumbrado a los exámenes. ¿Dónde estábamos? Ah sí, le pedí a Dorothy que le escribiera porque me enteré de que su cuñada, mejor dicho, su madrastra para ser exactos, había llegado a Cuba en el barco *El Catalán* y quería saber si podría reconocer a un pasajero. Mis clientes de Europa me aseguraron que embarcaría en Cádiz en aquella goleta con una bolsa de piedras preciosas de gran valor y monedas de oro. Pero ni la bolsa ni el tipo que debía entregármela llegaron nunca al Morena Clara. Por eso era muy importante para mí averiguar si la señorita, que usted atendía con tan caritativa dedicación, podría identificar a un compañero de viaje. Pero usted misma me dijo que su cuñada, mejor dicho, su falsa cuñada, estaba muy postrada y que ni siquiera hablaba... Poco después, sin necesidad de su intervención, pude saber que el enviado de mis clientes, por fortuna para todos, no se embarcó en la misma goleta que la señora de Fortaleza. Zarpó pocos días después y el cargamento llegó sano y salvo. Pero Dorothy y usted habían iniciado una amistad que a mí me parecía provechosa para las dos. Por eso la invitó. Al comenzar el verano, pensábamos que se quedaría en Cuba hasta el otoño, pero uno de nuestros clientes más importantes, como ya le he dicho, reclamaba mercancía y yo sólo confío en Dorothy para que se haga cargo de mis tesoros. ¿Le parece una explicación adecuada, señorita de Fortaleza? —le preguntó mirándola con seriedad, pero sin perder una pizca de su sarcasmo—. ¿Sabe qué le digo? —añadió al ver que no contestaba—, que usted y yo podríamos hacer grandes negocios juntos. Ahora que su padre la ha desheredado, puede que le interese ganar dinero por sus propios medios.

Ángela, indignada, se le enfrentó furiosa:

—¿Cómo lo sabe? ¿Quién se lo ha dicho? ¡Cómo se atreve!

—Nadie. Lo sé. Usted misma ha comentado que tengo poderes, que le han dicho que soy Satanás —y soltó una sonora carcajada—. En cuanto a los negocios, sería usted una buena institutriz. Dentro de poco necesitaré una. Pago bien, quizá no con liberalidad, pero sí con justicia, el precio apropiado en cada caso. Saber exactamente cuánto vale cada uno y acertar en el precio es algo que aprendí muy joven. Resulta fundamental para andar por el mundo.

Ángela se había levantado. El ofrecimiento de Parker le había parecido humillante. Se sentía vencida, la había herido en el punto más débil, su amor propio.

—Enséñeme la carta de Dorothy.

—No lo creo conveniente, tal vez se arrepienta de leerla.

—He dicho que quiero ver la carta de Dorothy. Tráigala.

—Pídamelo bien, señorita Ángela. No soy un esclavo. Diga por favor. Usted es una persona educada, de buena familia. ¿No es así?

—Naturalmente, usted no, según tengo entendido. Le agradecería que me enseñara la carta.

Parker se dio por satisfecho. No llevaba puesta la guerrera sino una camisa blanca, holgada, sobre unos pantalones, también blancos, de dril. Al levantarse, en la cintura se le transparentaba una cartuchera de cuero de donde colgaba un revólver. Era la primera vez que Ángela le había visto el arma. Parker apenas tardó unos minutos en volver con un sobre en la mano, que ofreció a la señorita de Fortaleza. Ángela, antes de sacar el pliego, comprobó la fecha del matasellos. Era de hacía más de un mes y provenía, en efecto, de Francia... Luego empezó a leer. Dorothy se refería especialmente a las seis muchachitas que la acompañaban y alababa sus gracias. También daba cuenta del dinero gastado en el viaje, pero de pronto se encontró un párrafo que la aludía directamente:

Supongo que no has vuelto a ver a la tonta de Ángela, estoy segura de que podrías hacer con ella lo que quisieras... Bastaba con ver cómo te miraba.

La señorita de Fortaleza enrojeció.

—Lo siento, ¿se da cuenta de que no miento? Ya sabía yo que se sentiría ofendida —dijo Parker. Y recuperó la carta presionando su muñeca con fuerza en el preciso instante en que ella trataba de arrugarla.

XVII

Quince días antes de que la señora de Fortaleza saliera de cuentas, el doctor Esteban Ripoll
abandonó el ingenio de la Deleitosa y se instaló en
La Habana. Había recibido la orden de presentarse con toda celeridad en una esquela que llevaba la firma del administrador y no la del señor
de Fortaleza, lo que le hizo suponer que éste se había puesto enfermo de repente y querían llamarlo
a consulta. Por eso corrió a la ciudad sin preocuparse más que de coger su maletín de cuero, donde, aparte de los instrumentos clínicos imprescindibles para establecer un diagnóstico, puso un par
de remedios de urgencia. Al llegar comprobó en
seguida que se había equivocado. La salud del señor
de Fortaleza era tan buena o tan mala, según como
se mirara, como la última vez que se habían visto y
comprendió, sin que se lo dijeran, que le habían
mandado llamar por motivos diferentes, entre los
que había uno justificadísimo: asistir a la señora en
el momento del parto, por si las cosas venían mal
dadas, y otros secundarios, para los que, en diversas
ocasiones, también le habían necesitado.

La llegada del médico mejoró mucho el ánimo de la señora de Fortaleza. El miedo a no sobrevivir al alumbramiento se había convertido en una obsesión que, a medida que el término se acercaba, afectaba también al hijo, cosa que se le hacía todavía más insoportable. Intentó, sin embargo, mantener oculto su temor porque no quería parecer cobarde delante de su marido. Aprendió a disimular con una tos añadida el sollozo con el que a menudo solía despertarse después de que la muerte cruzara por la habitación del sueño. Silenciosa, envuelta en su manto de sombra, del que únicamente sobresalía una mano descarnada con la guadaña, entraba y se acercaba a la cuna donde dormía un niño. María acabó por revelar al médico su pesadilla y se sintió aliviada cuando el doctor Ripoll le aseguró que esos terrores eran naturales, que él conocía muchas mujeres —señoras, especificó para hacerle notar que excluía mulatas y negras, aunque esta vez no determinó el número exacto, que tenía, eso sí, añadió, bien anotado en su casa— a las que les había pasado lo mismo, sobre todo la primera vez.

—Me apuesto lo que quiera, señora de Fortaleza, a que cuando traiga al mundo a su segundo hijo estará mucho menos asustada. Dentro de nada parir resultará fácil..., si la Iglesia lo permite, claro, porque por ahora pone muchas dificultades.

Y al notar que María no entendía de qué estaba hablando, añadió con el tono doctoral que solía usar para los diagnósticos:

—Mi colega —y pronunció la palabra con orgulloso énfasis—, mi colega —repitió— el doctor Simpson ha generalizado en Londres el uso del éter como anestesia en los partos. Según está demostrado científicamente —y volvió a marcar la palabra, deletreándola como si la saborease con gusto—, el éter no impide las contracciones del útero y en cambio ahorra padecimientos. Por éter no debe preocuparse... Tengo de sobra. Si quiere usted probarlo y el señor de Fortaleza lo consiente... Podemos preguntárselo.

Pero María dijo que no. Prefería sufrir a encabezar una nueva lista del doctor Ripoll. ¡Quién sabe si el éter no sería un invento diabólico! ¿No queda claro en la Sagrada Escritura que el dolor de las mujeres en el parto es un castigo impuesto por Dios desde la expulsión del Paraíso? Privar al Señor de un dolor que le pertenecía tenía que ser pecaminoso...

—Señora, si me lo permite —se atrevió a replicar el médico con respetuosa condescendencia—, eso lo dicen los curas, que no se acuerdan de su madre.

María se limitó a sonreír. Su cara se había abotargado y sus ojos empequeñecido, pero su expresión era más dulce. El doctor Ripoll, al ver que no le contradecía, se atrevió a cargar contra los neos y apostólicos que negaban el progreso, echándoles la culpa a los teólogos ignorantes, incapacitados para entender las doctrinas científicas, las únicas que contribuyen al progreso del mundo.

También la llegada del médico fue muy beneficiosa para el señor de Fortaleza. Todos en su casa se hacían cruces de la ansiedad que se había apoderado de él y nadie recordaba haberle visto tan nervioso, a pesar de haber pasado por una situación parecida bastantes veces. Las esclavas viejas comentaban por los rincones que cuando su primera esposa daba a luz el señor ni siquiera estaba en la casa. Posiblemente su inquietud de ahora era un síntoma de vejez. Iba y venía de un lado para otro, abriendo y cerrando puertas con estrépito como si se sintiera enjaulado y le faltara espacio, pero tampoco quería salir. Había dado orden de que le avisaran en cuanto la señora rompiera aguas, aunque fuera de madrugada, porque deseaba estar lo más cerca posible de ella en aquel trance, por mucho que parir fuera, desde siempre, asunto de mujeres solas. Incluso María le había pedido que el médico sólo interviniera si lo consideraba estrictamente necesario. Prefería que el doctor Ripoll le acompañara en el gabinete de al lado, adonde Fortaleza había mandado que le llevaran inmediatamente al recién nacido. Deseaba poder comprobar lo antes posible que aquel hijo engendrado, casi como el del patriarca Abraham, estaba sano y no tenía ninguna tara o defecto. Durante los últimos meses, pensaba a menudo que si Dios hubiera de enviarle un castigo, una afrenta que le humillara especialmente delante de los suyos, pero también a los ojos de todo el mundo, iba a ser ése. Si él hubiera sido todopoderoso y hubiera querido acertar en el punto que más daño podría hacerle, hubiera descargado con su mazo sobre el fruto de su segundo matrimonio. La posibilidad de que el niño fuera anormal no era en absoluto remota. María había sido obligada a guardar reposo desde que volvieron de Tampa y había tenido un embarazo difícil. Mercedes también había parido dos hijos tarados que, afortunadamente, habían muerto a los pocos meses y aunque siempre había creído que sus deficiencias procedían de su madre si ahora sucedía lo mismo podría sospechar que, además de Dios, le perseguía la mala suerte. Los hijos ilegítimos, por el contrario, siempre habían salido sanos, aunque apenas les hubiera tratado. Eran raras las ocasiones en que se acordaba de ellos y, si no fuera por Miguel, que durante aquellos días había tenido el mal gusto de refrescarle la memoria, ahora ni siquiera hubieran vuelto a su mente. Que el niño, tan deseado, fuera tonto o tuviera los ojos achinados y la lengua demasiado colgante como los dos que se le murieron, contentaría a muchos y desbarataría sus planes para el futuro, puesto que, desde que había sabido que sería otra vez padre, había modificado de nuevo el testamento. Ya no era necesario, para que sus hijos le heredaran, que le hubieran dado nietos, como se estipulaba en el documento anterior. En el actual beneficiaba a los hijos que pudiera tener con su segunda mujer y también a ella, por encima de los demás. Obraba con el ánimo de ser justo, insistió ante el notario, porque los que todavía no habían nacido no le habían hecho gastar ni un triste real, en cambio, los otros ya le habían costado una fortuna. ¡Dineros, palabras y muchos dolores de cabeza!, le resumía ahora al médico, cuya ayuda había solicitado también para reparar la incontinencia sexual de su hijo Miguel, como había sucedido en otra ocasión. Esta vez, sin embargo, era mucho peor, y tenía, además, el aire de una venganza dirigida especialmente contra María. Por eso, aunque había dado su consentimiento para su matrimonio con aquella señorita de Tampa, que se llamaba Arabella Tumbell, pero a quien todos denominaban «la domadora» —su belleza, soberbia verdaderamente, hubiera sobresalido aún más subida a un podio con un látigo de cuero en la mano—, y la boda estaba fijada para dentro de medio año, el señor de Fortaleza decidió que no esperaría hasta entonces para ordenar a su hijo que abandonara la casa. Una tarde, con palabras como puños, golpeó a Miguel hasta la extenuación y lo echó a la calle. Fue inútil que su mujer, a pesar de la poca simpatía que sentía por su hijastro, intentara convencerle de que una decisión como aquélla podría resultar irreversible y cerraba la puerta de cualquier entendimiento futuro. Gabriel, que todavía estaba en Barcelona, insinuaba en la última carta que deseaba volver, aunque de momento no hubiera concretado cuándo. Sólo le quedaba Custodio, al que no tenía en demasiada consideración, aparte de que detestaba a su mujer y a sus nietos, que, por débiles y escuchimizados, no le parecían de su casta. «Mío sólo llevan el apellido», se decía a menudo, «pero no tienen nada que ver con los Fortaleza, han salido enclenques, calcados a su madre...». Ahora, desde que María hacía reposo y él salía poco de casa, se veía obligado a verles con frecuencia. Su nuera solía ir a visitarles muchas tardes, acompañada de los niños que, circunspectos, esperaban en algún salón a que su madre saliera del cuarto de María, su abuela postiza, a la que encontraban más joven que a su propia madre, tal y como se lo soltaron, dándole un disgusto. A pesar de que la única obsesión de Matilde eran las novenas, rosarios, trisagios y demás devociones, nunca se olvidaba de consultar con el espejo para poder compararse después, con suficiente conocimiento de causa, con sus amigas, especialmente con las predilectas, en el amor en Cristo, de los curas. Mientras hablaba con María, procuraba que la conversación girara en torno a temas piadosos, su fuerte, y se permitía censurarle que hubiera dejado de confesarse con el padre Petrus sólo porque era el confesor de Ángela, y más aún le reprochaba que no hubiera escogido un nuevo director espiritual al que confiar el peso de sus culpas. Ella misma podía proporcionarle media docena a los que tendría mucho gusto en recomendarla. Para Matilde el hecho de que María se confesara con curas diferentes, aparte de demostrar que no era muy fervorosa, constituía una evidente falta de señorío. Una prueba más de que, ni por sus costumbres ni por sus maneras, procedía de buena familia. Ella, por el contrario, descendía de una pata —la derecha para ser exactos— del Cid y era, por lo tanto, de probada familia cristiana vieja. María, mientras la escuchaba desplegar sus ínfulas, pensaba que, en vez de aguantar a Matilde, hubiera preferido pasar el rato que duraba su visita —día sí, día no, a las cinco en punto de la tarde— con los hijos de ésta.

A veces, la señora de Fortaleza sentía grandes deseos de estar con niños y, si no fuera porque no la dejaban moverse, hubiera pedido que la bajaran a la calle, por donde almidonadas nodrizas negras paseaban a los niños blancos, sólo para poder extasiarse delante de sus caritas. Sin embargo, los dos médicos que la habían visitado diagnosticaron, desde el principio, que el reposo absoluto era imprescindible si quería que la criatura llegase a término. Incluso el doctor Ripoll, llamado entonces a consulta, había estado de acuerdo. El médico de la Deleitosa, pese a ser considerado por algunos colegas que sólo visitaban blancos y ricos un personaje de segunda categoría, al que nunca hubieran invitado a una fiesta, era tenido como un excelente profesional, que estaba al día de los descubrimientos científicos más importantes del mundo porque, a pesar de vivir en el campo, recibía las publicaciones médicas más innovadoras de Europa. María obedeció con paciencia los consejos de los médicos, absolutamente coincidentes: debía hacer reposo y alimentarse mucho. Aceptó las dos cosas sin protestar. Se quedó en la cama y comió todo cuanto le sirvieron. Se tragó, desleídas con azúcar, las yemas de huevos crudos que detestaba, y se acostumbró entre horas a los frutos secos —las almendras eran de su tierra, regalo de sus hermanos, que ahora sí, después de que se casara con el señor de Fortaleza, se mostraban muy interesados por su salud— y almorzó platos que no había probado nunca, como una sopa de plátanos verdes, que la cocinera le preparaba especialmente, porque los médicos aseguraban que los plátanos eran buenos para el desarrollo de los huesos del feto. También comía ñames, quimbombóes y mameyes, frutas que le gustaban más, mucho más, que la pesada olla criolla, los tasajos, demasiado especiados para su paladar, y los espesos caldos que, por orden de los doctores, tenía que tomar sin excusa posible. En Mallorca, aunque nunca había pasado hambre como otras gentes que conocía y trataba de su barrio, no había que ir más lejos, a menudo se levantaba de la mesa con gana porque había tenido que compartir con su familia las *sopas* cotidianas. Desde que había llegado a Cuba, tal vez porque las comidas en casa de los Fortaleza eran excesivamente abundantes, su apetito había disminuido. Con el embarazo, todo le daba asco. Con frecuencia sólo el olor a comida le provocaba náuseas.

Para entretener a su mujer durante los meses de espera, el señor de Fortaleza se esforzó todo cuanto supo. Pasaba largos ratos haciéndole compañía. Le leía los diversos diarios que se publicaban en la capital para tenerla al corriente de cuanto sucedía en el mundo, o tocaba para ella al piano —un piano nuevo recién llegado de la casa Pleyel— las melodías de su juventud. Igual que María, tal vez porque les venía de casta, tenía muy buen oído y le gustaba mucho la música, aunque no tanto como a su padre que, al comprar el ingenio de la Deleitosa, que por entonces contaba con un centenar de esclavos, intentó que algunos de ellos aprendieran a tocar instrumentos más refinados que el bombo o los platillos a los que, por instinto, se inclinaban. El experimento constituyó un éxito de tal magnitud que algunos propietarios trataron de copiarle. El viejo Fortaleza consiguió montar un quinteto que interpretaba a Mozart. Además de disfrutar con unos músicos que también le pertenecían y que, por tanto, tenía siempre a su disposición, había pretendido demostrar que los esclavos podían llegar a desarrollar las mismas capacidades que los hombres libres, que todo era cuestión de enseñarles. Quería rodearse de esclavos libres...

María de Fortaleza, que, a imitación de las señoras yanquis que habían frecuentado en Tampa y Nueva Orleans, usaba sólo el apellido de su marido, tal como éste le había aconsejado, quizá para evitar el recuerdo de su origen converso, escuchaba con curiosidad y avidez todo lo que su esposo le contaba, deseosa de saber más y más. Cuando alguna vez él interrumpía una historia o dejaba a medias un comentario, María le urgía a continuar, porque todo cuanto tenía que ver con los Fortaleza le interesaba muchísimo.

A menudo, José Joaquín de Fortaleza se remontaba a su juventud, a los años en que su padre le puso al frente de lo que había sido la parte más lucrativa de sus negocios, relacionados con la importación de *carbón,* a la que, en pequeña escala, había empezado a dedicarse el primer Fortaleza llegado a Cuba, después de casarse con una señora de Sitges, cuyo padre le había introducido en aquel comercio. Los Fortaleza consolidaron su fortuna, como tantos otros emigrantes, con extraordinaria celeridad, porque la compra-venta de lo que llamaban *ébano* les reportó grandes beneficios. Durante una época, y por iniciativa suya, las ganancias se multiplicaron todavía más. Convenció a su padre de que comprasen mercancía tarada a muy bajo precio y, una vez reparada, volvieran a venderla. La operación fue un éxito gracias —tenía que reconocerse— a la capacidad clínica del doctor Ripoll, el padre del médico que la había curado, que se esforzó todo cuanto supo y pudo para sanar a todos aquellos desventurados. A la caridad cristiana que el doctor manifestaba por los esclavos, intentando evitar su muerte, había que añadir las onzas con las que aumentaba su sueldo. Por cada *ébano* puesto a punto le correspondía un uno por ciento del precio obtenido en la reventa. La naturalidad con la que el señor de Fortaleza se refería a la procedencia de su fortuna impidió que María manifestara su sorpresa. Nunca se le hubiera ocurrido que toda la riqueza que les rodeaba proviniera, en gran parte, del negocio de la carne humana y, por mucho que empezara a admitir que aquello formaba parte de unas costumbres diferentes a las de Mallorca —las únicas que conocía y donde, desde hacía más de un siglo, no había esclavos—, todavía se le hacía cuesta arriba. Pero pronto acabó por aceptar sin reparos que esta inversión constituía una de las partes más sólidas e irrenunciables del capital de los Fortaleza. Para que el ingenio de la Deleitosa fuese rentable, su mano de obra era absolutamente necesaria, lo mismo que para sacar provecho de los cafetales que el señor de Fortaleza tenía en el otro extremo de la isla. Bien pensado, la situación de los esclavos no era tan nefasta, tan negra —aseguraba el señor de Fortaleza sonriendo con cinismo y mostrando su espléndida dentadura— como algunos abolicionistas querían demostrar. A su entender, lo era menos que la de muchos obreros blancos obligados todo el año a jornadas de dieciocho a veinte horas, mientras que los negros sólo las trabajaban —por lo menos en la Deleitosa— en la época de la zafra.

—Pero los obreros —se permitió discrepar tímidamente María— pueden cambiar de amo y hasta llegar a poseer su propia casa. Nadie los puede vender como se vende una mula o un caballo...

—En este punto tienes razón, querida mía, pero eso que parece una ventaja, según como se mire, deja de serlo. Yo considero que, si uno es pobre, el hecho de tener asegurado el pan y el vestido y poder estar bajo un techo de por vida es una suerte. Los obreros de Inglaterra viven mucho peor que nuestros esclavos y eso es algo que las autoridades inglesas, empezando por ese filibustero de cónsul que tenemos en La Habana, nunca han querido admitir.

María hubiera acabado por aceptar los argumentos de su marido si aquella misma tarde no hubiera interrogado a Felicitas precisamente sobre la felicidad a la que su nombre aludía. Y no porque ella le asegurara —ablandando más aún su acento algodonoso— que estaba contenta con la vida que llevaba y que por nada del mundo querría cambiarla con la de una prima suya que había sido manumitida y no tenía dónde ir. Ni mucho menos todavía con la de los esclavos de la Deleitosa, adonde no deseaba volver, si no era para acompañarla a ella y al niño que esperaba.

—¡Estoy tan agradecida a la señora! —dijo haciendo pucheros—. Desde que he entrado al servicio de la *niña* Sabel... María —se corrigió en seguida—, nadie, aparte del *niño* Miguel, me ha vuelto a poner la mano encima.

—¿Qué quieres decir? —la acusación sorprendió a María—. ¿Qué has hecho tú, criatura, para merecerlo?

Felicitas gimoteaba, y entre llantos y mocos, alternaba palabras y espasmos.

—¡He jurado no decirlo!

Fue todo lo que María le pudo sacar. Felicitas, que se había arrodillado junto a su cama, con la cabeza entre las manos, parecía querer protegerse de posibles golpes. La señora procuraba consolarla. Le pasó una mano por los cabellos y notó unos rizos espesos, de tacto nada suave, arañándole la palma de la mano. La caricia aumentó los lloros, pero disminuyó las convulsiones y la incitó a hablar.

—¡Yo no quiero que me pase lo mismo que a mi madre! ¡Por la Virgen de Regla y todos los santos!

El señor de Fortaleza interrumpió a Felicitas que, al verle entrar, se tragó las lágrimas, hizo una reverencia y salió corriendo.

—¿Qué le pasa a ésta? ¿Qué te contaba, arrodillada a tus pies? —le preguntó con aire distraído y en seguida añadió—: Los negros son fantasiosos y mentirosos por naturaleza. A pesar de que Felicitas es buena chica, no merece la pena tomarla en serio.

María no se atrevió a acusar a Miguel ante su marido y se limitó a preguntarle si sabía qué había sucedido con la madre de Felicitas. Él no podía decírselo, no conocía las vidas de sus esclavos que, por otra parte, eran muy parecidas y en ninguna de ellas había nada singular. Pero esa misma tarde Felicitas fue sustituida por otra doncella, con el pretexto de que no se encontraba bien, y no convenía que pudiera contagiar a la señora si seguía a su servicio. El doctor Ripoll fue el encargado de comunicárselo a María. Su autoridad clínica no admitía discusión de ninguna clase. La señora de Fortaleza no volvió a ver a la esclava. El médico le había recetado un cambio de aires y había sido devuelta a la Deleitosa.

María se llevó un disgusto. A pesar de las advertencias de Ángela de que no depositara ninguna confianza en los esclavos porque eran enemigos pagados, le había tomado afecto. Acostumbrada a su compañía, echaba en falta sobre todo sus estallidos de risa y aquel pasar en cuestión de segundos de la pena a la alegría, a pegar saltos y a batir palmas, como hacían los niños. También los primeros meses había añorado a Ángela. Pero ahora, a pesar de que nunca olvidaría las atenciones que tuvo con ella durante la convalecencia, se alegraba de que no estuviera allí.

Ángela, con el pretexto de que un joven abogado que era de Santiago le mandaba todos los días un ramo de flores, cuyo perfume se le había hecho imprescindible, pedía permiso para trasladarse desde la Deleitosa a casa de sus tías, que vivían en aquella ciudad. Aun cuando María le escribió varias cartas llenas de declaraciones de afecto, Ángela no se ablandó. Le contestó tarde y breve, usando un estilo preciso, helado, circunspecto, por completo diferente al que María estaba acostumbrada y que de inmediato tomó por lo que era, una exacta declaración de desafecto, envuelta en la imprescindible corrección, para que su padre no pudiera reprenderla. Conociéndole, Ángela sabía que no toleraría ningún desaire a su mujer a pesar de que el «usted» que le echaba a la cara —muy idóneo, dado que se había convertido en su madrastra— la hirió de lleno y, envenenado como estaba, le dolió mucho.

María se pasó al menos ocho meses sin ver a nadie con excepción de su marido, los médicos, Matilde, el servicio o la gente que andaba por la calle. A ratos le era permitido levantarse de la cama y tumbarse en una *chaise-longue* que había mandado acercar al balcón que se abría sobre la plaza. Desde allí, protegida por la cortina de encajes de miradas ajenas, se entretenía en contemplar un mundo desacostumbrado. Hasta ella llegaban exactos los rumores confusos del exterior. Los gritos de los vendedores pregonando sus mercancías tenían una cadencia bien distinta a la de los mallorquines, como distintos eran los nombres de los pescados, las verduras y las frutas que ofrecían. Los anuncios de los afiladores, aguadores y traperos sonaban más largos y melodiosos que los que ella había oído en Mallorca mientras trajinaba en la cocina o iba y venía por su barrio. Ahora, uno de sus entretenimientos favoritos era poner atención a todos aquellos sonidos nuevos, ecos de la vida bullente de la ciudad, que se le ofrecían desde que el día despuntaba. Ya no necesitaba mirar el reloj ni esperar el tañido de las campanas de la catedral para saber la hora. Le bastaba con aguzar el oído, a las diez tortas calientes, a las diez y media flores acabadas de cortar, a las once mangos y quimbombóes, y, en medio y por debajo de los pregones, que se le habían hecho familiares, hervía hasta rebosar el barullo de aquel concentrado de actividades diversas que, a pesar de la atmósfera perezosa que naturaleza y criaturas parecían respirar, se enseñoreaba de las calles de sol a sol y, sin respetar nada, entraba en los rincones más escondidos de las casas hasta penetrar el secreto de las habitaciones cerradas. Gustosa de aquel lugar de vigía —«Pareces la mujer de Domingo de Soto que no se movió de la torre de la fortaleza del Morro esperando a un marido que jamás volvió», le dijo un día el señor de Fortaleza—, pasaba muchas horas junto al balcón, impregnándose de los rumores de La Habana, como en la Deleitosa se había dejado invadir especialmente por los olores. Aprovechaba los momentos en que estaba sola para concentrarse en sí misma, sorprendida todavía por todo cuanto le había sucedido, algo que jamás de los jamases hubiera llegado a imaginar cuando vivía en Mallorca. A menudo tenía la sensación de ocupar un lugar que no le correspondía, un lugar destinado a Isabel y había llegado a pensar que el hijo que llevaba dentro no era suyo sino de su hermana, pero en seguida se sobreponía. Ella no se había casado con Miguel sino con su padre y quién sabe si Dios Nuestro Señor no le habría querido ahorrar a su pobre hermana los sufrimientos de tener que soportar por marido a un tarambana que la hubiera hecho muy desgraciada.

La inminencia de la llegada de su hijo le hacía ser mucho más estricta consigo misma y, como si quisiera prepararse también para ofrecerle lo mejor de su alma, volvió a escribir versos. Una tarde especialmente íntima, de cielo bajo y algo frío, se los enseñó al señor de Fortaleza, que la animó a seguir porque le pareció que todo aquello podía servirle de distracción. Entonces, María, muy satisfecha, volvió a la poesía que había abandonado por completo al dejar Mallorca y le dedicó a su marido un poema que concluía con unos versos rotundos que le halagaron mucho:

> Esposo:
> Mi patria son tus brazos
> cuando me dan cobijo.
> Pero también la tierra,
> donde crece la palma,
> es mi patria del alma
> donde morir quisiera.
> Yo me siento cubana
> y me siento habanera.
> ¡Oh Cuba! Yo te canto
> como patria primera,
> patria que me libera
> de mi peregrinar.
> Hoy me siento tu hija,
> no me siento extranjera
> y por el suelo patrio
> quiero siempre luchar.

En agradecimiento, el señor de Fortaleza en persona los mandó a *El Diario de la Marina,* a cuya fundación había contribuido con dinero. María de Fortaleza, dos días antes de dar a luz, vio estampados sus primeros versos cubanos, que fueron recibidos con un empalagoso entusiasmo.

XVIII

El poema de María de Fortaleza fue leído
en voz alta en la sección literaria del Liceo Artístico, donde se reunían los literatos más notables
de La Habana. Su presidente, el catalán Ramón
Pintador, se puso en pie para dar más solemnidad
a la declamación y al terminar pidió un aplauso.
El secretario hizo constar en acta la buena acogida
dispensada a los versos así como la propuesta de la
mitad de los vocales de solicitar a la señora de Fortaleza, todavía de sobreparto, que, en cuanto le
fuera posible, les honrara con su visita para darles
a conocer otras composiciones, a buen seguro tan
inspiradas como aquélla. Sin embargo, no tuvo
más remedio que añadir a continuación que también varios miembros habían protestado y exigían
que quedara constancia de su negativa a invitarla.
Por muy agradables que pudieran resultar los versos de aquella señora, introducirla en una sesión
literaria, aunque fuera por una sola vez, podría resultar contraproducente. Ahora que tantas damas
se dedicaban a la moda de cultivar las musas, todas
querrían leer sus poemas en el Liceo y, lo que era

peor, intentarían que se los publicaran en la revista de la entidad.

—¡No y mil veces no! —coincidían por diferentes motivos Jerónimo Albertí y Miguel López de Ampuero que, por otra parte, tan enfrentados estaban en materia política.

Las de Albertí eran más bien razones personales. Su cuñada compensaba una maternidad frustrada con sucesivos partos poéticos de los que únicamente sobrevivían criaturas contrahechas, aunque, por amor de madre, a ella le parecieran tan rubias, blancas y hechiceras que no tenía otro afán que su cuñado las apadrinara ante sus amigos. Él insistía en que no podía complacerla porque la tertulia del Liceo era de hombres solos y no se admitían más composiciones que las masculinas. Naturalmente, a sus colegas no les manifestó que de su voto en contra tenía la culpa la mujer de su hermano. Argumentó que el poema de la señora de Fortaleza no le había parecido bueno. El cómputo silábico no era del todo correcto, aunque pudiera pasar, sobre todo tratándose de una mujer. Pero la idea no, la idea era inaceptable de principio a fin.

—¡La idea de ninguna manera! —se obstinaba Albertí acompañando su insistencia con un gesto convulso de su mano derecha que usaba como si fuera una maza con la que aporreara la mesa—. ¿Qué pretende darnos a entender la señora de Fortaleza con eso de que se siente cubana y se siente habanera? ¿Pretende acaso, señores, renunciar a la patria en que ha nacido?

Él, aunque se había visto forzado a emigrar muy joven, nunca dejaría de ser de donde era ni de aceptar como su única patria Cataluña, ni tampoco de añorar, pese a que no tuviera ninguna intención de volver, los brumosos campos de la Plana de Vic, que ponderaba a menudo sobre todo para menospreciar la luz del Caribe, demasiado escandalosa, cuya intensidad hería sus ojos fotofóbicos que debía mantener medio cerrados. Albertí aprovechó la reunión para volver a declarar sus principios: él no se sentía español sino catalán, como había manifestado suficientemente. Su postura independentista, a la que diversos miembros del Liceo daban alas, ya había sido objeto de debate en una sesión política muy sonada, que acabó como el rosario de la aurora.

Pintador, como presidente, le rogó que dejara de lado la ideología. Albertí le contestó que un patriota nunca debe olvidar su causa. Hable de lo que hable y haga lo que haga, es un apóstol de la religión nacionalista. Molesto por las palabras de su contrincante, López de Ampuero se levantó amenazador. Todos pensaron que su españolismo exaltado le empujaría a embestir, hecho un toro, contra Albertí, porque los dos les tenían acostumbrados a sus peleas, pero, aunque abrió su discurso con un sugerente: «Los espárragos de Aranjuez siempre serán mejores que las butifarras de Vic, porque sí, porque lo digo yo. A ver qué pasa», hizo una pausa y aprovechó para mirar a Albertí que lo negaba ostensiblemente con la cabeza, pero en seguida continuó con énfasis: «Sin embargo, señores, no me referiré hoy a los asuntos nacionalistas, sino a los femeniles».

López de Ampuero discurseó durante largo rato —su voz de serrín, que arrastraba las erres como si fueran virutas, no se avenía en absoluto con su corpachón— sobre los muchos inconvenientes de admitir a las hijas de Eva en la tertulia.

—¿Por qué no podemos dedicarnos, como hemos hecho hasta ahora, a comentar nuestros propios escritos o los de otros autores, sean clásicos o románticos? —acabó por conceder, aunque él prefiriera los clásicos.

Las mujeres, seguía, eran la quintaesencia del mal. Por eso él no había querido contaminarse con el matrimonio. Y para reforzar su tesis la asperjó con citas de los santos padres basadas en la Sagrada Escritura, que decía saber de memoria —no en vano todo aquel rechazo le había sido inculcado en el convento, de donde había tenido que exclaustrarse durante el trienio liberal—. Ni una sola vez debían transigir con la presencia femenina, que no les traería más que calamidades de todo tipo, y enumeró diversas, como por ejemplo, la censura. ¡Sí, señores, la censura, la terrible censura! La presencia de una mujer les impediría expresarse con libertad. Ya no podrían llamar a las cosas por su nombre ni ir al grano. Tendrían que andarse por las ramas, hacer teatro. Eso en cuanto a las formas, en cuanto al fondo... se acabarían los asuntos sublimes. Pendientes de las tentaciones de la carne, no podrían dedicar el esfuerzo de su mente a la literatura, al arte o la filosofía, sino a vigilar y a combatir los demonios que las mujeres, sin percatarse siquiera, llevan dentro... Soltó después una retahíla de latines que venían muy a cuento, *quae, quia non lincuit, non facit, illa facit,* tomados de autores santificados por la Iglesia para concluir taxativo:

—¡No y mil veces no, señores! Si la señora de Fortaleza es invitada, no acudiré a la sesión.

Nadie le pidió que rectificara o, al menos, recapacitara, hartos de sus sermones, con los que, según decían, había obrado más de un milagro y hasta alguna beata se le había rendido en el confesionario después de escuchar con santa unción su penetrante verbo exaltado. Si habla mal de las mujeres es con conocimiento de causa... comentaban con zumba.

Incluso el presidente consideró que si López de Ampuero se tomaba unas vacaciones tendría otra razón más para alegrarse de haber conseguido que triunfara su propuesta en la que, bajo el pretexto literario de oír los versos de boca de la propia autora, se escondía el deseo de que pudiera contribuir con algo más que versos a las obras de ampliación del Liceo Artístico y Literario, previstas para ese mismo año. Pintador, que había fundado no hacía demasiado aquella sociedad recreativa y cultural con escasos medios, fruto de sus propios ahorros, conseguidos con el trabajo de administrar tierras de propietarios absentistas, ocupación bastante lucrativa, no tenía más obsesión que convertir su Liceo en el primero de América donde no se hablara inglés y estaba dispuesto a buscar dinero donde fuera, salvaguardando, eso sí, los principios de independencia que formaban parte de la divisa de la institución, que él había jurado defender delante de los miembros de su logia. La independencia se subordinaba únicamente a la ética de la regla masónica. Pero eso era un secreto que muy pocos conocían. A veces se preguntaba por qué sentía la necesidad de hacer cosas, de sacar adelante aquella empresa que tantos quebraderos de cabeza le ocasionaba. Además, según de dónde soplara el viento, la autoridad —no siempre su filantropía había sido aceptada por el gobierno— podría acarrearle consecuencias muy negativas. No sólo era el hecho de pensar que estaba haciendo méritos para llegar a tener una calle con su nombre, que le otorgara fama duradera, o quién sabe si un monumento, una pétrea pervivencia en mitad del Paseo del Prado donde habrían de posarse las palomas del futuro —no en vano había fundado también la Sociedad

Colombófila—, sino una necesidad de actuar, de sentirse activo, de ser conocido y poder conseguir todo cuanto se propusiera. En el convento el padre prior le había acusado de ambicioso. Lo era y no se arrepentía. No conocía a ningún hombre insigne que no lo fuera, desde Alejandro Magno hasta Napoleón, pasando por el mismísimo Jesucristo, que era Dios, todos lo habían sido. ¿Y los santos? ¿No tenían también una gran ambición de gloria? La ambición le había acompañado siempre. Ahora pretendía la ayuda de los Fortaleza. Los anzuelos que les había echado antes no habían dado resultado. Don José Joaquín consideraba que los *dilettantismos* artístico-literarios, en los que se ocupaban los miembros del Liceo, eran algo propio de vagos. Además, siendo tan rico, disponer a buen precio del abanico de ofrecimientos que la entidad brindaba a los socios —clases de esgrima, de pintura, canto, baile o música— le tenía sin cuidado. Los Fortaleza pertenecían al Liceo, como todo el mundo en La Habana. Pero Pintador deseaba involucrarlos más y obtener su ayuda pecuniaria. Ahora se le presentaba una ocasión que no quería dejar escapar de ninguna manera. Los versos de la señora eran, más que buenos, providenciales. Se los aprendió de memoria, sin esfuerzo, lo que demostraba su calidad. Quién sabe si no le cabría el honor de descubrir una nueva Safo y por eso también podría conseguir más prestigio. De un tiro se aseguraba dos buenas piezas, mejor dicho, tres o tal vez cuatro... Mientras los miembros de la junta discutían Pintador parecía escucharles con atención a la vez que iba urdiendo sus planes. También él había sido fraile en la misma orden que López de Ampuero, pero, a diferencia de éste, nunca perdía el control de sí mismo. Por el contrario, con actitud circunspecta y humilde, aprovechaba los ratos en que no tenía más remedio que oír perorar a los demás para meditar en su propio provecho. La costumbre procedía del convento y era una de las que le habían resultado más rentables, sobre todo desde que dirigía el Liceo Artístico y Literario, ya que procuraba no enfrentarse con nadie directamente, escuchar a todos, y, sin dejarse convencer por nadie, salirse con la suya. La última victoria la había obtenido hacía medio año cuando Casadevall —recién llegado de Barcelona con una aureola de poeta prestigioso y un montón de títulos impresos en el bolsillo: *El quemadero de la Cruz: víctimas sacrificadas por la barbarie inquisitorial, Poesías patrióticas, Martina Nabratilova o el corsario de Estambul* y un opúsculo en lengua vernácula *Flors i violes*— intentó presentarse como candidato para ocupar la dirección del Liceo. Ramón Pintador aceptó democráticamente a su contrincante. Los estatutos establecían candidaturas abiertas y él era el primero en respetarlos. Le dejó que organizara una campaña. Retrasó incluso las votaciones para darle más tiempo. Un tiempo precioso que le permitió, con la ayuda del secretario del Capitán General, muy amigo suyo, encargar que en el primer barco que zarpara desde Barcelona hacia Cuba le enviaran los números de *Abajo la tiranía,* donde Casadevall había publicado un montón de soflamas, firmadas con el mismo seudónimo que había utilizado para presentarse a un concurso literario, organizado por el Liceo, que, por cierto, había ganado. De esta manera le sería fácil dejar constancia entre los socios de los antecedentes de su futuro director. Aquellos «Acabemos con los que chupan la sangre de los pobres», «Sean los ricos objeto de ludibrio» y «Abajo los patrones», frases de lo más adecuadas para la materia de sus artículos, a buen seguro, surtirían su efecto y no serían considerados meros pecados de juventud. A pesar de la furia revolucionaria de su ideología, tanto por la calidad del papel como por las reproducciones de grabados que incluía, el panfleto no parecía una publicación pagada precisamente por los desheredados de la Tierra, sino por alguien de fortuna más bien sólida, alguien a quien le interesaba provocar motines a fuerza de propaganda impresa. Ésa fue la justificación utilizada por Casadevall frente a un grupo de socios que le pidieron explicaciones, después de haber visto, casualmente en la biblioteca, algunos números de *Abajo la tiranía,* abiertos por las páginas donde figuraban sus colaboraciones. Pero Casadevall, que no sospechó de Pintador, sino del tesorero del Liceo, antiguo correligionario, reencontrado después de quince años y con quien desde tiempo atrás se llevaba a matar, no convenció a nadie. Se justificó insistiendo en que siempre había defendido el orden en el que creía, la propiedad que consideraba sagrada y la tierra que le había visto nacer, cuestiones en las que los socios del Liceo estaban mayoritariamente de acuerdo. Y, para defender estos principios, a veces no había más remedio que usar mano dura, una mano dura que sólo en circunstancias muy especiales debía aplicarse y él había sido un agente propiciador de tales circunstancias.

Casadevall no obtuvo más que un triste voto, el suyo. Sus argumentos no le sirvieron. Tanto si eran ciertos como falsos, causaron una impresión deplorable. Dieron, eso sí, pie a muchas habladurías llenas de especulaciones. Quizás seguía siendo un doble agente, pero ¿pagado por quién? Había llegado, aseguraba, huyendo de los enemigos de la libertad y había sido bien acogido por el grupo de catalanes, preocupados sobre todo por la libertad arancelaria más que por cualquier otra, a los que intentó convencer no sólo de la necesidad de reivindicar la nación catalana —desde tan lejos les resultaba más fácil—, sino de darse a conocer entre el público. Él tenía ideas para que los tenderos pudieran vender con más facilidad sus mercancías y eso sólo ocurriría si le hacían caso. Los tiempos modernos exigían muchos cambios. Ya había pasado la oscura noche de las tinieblas, el tiempo de «el buen paño en el arca se vende»... Para vender era necesario darse a conocer y para darse a conocer imprescindible anunciarse. Una ciudad como La Habana debía seguir los avances de las grandes capitales del mundo. En París, en Viena, en San Petersburgo, en Londres, todas las tiendas se hacían propaganda. El público, antes de comprar, necesitaba poder conocer, desde su casa, cómodamente, qué objetos se le ofrecían, en qué condiciones y a qué precios. Él garantizaba a todos la posibilidad de que eso pudiera suceder también en La Habana, una ciudad que se lo merecía. A sus buenos comercios sólo les faltaba, para estar a la altura del siglo, utilizar los mismos métodos propagandísticos que los de otras grandes capitales. Él, que venía de Europa, donde se había dedicado a ese honorable trabajo, conocía bien las claves del oficio y por eso les podía prometer un servicio inmejorable. También se ofrecía para escoger los nombres con que bautizar del mejor modo posible nuevos o viejos establecimientos. «El nombre es a la cosa lo que la cara a la persona. Si la una se considera el espejo del alma, el otro es su lengua y voz», escribió en un pliego que imprimió y repartió gratuitamente. También obsequió a los primeros clientes con una colección de nombres: «A las ninfas de La Habana», perfecto para una mercería o una tienda de ropa, «La fuerza del destino» era adecuado para un hostal, fonda o casa de comidas y «La filosofía» encajaba tanto para una librería como para un almacén de alimentos o una imprenta, «La filosofía» ofrecía a todo el mundo remedio, consuelo y acogida, nadie podría ponerle el más mínimo pero.

La propuesta fue un éxito. Pronto Casadevall se convirtió en el primer redactor de anuncios de la colonia. No sólo imprimía hojas y más hojas por cuenta de las casas comerciales que lo solicitaban, sino que igualmente las repartía por la calle o las mandaba a domicilio. Con intención de insertar los anuncios también en la prensa, trabó relación con el grupo que acababa de fundar *El Diario de la Marina* y acabó por hacerse accionista del periódico. No contaba, sin embargo, con las simpatías de Pintador, aunque él no hubo de sospecharlo, porque al ganar y ser confirmado en el cargo, convidó a Casadevall a formar parte de la junta, para poder vigilarlo más de cerca, y fue el primero en diferenciar entre la exaltación de los artículos revolucionarios y el interés literario de sus libros, que eran —dictaminó— harina de otro costal. La frase había sido perfectamente escogida, porque no le comprometía expresando un juicio de valor. Estaba encantado con la manera en que había llevado el asunto. Ahora Casadevall podría serle útil. Acababa de manifestarse a favor de la señora de Fortaleza, añadiendo que le había parecido leer alguna composición de una tal María Forteza en un almanaque de Mallorca, durante el tiempo que vivió allí refugiado y donde había escrito precisamente uno de sus libros. Pintador obtuvo así de Casadevall una información utilísima. María Forteza tenía un apellido judío. Casadevall estaba seguro porque había reivindicado a los conversos mallorquines en su *Quemadero de la Cruz*. Y eso era algo que al señor de Fortaleza no le gustaría que se airease.

Con todas aquellas informaciones bien almacenadas en su memoria, el director del Liceo Artístico y Literario escribió a la señora de Fortaleza, pidiéndole que le hiciera el inmerecido honor de recibirle. Deseaba comunicarle que la sección literaria del Liceo en pleno quería convidarla a una lectura poética por lo mucho que les había impresionado su poema «Patria», publicado en *El Diario de la Marina*.

XIX

El señor de Fortaleza saludó a la comisión del Liceo Artístico y Literario y después de agradecerles el honor que le hacían a su mujer y autorizarla para que leyera sus versos en público, pidió que le excusaran. Por fortuna, una reunión urgentísima le eximía del aburrimiento de la visita, sin que María pudiera enfadarse ni aquellos latosos sentirse ofendidos. Aunque el motivo, que a las seis en punto le convocaba en casa de su amigo Juan Delmonte, le pareciera un pretexto, no quería faltar. No entendía, sin embargo, la relación que podían tener los negocios que llevaban juntos con la inminente publicación del censo. La nota de la convocatoria, de puño y letra del administrador de Delmonte, se refería a la necesidad de reunirse para tomar una decisión conjunta sobre el número de habitantes de Cuba, como si se tratase de hablar de las acciones del ferrocarril, del plan de urbanización de La Habana o de los precios del azúcar. Pero, al llegar, se dio cuenta en seguida de que la preocupación de los privilegiados que habían tenido acceso a los datos era comprensible: la isla de

Cuba, la siempre fidelísima perla, contaba con una población de un millón siete mil doscientas sesenta y cuatro almas. A pesar de que para algunos los negros no la tuvieran, también habían sido incluidos en el cómputo y por primera vez sobrepasaban a los blancos en casi doscientos mil.

En un lujoso salón rectangular, decorado con frescos en los que campaban, paradisíacos, los siboneys bajo un techo de palmeras, una docena de señores, entre los que se encontraba Custodio, en representación de su suegro, intentaban sopesar las consecuencias del censo, fumando, bebiendo y hablando a la vez. Algunos opinaban que lo mejor era esconder aquellos datos o falsearlos si no conseguían hacerlos desaparecer. De los cuatro diarios de la capital, directa o indirectamente controlaban tres y, con un poco de suerte, podían también manipular el que era considerado como portavoz del gobierno de la metrópoli, aunque esta vez no les sería fácil. El director había recibido órdenes explícitas del Capitán General conminándole a la publicación inminente del censo y había encargado ya un par de artículos a la Sociedad Económica de Amigos del País para poder ofrecer una valoración científica e imparcial.

—¡No podemos admitir que nos sobrepasen los negros! —gritaba Peñalver, un riquísimo propietario de Cárdenas que, a pesar de sus millones, todos calificaban de asno—. ¡No podemos consentir —insistía, mientras su labio de camello le llegaba casi hasta la papada de excitación— que estos salvajes, que esta chusma, nos gane en ninguna cosa! Tenemos que esconder el censo.

Para Álvaro Aldana, bastante más lúcido que Víctor Peñalver, aunque no tan poderoso, la cuestión era mucho más grave y por eso le interrumpió y consiguió que todos le escucharan. Su prestigio de hombre hábil, buen negociador y con facilidad de palabra se imponía una vez más:

—No ganaremos nada con esconder el censo. Las cifras no hacen más que descubrir con numérica desnudez una verdad. ¡La verdad, manifiesta y a culo pajarero! —matizó, irónico—. Claro está que por una vez, la verdad es negra como la noche y no nos gusta. Podemos negarla, como desea Peñalver, comportarnos como avestruces, esconder la cabeza para no verla, pero eso no nos llevará a ninguna parte porque los que han ordenado el censo, el gobierno de Madrid, ya la conocen... Y los datos son la mejor garantía de nuestra sujeción... ¿O es que no se han dado cuenta, señores —preguntaba Aldana, paseándose por la galería, que se abría a la calle, para buscar el fresco porque la tarde era muy calurosa—, de que la proporción es clarísima? A mayor número de negros, más necesaria se hace la protección de la metrópoli. A más negros, más soldados, más ejército, más control... ¿No han pensado nunca hasta qué punto somos esclavos de nuestros esclavos? —les interrogó de pronto, mirándoles fijamente y después, dando una calada al habano, se entretuvo en expulsar el humo lentamente, mientras intentaba calibrar el efecto que habían producido sus palabras.

La frase fue muy celebrada. Arrancó incluso unos breves aplausos desde el otro lado del salón, donde se habían acomodado Amadeo Arozamena, Pablo de Iturbe y Pancho Belloch, los tres potentados sacarócratas de una riqueza tan hiperbólica —decían— que la reina Victoria de Inglaterra era una miserable a su lado. Los tres defendían la millonaria inversión en aquella mano de obra comprada que les exigía, sin embargo, un control permanente. Arozamena, de quien habían salido los primeros aplausos y los «Muy bien, sí señor, usted lo ha dicho: los esclavos nos esclavizan», aprovechó la pausa de satisfacción que se concedía Aldana para meter cucharada:

—¡Si la tierra es mucho más agradecida que los negros! Se conforma con ser regada para dar fruto, mientras que ellos necesitan *cuero* para ponerse a trabajar y a veces ni siquiera así...

Pancho Belloch, que se sabía de memoria los argumentos de su socio y el rosario de imprecaciones con que solía rematar sus dicterios sobre los negros —lobos, terrones, sombras, noche—, para no hacerle quedar mal —estaba claro que no siempre lo entendía todo al pie de la letra—, se sirvió del mismo anzuelo para interrumpirle, pero trató de echar el sedal con mayor acierto.

—Las revueltas de los esclavos son a estas alturas una permanente amenaza y según hacia dónde deriven las cosas, todavía lo serán más. Hay que tomar una determinación de inmediato...

—Eso ya lo sabemos —le quitó la palabra Arozamena, molesto porque no le había dejado terminar, y de nuevo todos volvieron a hablar a la vez. Belloch intentó que le escucharan con la excusa de que tenía referencias de primera mano, que conocía de buena tinta las presiones de los ingleses sobre el gobierno de Madrid para acabar con la esclavitud.

—Ya no se conforma la Pérfida Albión con haber conseguido abolir la trata, encareciendo, en consecuencia, el precio de la materia prima. Quiere sacar todavía más provecho, ir más allá. Quiere conseguir que los negros, esa espantosa cantidad de negros que el censo pretende pasarnos por las narices como si fuera pimienta —y señaló su propia nariz, de una categoría tan monumental que la hacía casi única—, se levanten contra los blancos y también contra España para declararse independientes y constituir una nueva república, naturalmente, bajo protección británica.

Pancho Belloch se esforzó en ofrecer cuantas referencias le pedían, incluso de dónde procedía «la buena tinta» —agentes infiltrados en las cancillerías de Washington y de Madrid, él no se paraba en barras, que le informaban puntualmente—. Por eso, lo que les convenía era la anexión a los Estados Unidos, sólo con la anexión salvarían sus capitales.

El señor de Fortaleza, sentado en un sofá, bebía ron a sorbitos, ensimismado y defraudado por sí mismo. Se sentía estúpido y sobre todo se daba cuenta de que había envejecido. De joven hubiera intuido en seguida la importancia del censo y no le hubiesen sorprendido las noticias que ofrecía Belloch porque, probablemente, también él las hubiera conocido de primera mano. Quizá lo que le pasaba era que ahora le interesaba más su vida privada, se decía para consolarse. Desde hacía dos años los negocios ya no le obsesionaban y muchas decisiones las tomaban sus administradores sin que él tuviera nada que objetar, cosa impensable antes, cuando lo controlaba todo directamente. Pero tampoco quería ocultarse que aquel abandono fuera un síntoma sospechoso de desinterés, o peor, de decadencia. Aunque tan decadente —bien pensado— no estaba: José Joaquín era la prueba. Tenía por aquel niño una predilección que nunca había sentido por ningún otro hijo. Era su Jacob. A los otros —Gabriel, Miguel, Custodio, Ángela, todos Esaú...— no les había hecho apenas caso. Hoy, no obstante, se alegraba de haberse encontrado con Custodio, que estuviese en aquella reunión de importantes representando a su suegro decía mucho a su favor. Además, acababa de levantar la mano para pedir la palabra. Otra novedad. Antes le costaba mucho hablar en público. Su voz, un poco temblorosa, le traicionaba y miraba al techo en lugar de mirar a la concurrencia, tal vez para evitar encontrarse con los ojos de su padre que estaba sentado frente a él. Pero poco a poco fue ganando confianza y sus afirmaciones se hicieron más contundentes:

—Ha llegado la hora de América. Europa es el pasado, señores. América, el futuro. Cuba no es más que un trozo de tierra separada del territorio americano, un retal de la levita que Dios cortó para cubrir el cuerpo de los Estados Unidos. Cierto que Cuba es una insignificancia comparada con el continente, pero una insignificancia moldeada con el mismo barro...

El señor de Fortaleza estaba maravillado. No imaginaba que Custodio fuera capaz de defender la causa anexionista con aquella pasión. Cierto que todo lo que decía era sabido, pero el énfasis no, el énfasis era de cosecha propia. Los diarios de Tampa con otras palabras no hacían más que repetirlo. Lo había leído muchas veces el año pasado. No, hacía ya dos años... En cuanto a que Europa fuera el pasado, ya podían ir diciendo misa... Eso lo inventó Bolívar, y mira cómo acabaron él y su maldita independencia: en puro desastre. Muy bien, las colonias ya eran independientes. ¿Y después qué?

—No nos conviene la independencia —seguía Custodio—. La independencia no: la anexión. La anexión nos hará libres porque el peligro de la anexión, fíjense bien, señores, sólo la inminencia de ese peligro podrá influir en el gobierno español para que recapacite y nos otorgue más libertad.

—Muy bien, Custodio —dijo Betancourt, que era un terrateniente que se dedicaba al ganado y que no poseía más esclavos que los domésticos, por lo que no era partidario de la anexión a los Estados Unidos sino de la autonomía—. Muy bien —repitió—. Tienes razón. Sólo poniéndole un puñal en el pecho podemos arrebatarle a España nuestras libertades.

—Entonces —interrumpió Fortaleza—, ¿la anexión es un medio o un fin?

Fue Custodio quien respondió, porque su padre se había dirigido a él y nadie se daba por aludido:

—Según lo que nos convenga en cada momento...

Por lo menos su respuesta había sido hábil. Tal vez Custodio había heredado algo de su carácter, y él no se había dado cuenta. Entre dos cosas, lo mejor era no escoger ninguna, si uno podía quedarse con las dos. Él había obrado siempre así y esa manera de entender la vida y los negocios le había resultado muy útil hasta entonces. ¡Ojalá también lo practicara su hijo! Pero las palabras de doble filo del joven Fortaleza no habían gustado a todo el mundo. Guillermo Sagrera, que llevaba negocios con su suegro, protestó con violencia:

—¡La anexión no es un medio sino un fin, el fin primordial de nuestra lucha!

Sagrera estaba a punto de nacionalizarse norteamericano, no sólo porque eso le permitía ahorrarse impuestos, sino también porque admiraba a los Estados Unidos. Se pasaba media vida en Nueva Orleans, donde había creado una empresa dedicada a la distribución del gas, un negocio del que esperaba sacar mucho dinero, ya que el ayuntamiento le acababa de adjudicar la instalación del alumbrado público, como antes se lo había encargado el de La Habana. Precisamente las farolas de gas, «aquellas multiplicadas lucecitas azules», tal como la señora de Fortaleza, a quien tanto habían maravillado, las llamaba en un poema, habían tenido consecuencias líricas notables: «Noches en las calles de La Habana» era un romance sobre contraluces y llamas que, por necesidades de rima, se refería también a misteriosas damas. Justo en aquellos momentos era muy celebrado por los miembros de la comisión del Liceo, que todavía estaban en casa de los Fortaleza oyendo declamar versos a su autora. En el palacio Delmonte, en las antípodas de las ambigüedades artísticas, el artífice de la luz de gas defendía sin ninguna vacilación sus intereses anexionistas.

—La anexión ha de ser el fin primordial de nuestra lucha ya que por culpa de los malditos esclavos no podemos pensar en la independencia. Solamente una república de hombres blancos es viable. Por eso hay que deshacerse de los negros, devolverlos todos a África.

Ante la cara de vinagre de Arozamena y antes de que volviera a intervenir o lo hiciera alguno de los propietarios reclamando indemnizaciones, añadió:

—Está claro que alguien tendrá que compensarnos por las pérdidas. Estos *carbones* son parte del capital invertido. Y, a mi entender, eso corresponde al gobierno de la metrópoli. ¿No recibe una millonada de dólares en impuestos? ¿De dónde salen estas ganancias? Del azúcar y del café, principalmente, pero azúcar y café sólo pueden obtenerse de una manera, con mano de obra a bajo coste. Si queremos seguir cultivándolos, sólo nos queda una posibilidad: la anexión.

—Tarde o temprano el abolicionismo ganará —dijo Betancourt—. Miren lo que les digo, llegará el día en que también los americanos dejarán de tener esclavos. Hay que irse preparando.

—Empecemos por expulsar a los negros que no son esclavos —propuso Arozamena sin que nadie le hiciera caso—. Que vengan peninsulares a ocupar su lugar.

—¿Cuántos negros libres contabiliza el censo? —preguntaba Iturbe, al que tampoco nadie contestaba porque todos, sin orden ni concierto, comentaban las previsiones catastrofistas de Betancourt.

Juan Delmonte, que con una gran discreción había dejado que fueran sus invitados los que hablasen, tomó finalmente la palabra para solicitar un poco de calma. Aunque la reunión no era secreta —todo el mundo en La Habana sabía que eran socios y además hasta podía serles favorable que las autoridades sospecharan que se reunían porque estaban descontentos— no tenía ningún interés en que los que pasaban por la calle notasen aquel guirigay. Él, que los había escuchado a todos con atención y, a ratos, incluso había tomado notas que después le servirían para recordar, sin temor a equivocarse, con quién se podía contar y con quién no a favor de la causa de la Patria Grande, como llamaba a la empresa política de la independencia, no había oído que nadie propusiera una alternativa verdaderamente acertada. Él, por el contrario, sí la tenía, y concreta, pero no hubiera sido nada diplomático lanzarla en mitad de la reunión, sin esperar las sugerencias de todos y cada uno de sus amigos. A Delmonte le importaban mucho las formas. Había vivido en París y la *politesse* le parecía la principal virtud. Él, que consideraba que sin pasado autóctono no había futuro posible y, por eso, ponía tanto énfasis en los siboneys de los que hubiera querido descender —aunque por desgracia procedía de Santander, de donde llegó paupérrimo su abuelo—, se sorprendía a menudo imaginando escenas, las de los frescos que había hecho pintar en su palacio, en las que, como en los idílicos juegos pastorales de María Antonieta, todo era gentileza y cortesía, es decir, ficción. Aquellos nativos casi desnudos, pero cubiertos con pelucas, un símbolo de que se podía ser salvaje pero ilustrado, suponían un punto de partida necesario. Sin pasado compartido no había futuro en común. Pero, para Delmonte, sólo había una manera de llegar a ese futuro. También para O'Farrail y para Aguas Claras, que tampoco habían hablado. Delmonte hizo sonar una campanilla. En seguida entraron dos negros con libreas verdes para hacer retirar las copas y limpiar ceniceros y escupideras —Arozamena e Iturbe no fumaban, masticaban tabaco—, y a los que también mandó traer un ron especial que había comenzado a destilar un tal Bacardí, a quien él, que era un experto en alcoholes, auguraba un gran futuro, y quería empezar a compartirlo con sus amigos. Todos ponderaron la calidad del aguardiente mientras descansaban unos minutos. Pero el receso fue breve. El señor de la casa suplicaba a sus socios que volvieran a ocuparse de cosas serias, y aunque siguiesen paladeando el excelente ron, dejasen el chisme sobre la marquesa de Pazos Dulces, que, al parecer, hacía que se murieran de risa. El reloj del palacio de Capitanía había dado las ocho cuando entraron de nuevo en materia. O'Farrail, un potentado tabaquero, tomó la palabra para volver a la cuestión de los negros.

—Señores, les agradecería mucho que tuvieran la amabilidad de escucharme —comenzó en tono persuasivo—; por lo que he podido oír hasta ahora, todos estamos de acuerdo en la necesidad de blanquear. Blanquear y volver a blanquear, como dice Saco, y a su autoridad, tan respetable, me acojo. Pero para que eso sea posible tenemos que acabar con los negros, con la dependencia de los esclavos. Y les demostraré por qué. He hecho cálculos —dijo, sacando unos pliegos de un cartapacio—. Los esclavos nos salen demasiado caros —y les enseñó un papel donde había dos sumas—. Comprueben, comprueben —repetía dirigiéndose a Iturbe y a Peñalver, que se habían sentado a su lado—. Vean. ¿Saben cuánto han pagado por cada esclavo? ¿Lo han calculado? Miren, miren —y señalaba con el índice su escrito—. Si contamos manutención, ropa, medicinas, pongamos que por cien esclavos, durante un año, nos vamos a la friolera de cuatro mil ciento sesenta y dos dólares. Dejamos de lado los intereses del capital invertido para comprar cien esclavos y que suma otros cuatro mil cuatrocientos dólares. Y no hemos terminado, señores: falta añadir la partida de pérdidas, fugas, muertes, incapacidades, cuatro mil más. También gastos por embarazos, bautismo y crianza de niños, ochocientos dólares. Sumen, sumen, yo ya lo he hecho. Total: trece mil trescientos sesenta y dos dólares. Un obrero al que no tuviéramos que alimentar, ni darle cobijo, ni criarle los hijos, un obrero libre nos costaría mucho menos. Miren, miren —repetía insistente—, y comprueben, cincuenta hombres a doce dólares mensuales durante un año, como ven es precio europeo, nos costaría siete mil doscientos dólares y si añadimos cincuenta mujeres a diez dólares mensuales ya tenemos los cien que nos hacen falta. ¿Y cuánto suma? ¡Números cantan! ¡Trece mil doscientos dólares! Ergo nos hemos ahorrado ciento sesenta y dos dólares. ¿Qué les parece? Sin contar los perjuicios, trastornos y quebraderos de cabeza que los esclavos nos ocasionan...

—Un ahorro considerable, en especial por los quebraderos de cabeza —dijo con parsimoniosa ironía Aldana—. Pero lo mejor es que esos obreros ya no serían negros, sino blancos. Blancos como todos nosotros y eso haría viable la independencia que a mí, si quieren que les sea franco, me gusta más que la anexión. ¿Qué tenemos que ver nosotros con los yanquis que hablan inglés, son protestantes y además practican el cinismo de decir la verdad y pregonan la inutilidad de la mentira con una hipocresía casi obscena como buenos puritanos? Querámoslo o no, aquí todos descendemos de españoles, nos guste o no nos guste. Somos latinos, no anglosajones. ¿Por qué tenemos que permitir que éstos nos gobiernen y nos obliguen a hablar inglés?

—En Texas siguen hablando castellano —contestó rápido, desde el otro lado del salón, Guillermo Sagrera, que en Nueva Orleans se hacía llamar William Sargent y consideraba que el inglés era un idioma mucho más civilizado que el bárbaro romance, sobre el que acabaría por imponerse, sólido y robusto. Y después, con la imposición del idioma, vendrían el orden y la civilización. Pero se guardó muy mucho de decir lo que verdaderamente pensaba, porque aquel grupo era bastante menos compacto ideológicamente de lo que él, que hacía tiempo que no les trataba, creía. Los anexionistas amigos suyos que vivían en Nueva York, en Nueva Orleans o en Tampa, tenían las ideas mucho más claras y una determinación mayor. No hacía demasiado, al acabar un banquete al que había asistido, y en el que los comensales se habían comprometido a sufragar una expedición armada, habían brindado por el Imperio del Caribe, un vasto territorio dominado por los blancos, por la raza superior triunfante por siempre jamás sobre todas las otras, sobre la negra, oscura como las tinieblas, o la amarilla, impura como el pecado. Un imperio que por encima de lenguas, costumbres o territorios de origen, habría de unirles, hermanándoles en una misma causa: la posesión de esclavos y de grandes extensiones de algodón y caña, o caña y algodón, igual daba. Aunque él prefiriera invertir en otros negocios con más futuro, no se sentía alejado de la defensa hegemónica de la raza blanca. Estaba de acuerdo en lo que O'Sullivan, su cuñado, en la *Democratic Review,* que dirigía, había señalado como «destino manifiesto», que implicaba la superioridad de los Estados Unidos, cosa que, seguramente, no todos aquellos contertulios aceptarían, porque eran trogloditas que no se daban cuenta de hacia dónde soplaba el viento de la modernidad, como si el tratado de Guadalupe Hidalgo no fuera una evidencia suficiente de la expansión de los señores del norte que, les gustara o no, acabarían por engullirlos. Por eso Guillermo William Sagrera Sargent consideraba que más valía ser de los primeros cubanos en dar la bienvenida a los poderosos yanquis, que eso le permitiría sacar ventaja y que allá se las compusieran los demás si tenían tan cortas entendederas.

Aguas Claras fue el último en intervenir. Representaba a la vieja aristocracia criolla y ostentaba un título que tenía cien años de antigüedad, toda una proeza en aquella colonia llena de condes y marqueses de primera generación, obtenidos por méritos de bolsa. Como era el más noble, era también el más parecido a cualquier artesano blanco de La Habana, y no le preocupaba tener que vestirse de señor con levitas costosas y fracs elegantes, porque todo el mundo sabía que lo era. Él, además, al contrario de los otros hacendados, se consideraba monárquico y no le gustaba oír hablar de posibles repúblicas de blancos, y mucho menos de negros, naturalmente. Aquellos americanos zafios, que ponían las botas llenas de barro sobre los escaños del Senado, según le habían contado, le horrorizaban. Pero, desgraciadamente, no le quedaba más remedio que apuntarse a favor de la anexión. La anexión, pero sólo como medio o pretexto.

—Señores —decía con voz cascada—, les he escuchado a todos con mucha atención. Todo lo que se ha dicho aquí me ha parecido muy interesante, más algunas intervenciones que otras —y miró a O'Farrail y evitó el rostro de Sagrera, que se había sentido aludido—. Yo creo que no nos podemos arriesgar en acciones de guerra, que serían nefastas para nuestros intereses. Nosotros hemos de buscar otro camino. Se lo diré de una manera directa, ya saben que no me gustan los rodeos. Estamos aquí porque somos ricos. ¿No es cierto? Seguramente los más ricos. Luchemos, entonces, con nuestro dinero. El dinero nos abrirá las puertas que parecen cerradas, con dinero ganaremos espacios de libertad. El puñal de la anexión es un acierto. Betancourt tiene razón —y le sonrió con cortesía—. Nos puede ser de mucho provecho, sobre todo, si el mango es de oro y lo engastamos en piedras preciosas.

XX

Gabriel de Fortaleza utilizó el telégrafo para anunciarle a su padre que acababa de desembarcar en Nueva York, desde donde pensaba emprender viaje a La Habana, en el primer barco que zarpara. Gracias a su hijo mayor, el señor de Fortaleza se convirtió en uno de los primeros particulares de Cuba en recibir un telegrama. Hasta entonces, el nuevo y revolucionario invento —lo decía el periódico— había servido en exclusiva para transmitir comunicaciones oficiales. «Pero ha llegado ya la hora de que los honorables ciudadanos puedan tener a su alcance la posibilidad de aprovecharse de los avances del siglo. Con tan fausto motivo —seguía escribiendo el cronista— felicitamos al señor de Fortaleza que, según hemos podido saber, acaba de recibir la noticia del regreso de su hijo, ausente en Europa desde hace cuatro años, gracias al moderno y cosmopolita invento». El firmante que utilizaba el seudónimo de Fígaro, desde que Mariano José de Larra lo dejara vacante, con la secreta intención, frustrada por supuesto, de que por lo menos una brizna del genio de su admirado colega fuera anexionada a su nombre, tenía una amistad fraterna con el oficial encargado de recibir y transmitir las nuevas. En honor a la verdad, nunca Odorico Alvarado había divulgado noticia alguna antes de comunicarla personalmente al destinatario. Por eso, después de él, el señor de Fortaleza fue el primero en conocerla. Alvarado se hizo acompañar por dos subalternos hasta la casa de los Fortaleza y allí solicitó hablar con el señor con la máxima urgencia, negándose a entregar el pedazo de papel que llevaba doblado en el bolsillo a nadie que no fuera su destinatario. Y como el administrador se obstinaba en repetir que él tenía poderes del señor para recibir cualquier comunicado aunque fuera confidencial, Alvarado usó de su autoridad para amenazar a Febrer con el calabozo. La injerencia en documentos privados ajenos —apuntó como un juez que fuera a pronunciar sentencia— estaba ya tipificada por el Código Penal de la metrópoli, ergo, se aplicaba también en la Colonia. ¿Qué se había creído?

El cronista de *El Diario de la Marina* le ahorró al señor de Fortaleza tener que dar la buena nueva del retorno de su hijo a amigos y conocidos, porque al día siguiente de la llegada del telegrama todo el mundo pudo leer la noticia en el periódico. Y fueron muchos los que visitaron a los Fortaleza para felicitarles personalmente, aunque no supieran demasiado bien si debían hacerlo con motivo del retorno del hijo —más bien pródigo y quizás no reformado—, o porque una vez más aparecían en letras de molde. Que Fígaro les dedicara un artículo entero en aquellos momentos, en que a las páginas de los diarios les faltaba espacio para ofrecer informaciones políticas que se sucedían veloces —el gobierno de Madrid acababa de cesar al Capitán General—, era señal de prestigio inequívoco. No hacía demasiado —tres meses escasos— que se había ocupado por extenso, con codiciadas alabanzas, a propósito del nacimiento de José Joaquín, «último retoño del señor don José Joaquín de Fortaleza —escribía— y de su joven y distinguida esposa doña María, dama de probadas virtudes, luz del hogar y poetisa de dulce numen excelso, cuyas inspiradas composiciones los lectores han tenido el placer de comprobar en alguna ocasión, pues las musas la honran con su asidua visita...».

María de Fortaleza acogió la noticia de la llegada de Gabriel con satisfacción y mandó recado en seguida a Ángela por si quería regresar a La Habana para recibirle. Sentía aquel retorno como algo propio, casi como un triunfo personal. Desde que su marido, poco tiempo después de casarse, le pidió que sustituyera al administrador en el trámite de escribir a su hijo, había ido manteniendo con él una correspondencia cada vez más frecuente. Las reticencias de Gabriel con su madrastra, notables en las primeras cartas, breves y llenas de aristas, fueron menguando poco a poco. Nunca la consideró culpable de querer quitarle el patrimonio paterno, como sus hermanos, ni la menospreció por el hecho de haberse casado con un viejo. Más que a la propia María responsabilizó a Miguel de aquellas variaciones familiares. Si él hubiera querido aceptarla por esposa —en el fondo le debía de dar exactamente igual casarse con Isabel o con su hermana— nada de aquello hubiera sucedido. Pero Miguel, como de costumbre, fue incapaz de cumplir con su compromiso, y así se lo reprochó Gabriel en una larga carta, en la que le recordaba el papel firmado por ambos ante notario. «De haberme tocado a mí —le decía— hubiera estado a la altura de las circunstancias y hubiera cumplido con mis obligaciones». El hecho de que hubiera vivido de acuerdo con el azar que le llevó a embarcarse rumbo a Europa era una prueba, porque pronto se cansó. Pronto se hartó de su peregrinaje y a ratos pensaba que tal vez la suerte no le había favorecido a él sino a su hermano, que se había quedado tranquilamente en casa, y dejó de compadecerle como al principio. La obligación de casarse y llevar una vida ordenada ya no le parecía un trago insoportable como cuando se fue de Cuba. Poco a poco el placer de correr mundo se había ido apagando, y conocer gente, hacer amigos o irse a la cama con alguna otra mujer le era indiferente. Incluso su entusiasmo por París, en especial por sus cafés llenos de *grisettes,* que por una copa de absenta eran capaces de posar desnudas toda una tarde, también menguó. Y no tardó en hartarse de las malas fondas, de los talleres compartidos con otros artistas, del frío que pasaba, y sobre todo de tener que depender de la tacañería de su tío que, desde Barcelona, le administraba con cuentagotas la herencia de su madre, enviándole una renta tan exigua que le obligaba a sufrir estrecheces cuando él estaba acostumbrado a vivir a lo grande. Todo eso hizo que comenzara a añorar casi en seguida la buena vida de antes, empezando por la abundancia de las comidas y acabando por el complaciente servilismo de las mulatas propias o ajenas... Sin embargo, al marcharse, le había dicho a su padre que volvería pasados cuatro años, el tiempo que había pactado con Miguel, el tiempo necesario para hacerse un nombre como artista. Era cierto que había aprendido una técnica mucho más depurada de pintar a la acuarela, gracias a los maestros que frecuentó en la academia parisina, pero tuvo que admitir con tristeza que nunca sería un artista famoso. Para no sentirse fracasado más le valía pensar que lo suyo era pura afición y olvidar los sueños de triunfo. Nunca sería recibido en los salones aristocráticos, como Delacroix o Chopin, por sus méritos artísticos. No podría prescindir de la fortuna familiar para vivir ni podría renunciar, por tanto, a ser hijo de su padre para llegar a ser él mismo. Por eso, probablemente de una manera no del todo inconsciente, dejó que las cartas de María fueran surtiendo efecto y, aferrándose a aquel lazo que de nuevo le ataba a los suyos, decidió que aceptaría de buen grado la primera invitación que le hicieran para organizar su retorno. Si los suyos le reclamaban, le facilitarían el regreso que, por mucho que disimulara, no estaría cargado de gloria. Poco después de la boda de su padre, decidió abandonar la pintura, dejó París y se trasladó a Barcelona, a casa de sus tíos, y más por hacer algo de provecho que por vocación, se determinó a acabar la carrera de leyes, así, por lo menos no volvería a La Habana con las manos vacías. Barcelona no le gustaba. Aunque se respiraba con mayor tranquilidad que cuando desembarcó por primera vez, ya que el sitio había sido levantado, era una ciudad insegura, con frecuentes algaradas callejeras, reprimidas por el ejército sin contemplaciones. Salir de noche era más peligroso que en La Habana porque había bandas organizadas de asesinos y salteadores. Por mucho que en las Cortes de Madrid los diputados catalanes reclamaran justicia para Cataluña no les hacían caso. Tenía razón su tío cuando en la sobremesa, especialmente si había invitados, contestaba con un *«tururut fotut»*, uno de los párrafos más elocuentes del famoso discurso de Prim que se sabía de memoria: «¿Los catalanes son españoles? ¿Son nuestros colonos o nuestros esclavos?

Sepamos lo que son: dad el lenitivo o la muerte pero que cese la agonía. Si son españoles, devolvedles las garantías que son suyas, que tienen derecho a usar de ellas, porque las han conquistado con su sangre», gritaba hasta que conseguía ser aplaudido... Pero la situación no ha mejorado, y eso a pesar de las buenas intenciones de mi admirado conde de Reus, concluía su tío con rústica gravedad, después de pasarse la servilleta por los labios antes del postre, un poco más conformado gracias a su estómago.

En la tertulia a la que asistía Gabriel, una de las pocas distracciones de aquella vida de bostezos y aburrimiento, tan distinta de la de París, se seguía hablando de cuestiones políticas. Algunos de los jóvenes que la frecuentaban consideraban que los males de los catalanes se acabarían o se aligerarían cuando cambiara el gobierno. Para los republicanos más intransigentes, los moderados de Narváez nunca consentirían en el progreso de Cataluña, la verdadera fábrica de España, la única locomotora de la que disponía aquella nación de apostólicos retrógrados, de inquisidores ultramontanos, que marcharía siempre en el furgón de cola de Europa. Aquella referencia a los trenes era del gusto de todos y por eso un lugar común en la conversación, porque implicaba un aire de modernidad muy bien visto en aquella ciudad con vocación de adelantada, donde los telares iban sustituyendo poco a poco las tierras de cultivo, a pesar de estar aún rodeada de campos y salpicada de huertos. Una ciudad en la que no había más remedio que trazar las calles principales hacia el mar a la espera de que las murallas fueran derruidas. ¿Y sabéis por qué? —les preguntaba Gabriel, burlón, siempre que tocaban ese punto—. Porque desde el mar se llega a Cuba, de donde proviene la riqueza capaz de transformar su futuro y el de la comarca entera. Las bizantinas discusiones sobre si Barcelona podía compararse con la siempre fidelísima Habana las solía propiciar, más que Gabriel de Fortaleza, Aníbal Mendoza, un exiliado de Cienfuegos que también frecuentaba aquellas reuniones. La conversación dejaba de ser intercambio entre personas más o menos civilizadas, confrontación de pareceres o discusión basada en argumentos, con los que se intentaba convencer a los demás, para convertirse en monólogos repletos de insultos y genitales que nadie, ni siquiera los que los emitían, parecían escuchar, llenos de gritos acompañados de puñetazos sobre la mesa de mármol de aquel café cerrado y casi a oscuras, para que pareciera vacío, del que sólo salían cuando, fuera, el cielo empezaba a destilar una aurora sucia y pegajosa, del mismo color aguardentoso que sus copas. Otras veces la tertulia ofrecía posibilidades de saber rumores políticos casi de primera boca e incluso de compartir mesa con algún preboste o admirar desde cerca el tibio envoltorio carnal de las cuerdas vocales de Marcela Bracessi —¡Ah, el esófago de alabastro de aquel ruiseñor!, como puso en un poema el más letraherido del grupo— que acababa de triunfar en el Principal y, sobre todo, escuchar a don Antonio Canals, secretario de redacción de *El Republicano,* disertar sobre el futuro de la nación enarbolando la tea encendida del neófito.

Las últimas cartas de Gabriel daban a conocer a María aspectos de aquella tertulia que, para que fuera del gusto de la madrastra, no se celebraba de noche, sino después de comer en la Sociedad para el Fomento de las Bellas Artes, un lugar de solvencia académica probada, por la que hizo desfilar, entre los tertulianos y asiduos, otros que nunca habrían puesto los pies en ella, como sacerdotes, canónigos y una lista de gente de mucha misa, porque suponía que la madrastra debía de ser tan beata o más que su madre, que Dios tuviera en su gloria. Todo lo suavizaba con tal de congraciarse con ella, que tendría que hacer de mediadora ante su padre, para acabar añadiendo que «el regreso al dulce hogar era un anhelo al que, ni en las horas más difíciles, había querido renunciar, cuanto menos ahora que era maternalmente requerido».

María de Fortaleza se había esforzado mucho hasta poder llegar a leer aquellas palabras. Deseaba que su marido, alejado de Ángela desde que se casaron, distanciado de Custodio, a causa sobre todo de Matilde, y disgustado con Miguel, pudiera tener cerca a alguien para ayudarle. José Joaquín tardaría mucho todavía en poder hacerlo, si es que Dios la escuchaba y daba salud a su esposo para poder ver crecer al niño. Si el señor de Fortaleza algún día le reprochaba las desavenencias familiares, surgidas a causa de su matrimonio, le sería conveniente contar por lo menos con la amistad de Gabriel. El hecho de no haberle visto nunca, pero conocer gustos, hábitos y costumbres, gracias a sus cartas, pero sobre todo gracias a su nodriza, que continuaba viviendo en la casa suspirando por la hora de su regreso, ya que consideraba al *niño* Gabriel parte de ella misma, su mejor parte, la parte más blanca —solía añadir María de la Regla con una sonrisa triste—, picó todavía más su curiosidad. A pesar de los retratos que lo representaban más bien delgado, con ojos expresivos y bigote ancho acompañado de patillas largas, no se lo acababa de imaginar. Algunas tardes, mientras velaba el sueño de su hijo, inclinada sobre las hojas ligeramente azules en las que escribía a Gabriel, se volvía a ver a sí misma como si fuera otra, escribiendo de parte de su hermana cartas a Miguel que eran para Ángela o que, en realidad, como supo después, no eran para nadie, o tal vez sí, como las de ahora, dirigidas al hijo de su marido de parte de éste, eran sobre todo para ella misma. Y se hacía cruces cuando el viento de la memoria de un soplo abría alguna rendija que le permitía espiar a aquella desconocida, que tanto se le parecía, en la que, no obstante, nunca acababa de reconocerse. Ni siquiera todo cuanto había sido capaz de escribir le parecía suyo, porque desde que se había convertido en la señora de Fortaleza, tanto en las cartas que enviaba a su hijastro como en los versos que componía, procuraba que los términos utilizados no pudieran traicionarla nunca. Había llegado a la conclusión de que las palabras no le pertenecían, que no era cierto que no fuesen de nadie y pudieran ser usadas por todo el mundo libremente, que no tuvieran amo ni señor. Por el contrario, el silencio se le presentaba como un reino sin fronteras, un dominio seguro, de inabarcables confines, un lugar donde poder refugiarse sin miedo para esconder no sólo lo que una verdadera señora no podía llegar a pronunciar, sino también todo aquello que no cabía en los cauces estrechos de las palabras. «Por el menguado cuerpo de las frases el hilván de los sentimientos se enhebra con mucha dificultad», acabó por confesarle a Gabriel en la última carta que le dirigió a Barcelona, cuando él ya se había ido. Cuando al cabo de unos meses se la devolvieron, se dio cuenta de que le había confiado a un desconocido aspectos de sí misma que ni siquiera había mostrado a su marido. En los últimos tiempos el señor de Fortaleza parecía haber recuperado las riendas de sus negocios y estaba muy ocupado. La caída del Capitán General y la noticia del nombramiento de un antiguo amigo suyo le habían proporcionado una alborotada alegría, que se traducía en una serie de preparativos para el recibimiento de la primera autoridad, a la que Fortaleza, en nombre de los principales propietarios de La Habana, había hecho llegar las esperanzas que tenían depositadas en él, en forma de un magnífico sable con piedras preciosas engastadas en el puño. Aquél era el primer regalo sufragado con la partida acordada a propuesta de Aguas Claras, al que, no obstante, el nombramiento de Rodríguez de la Conca no le gustaba en absoluto.

Un segundo telegrama avisó de que Gabriel de Fortaleza llegaría a La Habana la semana siguiente, a bordo del vapor *San Diego*. El hecho de no navegar a vela, sino utilizando la rueda, permitía una mayor seguridad en los pronósticos de arribada. A María de Fortaleza le sobró tiempo para ocuparse personalmente de que nada faltara en las habitaciones de su hijastro. Mandó comprar jabón de olor y en una vasija depositó las mismas sales perfumadas que tanto ella como su marido acostumbraban usar desde que en Tampa se aficionaron a bañarse. Según el droguero que se las proporcionaba, tenían virtudes relajantes, eran buenas para los nervios, y muy aconsejables después de un viaje tan largo como el que había llevado a cabo el señorito. Le preguntó a su esposo cuáles eran los platos favoritos de Gabriel para ordenar al cocinero que buscara los ingredientes con antelación. Pero como el señor de Fortaleza no lo sabía, acudió a María de la Regla, que le desmenuzó uno por uno los gustos de su hijo de leche y se dispuso a preparar ella misma unos dulces de coco que eran su postre preferido. Cuando se acercó la hora prevista de la llegada, la señora de la casa mandó que dos esclavos hicieran guardia en la azotea, desde donde se divisaba perfectamente la bahía de La Habana, entre la Punta y el Morro, y que la avisaran de la entrada del barco con la suficiente antelación para poder ir al muelle. Deseaba que Gabriel se sintiera acogido por los suyos desde el primer momento, aunque también, picada por una curiosidad de abejas rabiosas, no quería perder ni un segundo para verle. Por eso ya había convencido al señor de Fortaleza para que acudieran a recibirle y había ordenado que la nodriza de José Joaquín le emperifollara, porque consideraba que debía unirse a la familia para dar la bienvenida a su hermano.

La comitiva emprendió el camino del puerto en dos volantas. En la primera, el señor y la señora de Fortaleza, en la segunda, el niño, Claudina de Todos los Santos y María de la Regla. Al llegar, tuvieron que conformarse con ver el espectáculo del desembarco desde lejos, sin atreverse a bajar del carruaje. Los esfuerzos de los cocheros para avanzar eran inútiles, nadie se apartaba, parecía que todos prefiriesen morir aplastados a ceder un palmo de terreno a los recién llegados. El desbarajuste era tan grande que los gritos y blasfemias de Nepomuceno parecían jaculatorias dichas en voz baja porque sólo las oía él. El señor de Fortaleza, medio mareado, se arrepintió de haber ido al puerto y María de haber llevado a su hijo que lloraba en brazos de la nodriza. Pese a ello, estaba contenta de estar allí, en medio de aquel bullicio sólo comparable al del mercado que, desde que se había convertido en una señora, le estaba vetado frecuentar. Además, en aquella olla podrida se cocían ingredientes de muy diferente aspecto y el caldo se desparramaba por todas partes. Vendedores que pregonaban frutas, tortas, tabaco al por menor, caña para mascar; porteadores que solamente a fuerza de codazos y empujones conseguían abrirse paso; mozos enviados por los tenderos que, entre aquella multitud, trataban de hacer carreras empujando los carretones para cargar los primeros las mercancías recién desembarcadas; ociosos que acudían por costumbre a aquella función gratuita, sobre todo si tenían cuidado, porque muchos eran los ladrones que se paseaban con la intención de cobrarles cara la entrada; mulatas de rumbo que exhibían sus encantos y gritaban obscenidades sin que nadie, ni siquiera los guardias, que armados con mosquetones hacían como quien mantiene el orden de aquel desorden monumental, se lo impidiera. Todos se empujaban, levantaban brazos y sombreros, y gritos y nombres volaban por el aire.

Aquel día había corrido la voz de que monsieur Puget de la Sauvage, el más conocido piloto de aerostáticos del mundo, desembarcaría con su globo para hacer una exhibición magistral tal y como sus agentes de La Habana habían divulgado por todas partes, y por eso todavía habían acudido más personas que de costumbre. Mientras, el *San Diego* había ya fondeado en medio de la bahía y los pasajeros más ilustres acababan de transbordar a una pequeña embarcación para ser conducidos a tierra. Los aplausos demostraban que entre ellos se encontraba Puget de la Sauvage, que con el sombrero de copa correspondía a la buena acogida de los habaneros. Una segunda barca se acercaba a las escaleras del muelle, pero tampoco venía en ella Gabriel. En la tercera sí, y fue Nepomuceno quien le vio antes que su padre o la nodriza. En seguida el señor de Fortaleza le hizo señas moviendo los brazos y María, que llevaba una sombrilla vistosa, la abrió y cerró varias veces para ver si llamaba la atención de su hijastro, hasta que una negra le pidió a gritos que, por Dios, dejara de hacer aquel gesto porque traía mala suerte. María obedeció de inmediato. No era supersticiosa pero se había acostumbrado a aceptar la misteriosa relación que la gente de color establecía entre los gestos más inocentes o imprevistos y las consecuencias más nefastas, por si acaso. Además, ya no era necesario hacer ningún otro signo porque Gabriel acababa de reconocer a los suyos y les saludaba agitando el sombrero y abriendo los brazos en señal de afecto.

Gabriel de Fortaleza, más delgado que cuando se fue, con unos ojos que parecían más grandes aunque cargados de sueño, abrazó a su padre, se inclinó delante de su madrastra y ceremoniosamente le besó la mano. Después les presentó a unos amigos. En primer lugar, la señorita Laura Rastagneta, soprano, cuyo nombre artístico era Carla Duranti, acompañada de su doncella. María notó cómo se le aceleraba el pulso. No la hubiera reconocido, porque ella recordaba sobre todo a Abigail, que poco tenía que ver con la persona con la que acababa de reencontrarse. No obstante, optó por ser amable, le dijo que la había oído cantar y le ofreció su casa. Luego a Claudio Vilabona, a quien se había permitido invitar una temporada, si sus padres, y marcó el plural, lo consentían. Por lo que atañía a la señorita Rastagneta —cuyo deslumbrante vestido y sobre todo el aire artístico con el que se había arremangado la falda para saltar del bote a tierra habían llamado la atención de la gente— el mismo Gabriel le procuró un coche de alquiler y un par de mozos para trajinar los baúles y, con una recomendación suya, la encaminó a la fonda Nueva Vascongadas. Acostumbrado a la vida disoluta de sus hijos, el señor de Fortaleza sospechaba que aquella cantante tal vez tenía con Gabriel vínculos íntimos y por eso la había traído con él. María se esforzaba en convencerle de que cualquier suposición era prematura, que posiblemente la muchacha no era más que una compañera de viaje con la que su hijo se había querido mostrar gentil, por mucho que diera la razón a su marido en la impresión de que era una pájara de muy largo vuelo, cosa que no advirtió cuando se la presentaron casualmente en Mallorca... Pero María, más que en la cantante, se había fijado en el hijastro, a quien elogió ante su marido: bastaba ver las atenciones que había tenido con todos cuantos le habían ido a recibir, como si cada uno, no sólo los amigos, sino incluso los propios esclavos, fuesen únicos en su consideración y guardara para ellos todo su afecto en exclusiva. Además, ¿no se había dado cuenta del caso que le había hecho en seguida a su hermanito y cómo el niño le miraba y le sonreía? ¿Y la alegría con que había abrazado a la nodriza, que lloraba e hipaba repitiendo «¡Ay mi niño, ay mi niño! La Virgen María me escuchó!»?

La llegada de Gabriel conmocionó la casa y, en cierta medida, cambió sus hábitos. Todos los días tenían invitados y las sobremesas se prolongaban hasta el atardecer. Claudio Vilabona, tímido y apocado los primeros días, empezaba ya a dejar de sentarse en el borde de las sillas y se arrellanaba con

comodidad para seguir entreteniendo a la señora, contándole con detalle su vida de hijo de campesinos paupérrimos, sin otra posibilidad de me-
dro que el seminario, de donde hubo de salir por
motivos de salud. Sus bronquios enfermizos no so-
portaban la dureza de los madrugones helados y no
tuvo más remedio que abandonar para entrar como preceptor de unos niños tan obtusos que no
consiguió ni siquiera —lo admitía con una cierta
amargura— enseñarles el abecedario... María escuchaba con interés, sobre todo cuando el señor de
Fortaleza se retiraba a echar la siesta, porque no
quería que la viera pendiente de los jóvenes por si
acaso el fantasma de los celos pudiera aparecérsele.
La vida del pobre Vilabona había sido bastante parecida a la suya, aunque se guardó mucho de mani-
festárselo. Ella prefería olvidar su pasado y aferrarse
a la idea de que nunca había sido más que la mujer
del señor de Fortaleza y la madre de José Joaquín.

Tampoco Vilabona se atrevió a contarle que
gracias a la amistad de Gabriel, pudo huir de Barcelona, donde se dedicaba a publicar hojas volanderas a favor del advenimiento de la república en
las que desvelaba la mala vida de la Reina. Con pelos y señales denunciaba la caterva de sus amantes
para que el pueblo, único soberano, pudiera conocer por qué tipo de arpía, de gárgola lujuriosa y
funesta era gobernado y hasta qué punto una camarilla de ladrones, de frailes que chupaban la san-

gre de los pobres, de ministros execrables, la rodeaba... La hospitalidad de los Fortaleza había hecho
amainar su ira revolucionaria. Que le sirvieran los
negros haciéndole una reverencia y le llamaran
niño le resultaba muy agradable. Y el calor, demasiado bochornoso, constituía por sí mismo un impedimento para que pudiera corroborar que la esclavitud era un crimen abominable, tal como había
impreso en una de sus hojas. Se encontraba tan a
gusto en casa de los Fortaleza, donde se sentía objeto de tantas atenciones, que se le hacía cuesta arriba marcharse y buscar una ocupación remunera-
da que le permitiera de una vez defender los ideales
que le habían llevado a convertirse en un revolucionario. Gabriel no sólo le presentó a sus amigos,
le llevó a los principales burdeles de La Habana y le
costeó los servicios de un par de mulatas, por lo
cual el agradecimiento del ex seminarista pasó a li-
mitar con la eternidad, sino que también le intro-
dujo, después de prestarle la adecuada indumentaria, en unos cuantos salones aristocráticos, en los
que Vilabona no hubiera sospechado que llegaría
a entrar a no ser para poner un par de bombas. Como en todas partes era muy bien recibido, Vilabona no se daba cuenta de hasta qué punto, además
del clima, tanta amabilidad constituía el mejor an-
tídoto contra unos principios a los que, sin embargo, había jurado acatamiento. Cuando no estaba
con Gabriel, solía hacer compañía a María, a la que

escoltaba en la calle como un *chevalier servant* de otra época por él odiada e incluso en las compras se encargaba de ajustar precios después de habilidosos tira y afloja en los regateos o se llegaba hasta las tiendas que no disponían de los mozos necesarios para enviar a las casas o acercar hasta las volantas sus mercancías para que las señoras pudieran escoger cómodamente sentadas en sus carruajes. Pero lo que más le gustaba a Vilabona era cuando María de Fortaleza le invitaba a acompañarla al Liceo Artístico y Literario, adonde solía acudir a menudo. Después que leyera, y con gran éxito, sus poemas, el presidente le había pedido que les hiciera el honor de dirigir una revista destinada a las damas, *El pensil del bello sexo habanero,* además de asesorarle en la organización de un concurso poético, puesto que no había conseguido —le habían faltado dos votos para obtener mayoría— que la dejaran formar parte de la sección literaria. En el fondo había salido ganando. La revista la financiaba la familia Fortaleza y María sufragaría también los premios del certamen.

Mientras ella se reunía con la comisión de damas —la señora de Pintador, la señorita Ayamonte, la viuda Solivelles, las tres entusiastas de *El pensil,* las tres con tendencia a emplear letras mayúsculas para escribir *corazón, sentimiento* o *maternidad*— Vilabona aprovechaba el rato para leer en la biblioteca los diarios que llegaban de Europa.

Allí una tarde se topó casualmente con Casadevall, a quien conocía de Barcelona. En los momentos de máxima exaltación revolucionaria, Vilabona había colaborado en *Abajo la tiranía*. Ahora, después de un par de minutos dedicados a los tópicos de la pequeñez del mundo y a quién lo había de decir, nuestros destinos son semejantes, etcétera, etcétera, Vilabona le preguntó si podía ofrecerle algún trabajo. Vivía en casa de los Fortaleza, pero por muy ricos que fueran no quería abusar, pronto haría dos meses que había llegado a La Habana. Casi los mismos que el Capitán General, sugirió Casadevall, preguntándole con ironía si lo había hecho en su séquito. Y cuando el otro lo negó, con un tono escandalizado, a pesar de entender que Casadevall hablaba en broma, éste con seriedad le hizo saber que el Liceo Artístico y Literario había contribuido con un gran arco de triunfo —aunque todavía más caro había sido el de los Fortaleza—. Todos los socios habían tenido que rascarse el bolsillo para no ser mal vistos, él, el primero. Rodríguez de la Conca lo vale, añadió, en él todos hemos depositado grandes esperanzas, por más que de diferente clase, subrayó, antes de decirle que fuera a verle al día siguiente a la imprenta, porque quizás le encontraría un empleo.

XXI

Aunque, como habían acabado por divulgar los periódicos, la población de Cuba sobrepasase el millón, los pocos privilegiados que accedieron antes que nadie a tales informaciones se siguieron comportando igual que siempre, como si, no sólo la isla, el mundo entero les perteneciera en exclusiva, y lo habitaran únicamente dos o tres centenares de personas entre las que ellos se incluían en primer lugar. Los demás integrantes de ese círculo variaban dependiendo de los puntos de vista de cada cual. Solían coincidir, no obstante, en los nombres de los principales propietarios de campos de caña, café, tabaco, ingenios, ganados y esclavos, tratantes e importadores, comerciantes y prestamistas, además de los máximos representantes del gobierno español y de la jerarquía eclesiástica. En la entronización de eminentes catedráticos, juristas o médicos, escritores de moda o políticos con futuro —el régimen especial de la isla les vedaba ejercer en tiempo presente— había discrepancias y, por el contrario, unanimidad casi absoluta en permitir el acceso por la puerta falsa

—en consonancia con la clandestinidad en la que actuaban— a media docena de conspiradores, en la confianza de que sabrían devolver el ciento por uno a quienes les habían tratado con tanta deferencia.

Pese a que para la señora de Fortaleza el mundo cabía en el camafeo que pendía de su cuello, en cuyo interior guardaba el retrato de su marido y un mechón de pelo de su hijo, estuvo de acuerdo con la lista de doscientas personas que le presentó su esposo. Todas ellas fueron invitadas a la fiesta, para cuya celebración les sobraban motivos. Tres eran al menos los que habían sido impresos, en relieve y letra inglesa, en gruesos tarjetones de cantos dorados: el nacimiento de su último hijo, José Joaquín; el retorno del mayor, Gabriel, y el anuncio de la boda de su única hija, Ángela.

La idea de aquella *soirée* conjunta había sido de María que deseaba unir a la familia a la vista de todos. Pero el señor de Fortaleza tenía además otras intenciones. Una noche, con la voz reblandecida por el deseo —lo seguía sintiendo por su mujer— enhebró un rosario de palabras y, susurrándoselas, se las fue desgranando poco a poco. Aquella celebración sería el pretexto para que todos se dieran cuenta de por qué de pronto se había convertido en un hombre feliz. Quería que el mundo entero conociera a la persona capaz de obrar aquella suerte de milagros. Quería que admirasen su belleza y naturalmente las joyas, que podría lucir en los cabellos, en el escote, en los brazos, en los dedos, hasta cubrirse literalmente con esmeraldas y diamantes si le apetecía. Aunque no era momento de entrar en otras consideraciones alejadas del tacto de seda con el que había ido arrodillando las frases, ni siquiera en aquellos instantes olvidaba la larga ristra de cifras de abundantes ceros que el administrador tendría que anotar en el debe de sus libros de contabilidad. Pero si todo salía como él preveía, la fiesta hasta podría ayudarle a aumentar los beneficios recuperando con creces la inversión. Había sometido a la opinión de sus amigos si convenía invitar al Capitán General, como él deseaba sin manifestarlo, o era preferible no hacerlo. Algunos, como Belloch, consideraban que el hecho podía resultar contraproducente, enfrentándolos más aún con los que seguían defendiendo la anexión como un fin, Sagrera, por ejemplo, tan próximo a los hombres de la Junta Revolucionaria, con la que también a él le convenía estar a bien, que sin duda se tomarían la fiesta como una claudicación, otra más ante el gobierno español. Nadie pasaba por alto que el Capitán General era su representante directo, casi con poderes omnímodos de virrey. Pero ganaron los que creían, de acuerdo con su manera de proceder, un constante nadar entre dos aguas —a Aguas Claras incluso se le conocía por Aguas Turbias, algunos le llamaban abiertamente Aguas Sucias—, que era necesario que la primera autoridad se diese cuenta de cómo se comportaba la buena sociedad habanera in situ, que se hiciera cargo de su riqueza y de su cosmopolitismo. A pesar de que Rodríguez de la Conca ya había estado destinado en Cuba de joven, no se había relacionado demasiado con los poderosos criollos, excepto con Fortaleza, que le había acogido cuando llegó porque se lo habían recomendado unos amigos comunes. Ahora vería hasta qué punto los habaneros estaban abiertos a los vientos de la vida moderna, que no siempre llegaban de la metrópoli sino de mucho más allá. No era lo mismo que el Capitán General estuviera informado de todo mediante espías —los tenía y muy conocidos— o que el mismo Fortaleza le transmitiera, de parte de sus socios y siempre respetuosamente, claro está, un cierto malestar, el desasosiego de los patricios necesitados de un mayor espacio de libertad, en especial en el terreno económico, a que pudiera tocar con las manos y tomar directamente el pulso de la realidad social y política del mundo de la colonia. Que todo eso sucediera en casa de los Fortaleza, en casa de su amigo, aseguraba el éxito de la jugada. Por fin, los miembros del Club de La Habana, como se denominaban a sí mismos, aprobaron por mayoría la propuesta de invitar al excelentísimo señor. Fortaleza estaba exultante. La fiesta también le permitía demostrar ante sus socios hasta qué punto era necesario que contasen con él. De su papel de mediador entre los patricios y la primera autoridad, dependían muchas cosas positivas para todos. La presencia del Capitán General era a la vez un aval para su anfitrión. Fortaleza estaba a punto de obtener un título sin que eso significara, a su entender, que tuviera que dejar de oponerse a la metrópoli. Tampoco O'Farrail, Arozamena, Belloch y tantos otros habían considerado nunca que el hecho de conspirar contra el gobierno de Madrid, incluso contra la Reina, fuera un impedimento para solicitar coronas que acreditasen sus linajes con el injerto de un condado o un marquesado, que alargara con un «de» sus apellidos. Por eso, Fortaleza, con suma discreción, durante sus visitas a Capitanía, a menudo llamado por el excelentísimo señor, no sólo insistía en la necesidad del libre comercio y la bajada de los aranceles, sino que, de vez en cuando, dejaba caer por si acaso noticias de posibles expediciones armadas —en el fondo no hacía más que repetir lo que decían en el Louvre, en la Dominica o en el Liceo Artístico— y, al tiempo que le ofrecía participar en planes urbanísticos para que tuviera interés en aprobarlos rápidamente, le iba abonando las cantidades que el Capitán General, como su principal avalador, sugería para que *La Gaceta* pudiera publicar lo antes posible su nombramiento.

Los méritos del pretendiente eran muchos y el Capitán General los había ido desmenuzando en su informe con una convicción entusiasta, a la altura de la generosidad pecuniaria del futuro marqués. Según la primera autoridad, la concesión del título era tan segura e inminente que podría anunciarla en la fiesta a la que Fortaleza le había rogado que le hiciera el honor de acudir. Pero si por cualquier causa improbable se retrasaba, él no tenía inconveniente en levantar su copa y brindar igualmente por aquella merecidísima distinción, que daba por otorgada. Fortaleza estaba muy satisfecho, la idea del Capitán General le pareció excelente, era el mejor regalo que le podía hacer a María para celebrar los dos años de boda, que se cumplirían muy pronto. Si antes no le había dicho nada de su pretensión era para que fuese una sorpresa. Había empezado a barruntar la posibilidad de solicitar el título, como venganza, justo después de casarse, cuando ella le contó las humillaciones a las que habían sido sometidos en Mallorca los suyos. El marquesado acreditaría que descendían de personas limpias de sangre, pese a que sus antepasados hubieran sido quemados en la hoguera. Pero se daba cuenta de que ésa era una justificación traída por los pelos y aunque a menudo se había reído de los que compraban títulos como quien compra *carbón* —a veces con las ganancias que provenían del negocio—, prefería justificarse con la ilusión que le haría a su mujer ser marquesa de Fortaleza que admitir que sus ínfulas eran fruto de un ataque de vanidad senil. Una visión mercantilista de la existencia le permitía considerar, además, que con una corona en las tarjetas le habría de ser más fácil todavía extender sus testículos —lo decía entre sus amigos en lugar de tentáculos adrede— fuera de Cuba, donde tener por socio a un marqués, aunque fuera recién nacido, habría de tentar a muchos imbéciles.

Los preparativos de la fiesta, la primera con que se iniciaba la *rentrée* en la ciudad después del caluroso verano, fueron largos y costosos. María intentaba supervisarlo todo. Con la ayuda del administrador, distribuyó en partidas las cantidades que el señor de Fortaleza había asignado para gastos. Contrató a los mejores músicos para que tocaran durante toda la noche y pidió a Gabriel que localizara a la Duranti, a quien ella había recibido en su casa no hacía demasiado, que se encontraba de gira como solista por diversas ciudades de Cuba, mientras esperaba que llegara la compañía de ópera a La Habana, donde tenía que debutar. La señora de Fortaleza deseaba, como fin de fiesta, sorprender a los asistentes con algunas arias escogidas. Pero ese monto, aunque elevado, no subió tanto como el destinado al banquete, que se llevó la parte del león. En el ingenio de la Deleitosa fueron degollados cincuenta pollos, sacrificadas diez terneras, recolectados veinte kilos de las verduras más tiernas para acompañar las carnes y escogidos entre los más frescos más de veinte docenas de huevos. Las langostas vivas, las chernas de tres palmos y las tortugas, que todavía movían sus cabecitas, los trajo el pescadero de confianza. Del mercado de La Habana llegaron las otras provisiones que cuatro cocineros y un innumerable ejército de pinches iban almacenando en la despensa, antes de empezar el trabajo de condimentarlo todo para el que tres días no fueron suficientes. María, siempre dispuesta a echar una mano en la cocina, algo que, según su nuera Matilde, estaba muy mal visto, ya que lo único que no desdecía de una señora de su condición era dirigir la repostería, puso especial cuidado en que los hojaldres estuvieran en su punto; las frutas confitadas, embebidas del propio almíbar; los merengues, sin perder apariencia, se fundieran al primer bocado; las natas, bien montadas; las claras, a punto de nieve; los helados no empalagasen por lo dulces y la costra de los *cuartos embetumats* no se resquebrajase. Con aquella delicia azucarada casi a la piedra había sorprendido un día a su marido. Ahora pensaba ofrecerla a los invitados como un presente venido de su tierra donde era considerado un postre exquisito.

También las clarisas contribuyeron al banquete. Fueron las encargadas de la pasta hojaldrada, de unas tartaletas rellenas de confitura de guayaba, además de las yemas que, según los paladares más exquisitos, parecían hechas por manos verdaderamente angélicas, porque al probarlas instantáneamente se convertían en golosos los que no lo eran.

Las bebidas, vinos y destilados, provenían de las bodegas que controlaba Custodio, que pertenecían a la familia de su mujer, aunque él fuera el administrador. La casa De Santino, una de las principales importadoras de alimentos, había sido fundada por su suegro, cuyo padre, a pesar de su rancia nobleza, demostrada con ramas y más ramas en un árbol genealógico que mandó cortar a su medida, había empezado en una taberna miserable, despachando casi siempre alcohol en vez de ron, que era mucho más caro, sin que las gargantas de su clientela, devastadas por los ardores etílicos, acabaran por notarlo. Pero aquel detalle, como muchos otros por el estilo, solía ser pasado por alto por Matilde, tal vez porque, como también sucedía entre muchas otras familias de emigrantes, el primer dinero ganado no les había sido fácil de digerir y, a veces, dada su glotonería en tragarlo, les había provocado ulceraciones diversas. Pero el montón que acabaron por formar era tan alto que muy pronto les impidió siquiera vislumbrar la hondura de la miseria de donde procedían.

También la casa fue puesta a punto para la fiesta. Un sinnúmero de esclavas alquiladas para reforzar a las propias, que no hubieran podido con todo, empezó una limpieza general que duró quince días. Descolgaron cortinas, *portiers,* tapices y cuadros, blanquearon las paredes, limpiaron con sumo cuidado los vitrales coloreados, sacudieron las alfombras, fregaron las puertas con cera, y lustraron los metales hasta convertirlos en espejos. Una esclava se dedicó a soplar entre las páginas de los libros de la biblioteca para quitar cualquier mota de polvo, y las hojas de las marquesas y colocasias, maboas, yaguas, cintas y helechos del patio fueron frotadas una por una. Aquella cruzada a favor de la limpieza no perdonó ni almacenes ni cocheras, ni siquiera la fachada, una brigada colocó los andamios para poder lavarle la cara, que muy pronto quedó rozagante. María comprobó personalmente el estado de las vajillas y cristalerías, que guardaban en los armarios de la despensa, pero hasta dos días antes no mandó que las sacaran para abrillantarlas. Todos aquellos preparativos no eran en vano porque la convocatoria había sido un éxito. Todo el mundo, exceptuando a media docena de personas que estaban enfermas, más tres que se encontraban fuera de Cuba, contestó que asistiría con mucho gusto y se preparó también para la ocasión. Las modistas, sastres, sombrereros, zapateros, pasamaneros de La Habana no daban abasto con tantos encargos. Igualmente, otras personas conocidas, los Farrucos, O'Farrail, Jamuco o el conde de Casa Montalvo habían concentrado fiestas y bailes en aquellas mismas semanas, obligando a la concurrencia, que era exactamente la misma, a cuadriplicar o sextuplicar las galas que deberían estrenar, porque hubiera sido una falta de tacto imperdonable, sobre todo por parte de las señoras, presentarse con el vestido de ayer a la fiesta de mañana. Durante aquellas semanas en La Habana el mundo dejó de girar alrededor del sol y lo hizo alrededor de la moda. Hubo quien se encargó el frac en Tampa, donde un sastre, llegado de Inglaterra, tenía fama de cortar las solapas con una destreza nunca vista. No sólo las señoritas y señoras de Cuba se mostraban preocupadas por la elegancia. Eran muchos los señores interesados también en esa cuestión que, por lo efímera, era considerada un placer espiritual y de los más exquisitos. A pesar de que a Fortaleza eso no le interesaba demasiado, el sastre acudió tres veces a su casa. La primera para enseñarle las telas, la segunda para probarle el frac y la tercera para asegurarse de que aquel ir y venir no había sido en vano. En cuanto a las señoras, las modistas habían sido diversas y las pruebas no siempre se habían hecho en casa. María había preferido ir directamente al taller que la mulata Olivia Gutiérrez, hija de un sastre gallego y madre de color, tenía abierto cerca de las Teresas. Allí le cortaron y cosieron tres de los seis vestidos de fiesta que necesitaba. El moaré y la seda, además del tul bordado, fueron las telas escogidas porque en aquella temporada, tanto en los figurines de París como en *La moda elegante para la bella cubana,* no se recomendaban otras. Además, el moaré tenía una caída extraordinaria y permitía hechuras que la mulata Olivia consideraba que eran el súmmum de lo que con gracia llamaba *le chic parisien,* expresión que a María le recordaba la que a menudo usaba su pobre hermana, prestada de la modista francesa que trató de adiestrarla. La señora de Fortaleza se dejó aconsejar por Olivia, pero quiso que Ángela, recién llegada de Santiago, le diera el visto bueno. Desde que había vuelto a La Habana para preparar su boda, las relaciones entre las dos eran menos tirantes. Fuera porque tal vez a la señorita de Fortaleza el enamoramiento la había reconciliado con el mundo o quizá porque el cariño que había sentido por María, antes de que la traicionara casándose con su padre, volviera a imponerse o porque, simplemente, quería quedar bien con la familia de su prometido —también la fiesta se hacía en su honor—, ayudó a María a supervisar los últimos detalles para que todo funcionara a la perfección. Si había candelabros y flores blancas en todas partes fue porque Ángela insistió en la necesidad de que las fiestas se parecieran a las iglesias, que en las ocasiones solemnes estaban llenas de ramos y de luces.

Los primeros en llegar fueron los futuros suegros de la señorita de Fortaleza, acompañados por su hijo, quizá porque venían de Santiago y no sabían que en La Habana los que verdaderamente presumían de elegantes aparecían con un retraso proporcional a su consideración de tales e incluso algunos se veían obligados a entrar al final. A los padres de su prometido, que sólo tenían un buen pasar y pocas pretensiones, los salones llenos de luces y dorados, las vidrieras de colores, las molduras que enmarcaban puertas, ventanas y pórticos y, sobre todo, el enjambre de negros con libreas de gala les dejaron a punto de que cualquier mosquito pudiera meterse tranquilamente en sus bocas. Ni el coronel del ejército español en la reserva que decidió retirarse en el lugar de su primer destino, porque se había casado con una criolla, ni ésta habían puesto nunca los pies en un sitio semejante, y se maravillaban de que el padre de aquella señorita tan rica hubiera aceptado a su hijo como yerno. Cierto que su Pancho era listo y tenía buena pinta y que muchas señoras le hacían la rosca en atención más a su facha que a su bolsa. Por eso, en Santiago, donde le invitaban a muchas tertulias, las madres le miraban más como a una presa codiciada para sí mismas que para sus hijas casaderas, porque un leguleyo no era considerado un buen partido. Pero el amor —Cupido estaba presente en los tapices del salón por donde ahora pasaban— ya se sabe que puede llegar, más que la fe, a mover montañas. Ángela también lo creía y con ese argumento fundamental convenció a su padre. Tampoco era rica María y él la había elegido..., se había atrevido a insinuar, casi zalamera.

Por fortuna, los señores Gómez-Jordans, que pensaban que no conocerían a nadie, se encontraron con el doctor Ripoll, con quien hacía años habían hecho un viaje a Cádiz. Los recuerdos de una travesía compartida suelen dar mucho de sí. La conversación podría durar sin languidecer por lo menos el rato que Ángela, del brazo de su prometido, realmente muy guapo, necesitara para recibir a las personas que ella había pedido que invitaran. Dos de sus amigas, junto a sus padres, acababan de entrar en aquel momento. Todavía no había mucha gente y, desde el tercer salón, pudo ver cómo se desprendían de los chales que les cubrían los hombros y se los entregaban a un criado. Llevaban modelos muy parecidos al suyo, también blancos, y flores en los cabellos. Su hermano Gabriel les hacía los honores. En ausencia de Miguel, que se había ido a Tampa después de la pelea con su padre, Gabriel era un aliado necesario. Por eso Ángela se mostraba con él afectuosísima, intentando sin disimulos que fuera la pareja de alguna de aquellas amigas suyas, al menos por una noche.

La fiesta iba animándose, la gente subía la escalera en grupos y eran muchos los que sentían curiosidad de conocer por boca de Gabriel noticias de Europa. Por eso no le fue difícil abandonar la compañía de las muchachas sin hacerles un feo. Desde abajo llegaba el ruido de los carruajes, las volantas, los quitrines que iban parando delante del portal. Habían sido citados a las diez y faltaban unos minutos para las once. Una hora de retraso podía considerarse dentro de los límites de una mundanidad aceptable.

María, tratando de vencer su timidez —era la primera vez que abría las puertas a tanta gente— del brazo de su marido, recibió con una sonrisa agradable, ni demasiado amplia ni tan de compromiso que pareciera forzada, el término justo, como había visto hacer a las señoras de Nueva Orleans, a todos y cada uno de los invitados. Ofreció con naturalidad —cualquiera hubiera dicho que lo había hecho toda la vida— su mano pequeña —era una suerte— de dedos largos y uñas —ahora sí— cuidadísimas a los señores, que se la llevaban a los labios, inclinándose con una reverencia más larga o más corta, en correspondencia —llegó a establecerlo— al buen corte de su frac, enviado desde Tampa o cosido en La Habana, más o menos marcial, según el grado de vinculación al ejército, fuera el español o el yanqui, ya que a última hora, el señor Fortaleza había ampliado la lista de los invitados, dando cabida a personas que no eran de La Habana de *toda la vida,* aunque esa antigüedad no estuviera vinculada más que con sus riquezas, cuyo peso obraba el milagro de enraizarles generaciones atrás. A petición de María, fueron incluidos todos los miembros de la junta del Liceo Artístico y Literario con sus esposas, además de tres de las principales colaboradoras de *El pensil del bello sexo habanero*. Y, a instancias de Custodio, un grupo de amigos yanquis que estaban de paso.

Los militares, en cuyo pecho se concentraba quincalla de diversa procedencia, acostumbrados a dar un taconazo antes de saludar, intentaban mantener las piernas juntas y, sin hacer ruido, se inclinaban más que nadie. Ella sonreía a todos con benevolencia más o menos estricta según sus rangos, acogedora pero a la vez distante. La impasibilidad, el no dejarse sorprender por nada ni por nadie, era una actitud que su marido le había recomendado para aquel tipo de actos. Debía recibir con agrado, pero nunca con una efusión que pudiera dar a entender en público preferencias personales o determinadas simpatías. María lo cumplió con estricta observancia hasta que entró el Capitán General con su séquito. Pero no fue porque se le quitara un peso de encima —algunos habían apostado a que finalmente se escudaría en las ocupaciones de su cargo y desluciría con un desaire la fiesta de los Fortaleza— ni tampoco por la impresión de estar delante del hombre que tenía el poder supremo de perdonar vidas, como máximo representante de la metrópoli, sino porque iba acompañado de un joven comandante de Estado

Mayor, al que se había permitido traer consigo porque acababa de llegar de Mallorca, donde había nacido, lo mismo que ella, según tenía entendido, y pensaba que así los dos tendrían ocasión de hablar de su tierra. Fue en el momento en que el comandante mallorquín se inclinó y le tomó la mano para llevársela a los labios, cuando ella, sin saber por qué, enrojeció y no supo articular palabra. Por fortuna, ni el señor de Fortaleza, que conversaba con el Capitán General, ni éste se percataron, y el comandante estaba demasiado pendiente de unos tobillos, que acababa de ver justo al ras de una falda, que consideró esperanzadoramente corta, para notar nada. De manera mecánica, se puso a sus pies, agradeció aquella invitación que tanto le honraba, e hilvanó un par de frases corteses para poder aplazar —cuando la señora quisiera, él tendría el inmenso placer de visitarla para hablar de su tierra— la conversación sobre la isla de origen. María se lo agradeció muchísimo. Inmersa en aquel sarao, necesitaba enraizarse en el presente. El retorno al pasado, aunque fuera por unos momentos, la hubiera retrotraído a la sensación de tener que conformarse con escuchar la música y el rumor de la fiesta desde lejos, desde la habitación de los niños, si no había conseguido que se durmieran, o desde la zona destinada al servicio, y eso no se lo podía permitir. El señor de Fortaleza la necesitaba convertida en otra mujer, elegante y mundana, a su lado. Ofreció el brazo con desenvoltura al Capitán General y le condujo hasta el comedor. Sobre dos largas mesas con manteles de hilo bordados con flores, aparecían las viandas condimentadas: las langostas, sobre bandejas enormes, tenían un color rosado que se repetía exacto en los vestidos de algunas muchachas, las chernas sin espinas, recompuestas una vez decapitadas, conservaban los lomos grisáceos, rodeadas de ensaladas tiernas. Los *chaud-froid* de ternera y los pollos asados de cueros casi dorados todavía guardaban el calor del horno. Los jamones de Westfalia, los pasteles de hígado de oca, cocinados a la mallorquina con hinojo y pimienta, y otras refinadas crueldades, como la lengua con alcaparras y los sesos a la romana, se alineaban junto a las bandejas con guarniciones diversas, huevos hilados, gelatinas y salsas, además de los *vol-au-vents* rellenos de langostinos con bechamel y, por expreso deseo de Gabriel, había también —aunque un poco disimulada en un extremo— una gran fuente con rebanadas de pan con tomate y jamón, plato que en Cataluña se había acostumbrado a desayunar y le había hecho ilusión que apareciera también entre otras exquisiteces internacionales. A uno y otro lado del *buffet,* inmensas soperas de plata, trabajada por excelentes orfebres ingleses, adornaban y a su vez daban cabida a un delicadísimo consomé de tortuga que era la especialidad del cocinero.

A excepción de los invitados más ilustres o más ancianos, que estaban sentados a la mesa y fueron atendidos por los criados, los demás iban pasando para que los camareros, alineados detrás del *buffet,* les sirvieran los platos. Todos habían tenido que esperar la llegada de la primera autoridad para empezar a cenar y los que no bailaban o se sentían hambrientos por el ejercicio —las contradanzas y mazurcas estaban de última moda— se iban acercando hacia el comedor. La inauguración del *buffet* aminoró un tanto la inclinación que hasta entonces, en especial los jóvenes, habían demostrado por el baile, pero no dejó el salón vacío. Como la orquesta continuaba tocando sin mostrar desfallecimiento, unas treinta parejas seguían allí incansables, como si no hubiera mejor banquete que el de su abrazo. Parecía que no desearan otro manjar que el contacto tibio de sus cuerpos envueltos por la música, que ningún postre les podía resultar más dulce que el moverse enlazados al ritmo de la danza.

«Sólo tengo hambre de ti», murmuró con atrevimiento Pancho al oído de Ángela, cuando ésta insinuó que dejaran el baile para ir a cenar y hacer un poco de caso a sus futuros suegros, que —seguro— ya debían de estar aburridos de tanto ir y venir desde Cuba a Europa, acompañados por el doctor Ripoll. Del brazo de su prometido, la señorita de Fortaleza recorrió las salas que separaban la del baile del comedor, parándose varias veces para saludar a unos y otros. Eran muchas las señoras que al ver la facha de Pancho Gómez, le daban una sincera enhorabuena. Incluso alguna se permitió comentar que a un tipo así podría perdonársele ser pobre, y lo que era peor, ser hijo de un militar español. Suerte que la frase fue pronunciada en voz más bien baja y amortiguada por la corriente de las palabras que surgían de los diferentes grupos que charlaban con animación. Cerca de la señora de O'Farrail, que no por casualidad lucía un vestido blanco y azul y se recogía los cabellos con un pasador de brillantes en forma de estrella, el joven comandante de Estado Mayor hacía la corte a la señorita a la que pertenecían los tobillos que tanto le habían impresionado media hora antes. Si lo hubiera oído, a pesar de que consideraba un error tomar en cuenta las opiniones femeninas, no le hubiera quedado más remedio que replicar y la cuestión hubiera podido tener consecuencias desagradables para todos.

La fiesta estaba en su punto más dulce. Los vinos, la champaña, el jerez y el ron habían surtido efecto sobre la concurrencia, que a menudo necesitaba del espíritu del alcohol para poder manifestarse con un natural más atrevido, especialmente las señoritas. Pero algunas se comportaban con la misma frialdad que siempre. Bárbara Santurce seguía mortificando al conde de Tejos Altos con su displicencia. La marquesa de Pazos Dulces se limitaba a los monosílabos mientras sentada en una butaca era abanicada por su paje, un negrito de doce años vestido con librea celeste, del que nunca se separaba. Todos sabían que dormía a sus pies. Un poco más allá, Matilde, la mujer de Custodio, como persona de la casa, hacía los honores a un grupo de señoras, entre las que se encontraba la esposa del cónsul de Francia, que con gran desparpajo contaba lo que le había sucedido con el nuncio en la Embajada de España en Washington, desde donde su marido había sido destinado a La Habana. «Eminencia —le había dicho para tratar de ser amable—, tal vez se sentirá incómodo entre tantos escotes...». «Oh, señora, no lo crea. ¡En absoluto!... Viví un par de años entre salvajes. Estoy acostumbrado...»

Cerca de la galería los más acalorados, el general Simpson y su séquito conversaban con el notario Medina Sotogrande —que de vez en cuando no podía evitar llevarse el pañuelo perfumado a la nariz—, con Antonio Sancho, eminente jurista, y con Ramón Pintador. Juntos pasaban revista a los acontecimientos políticos, generados por la guerra entre Estados Unidos y México.

Más frívolas eran las conversaciones de unos jóvenes que, sin perder de vista la concurrencia femenina a la que dedicaban sonrisas y suspiros, despellejaban a cuantos se acercaban. Aunque ese grupo en el fondo era de una gran candidez comparado con otro, que, un par de metros más allá, no había dejado de prodigar verdulerías a diestro y siniestro y que recibió con gran alboroto a Gabriel de Fortaleza cuando se acercó a saludarles.

—¿Qué tramáis? —les preguntó riéndose.

—Una novena —le contestó el heredero de los Santovernia, que era un bala perdida.

—No —le corrigió el banquero Martín—, un trisagio.

—A Gabriel se lo podéis contar, que es de confianza —dijo Pancho Samoa—. Hablábamos de una señora, es un decir, que acaba de pasar del brazo de Chico Cuadras y que a la vez es la amante de la mujer del conde de Oquendo...

—Jesús, María y José. ¡Qué escándalo! —exageró Santovernia pretextando un rechazo que estaba lejos de sentir, porque en materia de sexo todo le parecía admisible.

—Yo no me lo creo —aseguró con cinismo Martín—, o habrá cambiado mucho en poco tiempo. Os puedo asegurar que el mes pasado le gustaban con barba... —y se acarició la suya.

—Si ha caído en tus brazos, Luis —insinuó Gabriel—, no es extraño que se haya acostumbrado a ir contra natura.

Y le dio dos palmadas en el hombro para demostrarle que no lo decía seriamente.

—Debería retarte a duelo —le amenazó Martín mirándole con aire feroz—, pero... me da pereza —y soltó una carcajada.

—Haces bien —dijo Santovernia—. La pereza es la más excelsa de las virtudes.

Y les volvió la espalda para ir al encuentro de su tía que le había hecho señas desde el otro lado del salón.

Los jóvenes habían aprovechado la pausa que les permitía la separación de sexos después de la cena para reunirse. Su excusa era el tabaco y por eso se encaminaban hacia el fumador. A pesar de que Cuba era una de las grandes productoras de cigarros y que las señoras hubieran debido ser más permisivas con ese producto nacional, estaba mal visto fumar delante de ellas y más aún masticar hojas. Marco Antonio Drake comentaba que el año pasado en una fiesta semejante, Partagás sacó un cigarro delante de su madre y antes de dar la primera calada le preguntó si le molestaba el humo y ella le contestó que no lo sabía, porque nunca nadie se había atrevido a fumar en su presencia.

En aquel salón lujoso lleno de muebles caros y adornado para la fiesta con numerosos ramos de flores e innumerables velas, que los esclavos iban sustituyendo en cuanto menguaban, la telaraña de las conversaciones se tejía y destejía sin parar, a medida que iban encontrándose, saludándose o despidiéndose los conocidos. Las frases, a menudo inacabadas o interrumpidas, se abrían y cerraban como abanicos que buscasen la brisa, acompañados de gestos de inteligencia, expresiones de complicidad o sonrisas llenas de mañana. Mientras la fiesta avanzaba, el humo de las palabras se desvanecía cada vez más deprisa. Incluso las pronunciadas con fuego habían llegado ya a ser cenizas. El revoltijo de hablas diversas de tono marcadamente dulce en las voces criollas que la música no conseguía amortiguar, se habían vuelto intercambiables y podían salir de cualquier garganta.

—Estás guapísima, *china,* te lo aseguro.

—Querida, Alfredo Gamboa te está mirando y suspira.

—Unos versos que demuestran una sensibilidad extraordinaria, señora de Fortaleza.

—No, marquesa, no es posible que sea su hija, parecen hermanas.

También las que versaban sobre chismes, dinero, política o, incluso, aquel «Patria es libertad», pronunciado de un modo tan indiscreto por un conspirador muy conocido en el fondo del fumador, eran menos consistentes que el serrín o que los hilos sobrantes de un hilván.

Algunas muchachas después de la cena se refugiaron en una alcoba donde, con la excusa de retocarse el peinado, refrescarse un poco o empolvarse de nuevo las mejillas, se hacían confidencias sobre la fiesta. Hablaban con deliciosos sobrentendidos de novios y pretendientes o posibles novios o pretendientes posibles, y se referían al sarao con una sincera falta de verdad. Las que no habían bailado, humilladas, no querían dar a conocer su fracaso y las que no habían dejado de hacerlo en toda la noche tampoco sus éxitos, no fuera que la envidia o los celos dieran al traste con su triunfo.

En la galería que se abría hacia el lado del mar, unos oficiales españoles comentaban la frialdad con que habían sido tratados por algunos de los invitados, frialdad que, por otro lado, contrastaba con la buena acogida dispensada por los anfitriones y por la mayoría de las señoritas a las que se habían dirigido, con las que habían conseguido bailar y hasta entablar amistad... Incluso alguno señalaba que, entre el rumor de las conversaciones, le había parecido notar alusiones poco agradables hacia su presencia, que, por descontado, pondría en conocimiento del jefe de policía, por si éste quería abrir las diligencias oportunas.

En el comedor los mayores todavía seguían sentados a la mesa. El Capitán General conversaba con la señora de la casa y de vez en cuando picoteaba algún dulce —los *cuartos embetumats* le habían parecido una delicia celestial de la octava rueda y así se lo había manifestado a María, que aceptó agradecida el cumplido sin entenderlo—. Estaba claro que la esposa de Fortaleza había simpatizado con la primera autoridad y que, tal y como le había pedido su marido, había sabido entretenerle y halagarle con gracia, intentando que la conversación fuera del gusto de su huésped. Dos días antes, a pesar del cansancio de los preparativos de la fiesta, se había dedicado a leer una *Historia de Filipinas,* porque estaba segura de que el Capitán General, que no en vano había vivido allí como Gobernador Militar, le hablaría de aquellas tierras y podría demostrarle que no era una ignorante *parvenue,* una especie de mosquita muerta aprovechada, como a buen seguro le habrían informado las malas lenguas. María quería dejar claro que el tacto, la discreción y hasta la elegancia que el señor de Fortaleza le había pedido que ejercitara, no se avendrían mal con el título que la corte pudiera otorgar a su marido.

El dueño de la casa, que había compartido mesa con el alcalde de La Habana, el inspector de Hacienda y el general Simpson, que estaba de paso por Cuba en visita particular, se levantó de pronto para saludar al flamante marqués de Benfoullat, título que le había costado un dineral. Según decían quienes presumían saberlo de buena tinta, la compra había sido gravada por un plus, por haber solicitado una denominación demasiado afrancesada, que no gustó en absoluto al duque de las Navas, un acérrimo antigabacho que mangoneaba esos asuntos, por delegación de la Reina castiza. Benfoullat era el nombre del bergantín que había proporcionado a Palou mayores ingresos en sus buenos tiempos de trata y le tenía cariño.

Pedro Palou había removido influencias de todo tipo con tal de que le otorgasen aquel privilegio del que creía ser merecedor. No en vano se consideraba un benefactor de la patria ya que con su dinero se había acabado de construir la nueva cárcel, el edificio de La Habana que mejor casaba con su carácter autoritario y despótico. Algunos malévolos insinuaban que no era extraño que Pedro Palou gastase tanto dinero en semejante fortaleza. Su intuición debía de haberle advertido de que tarde o temprano acabaría entre sus muros y, por eso, como casa propia la sufragaba. Benfoullat, como buen recién llegado a la aristocracia, había mandado estampar en seguida su corona de marqués en vajillas, cristalerías, cuberterías y en las portezuelas de los carruajes. Del mismo modo aparecía bordada donde quiera que fuese, incluso en sus calzones blancos sobre los pliegues de la bragueta, cosa que él mismo justificaba entre risas por si aquella nobleza nueva pudiera ser también adjudicada a sus partes pudendas. Había quien sospechaba que en su delirio acabaría por marcar la frente de los esclavos con la huella coronada. Palou, que antes hubiera puesto cualquier excusa para no asistir a la fiesta de los Fortaleza porque no le gustaban los saraos, compareció solo a media noche pasándose de elegante, con una única pretensión: ser presentado a la marquesa de Pazos Dulces como el marqués de Benfoullat. Hacía muchos años había sido capataz en un ingenio de su padre y guardaba un recuerdo rubio y lleno de cintas de aquella niña de porcelana que no levantaba dos palmos del suelo, pero que ya sabía con sus caprichos dominar el mundo. Hacía sólo un momento se había inclinado ante la marquesa con una sonrisa cínica y ella había tenido que hacer el milagro de ser más que amable, afectuosa. Aquella misma mañana su administrador había pedido a Palou un préstamo, cuyos intereses todavía no habían quedado fijados y dependían de su voluntad. La fortuna del catalán, conseguida gracias a su habilidad para dejar dinero a los que más lo habían menester y cobrarlo en especies cuando no podían devolvérselo, era en aquellos momentos de las más sólidas de Cuba y su extraordinaria perspicacia le había llevado —según le había referido su hijo Gabriel al señor de Fortaleza— a comprar en Barcelona terrenos cerca del puerto con la intención de edificar. La alianza con Palou podía ser buena para invertir también en Europa, porque si una cosa le había quedado clara al señor de Fortaleza, sobre todo después del último censo, era la absoluta necesidad de diversificar su fortuna y sacar parte de su dinero de la isla. Cuando don José Joaquín les preguntó al grupo de patricios que estaban reunidos en la biblioteca y hablaban animadamente si conocían al marqués de Benfoullat, ya había quedado de acuerdo con él para hablar de posibles asociaciones... Todos sabían quién era Palou, pero ninguno le había saludado todavía como marqués y le palmearon y abrazaron con más o menos entusiasmo, según el grado de rechazo o admiración que aquel hombre les producía. Fue O'Farrail el que le recibió con más agrado y continuó la conversación interrumpida con Arozamena y otro invitado, al que el anfitrión ni recordaba y tuvieron que presentárselo. Se llamaba Saint-Simon y había llegado a Cuba en el séquito del general Simpson, a cuyo servicio estaba como secretario. Procedía de Puerto Príncipe y aquella noche había repetido por lo menos treinta veces los mismos horrores. Era su tarjeta de presentación.

—Mi familia poseía un ingenio en Santo Domingo, un ingenio importante con ciento cincuenta negros, siempre bien tratados, según las leyes para esclavos aprobadas en Francia, pero eso no importó. Se levantaron cuando la revuelta y mataron a todos los blancos que había en casa: a mi padre, a mis cinco hermanos, al administrador, al capataz, al médico... Antes les obligaron a comerse los excrementos de la negrada. Después, atados de pies y manos, les pusieron sobre un banco de carpintero, donde les aserraron brazos y piernas y, a hachazos, les rompieron el espinazo. Sus cabezas fueron colgadas de los árboles y sus miembros esparcidos para que los devoraran las alimañas. Me salvé gracias a que mi madre, enferma de fiebres puerperales, se quedó en la ciudad y quiso retenerme a su lado. Yo acababa de nacer.

—Diga lo que diga el padre Claret del demonio... —opinó Arozamena—, son mucho más que bestias salvajes. No se merecen otra cosa que *cuero* y grilletes —y dio un puñetazo sobre la mesa.

En el otro extremo de la biblioteca, donde empezaba el fumadero, Gabriel de Fortaleza rodeado por un par de amigos les daba noticias de su estancia en Europa. La conversación subida de tono estaba llena de sobrentendidos.

—Acostumbrado a los abundantes rizos tropicales —les decía—, ¡oh, manigua caliente y húmeda!, ¡cómo te he añorado!, lo más extraño fue toparme con su absoluta ausencia... En París pude constatar hasta qué punto algunas mujeres practican esa excentricidad...

—Debía de ser una vieja —interrumpió Pedro Somá, riéndose como un loco—. En París, chicos, las putas nunca se retiran.

—¡De ningún modo! Eran jovencísimas y además *demi-mondaines* de categoría, estilo Gautier. Ah, claro, tal vez no habéis oído hablar de *La dama de las camelias,* un drama que triunfa en Europa... Pinté una desnuda... Os la puedo enseñar.

—¡Ahora mismo! —dijeron todos a coro—. A qué esperas...

—Mañana, mañana —concedió Gabriel, divertido por la expectación causada.

Custodio, con su aire suficiente, se acercó al grupo.

—¿Sabéis que el Capitán General se ha marchado? Un ayudante le ha traído un correo urgente que le ha sacado de sus casillas... Por si acaso, brindaremos con *champagne*. ¿No os parece?

E hizo señas a un criado que llevaba una bandeja llena de copas.

XXII

Desde la noche de la fiesta, la noticia sobre una conspiración se fue extendiendo por la ciudad y nadie hablaba de otra cosa. Sin embargo no había confirmación oficial de los hechos y tampoco los periódicos publicaban ninguna noticia. Se limitaban a insinuar, entre líneas, vagas referencias que apuntaban a diversos blancos. La Habana hervía de rumores y sus habitantes los hacían correr exagerándolos e incluso inventándolos, según sus propios intereses, en una u otra dirección. Muchos aseguraban conocer detalles de primera mano y presumían de saber dónde descargaría finalmente la tormenta. Para algunos, las consecuencias podían llegar a ser catastróficas, ya que las fuertes lluvias iban casi siempre acompañadas de turbulencias. Ningún edificio de la ciudad —desde Capitanía hasta la catedral, desde el palacio de Montalbo al de Chacón, pasando por el de Santovernia y Jaruco— sería bastante seguro para resistir la fuerza de los embates. Otros menos alarmistas se lo tomaban como una borrasca sin importancia, a las que aquellos confines tropicales les tenían bastante acostumbrados. Tal vez, después de tanto ruido, ni siquiera llegaría a caer o descargaría en medio del mar, lejos de la costa, sin causar molestias a nadie.

El anuncio de un desembarco filibustero, uno de tantos, abortado probablemente antes de llevarse a cabo, era, para los que mantenían que la incidencia de todo acabaría por ser mínima, la causa de tanto alboroto. Otros hablaban de acontecimientos más funestos y daban referencias precisas de una conspiración de esclavos cerca de Cienfuegos, que, de no sofocarse con energía, podría tener consecuencias verdaderamente infaustas. Había quienes sólo se quedaban descansados cuando añadían el número de muertos, al menos siete personas blancas y muy decentes. Aunque, para no alarmar a la concurrencia más de lo necesario, sobre todo si había señoras, solían triplicar en seguida la suma de los presos, unos cincuenta, y, para resarcirse de tanto negro insurrecto, ofrecían el consuelo tranquilizador de una docena de ajusticiados de color.

Tanto si se trataba de una expedición filibustera como de una revuelta, ambos sucesos eran lo suficientemente graves como para tener que ser comunicados con la máxima urgencia a la primera autoridad de la isla, estuviera donde estuviera. No se podía esperar a que su excelencia volviese a palacio. De él dependía cualquier decisión ya que todo poder, civil o militar, se supeditaba a su persona.

Incluso si la tormenta se había desencadenado en Madrid y las salpicaduras del chaparrón llegaban hasta La Habana, también era necesario que él lo supiera de inmediato. Quizás fueran noticias políticas, fruto de las peleas de la camarilla de la Reina o anuncio de pronunciamientos, nada nuevo, nada que afectara a la colonia, pero sí al cargo de Gobernador y Capitán General, y, por eso, en la corte esperaban una pronta respuesta, necesitaban saber hacia dónde se inclinaban las fidelidades de Rodríguez de la Conca. El asunto podía ser comprometido. No era raro que se hubiera mostrado tan preocupado.

En otras conversaciones, en cambio, se rechazaba que el aviso tuviera nada que ver con el orden, la seguridad, la soberanía de la colonia o la política de la metrópoli. Opinaban que afectaba sólo a la persona del Capitán General, a sus asuntos íntimos. ¿No le gustaban mucho las señoras? ¿No decían que las cantantes eran sus predilectas? Ergo, ¿no era más fácil pensar que su excelencia podía haber sido convocado a una cita amorosa? Y si no era una dama lo que le había obligado a retirarse antes de lo previsto, podía haber sido un gallo... ¡Un gallo no era ninguna broma! Durante su primera estancia en Cuba cuando era brigadier, se aficionó tanto a las peleas de gallos que se ganó un capitalito apostando en el juego... Quién sabe si todo aquello no era un asunto de gallos... ¿O no eran los gallos entretenimientos liberadores de las penas y trabajos de la vida, sobre todo tratándose de las penas y trabajos de la primera autoridad?, preguntaba Onofre Samá a la concurrencia, ante un tapete verde donde se apostaba fuerte, tal vez porque a él únicamente una noticia relacionada con el juego podía conmoverle. En el Café del Louvre, que algunos parroquianos preferían a la Dominica porque la garrapiña y la zamburia eran de mejor calidad, consideraban que ni mujeres ni gallos eran motivo suficiente, que el misterioso billete no se refería al ocio sino al negocio, quién sabe si no se trataba de la amenaza de descubrir que su excelencia mantenía actividades, no del todo legales, por cierto, pero sí muy rentables, con diversos socios.

Los rumores eran muchos y de distinto cariz, pero casi todos coincidían en que la cara de mala gaita y la prisa en marcharse casi sin despedirse —quienes lo habían visto lo habían difundido por todas partes— inducían a pensar que, públicas o privadas, las noticias que había recibido Rodríguez de la Conca eran absolutamente desagradables. Además, el hecho de que se las hubieran comunicado en casa de los Fortaleza podía interpretarse como un augurio nefasto para esa familia. Por otro lado, aquel aviso había evitado que el Capitán General tomara el chocolate, que de madrugada, antes de que actuara la Duranti, fue ofrecido a los invitados y que, según se había podido saber, les había provocado unos formidables dolores de tripas acompañados de unas asquerosas deposiciones, de un pésimo color. La pobre mujer de Custodio aún estaba en cama, cerúlea y tan afectada que su aire funerario se había acentuado todavía más.

La huida precipitada de su excelencia había evitado también que algunas de aquellas cucarachas —cuya presencia entre la macedonia de frutas, incomprensiblemente, no había sido advertida por el personal de la cocina— fueran a parar a su copa. Entre los invitados que la tomaron, prefiriendo su refrescante sabor al del chocolate, por lo menos media docena de señoritas, dos de ellas amigas de Ángela y tres señoras —la marquesa de Pazos Dulces, Victoria de Palacios y Urrutia y Mercedes Rencurell—, después de apresar entre sus dientes el caparazón y comprobar que no se podía confundir con alguna pepita o un hueso casual, no tuvieron más remedio que escupirlo, muertas de asco, entre aspavientos y casi desmayos. Por mucho que la anfitriona se deshiciera en disculpas y ordenara retirar inmediatamente las copas, antes incluso de que los criados acabaran de servirlas, el incidente menguó en mucho el éxito culinario de la fiesta.

Ambos contratiempos, a pesar de dar pábulo a las habladurías, sobre todo en las tertulias de señoras, que habían encontrado materia suficiente para seguir despreciando a María, no afectaron demasiado al señor de Fortaleza, obsesionado en averiguar qué había pasado para que su excelencia abandonara su casa sin despedirse y hasta qué punto él sufriría las consecuencias de todo aquello. Sin embargo, por el momento no había conseguido saber nada más que lo que todos sabían. Sus amigos del Club de La Habana, con los que se había reunido con urgencia, intentaron calmarlo sin éxito. Le aseguraron que se responsabilizarían de lo que pudiera sucederle, quizás porque estaban seguros de que no habría de pasarle nada. Consideraban que el hecho de que el Capitán General se hubiera ido de improviso no implicaba más que una descortesía. Aguas Claras insistía en que Rodríguez de la Conca era un perfecto maleducado, pero eso, aunque a su entender, era grave, en nada afectaba a su anfitrión. Lo que sus socios ignoraban era que el Capitán General había incumplido su palabra de brindar con champaña por su marquesado después de los postres. Fortaleza, que había mantenido en secreto su aspiración nobiliaria y no deseaba darla a conocer ahora que tal vez se había quedado en nada, se sentía traicionado. Pero ¿qué había podido hacer él para caer en desgracia? Si había manejado el puñal moviendo únicamente el suntuoso mango y evitando mostrar la hoja, mientras las piedras preciosas habían ido cayendo una por una sobre el pecho del Capitán General, sin causarle ni un rasguño. Si incluso en algún momento pensó que tal vez exageraba con tanta delicadeza, claro que, mientras las dádivas aumentaban a la corona le nacían puntas, el título tomaba forma y, sobre todo, la estrategia del grupo se desarrollaba a la perfección. Se había convertido en el mediador más eficaz que nunca hubieran podido encontrar, le dijo Delmonte. En el Club todos ponderaban sus buenos oficios. El excelentísimo señor aceptaba con una mano las dádivas e inmediatamente abría la otra a las necesidades del grupo. Si las cosas continuaban así, pronto podrían cambiar de estrategia. Ya no sería necesario simular ningún desembarco de armas. Todo hacía pensar, además, que la misión de Betancourt en Madrid había dado frutos magníficos. La propia Inglaterra se había atemorizado ante la posibilidad de la anexión de Cuba a los Estados Unidos, que rompería para siempre su hegemonía en el Caribe y, según decían los agentes de Belloch, los barcos de Su Graciosa Majestad estaban a punto de recibir la orden de abandonar las costas de África. Eso significaba que dejarían de perseguir las importaciones de esclavos, al tiempo que en los parlamentos mermaría la retórica abolicionista, que tanto daño les hacía. En el Club de La Habana los sacarócratas estaban exultantes. Sólo les faltaba poder vender también en los mercados ingleses. Las buenas noticias habían hecho que se olvidasen de la necesidad de *blanquear*. La constatación terrorífica ofrecida por

el censo ya no sería tan preocupante si la metrópoli se comprometía en firme a mantener a los negros sujetos. Era una pena que Sagrera y Aldana,
incluso el joven Fortaleza, no siempre de acuerdo
con su padre, se obsesionaran todavía pensando
que el futuro pasaba por los Estados Unidos. Lástima que el Capitán General se hubiera enfadado,
aunque, en cualquier caso, la rabieta de su excelencia no les afectaría. Fortaleza era una pieza importante pero ni mucho menos la clave. Por encima
de él estaban Delmonte y Aguas Claras, que podrían sustituirlo inmediatamente si lo consideraban
necesario. Con todo, el desaire del Capitán General no les parecía tan grave, Fortaleza exageraba.
Lo mejor que podía hacer —le dijeron— era ir a
Capitanía a ver a su amigo y averiguar cuál era el
motivo de su salida precipitada. Puede que, sin que
él tuviera ninguna culpa, algo o alguien hubiera
disgustado al excelentísimo señor y que, incluso,
para quedar bien ante el séquito que le acompañaba, no hubiera tenido más remedio que demostrarlo. Algunas señoras, luciendo los colores blanco y
azul de la bandera nueva, quizás habían llevado su
cubanidad un punto demasiado lejos, aunque aquello formara parte de la estrategia en la que todos
estaban de acuerdo. Ahora, sin embargo, Fortaleza
se arrepentía. Sobre todo si finalmente se quedaba
sin marquesado por culpa de la estupidez de una
combinación de colores equivocada... Pero no, no

podía ser, había pagado por anticipado el título que le había costado carísimo y *La Gaceta*, a estas alturas, probablemente ya lo habría publicado. No, no quería adelantar acontecimientos. ¡De ninguna manera! Debía, en primer lugar, averiguar qué había sucedido y nada mejor que preguntarlo directamente en Capitanía.

El secretario de su excelencia se limitó a decirle, frío y circunspecto, que el Capitán General despachaba con sus ayudantes y que no tenía autorización para molestarlo. Si lo que quería era solicitar una audiencia estaba en su derecho. Y le dio unas hojas donde debía concretar qué le hacía suponer que su excelencia estuviera dispuesto a desperdiciar en atenderle unos instantes de su valioso tiempo. Del momento en que el Capitán General tuviera a bien recibirle ya sería informado, pero, «dado el alud de trabajo que como primera autoridad de la colonia se le venía encima, dada la trascendencia de sus decisiones, la importancia de los asuntos que debía resolver, etcétera, etcétera, todo inducía a suponer que no sería en breve...». Pese a que el señor de Fortaleza acabó por hacer valer ante el impertinente oficial español —que se permitía leerle la cartilla con una insolencia a la que no estaba nada acostumbrado— todos sus merecimientos, tuvo que marcharse como había venido, echando pestes. De aquella visita no sacó más que un berrinche descomunal, que acabó por pagar con lágrimas María, harta de que su marido la interrogara —aquélla era la séptima vez— sobre lo que había podido captar del papel que el mensajero de Capitanía había entregado al excelentísimo señor en su presencia. Ella volvió a asegurarle que había apartado educadamente la vista, que, para no ser tenida por entrometida, había desviado los ojos. ¿No le había insistido él en que se comportara como una señora? Por eso, precisamente, no quiso mirar ni siquiera el papel, que hubiera podido leer —ahora se arrepentía después del disgusto que había ocasionado a su marido—, porque el Capitán General había mantenido abierto el pliego delante de sus narices un buen rato mientras buscaba las gafas en uno de los bolsillos de su uniforme de gala.

—Las marquesas, querida —acabó por decirle—, son menos inocentes. Disimulan, como es natural, pero intentan averiguar y saber cuanto les conviene. Si en el futuro tienes oportunidad de ayudarme, espero que sepas aprovecharla, que utilices la cabeza...

La amonestación le llegó al alma. Era la primera vez que le hablaba de aquella manera, con rencoroso desafecto. Aunque a menudo les gritaba a los demás o incluso les insultaba, no imaginaba que ella hubiera podido ir a parar dentro del mismo saco; por lo menos, no tan pronto..., y pese a que le demostró su arrepentimiento por haber obrado con discreción, como creía que debía hacerse, el señor de Fortaleza no se conmovió ni aminoró su enojo.

María, encerrada en el cuarto del niño, se pasaba las horas pensativa, repasando todo lo que había sucedido desde el momento en que el emisario había entregado al Capitán General el dichoso billete, por si podía encontrar alguna referencia con que mitigar el disgusto de su marido. De que el asunto era grave se había dado cuenta en seguida viendo cómo Rodríguez de la Conca se levantaba de pronto sin dar ninguna explicación. Ella le preguntó entonces abiertamente qué sucedía, si las noticias eran el aviso de alguna desgracia. Pero él no le contestó y, besándole maquinalmente la mano, furioso, con una mirada de acero —adónde había ido a parar aquel aire amable y todos sus halagos: «Una fiesta magnífica», «me han hablado muy bien de sus versos», «cuánto envidio a su esposo»—, todo él como de papel de lija, se fue farfullando que el deber le obligaba a marcharse y que le despidiera de su marido.

A María la fiesta le dejó el corazón encogido y la conciencia turbia. Tuvo que enfrentarse con los esclavos de la cocina y, en especial, con el cocinero, al que responsabilizó del desastroso chocolate y de la dejadez por no haberse fijado en las cucarachas de la ensalada de frutas. Les amenazó con una doble ración de *cuero* por irresponsables, mientras se sorprendía viéndose a sí misma a punto de consumar un castigo que tan reprobable le había parecido siempre que Ángela, acostumbrada a escarmentar a los esclavos, no había tenido reparos en mandarlos azotar. Sin embargo, al mismo tiempo tuvo que admitir que su manera de gobernar la casa, mucho menos despótica que la de su hijastra, tampoco daba buenos resultados. Lo que había sucedido era prueba suficiente. La propia Ángela, desde su regreso, no dejaba de criticar la relajación de los esclavos domésticos, que se pasaban más tiempo dormitando en sus esteras que trabajando.

La señorita de Fortaleza era consciente de hasta qué punto una palabra amable o un gesto afectuoso hubieran ayudado a María en aquellos momentos, pero no estaba dispuesta a tratarla más que con la educada y fría circunspección que había decidido usar cuando no tuviera más remedio que convivir con ella, tal y como se había propuesto el día en que supo que se casaba con su padre. Aunque, por otra parte, tuviera que reconocer que quizás, gracias a la mala conciencia de éste, había conseguido una dote espléndida que le permitía llevar la misma vida regalada que hasta entonces, disfrutando de los bienes que pasarían a ser de su propiedad el día que firmara las capitulaciones matrimoniales. La boda de María la había beneficiado, así que, a lo mejor, tendría que estarle incluso agradecida, pero, a esos pensamientos, se sobreponía un sentimiento confuso, una mezcla de celos y de traición que la seguía mortificando y la alejaba de su madrastra que, por mucho que lo intentó, no pudo recobrar el afecto de los días que compartieron en la Deleitosa. La actitud de Ángela era un ingrediente más del magma de menosprecio que, de improviso, todos se habían puesto de acuerdo en hacerle probar. Tal vez, como le había dado a entender su marido, aquel mundo de ricos le viniera grande y hasta los esclavos le tomasen el pelo. Pero todo eso pertenecía a la jurisdicción doméstica y le preocupaba menos que los reproches de su esposo sobre su *exceso* de discreción. Ahora, sin atreverse a confiar a nadie sus penas, se arrepentía de no tener director espiritual. Después de que el padre Petrus acabara por prohibirle la boda con el señor de Fortaleza, no quiso buscarse ningún otro y le parecía inútil ir a pedir consejo a cualquiera de los sacerdotes con los que se confesaba, puesto que, sin apenas conocerla, no podrían hacerse cargo de su congoja. No le quedó otro remedio que tratar de serenarse, recapacitar sobre cuanto había sucedido y buscar una estrategia de cara al futuro, para defender a su hijo si las cosas venían mal dadas, y también para defender los derechos que, como señora de Fortaleza, había conquistado, pero siempre acababa por hacerse reproches, preguntándose cómo tendría que haber actuado para no provocar la ira de su marido. A veces llegaba a pensar que, aunque efectivamente no había querido leer lo que decía el billete, hubiera debido inventárselo ante la obstinación de Fortaleza. O incluso escudarse tras alguna justificación plausible: una caligrafía enrevesada, que no permitía entenderlo, estaba escrito en una lengua que no conocía, o el Capitán General lo había ocultado sin que pudiera llegar a ver nada, pero había sido incapaz de mentir. Lo único que había podido verificar, eso sí, es que el pliego venía en un sobre lacrado y doblado en cuatro; también que debía de ser breve porque Rodríguez de la Conca tardó sólo unos segundos en leerlo y en seguida se quitó las gafas. Ella consideraba, aunque no pudiera demostrarlo, que no se trataba de nada privado y mucho menos de una misiva amorosa, sino de un asunto de gobierno o de Estado. Y, naturalmente, procedía de la Península.

La opinión de María fue contrastada con la de Antonio Oliver, que acababa de ser presentado a Rodríguez de la Conca, y éste, amabilísimo, había hecho que se sentara a su lado, justo cuando el emisario le interrumpió. El amigo del señor de Fortaleza tuvo que admitir que, a pesar de la momentánea situación privilegiada de estar junto al Capitán General y de que él no tenía escrúpulos, como la señora de Fortaleza, sin gafas no veía ni poco ni mucho y sólo las llevaba cuando le resultaban imprescindibles porque le daban mucho calor. Según Oliver, que aseguraba compensar la falta de vista con un olfato de primera, el billete perfumado sólo podía provenir de una dama. Los comunicados del gobierno de Madrid no despedían tal fragancia, estaba seguro, advertía con una cierta rechifla para quitarle hierro a la situación. Don Antonio contradecía al administrador del señor de Fortaleza, para quien el escrito no era el anuncio de un desembarco filibustero, sino de la llegada de *sacos de carbón*. La primera autoridad de la colonia debía oponerse a la trata con todos los medios a su alcance, al menos aparentemente. Pero el aviso, según la perspicacia de zorro de Mateo Febrer, no tenía por objetivo que Rodríguez de la Conca mandara una partida a la playa donde tenían que ser desembarcados, como había hecho con frecuencia su antecesor para interceptar la mercancía y prender a los traficantes, sino conocer el número exacto de *ébanos* llegados y exigir el tanto por ciento que los importadores le habían prometido. Una cosa era que el Capitán General fuera un probado liberal, defensor del pueblo soberano y de la monarquía parlamentaria, y otra, muy diferente, que no supiera cuáles eran sus derechos en materia económica y que no pretendiera hacerlos respetar. Las ganancias de los que habían contribuido a la expedición habían sido considerables. La trata, a pesar de los riesgos, seguía siendo el mejor negocio. Quizás el señor de Fortaleza hacía mal en no volver a invertir en él. Era cierto que esas importaciones no contribuían a *blanquear,* pero hasta que no llegaran blancos dispuestos a trabajar como negros, nada mejoraría. Sus brazos seguían siendo necesarios... En opinión de Febrer, que las había visto de todos los colores y sabía sobre lo divino y lo humano un punto más que el Diablo, el billete era la confirmación de la llegada de una carga. Su excelencia tenía, como era natural, espías a su servicio que no sólo velaban por la integridad de la patria sino también por la de su capital. Y hacía bien. ¿Por qué no había de disfrutar él de un derecho que le correspondía por tradición? El que Palenzuela, su incorruptible antecesor, se negara a cobrarlo no era suficiente para considerarlo abolido. ¿O es que era tonto el Capitán General? No, no tenía ni un pelo.

El administrador de Fortaleza solía hablar interrogándose a sí mismo, una costumbre anexionada a su oficio, que comportaba un reguero de inevitables preguntas de sus señores. Don José Joaquín acabó por pensar que tenía razón cuando supo que, en efecto, la noche de la fiesta, en la playa de Cabañas, el *Virgen de la Esperanza* había descargado casi ciento veinte *sacos*.

—Quizás, señor —apuntaba con un ademán humilde, ladeando un poco el cuello—, su excelencia piensa que usted todavía tiene que ver con los armadores y que no le avisó de la llegada. ¡Si no es así, que me aspen si lo entiendo! Cuando le reciba, no pierda la ocasión de decirle que hemos dejado el negocio —sugirió Febrer. Y se llevó una ristra de insultos porque el señor consideró que le tomaba por tonto.

—¡Claro, mentecato, que se lo diré! No sea usted necio, no me venga ahora con éstas, cerebro de mosquito, cráneo privilegiado, inútil, cacaseno... Es usted un burro, Febrer. ¡Si no me dan audiencia, lo tengo difícil!

—Pues, ¿por qué no le escribe? —insinuó con la mayor docilidad que supo fingir—. Mejor aún, que le escriba la señora, ella que sabe tanto...

Quizá en esto el vapuleado administrador tuviera razón y fuera conveniente que María le escribiera, pero para pedírselo tendría que hablarle y hacía dos días que procuraba no verla. Coincidían a la hora de comer, pero él volvía a dormir solo. Había decidido castigarla, castigándose a sí mismo. Las noches sin compañía se le hacían largas y, sobre todo, como le sucedía antes de casarse, le resultaban arduas. Perseguido por un insomnio plagado de monstruos, tenía la impresión de acostarse con la muerte. La luna del ropero de su habitación le devolvía implacable la imagen de un viejo de ojos hundidos y pestañas apolilladas. Poco a poco, en la penumbra de la alcoba, su propio rostro, surgido del espejo, se multiplicaba por los rincones y, cada vez más hostil, se le enfrentaba. Si cerraba los ojos era peor, porque entonces veía la propia calavera, tocada con una grotesca corona de marqués sobre la punta de la caperuza de un sambenito. To-davía no le había confesado a ninguno de sus hijos que también él, finalmente, había caído en la ten-tación de solicitar un título, como todos los demás hacendados. Ni siquiera lo sabía su administrador. Había sacado directamente el dinero para pagar los costes sin apuntarlo en ningún libro de cuentas y por eso no podía reconocer ante ellos que lo que, de verdad, le preocupaba no era que el Capitán General se hubiera ido de repente, sino que hubiera incumplido su promesa y, sobre todo, que no le hubiera dado una explicación. Intentaba calmarse repitiéndose que a pesar de todo no podía hacer otra cosa que esperar, esperar noticias. El desem-barco filibustero, con el que ni él ni sus socios del Club de La Habana tenían nada que ver, no había sido confirmado. La revuelta de esclavos sí, pero por suerte había estallado lejos de la Deleitosa. A pesar de todo, pensó que no estaría de más mandar a Ga-briel en ayuda del capataz, antes de ir él, pasados unos días, en cuanto se aclarara el asunto con el Capitán General.

Gabriel aceptó de buen grado la propuesta de su padre. Le gustaba el ingenio y en sus alrededo-res había mulatas a porrillo para resarcirse de sus ayunos europeos. Pero, antes de irse, tuvo tiempo de oír algunos rumores, enviados desde el *cielo,* se-gún decía, un *cielo* bastante particular, ya que es-taba poblado casi en exclusiva por ángeles oscuros.

Sus tonalidades iban del ébano al café con leche, criaturas deliciosas que vivían en *Le ciel,* el burdel de madame Clemence, una yanqui afrancesada que procedía de Nueva Orleans y presumía de tener una clientela de muchos galones. Algunos pechos llenos de quincalla, acompañantes de su excelencia en la fiesta de los Fortaleza, habían acabado la noche entre las sábanas de hilo bordadas, en consonancia con la exquisitez del lugar y los delicados ofrecimientos carnales de la casa. El billete que había motivado la precipitada huida del Capitán General, según lo que madame Clemence había oído, tenía que ver con Simpson, que también había buscado cobijo en su casa aquella noche. Buena prueba de ello era que le había costado mucho calmar a un oficial español que estuvo a punto de sacar la pistola al ver entrar al general norteamericano. Menos mal que la partida que detuvo a Simpson lo hizo en el recibidor y no en la cama de Jessica, la muchachita de Alabama que acababa de recomendarle. En opinión de madame Clemence, tan experta en el conocimiento de cuerpos y almas, que el Capitán General no tolerara permanecer ni un minuto más bajo el mismo techo que Simpson era muy natural y, además, se había marchado de casa de los Fortaleza para ordenar su apresamiento en el acto... Gracias podía dar de que no hubiera mandado detenerle en la fiesta, con el consiguiente escándalo.

XXIII

Cuando el señor de Fortaleza le pidió a María que escribiera al Capitán General, ella le contestó que ya lo había hecho. Tenía la carta a punto por si a él le parecía oportuno que el excelentísimo señor recibiera sus excusas por escrito, le dijo mientras iba a buscar el cuaderno donde la había copiado en limpio. El señor de Fortaleza alabó su previsión. El tono de su voz ya no era huraño como las últimas veces que le había hablado a solas y su rictus se había distendido, dos señales de que el deshielo de su ira había comenzado y que, con un poco de suerte, todo podía volver a ser como antes. La carta breve, y sin florituras innecesarias, disculpadoramente amable pero nada servil, fue del gusto de don José Joaquín, sobre todo porque más que solicitar una audiencia trataba de invitar a Rodríguez de la Conca a continuar, en Capitanía o en casa de los Fortaleza, la conversación desgraciadamente interrumpida la noche de la fiesta. Por eso, sonriente, exhibiendo su dentadura con orgullo —otra agradable señal para María—, dio el visto bueno para que fuera enviada de inmediato. Nunca llegó a saber que el Capitán General la había recibido ya dos días antes. María se la había remitido sin consultarle ni esperar su consentimiento.

A esa decisión habían seguido otras que su marido tomó como hechos casuales, sin percatarse del valor que tenían para María que, en las horas bajas, cansada de pasear sus melancolías entre las páginas de los libros que le había dejado Vilabona, convertido en su proveedor —*Silvio Pellico* y *La extranjera* la entristecían aún más— y de buscar rimas para unos poemas desesperados, llenos de flores mustias, gorriones temblorosos y corazones ateridos, hizo el esfuerzo de no dejarse acobardar por los acontecimientos, sino, por el contrario, intentando doblegarlos en la medida de lo posible, según sus intereses, sacar de ellos el mejor provecho.

Con la excusa de hablar de su tierra —durante aquellos días pensaba mucho en Mallorca—, envió una tarjeta al joven oficial mallorquín que había conocido la noche de la fiesta. Le invitaba a tomar el té un miércoles, que era el día en que el señor de Fortaleza jugaba al tresillo en La Alianza y Ángela tenía tertulia en casa de las Colomar. Prefería estar a solas para así poder conducir la conversación hacia donde más le conviniera, porque lo que realmente deseaba no era saber nuevas de Mallorca —de vez en cuando las recibía de sus hermanos y sobrinos a los que a menudo mandaba regalos—, sino averiguar qué sucedía en Capitanía, y qué rumores, entre todos los que corrían, eran fiables y hasta qué punto involucraban a su marido.

Recibió al comandante de Estado Mayor en el gabinete de las visitas de confianza para dar a la entrevista un tono más íntimo que pudiera abocar sin esfuerzo a las confidencias, pero mandó que lo llenaran de flores. Encargó a su doncella, Rosario de la Virgen —más eficiente y bien plantada que Felicitas, aunque menos simpática—, que comprara todos los jazmines y violetas que encontrara en La Habana. Quería perfumar el ambiente para que el joven oficial, durante el rato que durara la entrevista, pudiera oler una fragancia tan deliciosa que le permitiera olvidar el rancio hedor del tasajo que a buen seguro, como recién llegado, debía de llevar prendido del olfato. Mandó que sacaran el servicio de plata inglesa y que pusieran un mantel bordado de punto mallorquín porque sabía hasta qué grado un detalle de posible añoranza compartida une a las personas —había dedicado al tema un soneto del que estaba bastante satisfecha y pensaba publicarlo en el próximo número de *El pensil*—. Se acicaló con esmero. Trató de resaltar la elegancia por encima del atractivo, no fuera que el comandante —quizás tuvieran los mismos años— se tomara aquella invitación por lo que no era y entonces toda su estrategia resultara inútil. Más bien, se decía, me conviene recordarle a su madre, como mucho a una hermana, una hermana reencontrada con quien poder acortar lejanías.

Por eso también acentuó el tono familiar todo cuanto pudo y después de intercambiar los saludos de rigor y de repasar los tópicos más socorridos sobre las nuevas costumbres, el calor —María incluso se atrevió con la tontería de que las gallinas del Caribe ponían los huevos fritos, una ocurrencia que hizo soltar varias carcajadas al comandante— o las bellezas de la isla, en especial de las criollas —puntualizó él en seguida, mejorando lo presente, añadió galante—, le pidió que se sentara a su lado, casi rozándole cuando movía el abanico, y le preguntó por sus padres, que debía de echar de menos. No tenía el gusto de conocerles, pero había oído hablar de ellos porque en Ciutat eran gente notoria y se extendió aun en alabanzas genealógicas. No pudo percibir, porque acababa de inclinarse para tocar la campanilla y avisar que le trajeran el té, la mirada acerada del militar cuyos ojos se le clavaban como signos de interrogación. ¿Adónde quería ir a parar la señora de Fortaleza con todos aquellos prolegómenos tan halagadores?, se preguntaba, a los que no podía en absoluto corresponder porque los orígenes de María en Mallorca eran considerados infamantes. No hacía demasiado, justo antes de que él se embarcara rumbo a Cuba, una turba había vuelto a asaltar la Argentería gritando «¡Fuera judíos que mataron a Cristo!». No se lo dijo para no ofenderla. Además, allí ella pasaba no por ser María Forteza, sino la señora de Fortaleza. Finalmente, tal vez porque le pareció del todo incorrecto no devolver aquellos cumplidos, le aseguró que para él el árbol genealógico no valía tanto como lo que cada uno pudiera llegar a conseguir por sus propios méritos.

—En todo caso, señora —ahora la miraba descaradamente, con una cierta arrogancia—, a mí me gustaría que todo el mundo me considerara sólo por mi contribución a la defensa de la patria.

Para servirla donde más falta hacía, había pedido que le enviaran a colonias. Una vida apacible le parecía un desperdicio. Deseaba el riesgo para medir hasta qué punto era capaz de demostrar su valor, pero odiaba a los militares que se levantaban contra el gobierno. No soportaba el clima de conspiración que se vivía en los cuarteles. María de Fortaleza no tuvo necesidad de cambiar de conversación, ni siquiera de reconducirla porque el comandante se refirió de manera directa, sin medias palabras ni disimulos de ningún tipo, a la situación que había provocado tantos rumores y que él consideraba, en efecto, muy peligrosa. Por eso, porque por La Habana pululaban un montón de indeseables que pretendían cortar los lazos con España, le habían hecho el encargo —él no ocultaba la satisfacción que le producía— de reclutar un cuerpo de voluntarios que habría de velar para que los vínculos con la metrópoli se reforzaran, a la vez que su armada presencia en las calles disuadiría a los revoltosos de acometer cualquier desmán. A su entender, era fundamental evitar el doble juego, al que tanta afición mostraba la juventud habanera, un doble juego, añadió, que a él le pareció percibir precisamente en sus salones.

—En sus salones, señora —insistió—, la noche de la fiesta, a pesar de la magnificencia de la celebración, de la muy loable generosidad de los anfitriones y de la cantidad de espléndidas señoritas, pura delicia a los ojos, aunque algunas vistieran de blanco y azul, colores que detesto ver juntos...

María de Fortaleza enrojeció. Vestía de blanco y llevaba un brazalete de oro engastado de turquesas y pendientes a juego... Estuvo a punto de aventurar una excusa, porque se había puesto el aderezo casualmente, pero no lo hizo. Sabía que no era a ella a quien se refería, sino a la Santovernia, a la Jaruco y a la O'Farrail, que habían combinado en sus atuendos, con toda intención, los colores de la bandera secesionista.

—Yo, señora —seguía el oficial en un tono distendido pero firme, acompañando sus palabras con gestos decididos, ¡con qué precisión debían de manejar el sable aquellas manos!—, considero que en la época en que nos ha tocado vivir sólo los poetas tienen derecho a llamar al pan pan y al vino de cualquier otro modo. Por eso soy partidario de evitar las ambigüedades y, naturalmente, estoy totalmente a favor de la orden del Capitán General de expulsar a Simpson.

Ahora sí que María se deshizo en excusas. Nadie en casa de los Fortaleza podía sospechar que Simpson estuviera implicado en ningún complot, porque de ser así no se le hubiera invitado. El señor de Fortaleza no era un mal español, todo lo contrario. Además, pretendía un título, cosa que sería inconsecuente si Fortaleza no se considerara un súbdito leal. María tartamudeaba, quizás había hablado demasiado. La cuestión del título era secreta y ella acababa de revelarla. Le rogó que no lo comentara. Se le había escapado hablándole en confianza y le insistía en que fuera discreto. Él se lo prometió: nunca había desvelado nada que le hubiera confiado una señora. Y como venía a cuento, le informó de que la Reina acababa de denegar la petición de un marquesado a un tal Valentí Forteza, probablemente pariente suyo, puntualizó, sin darle importancia. A pesar de las cuantiosas ayudas recibidas en momentos difíciles y por las que la soberana le estaba muy agradecida, no había podido lograr que ésta se lo concediera porque las presiones en contra de los nobles isleños habían sido demasiado fuertes.

María de Fortaleza escuchaba con atención al comandante que acababa de darle la noticia de una manera imparcial, cosa de agradecer. Acostumbrada como estaba a que todos los mallorquines que no pertenecían a su casta añadieran juicios peyorativos, no se acordaba de que ella ya no era quien había sido, una pobre muchacha de la *calle,* sino la mujer de una de las personas más ricas de La Habana y, en consecuencia, digna de todos los miramientos posibles. A pesar de ello, a pesar de que ya no se llamaba María Forteza sino María de Fortaleza, la injusticia cometida con su pariente —como la había llamado el oficial, aunque no tuviera nada que ver con ella: los Valentí eran de *oreja alta* y su familia no— la exaltó:

—Le seré franca, usted sabe mejor que yo, porque tiene estudios, que muchas de las grandes familias de Castilla descienden de judíos conversos. Tienen orígenes tan infamantes como el mío. El título que solicita mi marido aporta la correspondiente información de limpieza —precisó, sonriendo—, y será para los descendientes de su primer matrimonio.

El comandante estaba incómodo. María también. Y sobre todo le molestaba haber permitido que la conversación fuera a parar a semejante callejón, del que quería salir inmediatamente y volvió a la noche de la fiesta. En el fondo, había sido una suerte que el Capitán General, igual que su séquito, se hubiera ido antes de que se sirviera el chocolate del resopón, que tan mal había sentado a algunas personas.

—¿Quién sabe si me acusaría usted de haber querido envenenarle? —le dijo con coquetería.

El oficial sonrió:

—Si me permite, ya que me han dicho que escribe poesías, le contestaré con unos versos: «Veneno que usted me diera / veneno bebiera yo».

María se quedó desconcertada. No conocía los versos y, además, ¿adónde quería ir a parar? Volvió a excusarse por la falta de tacto al invitar a Simpson, una responsabilidad de la que se sentía culpable como señora de la casa, aunque Simpson no estaba en la lista, fue añadido después, a última hora, porque alguien se lo pidió al señor de Fortaleza. Le dijeron que el general estaba de paso y que era una persona de mundo, elegante, interesada en conocer a la buena sociedad habanera. Hubieran tenido que informarse mejor, estaba claro..., aunque era difícil sospechar una bajeza como aquélla de una persona tan *charmante*. Las apariencias engañan..., dijo María, y el comandante asintió. Ella sólo sabía de Simpson que tenía parientes en Santiago. Si Simpson era un conspirador, comprendía el disgusto del Capitán General. Entendía, además, que se hubiera marchado rápidamente y furioso al recibir el billete en que se le notificaba... Dejó la frase abierta esperando la opinión del oficial. Pero éste no dijo nada y ella volvió a ponerse colorada y se le cayó el abanico. Mentía muy mal. No le gustaba tener que hacerlo, pero le parecía la única opción para tratar de atar algún cabo con el que poder, finalmente, llegar a una posible conclusión. Ofreció más té y se sirvió. Notaba la garganta seca.

—Yo misma, en mi nombre y en el de mi marido, he pedido excusas por escrito. Espero que sean aceptadas por su excelencia.

También lo esperaba el comandante que acabó por recomendar a la señora de Fortaleza que su familia contribuyera a los gastos del cuerpo de voluntarios, como habían hecho ya diversos potentados, propietarios y negociantes principales de la ciudad, para no ser menos que los tenderos de Barcelona, de quienes había surgido la idea.

María de Fortaleza, al despedir a su compatriota, le aseguró que podía contar con una cuantiosa ayuda, cuyo monto exacto le sería precisado en cuanto el señor de Fortaleza hablara con el administrador, porque seguro que consideraría un honor contribuir a los costos del batallón que le tenía a él por comandante.

—Ha sido un verdadero placer, señora —murmuró, halagado, el oficial—. Como el café de Cuba no he probado otro. Muchas gracias.

María de Fortaleza no replicó. ¿Debía de tener el paladar entumecido? ¿O tal vez la memoria? ¿Debía de ser un despistado de marca mayor? Ella le agradeció a su vez la visita y le invitó a volver la semana próxima para almorzar y hablar con su marido y con sus hijos del batallón para que también éstos contribuyeran a su avituallamiento.

Aquella misma tarde María de Fortaleza mandó que engancharan el quitrín para ir a casa de Custodio con la excusa de interesarse por la salud de su nuera, como había hecho otras veces después de la fiesta. Encontró a Matilde desolada, en una cama fúnebre, cuya cabecera adornada con guirnaldas de marquetería tenía aspecto de lápida. La alcoba, desde que Matilde la habitaba día y noche, había aumentado paradójicamente su categoría cenotáfica y se mantenía siempre cerrada y a oscuras por deseo de la enferma que, con la cabeza cubierta por una cofia de puntillas para que no se le enredara el pelo y con un rosario en las manos, cerúlea e inmóvil, parecía estar de alma ausente. El chocolate le había gastado una mala jugada y el insoportable dolor de estómago de las primeras horas se había complicado con unas bascas mortales, que la tenían postrada. Sin embargo, una primera falta le hizo pensar al médico que lo que sucedía dentro de su vientre revolucionado tendría consecuencias más largas y perdurables que un empacho. Dolorida pero más resignada con el diagnóstico, la beata se había rodeado de relicarios y cuadros de santos de su devoción. Algunos, con aspecto de mártires, acababan de ser trasladados desde el desván porque Custodio se negaba a entrar en la habitación de su mujer para cumplir de vez en cuando con el débito del santo matrimonio mientras aquel espectáculo lamentable permaneciera colgado de la pared. Ahora, con un embarazo más que previsible la dejaría tranquila hasta después de la cuarentena. Eso implicaba que Matilde pudiera rodearse de las figuras que más le apetecieran para implorar su protección divina, como ya había hecho las otras veces en cuanto supo que Dios le había concedido la gracia de seguir siendo prolífica.

A María le costaba admitir que Matilde, tan púdica y sensata, sintiera predilección por las tétricas pinturas de penitentes, hombres y mujeres que exhibían sus cuerpos medio desnudos, sangrantes por las mortificaciones de flagelos y cilicios, y menos podía entender que tales compañías sirvieran para aliviar sus males. Pero como aquella tarde no deseaba otra cosa que ir a ver a Custodio, alabó a su nuera el gusto en materia de santoral y le prometió que volvería pronto para empezar juntas una novena, algo que supuso sería de su agrado.

Por fortuna, aunque ya habían dado las siete hacía un rato, Custodio estaba en casa. Sentado tras la mesa de su despacho, un gabinete no demasiado grande, decorado seguramente por Matilde con reproducciones de mapas antiguos y muebles oscuros de una solemnidad estremecedora, se había entretenido más de la cuenta en repasar unas partidas. Estaba a punto de irse a la tertulia del

Louvre, a la que asistía todas las tardes, y consideraba que aquél era el único entretenimiento de su vida de trabajador por cuenta ajena, decía, refiriéndose a que el capital era de su suegro a pesar de que fuera él quien lo manejara a placer e hiciera y deshiciera a su antojo. María se excusó por la intromisión. Era la primera vez que traspasaba sola los dominios de Custodio y se le plantaba delante. Para no tener tiempo de arrepentirse de su osadía, le preguntó sin disimulos de ninguna clase por qué se había atrevido a comprometer a su padre pidiendo que invitara a Simpson si sabía que era un conspirador, un filibustero, y se lo quedó mirando a la cara, con los ojos fijos, casi hipnótica pero nada fascinada por la imagen de su hijastro cuya nariz le pareció aún más larga y afilada, la calva, casi total, más innoble, el bigote, un horrible pedazo de carbón. Custodio se mostró sorprendido, pero no tardó en contestar. Lo hizo con calma, pausadamente, como si escupiera las palabras con un cierto regusto. Había sido su hermano Miguel el que le había pedido que atendiera a Simpson porque era cuñado de su futuro suegro, casado en segundas nupcias con una tía de la guapa señorita Arabella, su actual prometida —y subrayó las últimas palabras—. Él se había avenido porque el general norteamericano era una persona distinguida, de trato exquisito, como ella también había podido comprobar la noche de la fiesta. ¿No había hablado bastante rato con él después de que el Capitán General se marchara de manera tan poco caballerosa? María le interrumpió:

—¿Y cómo no iba a marcharse si acababan de notificarle que Simpson, que para más afrenta le había sido presentado, era un filibustero? Nos pusiste en una situación muy comprometida invitando al general, eres un irresponsable, Custodio, siento tener que decírtelo.

—Te equivocas —protestó Custodio—. Si traje a Simpson fue para que se familiarizara con la buena sociedad habanera. Incluso para ayudar a mi padre. ¿No quiere invertir en negocios nuevos? Simpson es un hombre rico. Puede ser un buen socio. La familia de Matilde también le conoce y tiene de él un concepto excelente. No es la primera vez que ha visitado Cuba, tiene intereses aquí.

—Si fuera como dices no le hubieran expulsado. ¡Simpson es un agente de la Junta Revolucionaria, comisionado para buscar dinero para la causa!

—Veo que tú también te crees todo lo que corre por ahí. ¿No te ha llegado que lo que quería vender eran armas? También lo dicen. Pero es mentira, estoy seguro. Si le han expulsado, tendrán sarao porque Washington pedirá explicaciones a Madrid y ya veremos cómo acaba todo. Lo que te puedo asegurar es que Simpson no venía a vender ni a pedir, sino a invertir, pero no en el ingenio ruinoso de una parienta de su mujer, sino en la construcción de viviendas, de casas, de pisos, un negocio que nunca podrá fracasar dada la expansión de la ciudad ahora que las murallas están a punto de ser derribadas. Un negocio tan redondo —insistía Custodio— que también ha tentado al Capitán General, que ya no se conforma con un tanto por ciento sobre los *sacos* importados, ni con los regalos por el agradecimiento de haber hecho variar el paso de la vía férrea, a los que, por cierto, hemos contribuido generosamente los Fortaleza, sino que ambiciona ser el único y exclusivo explotador de los barrios nuevos.

—El Capitán General —interrumpió María, perpleja— tiene prohibido por ley involucrarse en negocios. Lo que dices no puede ser cierto... No me lo puedo creer.

—¡Pues es así, como dos y dos son cuatro! —replicó Custodio con energía—. Utiliza testaferros, hombres de paja. ¿No lo sabías? Veo que ignoras muchas de las cosas de la administración que nos disfrutamos. Claro está que tiene prohibido hacer otra cosa que no sea ejercer sus funciones de Capitán General, unas funciones que aquí, en Cuba, tienen unas prerrogativas ilimitadas para nuestra desgracia, estimada señora. ¿O no ha oído usted hablar de leyes especiales?

Custodio acabó la frase marcando la distancia que el tuteo anterior había diluido. A menudo alternaba con la madrastra el usted y el tú, según los momentos o el grado de desafecto que le producía empleaba un tratamiento u otro.

—Todo eso son infundios, calumnias divulgadas por los antipatriotas.

—¿Y qué es la patria? ¿Quiere usted decírmelo? Un saco donde todo cabe. Depende de lo que convenga meter en cada momento.

—No tengo yo ese concepto. Para mí es otra cosa.

—Sí, lo escribió en unos versos: Esposo, tus brazos son mi patria...

María enrojeció. Nunca hubiera imaginado que Custodio pudiera haberse fijado en su poema y citara, aunque con variaciones, unos versos de memoria. Inconscientemente se sintió halagada.

—Tendrás que perdonarme, he de irme. Me esperan desde hace rato en el Louvre. ¿Has visto a Matilde? Prepárate para ser abuela otra vez —le dijo con malignidad—, o mejor dicho, abuela consorte.

Le hablaba de pie desde detrás de la mesa, porque el único gesto cortés que había hecho al verla entrar había sido levantarse pero ni siquiera se había sentado a su lado. Ahora, sin prestarle atención, recogía los papeles desperdigados y ordenándolos iba metiéndolos en un cartapacio. De pronto, un ruido de carreras y gritos le precipitó hacia el balcón. No había conseguido aún descorrer las cortinas cuando sonaron los primeros disparos.

XXIV

Una serie de tumultos que se iniciaron la misma tarde en que María fue a ver a Custodio acabaron, finalmente, por conmocionar La Habana con la evidencia de los hechos. Cuatro días después, el Capitán General aprovechó la circunstancia para declarar el estado de excepción en toda la isla. Con la excusa de que bandas de incontrolados podían poner en peligro tanto el orden como la propiedad privada, requirió con urgencia la ayuda pecuniaria de los principales hacendados. La evidencia de la inseguridad, mucho más que la retórica propagandística utilizada por el comandante de Estado Mayor encargado de organizar el cuerpo de voluntarios, logró que todos se rascaran el bolsillo con celeridad contante y sonante. Un batallón armado con bayonetas y uniformado a toda prisa por el gremio de sastres tenía orden de disparar sobre cualquier sospechoso. La mala puntería de casi todos —muchos eran legos en armas— les llevaba a preferir los lugares llenos de gente porque tenían la ventaja de permitir que el gasto de munición no fuera en vano. Si los heridos y los muertos eran o no culpables, se consideraba una cuestión más bien irrelevante que en aquellos momentos carecía de trascendencia. Cualquier protesta hubiera sido por lo tanto inútil. Fuera de la calle —o mejor dicho, de algunas zonas de la calle— la autoridad lo controlaba todo todavía. Su excelencia consideraba que los desórdenes públicos guardaban explícita relación con las ideas privadas, cuando no procedían directamente de ellas y por eso censuró todas las publicaciones, cerró la Universidad y el colegio de San Carlos y mandó una circular —si es que se podía llamar así, ya que no tenía categoría de bando, no empezaba con los característicos «Ordeno y mando», como el que había hecho estampar por las paredes, pero era igualmente conminatorio— a todas las instituciones, desde el Obispado hasta la última sociedad recreativa. En aquel escrito, en el que muchos adivinaban bajo la letra de imprenta la transparencia caligráfica de su secretario, un experto en la redacción de proclamas, discursos y arengas, repletos de lugares comunes y ruidos de sables, su excelencia se dirigía especialmente «a los legítimos hijos de España, nacidos a uno y otro lado del mar, para que expresaran en voz alta sus sentimientos de fidelidad a la patria. En los momentos actuales —seguía—, en que agentes extranjeros pretenden encender la tea de la secesión, con el alevoso fin de anexionarse con engaños la Siempre Fidelísima Perla, me veo en la obligación de advertir que a todos incumbe, para evitar posibles contagios, aislar a los infectados, poniendo sus casos en conocimiento de las autoridades que habrán de procurar el mejor remedio».

A pesar de la ambigüedad del remedio y de las metáforas médico-epidemiológicas, no era difícil imaginar a qué tipo de enfermedades o de medicina se referían ambas palabras. Aunque en tiempos de Palenzuela, su antecesor en el cargo, no se había dado garrote vil a nadie por motivos políticos, su excelencia consideraba que el prestigio de un capitán general en colonias era directamente proporcional a la justicia que fuera capaz de impartir y las sentencias de muerte dimanaban como atributos de tal justicia. Era necesario, no obstante, acertar en la elección de las víctimas, para que fueran del agrado de la mayoría y en especial para que no incomodaran a Madrid, que siempre se podía descolgar con un indulto de última hora y así mermarle la autoridad. Por eso debía sopesar con muchísima atención los méritos de los posibles candidatos al cadalso antes de mandar que les incoaran proceso. De momento, se había contentado con ordenar efectuar registros. Si de los registros se derivaban detenciones, sería por decisión del jefe de policía, persona cumplidora y de un entusiasmo patriótico que sobrepasaba los mil duros de soborno, cosa que, en comparación con otros colegas, le hacía prácticamente incorruptible. Morell consideró que si los voluntarios se encargaban del orden en la calle, él, para no ser menos que aquellos valientes que no huían de la lucha aunque fuera cuerpo a cuerpo, tenía que emprender una campaña dedicada a acabar con las ideas subversivas de manera directa. Sobre un plano de La Habana marcó con una cruz los lugares más sospechosos. Todos tenían en común el olor a tinta fresca y dio la orden de efectuar una serie de visitas a redacciones e imprentas. Consideró que la de Casadevall debía ser registrada de inmediato y le hizo el honor de ir personalmente, con la intención de comprobar si, entre los folletos propagandísticos sobre tenderos y comercios, se imprimían otros antipatrióticos. Su olfato le decía que bajo las resmas que exaltaban la excelencia de las legumbres de los comestibles «El catalán», el moscatel de Sitges o las indianas acabadas de llegar de Barcelona que se expendían en «La filosofía», «siempre a su servicio», u ocultas detrás de las octavillas ya cortadas con el anuncio de la extraordinaria calidad del varillaje de los corsés exclusivos de «A las ninfas de La Habana», encontraría lo que verdaderamente buscaba: un repulsivo desplegable que reproducía la anatomía de una señorita revestida, eso sí, de abundantes formas opulentas, a la que llamaban República. Poseído a la vez por un doble celo moral-patriótico y sintiéndose asistido por la fuerza divina de la Virgen del Pilar —no en vano su padre había combatido heroicamente contra el francés—, no perdonó rincón ni escondrijo. Pero como ni él ni sus hombres encontraron nada que pudiera pasar por revolucionario, para no volver de vacío se llevaron a Vilabona, el único empleado de Casadevall que estaba en aquellos momentos en la imprenta, y que muy valiente, se les había enfrentado al ver el desastre de las pérdidas ocasionadas por el atropello, puesto que sin miramiento alguno los policías habían echado a perder la mayoría de las octavillas a punto de ser distribuidas y, lo que era peor, les habían dejado sin papel para imprimir pues incluso se permitieron divertirse reventando las balas de repuesto almacenadas.

—¿Me pueden decir qué sacarán de todo esto?

Y como no le contestaron, él mismo respondió:

—Hacer adeptos a favor de la independencia.

Pero en cuanto le encerraron en los sótanos del castillo del Morro, el valor se le acabó. Allí, al ver el *cuero* que en seguida le mostraron, suplicó que le dejaran libre, por el amor de Dios, que avisaran a Gabriel de Fortaleza y a su señora madre para que le sirvieran de aval y le sacaran de allí.

A excepción de Casadevall, la detención de Vilabona no preocupó a nadie, era una más en la rutina de situaciones como aquélla. En cambio, la de Plácido Urbano, muy conocido, trajo cola. Por mandato directo del Capitán General que acababa de leer en el periódico *Mañana*, órgano de la Junta Revolucionaria en Nueva York, un soneto que hablaba de una tierra deseosa de libertad, firmado con las iniciales P.U., Morell fue a buscar a Urbano a la redacción de *El Faro Industrial*, revista que dirigía, para llevárselo, le dijo, a que hiciera compañía a las ratas, de cuyo trato asiduo su inspiración a la fuerza saldría muy mejorada. Pero como Urbano se empecinaba en jurar y perjurar que él nunca hubiera escrito tales versos, que las iniciales eran pura coincidencia, que él se consideraba un patriota dispuesto a defender España donde fuera necesario, el jefe de policía le conminó a que, si todo eso era cierto, lo demostrara y ya que los escritores defendían a la patria con la pluma, empezara con un soneto, todo lo largo que le pareciera, o dos o tres, y mejor todavía si también escribía un artículo, exaltando los sentimientos filiales hacia la madre patria. Urbano no tuvo más remedio que aceptar. En las páginas literarias de *El Faro Industrial* salieron dos maltrechos sonetos con estrambote —¿debía de ser ésa la medida larga considerada por Morell?— que de tan malos abrieron los ojos a los suscriptores: sólo podían haber sido paridos bajo tormento.

En aquella situación era impensable que el señor Puget de la Sauvage, de retorno de Santiago donde había triunfado clamorosamente, según los periódicos, pudiera elevarse con su aerostático tal y como estaba previsto, el domingo próximo, después de haber tenido que abandonar dos veces el intento, una, por culpa de la burocracia que le exigía unos papeles de los que carecía y con los que debía demostrar que el globo era de su propiedad y otra a causa del mal tiempo. Si no fuera porque llevaba invertida una buena suma en publicidad y había pagado por adelantado el alquiler del Campo de Marte al Capitán General y todavía le quedaban muchas entradas por vender, se hubiera marchado, aprovechando una falúa que había obtenido permiso de las autoridades para salir del puerto rumbo a San Juan de Puerto Rico. A él ni le iba ni le venía todo aquel jaleo y le daba muy igual si los muertos o los heridos eran libres o esclavos, secesionistas o españolistas blancos, negros o café con leche. Consideraba, sin embargo, que la dependencia de la metrópoli, aunque fuera de un mal gobierno, era mucho mejor que la independencia. Sus giras por los países que la habían obtenido no hacía demasiado le habían permitido llegar a la conclusión de que el autogobierno resultaba catastrófico, que, en vez de fomentar el progreso, lo retrasaba, y que los habitantes de las jóvenes repúblicas americanas vivían ahora peor que antes. Puget de la Sauvage así lo aseguraba en privado a cuantos querían oírle. Sin embargo, en el Liceo Artístico y

Literario donde, antes del estado de excepción, recomendado por Casadevall que se había encargado de la propaganda del aerostático en hojas volanderas, había dado una conferencia, se guardó mucho de manifestar tales ideas. Habló de la importancia científica del globo y de su futuro, con gran éxito. En primera fila, la señora de Fortaleza, interesadísima, aplaudió hasta que le dolieron las manos. Si se presentaba la ocasión, le encantaría probar el invento, le confesó a su marido, extrañado por tanta intrepidez.

Puget de la Sauvage, quizá porque estaba acostumbrado a contemplarlo todo con perspectiva y desde el cielo cualquier lugar parecía insignificante, no se sentía ligado a ningún país, ni siquiera al suyo. Eso quizá ayudara a explicar que cuando desde la terraza del hotel veía el humo de alguna hoguera, u oía tiros y carreras, en vez de lamentarse o compadecer a las víctimas, como hacían los demás huéspedes, sintiera una íntima satisfacción. Asistir desde la primera fila al espectáculo de la devastación revolucionaria, mientras no le afectase directamente, siempre le había atraído. Claro que ahora aquellos disturbios retrasaban sus planes perjudicándole mucho, a pesar de que el globo estuviera a buen recaudo y él aprovechara las vacaciones forzosas tomando notas para un futuro libro de viajes: *Autour du monde avec un aérostatique,* que habría de ser el primero en su género.

Los ratos en que no escribía cambiaba impresiones sobre la situación con sus compañeros de hospedaje, divirtiéndose en escandalizar a las señoras con su misantropía, en especial a Carla Duranti, a la que solía dedicársela, porque le gustaba ver cómo se acaloraba y, sobre todo, cómo, en virtud de la generosidad de su escote, a medida que manifestaba que a ella «al contrario, las revueltas le daban miedo, los muertos mucha lástima y consideraba una salvajada la destrucción o el incendio de edificios, tiendas o casas», sus pechos opulentos parecían corroborar también el énfasis de sus palabras y aumentaban su consistencia. La cantante, sin percatarse de que era su anatomía y no sus humanitarias ideas la fuente del atractivo de los tertulianos, continuaba lamentando, casi con lágrimas, la evidencia de que bastaba una chispa para destruir en un momento lo que había llegado a costar siglos y esfuerzo de generaciones. Precisamente el origen de los tumultos que dejaban frío a Puget de la Sauvage, pero muy inquietos y angustiados al resto de habitantes de la ciudad, aunque fueran extranjeros, había empezado en una obra, según opinión de los más entendidos, aunque también había contribuido una pelea monumental iniciada en un corral clandestino de apuestas de gallos. La casualidad había querido que los esclavos que construían el palacio Aldana se insubordinaran contra el capataz porque había hecho restallar el látigo injustamente contra un esclavo viejo al que se le había caído el cubo de agua que transportaba, pretextando que lo había hecho adrede. La muerte del negro con la espalda en carne viva, vomitando sangre a causa de la hemorragia interna producida por los azotes, era un plato difícil de digerir para cuantos pudieron presenciarlo, ya que el palacio se levantaba en una esquina transitadísima entre las calles Aldana y Tacón y dio pie a un par de sermones en favor del abolicionismo, punto en que coincidía la Liga Protestante con diversos católicos. Incluso en la iglesia de Santa Clara, afortunadamente a una hora poco concurrida, un sacerdote, recién llegado de la Península, se había atrevido a manifestar que la esclavitud era un crimen. La señora de Pintador, que solía oír esa misa, se lo comunicó a su marido, admirada por el valor que demostraba aquel joven ministro del Señor, que se llamaba padre Batllori y procedía de Barcelona, ante unas autoridades eclesiásticas que más bien predicaban la conformidad con el sistema, recomendando a la gente de color que aceptase a gusto la sujeción puesto que las privaciones y trabajos de esta vida les servirían de atajo con que ganar el cielo. Al menos por una vez, el grupo de esclavos amotinados optó por un camino más largo y, aprovechando los momentos de confusión posteriores a la muerte del viejo, trataron de huir, algunos, incluso, arrastrando las cadenas.

Puget de la Sauvage desde la azotea del hotel vio cómo un negro muy joven, casi un niño, conseguía quitarse los grilletes y huía encaramándose por las ramas de un árbol, «cual una mona de la selva de donde provenía», argumentaba el piloto, y después, a punto de saltar sobre el tejadillo de unos almacenes, se precipitaba en mitad de la calle. Allí arriba el francés, quizá por estímulo de su profesión, había instalado una atalaya que le permitía observar sin ser visto lo que pasaba abajo y disfrutar de los combates desde una extraordinaria perspectiva. De todas las bestialidades que pudo contemplar a lo largo de aquellos días, la que más le satisfizo fue ver cómo un voluntario, con la culata del fusil, le abría la cabeza a un cochero porque le había pillado tirando piedras contra una compañía de soldados que desfilaba por la calle de al lado, rumbo a la plaza de Armas. El piloto aerostático respiró a pleno pulmón y se sintió vengado: el voluntario, sin saberlo, le había hecho justicia, el día que había llegado a La Habana aquel insurrecto le había estafado cobrándole cuatro veces más de lo acostumbrado, sólo porque era extranjero.

También en el hotel la compañía de ópera esperaba que la situación mejorase para poder iniciar la temporada. La función de gala había sido suspendida por orden gubernativa. Ni siquiera la *prima donna,* con la que todos decían que su excelencia mantenía algo más que una buena amistad, sabía si finalmente actuarían o tendrían que dejar Cuba sin debutar. Desde que empezaron los alborotos las relaciones que Carla Duranti hubiera podido llegar a establecer con el Capitán General se habían truncado y su secretario, que era quien en alguna ocasión había galanteado con éxito a la cantante, le aconsejó que era preferible dejar para más adelante las presentaciones porque Rodríguez de la Conca no estaba de humor. Nadie en su piel lo hubiera estado. A pesar de que él siempre solía salir adelante con astucia de raposa, la situación era grave.

Simpson había sido conminado a abandonar Cuba después de que los agentes de policía demostraran que tenían pruebas de que intentaba ponerse en contacto con los subversivos de parte de la Junta Revolucionaria de Nueva York, pero el gobierno de Madrid, presionado por el embajador de los Estados Unidos, exigía responsabilidades y explicaciones al Capitán General, las mismas, por otra parte —se lo confió el secretario en su última cita—, que el ministro de Ultramar y el de Gobernación le hubieran pedido en caso de cerrar los ojos y hacer como que no veía a Simpson, que, para más oprobio, el imbécil de Fortaleza le había pasado por delante de sus narices la noche de la fiesta, poniéndole en un doble aprieto. Fuera de eso, el secretario de su excelencia no confió a su amiga ninguna otra cuestión ni contestó cuando ella insistía en averiguar todo lo que Roberto Vélez a buen seguro conocía, porque si no, ¿de qué le servía la proximidad con su excelencia? Con artes de gatita mimosa y algún aria en sordina para no llamar la atención de los vecinos, le aseguró que ella sabía guardar los secretos como nadie. El secretario le contestó que él también, que en eso, como en tantas otras cosas, coincidían y que no estaba dispuesto, ni por una sola vez, a perder la similitud anímica que les conducía a ser el uno para el otro. No, no le confesaría lo que decía el billete aunque lo supiera. Pero la verdad era que no lo sabía. Especulaba como todos sobre su procedencia. ¿Una cita de amor? Tal vez. Y si era así, mejor para su excelencia. En el fondo, desde que había sido nombrado, tenía tanto trabajo que una distracción de vez en cuando le resultaba del todo imprescindible. Claro que su excelencia prefería los gallos... Los gallos ocupaban principalmente sus ocios. «Pero los gallos no saben escribir», dijo la Duranti en medio de un ataque de risa con el que intentó disimular la rabia ante la negativa del secretario a contarle nada. Ella había apostado a que, al volver de tomar el té en la quinta del secretario —en realidad alquilada por horas a una viuda que sacaba con ello un capitalito—, sabría lo que verdaderamente decía el papel. Carla Duranti, para no quedar mal delante de los demás miembros de la compañía de ópera, aseguró que el billete había ayudado a salvar la vida del Capitán General. Una persona que formaba parte del complot que había planeado su muerte aquella misma noche, en el palacio de los Fortaleza, arrepentida, había avisado a su excelencia para que se fuera antes de hora, justo en el momento en que ella entraba para actuar. El resto de acontecimientos —la expulsión de Simpson, el levantamiento de los esclavos o la lucha entre insurrectos y voluntarios— no eran más que consecuencias del magnicidio abortado. A la Duranti, acostumbrada a las tramas operísticas, le pareció que la que acababa de inventar era muy verosímil y aprovechó para esparcirla, si perjudicaba a los Fortaleza le daba igual. Había tenido con Gabriel un escarceo muy poco provechoso y su madrastra, a pesar de haberle pedido que diera un concierto en su odiosa fiesta, no la había tratado con la deferencia que se merecía, la verdad. Añadió, además, que las revueltas estaban a punto de acabarse y que pronto podrían actuar porque no tenía ningunas ganas de partir sin haber sido presentada a su excelencia. Entre el secretario y el Capitán General había un abismo de estrellas. A ella le gustaban los cielos repletos de luces y las hojas de servicio muy prietas. Esta vez tenía el firme propósito mejorar de escalafón.

XXV

Fue el joven comandante de Estado Mayor quien, a ruegos de la señora de Fortaleza, les proporcionó los cuatro salvoconductos para poder salir de La Habana. En prueba de gratitud —decía la nota que los acompañaba— por la generosidad con que su marido había contribuido al financiamiento de su batallón de voluntarios, se permitía también reservarles billetes en el tren que habría de dejarles pasada la estación de San Julián de los Güines desde donde habrían de hacer un transbordo, antes de continuar viaje en coche hasta la Deleitosa de la Esperanza. El ferrocarril era el medio de transporte más seguro en aquellas circunstancias, porque contaba con vigilancia de tropas y también el más conveniente, ya que les ahorraba buena parte de un camino incómodo, difícil y peligroso.

María se sintió feliz en cuanto subió al convoy que la alejaría de los alborotos, junto a su marido y al niño. Todavía no había ido nunca en tren y tenía una enorme curiosidad, a consecuencia, probablemente, de las recomendaciones de su nuera Matilde de que tratara de evitarlo. Según la mujer de Custodio, el invento, que acortaba distancias mientras zarandeaba a las personas, no podía ser sino diabólico. Hablaba por boca de su confesor que lo consideraba un avance pecaminoso, especialmente para las señoras. El vaivén incitaba a la concupiscencia que, por fortuna, la inmensa mayoría de las mujeres mantenían adormecida. Además, no sólo era perjudicial para la salud del alma sino también para la del cuerpo y ofrecía la referencia de un médico que en una remota ciudad inglesa había recomendado a las embarazadas que se abstuvieran de viajar en una máquina abortífera. El cura añadía que incluso sin estar embarazadas, las mujeres debían negarse a subir a un medio de transporte cuya serpentina apariencia sólo podía tentar a las muy pecadoras. Matilde, convencidísima, se lo tomaba como dogma de fe y trataba de hacer apostolado.

A María el camino de hierro no le produjo ningún síntoma anormal. Por el contrario, le pareció de una gran comodidad. Los asientos eran amplios, los vagones limpísimos, su compartimento elegante y los paisajes se deslizaban enmarcados por las ventanillas, postales pegadas en un álbum mágico, cuyas hojas iban pasando solas. Lo único que no le gustaba eran los lamentos de la locomotora que a veces bramaba aterradoramente. Poco a poco y por primera vez después de aquellos últimos días de hiel, tensos, repletos de angustia, iba relajándose y se sentía animada. Pronto —la noche del día siguiente, a más tardar— estarían en la Deleitosa donde esperaba que su marido recuperara la tranquilidad, alejado de cualquier posible peligro.

La obsesión por dejar La Habana le había entrado de repente, después de visitar a Custodio y no sólo porque de vuelta a casa el cochero tuviera que esquivar sin contemplaciones, a latigazos, a un grupo que le quería quitar las riendas, sino porque en el rostro de uno de los asaltantes vio pintada la muerte y tuvo la certeza de que sólo yéndose de la ciudad podrían evitarla. Las circunstancias eran propicias para que los mismos que habían intentado comprometer al señor de Fortaleza sembrando cizaña entre él y el Capitán General fueran más lejos. A medida que la gente hablaba de conspiración contra la primera autoridad, a fuerza de atar cabos con noticias dispersas, María empezó a pensar que el señor de Fortaleza en lugar de formar parte de ella, como algunos podían haber llegado a creer —y quizá el Capitán General así lo sospechaba—, era una víctima. Una más de un entramado que se le escapaba. Pero no tenía ninguna duda de que quien manejaba los hilos lo hacía con puntadas precisas y hebras muy largas: el chocolate que provocó las diarreas y las cucarachas casualmente caídas en las copas podían no tener nada que ver con un descuido de los esclavos de la cocina, a los que mandó azotar, sino con la intención de que la fiesta fracasara. Sus sospechas se habían dirigido, primero, contra sus hijastros. Salvaba, a pesar de vivir en la misma casa, a Ángela y a Gabriel, porque la celebración se hacía en su honor y quitarle lucimiento suponía tirar piedras contra su propio tejado. No sucedía lo mismo con Miguel y Custodio. Miguel menospreciaba a su padre, que le había echado de casa antes del nacimiento de José Joaquín. Además, había recomendado a Simpson a su hermano y quizá fuera Miguel más culpable que Custodio. A ratos le parecía que esas suposiciones suyas debían de ser producto del rencor que sentía hacia ambos porque se le hacía difícil aceptar que cualquier hijo, por pródigo que fuera, pudiera comportarse tan mal. Por eso durante los días previos al viaje, mientras trataba de convencer a su marido de la necesidad de irse lo más pronto posible, intentaba buscar también, lejos de su familia, personas que pudieran sentir contra el señor de Fortaleza, o contra ella misma, algún tipo de animadversión. De los socios de su marido, de sus amigos y tertulianos no sabía más que lo que él dejaba escapar, que no era demasiado, y no le bastaba para poder adivinar las causas por las que podrían desear desprestigiarle. Por su parte, su círculo de amistades se limitaba a las señoras que escribían en *El pensil del bello sexo habanero* y a las esposas de algunos miembros de la junta del Liceo Artístico y Literario, personas de absoluta confianza de las que estaba segura que le tenían afecto aunque no hiciera demasiado tiempo que las tratara. Antes, sus relaciones se habían circunscrito a las que pertenecían a la órbita de su esposo y casi todas las había dejado en Tampa y Nueva Orleans. Por otra parte, las mujeres de los socios del señor de Fortaleza no solían frecuentar su casa y tampoco ella las visitaba. A algunas las había conocido en la fiesta. Y aunque la encontraran tonta, o hasta demasiado bachillera —eso sí había llegado a sus oídos—, y, por supuesto, aprovechada, era demasiado poca cosa para que su desprecio sobrepasara los límites de una sonrisa burlona o una mirada desabrida. Si pretendían que la fiesta fracasara no era por ella sino por su marido. Su marido era claramente el blanco de todos los tiradores, incluido el Capitán General.

Durante aquella semana el excelentísimo señor tampoco contestó la carta de María. Claro que entonces tenía muy buenas excusas para no hacerlo. Las revueltas anulaban cualquier formalidad. Incluso el jefe de policía, que tantas reverencias le había hecho el día que a la salida de misa se había acercado para saludar al señor de Fortaleza, se permitió ir a su casa a las diez de la mañana, una hora ciertamente inapropiada para visitas, para preguntarle qué sabía de Vilabona, al que acababa de detener. La señora de Fortaleza tuvo que sentarse y necesitó agua del Carmen para no desvanecerse. Morell, satisfecho de aquella reacción —no soportaba que la gente no temblara ante su persona—, esperó pacientemente a que se le pasara el sobresalto.

—¿Qué ha hecho Vilabona para ser detenido? —preguntó finalmente María con un hilo de voz.

—Tenemos contra él graves acusaciones, atentar contra el orden y la propiedad, trabajar en la difusión de hojas subversivas, insultar a la autoridad, oponerse a colaborar, tener ideas contrarias a la soberanía española...

La señora de Fortaleza estaba consternada. Cómo era posible que el pobre Vilabona, tan desgraciado, un pobre emigrante sin fortuna, hubiera cometido tantas ilegalidades.

—No, no lo puedo creer. Virgen Santísima, no puede ser verdad, no puede ser tan malo.

—Malo es poco —dijo el jefe de policía, limpiándose el monóculo que llevaba porque le parecía elegante y no porque le hiciera ninguna falta—. Malo es poco, tan malo, señora de Fortaleza, que la ha denunciado como cómplice.

—¿Cómplice de qué? —preguntó ella que no entendía nada y estaba nerviosísima.

—Mejor dicho, como encubridora —rectificó Morell—. Nos ha dicho que pasó en su casa más de un mes como invitado, que era amigo del hijo de su marido y que usted le honraba con su afecto.

—Es cierto, pero no veo nada de malo en ello —dijo María preocupada—. Vilabona me pareció un buen chico y nosotros somos personas hospitalarias.

—Quiero hablar con Gabriel, señora.

—Don Gabriel —puntualizó con intención—, hace días que se fue al campo. Hable usted con su padre, aunque ahora no está. Ha salido a una reunión de negocios. Si lo desea puede volver más tarde, a una hora más... —no se atrevió a decir decente e hizo una pausa.

Ahora, mecida por el vaivén —¿de dónde había sacado Matilde que el tren excitaba la concupiscencia si más bien adormecía?—, volvía a preguntarse qué la había impulsado a mentir. El señor de Fortaleza no había ido a ninguna parte. Estaba hablando precisamente con Custodio encerrado en su gabinete, y tampoco era capaz de contestarse. ¿Para protegerlo? ¿Para ganar tiempo? ¿Para ponerle sobre aviso? Notó otra vez que la sangre se le agolpaba en las mejillas como entonces. Morell hubiera podido, si le hubiera dado la gana, prohibir que se fueran. El estado de excepción le permitía extralimitarse en las sospechas igual que en sus funciones... Quizá todavía se le podía ocurrir mandar detener el tren...

—¿En qué piensas? —le preguntó el señor de Fortaleza, que, sentado delante de ella, acababa de doblar el periódico que había estado leyendo.

—En Morell. No me puedo quitar de la cabeza su visita. No entiendo por qué Vilabona nos pudo acusar. Si no hemos hecho más que ayudarle...

—Claro que sí, querida —dijo el señor de Fortaleza enternecido por la ingenuidad de su mujer—. No pienses en ello. Piensa en mí.

—¿Y tú, en qué o en quién piensas? —preguntó ella, mimosa.

—En lo mismo de siempre. Se me hace difícil pensar en otra cosa. Lo único positivo es que Custodio no me traicionó, como tú creías.

María temía que la discusión sobre las intenciones de Custodio volviera a enfrentarlos. Hasta ayer mismo intentó convencerle de que era imposible que las autoridades expulsaran a una persona inocente, que Custodio se equivocaba aunque ella pudiera admitir que había traído a Simpson a la fiesta desconociendo que fuera un filibustero. Además, ella no dudaba de la palabra del comandante de Estado Mayor, gracias al cual ahora estaban en el tren, camino de la Deleitosa. Pero no dijo nada. Fortaleza continuaba:

—El gran traidor es el Capitán General que ha provocado todo este desastre para sacar una buena tajada. Tiene razón Aguas Claras cuando dice...

—Calla, José, por favor, por lo que más quieras. Pueden oírte...

—Con este ruido, ¿quién quieres que me oiga, mujer?

El monstruo trepidaba y ronroneaba ralentizando su marcha. La señora de Fortaleza se asomó a la ventanilla. Vio gente entre la humareda, saludando al convoy. Habían entrado en la primera estación. Faltaban dos más para cambiar de tren, lo que equivalía al menos a cuatro horas de espera, pero mañana podrían continuar camino y si salían temprano llegarían a la Deleitosa todavía con luz.

—¿Nos bajamos, señora? —preguntó la nodriza que estaba sentada al lado con José Joaquín en brazos.

La negra tampoco había montado nunca en tren y abría unos ojos como sartenes mientras trataba de retener en el regazo al niño que, entre risas y juegos, se movía sin parar. María le cogió en brazos, trató de calmarle y le besuqueó ruidosamente sin importarle demostrar en público y de una manera tan espontánea su cariño. Su hijo se le antojaba una especie de milagro, el mejor regalo que Dios le había hecho. Por eso, la sensación de poder perderlo le angustiaba y muchas veces le venían a la memoria las imágenes del sacrificio de Isaac y hasta del santo Job y recordaba, aterrada, el cúmulo de adversidades con que a menudo el Señor prueba a sus criaturas. Ahora deseaba con todas sus fuerzas evitar aquellos presagios, conjurarlos y para ello nada mejor que aceptar que a pesar de la posible merma de influencia de Fortaleza, o hasta de la pérdida del favor del Capitán General, la vida había sido muy generosa con ella y que debía dar gracias a la Providencia que no la había abandonado nunca.

Han transbordado sin dificultad. El paisaje por el que se adentra el ramal ferroviario es distinto al anterior. Los palmerales partidos por las vías llegan casi hasta el mar. El tren se acerca al agua. Casi bordea durante un trecho la playa. El volante de una falda de tonos azulados, mal tintada, desteñida a trozos, cubre los pies de la arena. La próxima estación queda cerca del puerto donde están ya dispuestos los barcos para cargar mercancías, allí varios vagones serán desenganchados y tendrán que esperar a que la operación finalice. ¿Y si tomáramos el barco?, le propone el señor de Fortaleza a su mujer, y fuéramos a Mallorca... María le sonríe, por nada de este mundo se embarcaría. Por nada de este mundo saldría de Cuba, le repite. Si pudiera aproximar Mallorca, si Mallorca quedase tan cerca como Tampa, iría a menudo. Le gustaría volver a ver a los suyos, pasear con él y con el niño por las calles de su ciudad y de regreso a casa, sentarse en su sillita, con el hijo en brazos. Iría también a saludar a Raúl, el ciego. Tiene empezado un romance que le gustaría dedicarle. ¡Si se atreviera a cruzar el mar!... Pero sólo con imaginarlo, se ahoga. Su hermana se le hace presente y con ella los innumerables muertos que están bajo las aguas. Los días de temporal, los pescadores oyen sus voces llamándoles, están solos allí abajo y reclaman compañía. El intenso olor del salitre es aún más denso que el de la carbonilla que durante todo el viaje se ha adentrado en el compartimento. Se lleva un pañuelo perfumado a la nariz. El tren se detiene. El señor de Fortaleza baja primero, luego ayuda a María. Sus movimientos son más torpes que de costumbre. Su rostro acusa la intranquilidad de los últimos días, las zarpas de la angustia, los espolones del cansancio. Sin embargo, nunca ha confesado a María que tuviera miedo. Ella, en cambio, no le ha ocultado que ha pasado mucho. Tanto que después de la visita a Custodio no se atrevía a salir a la calle. Pospuso incluso la reunión de *El pensil* que se celebraba en el Liceo, a la que jamás había faltado. Ángela, por el contrario, sin temer los enfrentamientos armados, valiente y decidida como siempre, seguía entrando y saliendo de su casa y rehusó abandonar La Habana con la familia. ¿Qué iba a hacer ella en la Deleitosa si lo que le interesaba era preparar la boda?

En cambio, a María volver de nuevo al ingenio siendo la señora de Fortaleza la enorgullece y ver a Felicitas le hace mucha ilusión. Es una suerte que esté allí porque no le apetece tener que buscarse una doncella nueva. Esta noche tendrá que conformarse sin ninguna. Pero eso no tiene importancia. Al fin y al cabo, salvo durante los dos últimos años, nunca la tuvo. Sabe desabrocharse el corsé sin necesidad de que la ayuden. La pobreza no tiene ninguna ventaja, piensa, excepto un cierto hábito de autonomía. Han tenido que irse sin criados y con un equipaje ligero. El señor de Fortaleza sólo ha cogido una cartera que no pierde de vista. Contiene documentos, le ha dicho a María, curiosa, papeles imprescindibles. La nodriza masculla jaculatorias en su lengua y ella va y viene de una cosa a otra, de la rima de un verso a la limpieza general que tendrá que ordenar pasado mañana, aunque estando Gabriel en la Deleitosa, la mujer del mayoral debe de tenerlo todo a punto.

Por fortuna encuentran alojamiento en la fonda. En el pueblo no hay ni rastro de insurrección. La calma parece total por aquellos contornos. Las revueltas, de ser ciertas, deben de haber estallado lejos de aquí. El señor de Fortaleza consigue contratar un coche para partir mañana muy temprano, con las primeras luces.

La casualidad ha permitido que Arístides Aponte pueda llevarles personalmente. Debe favores a don José Joaquín y ha aceptado en seguida. Se había comprometido con anterioridad con un inspector de Hacienda que providencialmente ha pospuesto el viaje. Hasta en eso han sido afortunados.

Ya han subido. Primero María, después la nodriza con el niño, el último el señor. A pesar de que la galera es bastante nueva y está en buen estado, los baches del camino resultan muy fastidiosos.

—Tendrías que llevar el camino de hierro hasta la Deleitosa —dice María a su marido—. Es mucho más cómodo que cualquier coche. Incluso el niño lo nota, ayer estaba encantado, y hoy no sé qué le pasa.

En brazos de Claudina de Todos los Santos José Joaquín no para de berrear, lo que molesta a su padre que hasta entonces apenas se había percatado de que los niños lloran a menudo con una insistencia insoportable. Ni el pecho de la nodriza ni las caricias de su madre consiguen calmarle. Enfebrecido y convulso, tal vez debido a alguna enfermedad repentina, sigue con su pataleta. María pregunta a cada momento cuánto falta para llegar a la Deleitosa donde el doctor Ripoll podrá hacerle un reconocimiento y administrarle un remedio que le cure. La nodriza asegura que José Joaquín no tiene nada grave. Está caliente, es cierto, pero eso les pasa con frecuencia a los niños cuando se empachan. Ella, para tenerle más tranquilo, le ha dado el pecho más tiempo del normal, ahí está la causa. Un par de cucharadas de una infusión de hierbas le dejarán como nuevo. Ya se la ha hecho tomar otras veces y ha sido mano de santo. La lástima es que no ha traído. Lleva mudas de sobra y hasta dos sonajeros pero no se ha acordado de la infusión. Tal vez por el camino puedan encontrar los ingredientes necesarios: almácigo, albahaca anisada y aguinaldo blanco tienen en los conducos de todos los chamizos. Basta con llegar a un lugar poblado o entrar en algún ingenio. Seguro que cualquiera se avendrá a hacerle el favor de darle un manojo y dejará que ella misma las prepare. María ruega a su marido que ordene al cochero dirigirse al poblado más cercano, tan sólo a media hora de camino. Además, Aponte conoce allí a unos guajiros. Tendrán que retroceder hasta el primer cruce, y después torcer a la derecha. El señor de Fortaleza ordena al cochero azuzar los caballos, no contaba con ese contratiempo que les retrasará bastante y todavía falta mucho trecho.

La nodriza ha conseguido el remedio, el niño se lo ha tomado sin protestar y se ha dormido en seguida. Al despertarse un par de horas después parece limpio de fiebre y está contento. María vuelve a respirar tranquila y se entretiene en mirar por la ventanilla. De vez en cuando observa paisajes reencontrados, y recuerda el viaje que en sentido inverso hizo con Ángela para ir a conocer al suegro de su hermana. Nunca entonces se le hubiera pasado por la cabeza que don José Joaquín habría de convertirse en su marido. La presencia de Claudina le contiene de las ganas de besarle, pero él no se da cuenta. Hace rato que no dice nada, preocupado por todo cuanto ha empezado a ver a medida que se han adentrado por el camino que conduce a su valle. Los humos de diversos incendios prueban que las revueltas son ciertas. El fuego ha sido siempre una forma de protesta en estas comarcas, la más temida porque se propaga deprisa entre los cañaverales y los arrasa en cuestión de minutos. Sin caña no hay posibilidad de moler y sin moler las consecuencias serían tan perniciosas que les podían llevar no sólo a perder la cosecha, sino a dejarles para siempre sin mercados, lo que supondría su ruina. Por suerte todavía no están cerca de la Deleitosa. Las tierras quemadas pertenecen al ingenio de los monjes betlemitas, a cuyos esclavos obligan a rezar, durante las escasas horas que no trabajan, con la caritativa intención de garantizarles el cielo. A pesar de la escasa simpatía que siente por los frailes, la visión de los campos devastados le enferma. Ni los beneficios que pudiera sacar indirectamente —ya que cuanto más escasas fueran las cosechas más subiría el precio del azúcar— le compensan ante la desolación de las cenizas. Además, las revueltas llevan añadido el peligro de que casi siempre son contagiosas si no se cortan de raíz. Que la más pequeña chispa haya podido llegar hasta la Deleitosa le desasosiega y, como siempre que se encuentra ansioso, le entra hambre. Para distraerse se concentra en una buena cena pero decide que es mejor no hacerse ilusiones porque la mujer del mayoral tendrá que improvisar y tardará en que todo esté a punto. Nadie les espera esta noche. Le pide a María que saque la bolsa con las provisiones que les han preparado en la fonda. Sólo ha probado un poco de empanada a mediodía y nota el estómago vacío. Allí el único que está saciado es el niño, no en vano le cría la negra Claudina de Todos los Santos, siempre dispuesta a abastecerle. Pero a excepción de José Joaquín, ni María, ni la nodriza han comido apenas. Los hojaldres rellenos de carne y los dulces que han sobrado del mediodía le reconfortan. Además, a medida que el carruaje se aleja de los campos quemados aumenta su confianza en que en la Deleitosa no haya ocurrido nada. Pide al cochero que procure ir más deprisa aunque los caballos estén cansados. A la tarde le queda un suspiro y aún falta una hora larga para llegar. El camino comienza a bordear la finca de David Parker, su vecino del sur. A partir de una curva cerrada, donde un letrero indica que hacia la derecha se va a parar al ingenio Morena Clara, se empina peligrosamente. Tendrán que darse prisa si no quieren cruzar a oscuras aquel trecho y el crepúsculo velocísimo está a punto de caer. Los caballos obedecen al cochero y se ponen casi al galope. Hacia poniente un sol definitivamente vencido se esconde. De su día de gloria apenas quedan débiles guirnaldas moradas. El señor de Fortaleza nota un espasmo de melancolía. En el crepúsculo todas las minuteras señalan inexorablemente la hora final, el hito de otro día consumido para su oprobio. ¡Qué suerte tiene con María y con el niño! Su presencia llenará las horas más bajas del mañana. Ellos dos son su mejor garantía de futuro. Cuando todo pase, cuando vuelvan a La Habana, reclamará el título. Tiene medios de hacerlo, incluso sin contar con el Capitán General. Se lo debe a María. Le aseguró que lo había pedido por ella, en consecuencia con mayor motivo tiene que conseguirlo ahora. La mira con amor pero María no se da cuenta porque se ha adormecido. Siente haber sido injusto con ella últimamente. Ella, sin reprocharle nada, se lo acaba de demostrar. Gracias a su capacidad de tomar decisiones están allí y no se arrepiente. El carruaje ha dejado atrás el tramo más peligroso. El cochero acaba de encender las velas de las dos farolas porque ya es noche cerrada. Dentro de tres cuartos de hora estarán ya en la Deleitosa sanos y salvos. El señor de Fortaleza cierra los ojos buscando un poco de sueño que pueda descansarle. Pero en seguida vuelve a abrirlos. De golpe, tiene la sensación de que el carruaje va a volcar, pero no, para en seco, como si hubiera topado con un obstáculo. Oye voces desconocidas ordenando a Aponte que suelte las riendas y baje. Mete la mano en el bolsillo para sacar la pistola, pero sólo consigue hacer el gesto porque los de fuera son más rápidos y disparan antes.

XXVI

La bala que atravesó el pulmón izquierdo del señor de Fortaleza le fue extraída cuatro horas después por el doctor Ripoll, en una de las habitaciones de la planta baja del ingenio Morena Clara, el lugar que quedaba más cerca de donde había sido atacado. Si no murió en el acto fue porque María, tal vez por ver quién abría la puerta del carruaje o con el instinto de proteger a su marido, se inclinó hacia delante y después hacia la derecha, desplazando un poco el cuerpo del señor de Fortaleza. Eso probablemente impidió que el proyectil fuera a parar directamente al corazón, tal como debía de ser la intención del asesino, sino unos milímetros más allá, evitando una muerte fulminante.

Había sucedido todo con tanta celeridad y tan a oscuras que la señora de Fortaleza a la hora de declarar ante la policía no pudo precisar el número de atacantes, ni su color, o su cara, ni si huyeron a caballo, en un carro a pie, o a campo a través, como afirmaba el cochero. Él sí estaba seguro del número: eran cuatro y, en el primer momento, al verles surgir de la oscuridad, les había tomado por fantasmas, espíritus o almas en pena y a punto estuvo de morirse de terror, sólo después, al comprobar que iban armados, tres con machete y nada más uno, el que mandaba, con pistola, se dio cuenta de que no eran aparecidos, porque los llegados del más allá no llevan armas de la tierra para conseguir lo que se proponen. Arístides Aponte proporcionó bastantes detalles de aquella partida. Les habían interceptado el paso después de una curva ciega con una barricada de maderos, ramas y troncos. Por el modo en que le hablaron, conminándole, debían de estar acostumbrados a ese tipo de trabajo. Dos de ellos le amenazaron con cortarle el cuello con las hojas de los machetes y le obligaron a bajar. Otro más, surgido de las sombras, ocupó su sitio sujetando las riendas, mientras que un cuarto, el más alto, que llevaba una luz en la mano izquierda y parecía que era el jefe de la partida, abrió la portezuela y disparó sin que nadie tuviera tiempo de reaccionar. Según el cochero, todo apuntaba hacia una banda de sicarios de las muchas que pululaban por la isla, aunque hasta entonces no se hubieran visto por aquellos lugares. Él creía que eran bandidos organizados de los que trabajaban en una impunidad demasiado sospechosa, para no pensar que estaban a sueldo de los poderosos. El cochero, que según la policía era persona de fiar porque en otra ocasión les había facilitado la pista que les llevó a detener a unos facciosos, declaró, también, que no había previsto hacer aquel viaje porque se había comprometido con el administrador del ingenio Trinidad para llevar hasta allí al señor recaudador de Hacienda, invitado por el propietario del ingenio, el señor marqués de Ribagorza. Pero el recaudador había aplazado la visita y él pudo prestar el servicio al señor de Fortaleza a quien conocía desde hacía tiempo y a quien debía el favor de una recomendación ante las autoridades municipales que le permitieron ampliar el negocio sin ponerle pegas, un negocio que no le iba nada mal, sinceramente, pues tenía seis caballos, dos galeras, una volanta y un esclavo. Por eso sentía mucho cuanto había ocurrido y más aún si, como él creía, el disparo iba dirigido a otra persona. Un recaudador de impuestos concitaba muchos odios, en cambio el señor de Fortaleza no tenía enemigos, al menos conocidos. Si el móvil había sido el robo, no habían conseguido gran cosa. Era cierto que la cartera de mano del señor había desaparecido, pero quizás se hubiera caído en medio del camino cuando los bandidos abrieron la portezuela. En cuanto los asesinos huyeron intentó ayudar al herido sin reparar en nada más que en salvarle la vida. Siguiendo las órdenes de la señora, azuzó los caballos para poder llegar lo más deprisa posible al cobijo que les quedaba más cerca, la propiedad del señor Parker.

Según la nodriza de José Joaquín, el ataque había sido cosa de espíritus. Era imposible, decía, que persona humana, negra o blanca, les sorprendiera en un santiamén. Ella tenía los ojos cerrados y los abrió y los volvió a cerrar para ver si soñaba que los había abierto. Tuvo tentaciones de refugiarse detrás de sus párpados, donde todo estaba tranquilo, para no tener que mirar aquel horror y hasta de taparse los oídos para no oír los gritos de la señora, el llanto desconsolado del niño, las imprecaciones del cochero contra los bandidos cuyas voces no podía recordar porque estaba dormida y se despertó con el ruido del tiro. Mostraba las salpicaduras de la sangre del señor sobre su delantal y los pañales del niño empapados ya que la señora había tratado con ellos de contener la hemorragia, y pedía que la dejasen lavarlo todo, porque la sangre llama a la sangre. Temía que la catástrofe pudiera ser aún mayor y tenía la sospecha de que aquellos belcebús no se conformarían con herir al señor de Fortaleza, sino que volverían para llevarse a su hijo. Por eso era necesario que ella lo escondiera, que se lo llevara lejos. Ella tenía que salvar a José Joaquín costara lo que costara. El niño le fue encomendado por la señora dos días después de que muriese su hijo y le quería como propio.

La policía no hizo ningún caso de la nodriza ni tomó en cuenta sus premoniciones que, por el contrario, alarmaron a María, quien rogó al doctor Ripoll que después de extraer la bala al señor de Fortaleza, examinara al niño. Claudina de Todos los Santos pregonaba a gritos que alguien quería matar a José Joaquín y por eso reclamaba protección. No tenía derecho como esclava pero sí como nodriza y a esta prerrogativa se aferraba para suplicar, arrodillada a los pies del doctor Ripoll, agarrándose a sus pantalones, que la ayudara. El médico necesitó mucha paciencia para tranquilizarla y no se atrevió a mandarla a la cama con una buena infusión de adormidera para calmarle los nervios, porque estaba criando a José Joaquín.

El doctor Ripoll había llegado a caballo siguiendo al criado de Parker que le llevó el aviso, sin perder ni un segundo en cambiarse de ropa. Su presencia fue clave aquella noche en el Morena Clara. No sólo evitó que el señor de Fortaleza se fuera a cenar al cielo, convidado por todos los santos, sino que consiguió reanimar a la señora que, finalmente, había perdido el sentido. Ripoll tuvo que hacerse cargo de la situación. Agradeció a Parker cuantas molestias se había tomado. El amo del Morena Clara, a pesar de su fama de huraño e insociable, se había comportado con una gran elegancia, disimulando incluso los contratiempos que aquella hospitalidad forzada habrían de ocasionarle. Al doctor no le quedó más remedio que pedirle que permitiera que el herido se quedara en su casa porque estaba demasiado débil para ser trasladado a la Deleitosa sin correr peligro de muerte. La vida del señor de Fortaleza —él no había querido esconder la gravedad ni siquiera a su desesperada esposa—

dependía de la evolución de la herida y sobre todo de las complicaciones infecciosas que pudieran surgir. Ni la sangre perdida ni la edad jugaban, por otra parte, a su favor.

Ante un plato tan difícil de digerir, las deferencias de Parker eran doblemente dignas de ser valoradas. No sólo estaba dispuesto a que el enfermo permaneciera allí todo el tiempo que fuera necesario, sino también a que la señora y el niño con la nodriza se quedaran en el Morena Clara y mandó que les preparasen dos habitaciones. El médico tuvo que aceptar que Parker era más que una buena persona: era todo un caballero. Tal vez en la decisión de ofrecer de tan buen grado su ayuda a los vecinos hubiera influido el hecho de que conociera a Ángela. Fue el propio Parker quien mencionó a la señorita de Fortaleza. Bastaba que el señor fuera su padre para tenerle todas las deferencias del mundo, le dijo con una sonrisa a María, que recordó de inmediato cómo Ángela, durante los días de su convalecencia, le había hablado con gran entusiasmo de los Parker, y en especial de una tal Dorothy a la que había visitado en alguna ocasión. Dentro de la desgracia fue una suerte que los salteadores les atacaran tan cerca del Morena Clara y que el cochero pudiera conducirles a toda prisa hasta las puertas del ingenio. Su llegada había interrumpido la cena del señor Parker y de sus invitados, que tuvieron que acabar de comer sin su anfitrión puesto que éste se levantó de la mesa para ayudar personalmente a trasladar al señor de Fortaleza y, mientras esperaban al médico, él mismo le desvistió, le lavó la herida y se la vendó para tratar de contener la hemorragia. Después intentó consolar a María que, arrodillada a los pies de la cama de su marido, apretándole la mano no hacía otra cosa que repetir: «Mi vida por la suya, Señor», en un tono tan triste y convincente que Parker consideró que era sincera y admiró la generosidad que demostraba, al ofrecer a Dios aquel cambio que tan perjudicial tendría que resultarle si desde el cielo le hacían caso. Ordenó también a su mayordomo que enviara a un criado a buscar al hijo del señor de Fortaleza a la Deleitosa y a otro que fuera a dar parte del crimen a la guarnición más próxima y no permitió que dejaran marchar al cochero sin que la autoridad le tomara declaración.

La gravedad del señor de Fortaleza no amainó en los días siguientes y Gabriel envió aviso urgente a sus hermanos para que emprendieran viaje hacia la Deleitosa, y se detuvieran antes en el Morena Clara, de donde no se atrevían a mover al herido. A su entender, sólo un milagro podía salvarle, pero era del parecer que Dios los obraba con cuentagotas y más si, como era el caso, sólo se disponía de un pulmón. María, por el contrario, se aferraba con todas sus fuerzas a la posibilidad de que el milagro sucediera, que la herida cicatrizase, bajara la infección y el señor de Fortaleza volviera a respirar con normalidad en lugar de hacerlo con aquel hosco resoplido de zambomba oscura. La señora de Fortaleza se pasaba las horas pendiente de su esposo, repartiéndose las noches en vela con Gabriel, acompañados siempre por criados que el señor Parker puso a su disposición ya que no consintió de ninguna manera que mandaran esclavos de la Deleitosa, tal como le había sugerido María, que deseaba que viniera Felicitas para tener alguna otra cara conocida cerca. Parker fue sincero, hacía una excepción con la nodriza de José Joaquín porque comprendía lo importante que era para María, en sus circunstancias, no separarse de su hijo, pero los negros no le gustaban y por eso no tenía ninguno a su servicio.

Parker era el único propietario de los alrededores que no había comprado esclavos. Por el contrario, se había desprendido de todos los que estaban allí cuando se quedó con el ingenio. No los necesitaba. No pensaba dedicarse a cosechar caña ni a sembrar café. No quería tampoco cultivar tabaco. Le daba igual que sus campos no produjeran, no deseaba sacarles ningún provecho. Tenía otras tierras que rendían fuera de la isla. Poseía extensas plantaciones en Brasil, pero en Cuba, aunque le hubiera gustado agrandar los límites del Morena Clara, no disponía de ninguna otra finca. Siempre había deseado vivir en un lugar como aquél. Toda la vida había sentido la necesidad de rodearse de naturaleza, de cielo, de luz. Él no había heredado nada de lo que ahora era suyo. Había tenido que luchar durante mucho tiempo para conseguirlo y de sol a sol. A aquellas alturas, viviendo allí, cumplía una promesa que se había hecho un lejanísimo día cuando aún era joven, frente a las costas de Dahomey, al ver cómo se hundía un bergantín con la bodega abarrotada de negros. Durante mucho tiempo los gritos espantosos de aquellos desgraciados le percutieron el cerebro. Sentía clavado en sus oídos el clamor de sus voces pidiendo socorro y todavía, a veces, volvía a oírlos. Cuando estaba a punto de traicionarse a sí mismo surgía la algarabía compacta de las honduras del mar acompañada por los golpes de la marejada. Por eso, como no deseaba que aquel terrible vocerío le conturbara, había decidido alejarse de cualquier dolor, de cualquier contacto que pudiera incomodarle. En el Morena Clara había encontrado cuanto buscaba: calma y belleza.

—Aún tendré que estarle más agradecida, señor Parker —le dijo María cuando una mañana que Fortaleza parecía descansar un poco más tranquilo, Parker se lo contó—. Le hemos molestado por partida doble...

—A veces el azar nos impone situaciones que no escogeríamos. Me hubiera gustado más que usted y su marido hubieran podido disfrutar de una estancia en circunstancias diferentes. Pero a pesar de eso, las personas demuestran que lo son cuando están a la altura de los momentos que les toca vivir. ¿No lo cree?

Todos en el Morena Clara se desvivían por ayudarles. Nadie hablaba alto, ni pisaba fuerte. Los invitados, por no molestar al enfermo, porque eran gente joven y bulliciosa, se habían trasladado a un pabellón, lejos de la casa principal, desde donde de vez en cuando llegaba el eco amortiguado de una música... Los criados, un enjambre, se dedicaban a sus obligaciones de limpieza, orden y avituallamiento, sin ningún tipo de ruido. Incluso los gritos de los pavos reales parecían más apagados. En los salones, igual que en la habitación de María, las flores se renovaban todas las mañanas, siempre eran blancas, como las ropas que vestían todos en aquella casa, desde el amo hasta el último pinche. La señora de Fortaleza recordó de pronto que Ángela se lo había comentado en una ocasión igual que le había hablado de los jardines opulentos y del laberinto que acababa donde empezaba el estanque, pero que ella no había visto por no separarse de su marido. A menudo, durante los ratos en que parecía dormir —el doctor Ripoll le suministraba de vez en cuando láudano para aliviarle el dolor—, María se acercaba al ventanal para descansar los ojos en la lejanía verde y recortada a tiras regulares alineadas simétricamente y tan frondosas que no dejaban ver los parterres. En el centro se levantaban unos cipreses cerca de una fuente que manaba sin parar. Las gamas de los verdes contrastados armoniosamente le ayudaban a encontrar una cierta calma, la serenidad necesaria para ir haciéndose a la idea de que todo cuanto le había sucedido era cierto, que no lo había leído en ningún libro, ni lo había imaginado en una noche de insomnio, ni tan sólo era fruto de una pesadilla. Un segundo, un terrible segundo había bastado para destrozarle la vida, rota y hecha trizas la tenía frente a ella: el doctor Ripoll aseguraba que sin recobrar la consciencia era imposible que el señor de Fortaleza pudiera sobrevivir. Más le valía que estuviese preparada para aceptar una muerte que, según su diagnóstico, temía inminente y aunque esta vez, por respeto, no le informó del número exacto de casos parecidos que había podido cuantificar, le pronosticó que el desenlace podía suceder dentro de doce horas o de tres días, pero que era irreversible. No había nada que hacer. De ahora en adelante, estaría sola y aunque no tuviera que preocuparse por su futuro ni por el futuro de su hijo, tendría que enfrentarse no sólo a la pérdida de su esposo, sino a las dificultades que probablemente le pondrían sus hijastros, al menos dos de ellos, estaba segura. Pero no era eso lo que más le preocupaba sino llegar a saber quién había mandado matar a su marido y por qué. ¿Qué motivo tenían? ¿Con qué enemigos desconocidos contaba? ¿Y a qué oscuro pasado podía corresponder aquella venganza? Se decía a sí misma que tenía que ir acostumbrándose a que el silencio de José —que mantenía inerte la mano cuando ella se la estrechaba y seguía con los ojos cerrados cuando le pedía que por favor los abriera, pero que todavía estaba allí al alcance de su amor— se hiciera todavía más profundo. Cuando ya no estuviera le sería imposible llenar el vacío sólo con su recuerdo. Notaba entonces en medio del estómago un vacío mucho más doloroso que el que sintió antes del embarque, cuando lo miraba todo por última vez y tenía la sensación de que se dejaba en Mallorca pedazos de su propia piel. Tendría que acostumbrarse a vivir sola, a decidir, a defenderse para defender a su hijo. Tal vez debería llegar a un pacto con sus hijastros para que le echaran una mano en la administración de los bienes. Gabriel le parecía bien dispuesto y ya se había encargado de pedir justicia en su nombre, como también la pedía Parker ya que los hechos habían sucedido en los confines de su finca. Todos esperaban que los culpables pagaran por su crimen y especialmente quienes lo habían organizado.

Custodio y Ángela, recién llegados de La Habana, después de un viaje agotador, contaban que la noticia había conmocionado a la ciudad y ahora que la seguridad, gracias a la mano dura del Capitán General, parecía otra vez garantizada, había vuelto a abrir una brecha de terror entre los propietarios y en especial entre los socios del señor de Fortaleza, algunos de los cuales pensaban que ese mismo asesino podía estar esperándoles en cualquier esquina, y procuraban no salir. El interés por la salud de su padre había sido constante desde que se supo la noticia. Ángela le entregó a María las numerosas tarjetas que habían enviado amigos y conocidos. La señora de Fortaleza se echó a llorar.

—Yo tengo la culpa de todo —exclamó de pronto, gimiendo—. ¡Nunca deberíamos haber salido de La Habana!

—Está bien que lo reconozcas pero ya no puedes hacer nada. En el pecado llevarás la penitencia —le dijo Ángela con una rabia arrogante que hundió todavía más a María.

—No le haga caso —le aconsejó Parker—. La señorita de Fortaleza está muy impresionada y es demasiado impulsiva. A veces no sabe lo que se pesca, se lo puedo asegurar.

Ángela de Fortaleza salió del Morena Clara con una obsesión: no dejar morir a su padre en casa de Parker. Aunque tuvieran que transportarle en andas los esclavos si no podían arriesgarse a que sufriera los traqueteos del coche, trasladándole de noche, portando antorchas para combatir la oscuridad, si el calor le resultaba pernicioso, costara lo que costara. Lo que no podía era consentir que su padre se fuera de este mundo lejos de su casa, en un lugar extraño, en compañía de un miserable tratante de carne humana, y sobre todo tener que agradecer a Parker su hospitalidad. Además, las deferencias con que distinguía a María le habían sacado de sus casillas.

La señorita de Fortaleza hizo valer todos esos argumentos delante de sus hermanos, en el comedor de la Deleitosa, después de cenar, en cuanto despidió a los esclavos, y se aseguró de que ninguno se quedaba por los pasillos remoloneando y todavía añadió otra razón: No quería que su padre le pudiera echar en cara, desde el otro mundo, que le había dejado morir en casa de un tipo al que despreciaba.

—Lo primero que debes hacer es convencer al médico y después pedir el consentimiento a María —le dijo Gabriel—. Si no le hemos trasladado antes, ha sido porque Ripoll lo consideraba una temeridad.

—María no cuenta. Es a nosotros a quienes corresponde decidir —le contradijo Ángela.

—Eso es lo que te crees. ¡Claro que cuenta! Ya lo verás en el testamento... Además, le salvó la vida, o, por lo menos, evitó que muriera en el acto, desangrado en el coche.

—¿Cómo puedes decir que le salvó la vida si ella es la culpable de lo que ha sucedido? Ella se empeñó en irse de La Habana.

—¿Adónde quieres ir a parar, Ángela? —preguntó Gabriel.

—Puede que al mismo lugar de los que dicen que fue ella quien contrató la partida... —interrumpió Custodio que fumaba un habano tranquilamente.

—¡Estáis locos! ¿De qué le sirve a María quedarse viuda? ¿Queréis decírmelo? Además, quiere a papá, estoy seguro —dijo Gabriel.

—Dudo que le quiera más que a sí misma —puntualizó Ángela con ironía—. Y la respuesta a tu pregunta...

—¡Para heredar...! —Custodio le quitó la palabra.

—No me parece un motivo suficiente. ¿De qué le servirá el dinero si no sabe manejarlo? José Joaquín tardará todavía muchos años en poder ayudarla. Hay quien dice que los tiros no iban destinados a papá, sino a él, a nuestro hermanastro... —y enfatizó la palabra—. La nodriza está convencida. Si eso se llegara a demostrar, nosotros no saldríamos demasiado bien parados. ¿No crees, Custodio?

—Nosotros no..., Miguel... Antes de irse se hartó de decir en todas partes que lo mejor que podía hacer el hermanastro era nacer muerto.

—Como siempre, Custodio, quieres colgarle el muerto a Miguel... Una cosa es desear que una criatura no venga al mundo, y otra, muy diferente, pegarle un tiro —matizó Ángela.

—O mandar que se lo peguen, que nunca es tan gordo. Lo que no se hace directamente no tiene tanta importancia. ¿Verdad, Ángela? —le preguntó Gabriel, mirándola a los ojos.

Ángela se puso colorada y se llevó las manos a las mejillas.

—No sé por qué me lo preguntas. ¿De qué sospechas, quieres decírmelo? En todo caso, pregúntale a Miguel cuando llegue, si es que insinúas que ha sido él. Yo no lo creo. Sería una monstruosidad. Además, Miguel está demasiado lejos.

—En eso tienes razón —dijo Custodio—. Los que estabais más cerca erais vosotros dos que vivíais en la misma casa —y sonrió con cinismo.

—A mí el niño no me molesta en absoluto —dijo Ángela—. Eso a vosotros. Mi dote es muy importante... en compensación a la herencia. Para vosotros es distinto. Miguel está desheredado, de eso estoy segura, y tú, Gabriel, lo estabas hasta no hace demasiado... El niño es un estorbo para vosotros.

—Puestos a ser sinceros, también lo es María —añadió Custodio—, porque sin ella y sin su hijo los herederos legales, forzosos, volvemos a ser nosotros.

XXVII

Antes de entregar el alma, la muerte tuvo la cortesía de permitir que recobrara por unos instantes el conocimiento. Fue entre dos luces, la madrugada que hacía cinco de las pasadas en el Morena Clara, cuando el señor de Fortaleza dijo un par de palabras acompañadas de un gesto desdibujado de la mano derecha. Como si intentara señalar hacia fuera, se dirigió a María e, incluso, pareció sonreírle. Con la voz rota y debilísima, las palabras se diluían entre la respiración difícil, imposibles de ser entendidas. A María sólo le llegaban pálidos algunos sonidos: artas... les... or... al... Mientras María le suplicaba que volviese a repetirlas se fue de este mundo con los ojos abiertos y la boca también abierta.

Pocas horas después, su cuerpo, metido en un lujoso ataúd de caoba, era transportado a pie por los esclavos de la Deleitosa hacia el ingenio. El capataz, a caballo, abría el séquito que cerraban dos guardianes armados, no fuera caso que los negros, al verse en el camino sin grilletes, libres en apariencia, abandonaran la carga y huyesen campo a través.

No acompañaba al muerto nadie de la familia, ni sacerdote, diácono o persona de Iglesia. No había más cruz que la de hierro forjado sobre la tapa del ataúd. Gabriel de Fortaleza lo había encargado horas después del asalto y el artesano, que era a la vez herrero y carpintero, lo tenía preparado desde hacía dos días para cuando lo pudiesen necesitar. Él mismo compareció con el féretro y dirigió la operación de depositar al difunto, lo que no fue fácil porque pesaba mucho. Satisfecho de su obra, que le pareció digna de un príncipe, consideró, sin embargo, que el forro adamascado de un rojo rabioso que únicamente utilizaba en los encargos de los ricos, no favorecía a todo el mundo. Al señor de Fortaleza le hubiera quedado mejor un tono más apagado en consonancia con su mal aspecto. Cierto que nadie se iba de este mundo alegre, como si fuera convidado a bodas. Pero el amo de la Deleitosa era uno de los muertos que había visto con la cara más larga. A los amortajadores les había costado Dios y ayuda que quedara presentable, pero eso a él ni le iba ni le venía. Si deseaban que estuviera de cuerpo presente para que las gentes de la Deleitosa le dieran el último adiós, debían evitar cerrar el ataúd ya que para impedir que los salteadores de tumbas lo profanaran, aseguraba sus cierres de manera que fuera imposible volverlo a abrir. Por ello aconsejó que le llevasen destapado hasta la Deleitosa. En consecuencia, la comitiva se convirtió en la más extraña que nadie hubiera visto nunca en aquellos contornos. Además de los negros que cargaban con el muerto había unos que llevaban una especie de palio para que el sol no le diera y otros que, con hojas de palma, moviéndolas a manera de abanicos, trataban de evitar que moscas, tábanos o moscardones la emprendieran contra el difunto antes de hora. Finalmente, un poco rezagados cerraban el cortejo los que trajinaban la tapa del ataúd.

En la puerta de la Deleitosa los dos hijos varones esperaban la llegada del cuerpo de su padre acompañados del sacerdote que tenían a sueldo entre algunos propietarios de los contornos y que era el encargado de decir misa los domingos, bautizar, casar y extremaunciar a la negrada y, sólo en casos extremos, a algún señor que tuviera la mala ocurrencia de morirse en el campo, como había sido el caso de Fortaleza. El padre Martínez, muy a pesar suyo, había tenido que ir a administrar los santos óleos al señor de la Deleitosa, obligado por ser quien era el agonizante, pues ante la negativa de Parker de sufragar, junto con los demás vecinos, parte de sus gastos, a cambio de sus auxilios espirituales, se prometió no pisar el Morena Clara ni por la caridad de impedir que un alma se fuera al infierno. Con voz desacompasada empezó a rezar los responsos seguido de dos sacristanes alquilados que entonaban bastante mejor y los tres acompañaron al difunto hasta dentro de la casa. El salón principal de la Deleitosa, con los muebles arrimados a las paredes, estaba dispuesto para convertirse en capilla ardiente. En el centro se había preparado un catafalco, recubierto de crespones morados, donde fue colocado el ataúd y se encendieron las hachas que lo rodeaban. Las ventanas permanecían cerradas en señal de duelo. A la izquierda, Ángela, de riguroso luto con el rostro cubierto por un velo, estaba arrodillada sobre un reclinatorio. Junto a ella pululaban amigas y conocidas de las cercanías. A la derecha, Gabriel y Custodio, de pie, recibían el pésame de los hombres. En la salita vecina había alimentos y bebidas para los que gustaran. Desde fuera llegaban los llantos de los esclavos, obligados a plañir la muerte del amo. Gritaban y gemían sin parar porque el capataz les había cambiado el trabajo de resembrar caña por el de fingir aquel dolor sin consuelo. Les habían ordenado formar en largas filas y bien alineados, en procesión, dar incesantes vueltas alrededor de la casa. Sólo se permitió que los esclavos domésticos se despidieran del señor desde dentro, con la orden explícita de que cantaran sus virtudes en voz alta. A Felicitas y a su madre los hipos y lamentos les impedían las falsas alabanzas tanto como los reproches que en aquellos momentos hubieran deseado hacer al muerto para quedarse un poco más descansadas. Para Felicitas que no hubiera llegado Miguel era una suerte. Tenía miedo de que, desaparecido su padre, fuera incluso capaz de mandar acabar con ella. Pero Miguel todavía no había salido de Tampa y tardaría en llegar.

Como los funerales de categoría tendrían que celebrarse en La Habana, el capellán de la negrada se limitó a cantar un responso por el eterno descanso de su alma. Todos en la Deleitosa, blancos y negros, estaban de acuerdo —como deseaba el latín del sacerdote, aquel mal entonado y peor pronunciado *requies cantimpace*— en que el espíritu del muerto descansara en paz porque así no volvería para incordiarles. Algunos albergaban la esperanza de que el señor hubiera mandado manumitirlos después de su muerte, como a veces solía pasar por aquellos lugares, especialmente si se trataba de esclavas con las que se hubiera tenido tratos carnales de los que hubiese seguido descendencia, aunque menospreciada y no reconocida. De aquella magnánima prerrogativa se podían beneficiar al menos media docena en la Deleitosa. Todas ellas se hacían ilusiones de conseguir una libertad que ahora ya no dependía sólo de las últimas voluntades del finado sino de la determinación de sus herederos de que se cumplieran. A veces había eximentes familiares que lo impedían de manera tácita, según aseguraban los tribunales adonde acudían los esclavos para reclamar.

El capellán estaba a punto de concluir el tercer responso cuando empezó el viento y con el viento llegó un rumor lejano de tambores. Tambores que pusieron en guardia a los de arriba e hicieron que se intensificaran los plañidos de los que rondaban fuera. Tambores que pararon en seco los rumores de los que estaban dentro y les precipitaron a las ventanas para tratar de adivinar de dónde procedía aquel ulular de lobos convocando a la gran cacería. Todos los de arriba conocían el peligro de los tambores. Los tambores ponían espolones en los tobillos, caballos en la sangre esclava. La negrada se volvía loca con los tambores. Con el eco de los tambores se erguían sus espaldas dobladas. Con sus reclamos se acababa aquel vivir de rodillas. Los tambores. Y los tambores sonaban. Los tambores se acercaban desde los cuatro puntos cardinales. Los tambores. Los tambores. Los tambores. El difunto se había quedado de pronto solo sin plañidos ni rezos. Solo con los tambores. Su retumbar terrible le penetraba por todos los poros de su cuerpo. Los tambores le cortaban una mortaja nueva. Fuera, el mayoral, el capataz, los guardias se estaban enfrentando a tiros con el son de los tambores. A tiros hicieron recular a la negrada que se escapaba. El *cuero* resonó después, apagado, entre los bongos y los tam-tams.

María de Fortaleza no asistió a la ceremonia del responso. Se sentía incapaz de enfrentarse a nada que no fuera su propia pena a solas. No quería compartirla con nadie. No podía. Las piernas le temblaban. No se tenía en pie. No hacía otra cosa que repetir el nombre de su marido y trataba de buscar obsesivamente palabras que coincidieran con los sonidos que él pronunció antes de morir. Encerrada en su cuarto, con las persianas entornadas, se dejaba ganar por una pena honda que le impedía tomar cualquier decisión que no fuera quedarse allí, con los ojos llenos de las últimas imágenes de su esposo... Pero si hubiera querido presidir el duelo, nunca hubiera conseguido llegar a la Deleitosa. El camino que unía el Morena Clara con la finca de los Fortaleza había sido tomado por los negros. Negros que llamaban a la rebelión de los que todavía eran esclavos. Negros que el señor del ingenio de Santo Tomé acababa de liberar con la condición de que no le mataran, y se alejaban con sus tambores de celebración y reclamo, embistiendo contra todo lo que encontraban a su paso —animales o personas—, fueran a lomos de cabalgaduras, como el carpintero que volvía al pueblo, o en volanta como los dos vecinos que se dirigían al duelo del señor de Fortaleza. Los tambores precipitaban la noche oscura y magmática que lo engullía todo. Los negros eran la noche y seguían avanzando para propagarla. Pero de pronto, dejaron los caminos, apagaron los sonidos y se adentraron en la manigua, alejándose de las tierras de labor y todo lo que se llevaron fueron los tambores. Los tambores con los que se defendían de los blancos y que a veces se enseñoreaban de los blancos, ganándoles por el terror.

El miedo impidió que el señor de Fortaleza pudiera ser embalsamado, como era deseo de Ángela. El miedo tomó todos los caminos y durante más de ocho horas nadie osó transitarlos hasta que llegaron los soldados. El señor de Fortaleza tuvo que ser enterrado a toda prisa bajo una ceiba, en los límites del jardín del ingenio. Ángela de Fortaleza se negó a que su padre ocupara un nicho en el cementerio de la plantación, junto a la fosa común de los esclavos, adonde habían ido a parar los cuatro negros que murieron a consecuencia de los disparos de los guardias, después de que los tambores les retornaran a su primitivo estado de bestias salvajes. A resultas de la tamborada ocho negros fueron arrestados en la casa de la purga, cinco alimañas furiosas tuvieron que ser inmovilizadas por los cepos ya que incluso echaban espuma por la boca y atacaban con los dientes. Ni siquiera en los días tristes de la muerte del amo habían sido capaces de comportarse a la altura del dolor que invadía a todas las demás criaturas de la finca. Perros, gatos, aves, burros, mulas, caballos o bueyes eran más sensibles que los esclavos a la pérdida del señor, a quien, éstos, si tuvieran uso de razón, deberían considerar como a un padre, decía el mayoral a los hermanos Fortaleza, encerrados en la sala del billar, hundidos en el silencio sucio y pesado que había seguido al desastre. Lo que había ocurrido era mucho más grave que todo lo que había pasado en La Habana desde los inicios del tumulto porque ponía en peligro sus vidas, además de las propiedades, cosa que nunca les sucedió en la capital, por mucho que María hubiera influido en su padre para que se sintiera amenazado. Tenían que regresar a La Habana cuanto antes, en cuanto fuera posible, para aclarar de inmediato la cuestión de la herencia y saber de quién era la Deleitosa, a quién correspondía Casa Fortaleza, a quién habían ido a parar las tierras de Vuelta Abajo, las inversiones en Tampa, las acciones del ferrocarril, las tierras extramuros o las propiedades en Europa. También, como buenos hijos, debían urgir el castigo de los culpables por la muerte de su padre y organizarle unos solemnes funerales en la catedral.

María de Fortaleza abandonó el Morena Clara dos días después de que su marido fuera enterrado, cuando los soldados garantizaron finalmente el paso por los caminos y los negros de los contornos fueron obligados por la fuerza a renegar del reclamo de los tambores. Partió dejando al niño con la nodriza, primero a la Deleitosa para visitar la tumba de su esposo, y siguió luego con sus hijastros hacia La Habana para que el notario les leyera el testamento. Los jardineros de Parker, por orden suya, habían tejido con flores blancas una cruz del tamaño de una persona y ella misma había cogido un gran ramo de rosas albares. Olían a las sales que, todavía no hacía dos años, en Tampa, en los primeros días de su matrimonio ella mandaba comprar para ponerlas en el agua del baño. Se fue sin haber conseguido descifrar los sonidos pronunciados por Fortaleza —artas, les, or, al...— pero se llevó el secreto de Parker y le dejó como prenda de su confianza lo que más quería: su hijo y una copia de sus versos. Le pareció que la casa de Parker era el sitio donde estarían más seguros.

XXVIII

Don Álvaro de Medina y Sotogrande rehízo el camino que cuatro años antes los hermanos Fortaleza le habían pedido que emprendiera una madrugada que tardaría aún mucho tiempo en olvidar. Hoy también, a ruegos suyos, recorría en el mismo carruaje la distancia que separaba el palacio de los Fortaleza de su casa. Lo hacía, sin embargo, en momentos más apropiados: las doce de la mañana. Llevaba el pañuelo de los olores pegado a las narices a pesar de que La Habana en aquella hora, menos intempestiva, y ya calmada por la vigilancia reforzada de voluntarios y soldados, no apestaba tanto. En cuanto llegó, la señora de Fortaleza en persona le hizo pasar, pálida y fragilísima. A pesar de que sólo la había visto media docena de veces —la última el día de la fiesta— porque el señor de Fortaleza prefería ir a su despacho cuando le necesitaba, la recordaba mucho más ufana y animosa. Tal vez era verdad que le amaba, pensó, aunque él, después de que su marido modificara el testamento a su favor, no dejó de creer, como todo el mundo en Cuba, que María, que no tenía dónde caerse muerta, se había casado por interés o, mejor dicho, como matizaba Aguas Claras, por el capital. Además, los últimos acontecimientos —la desgraciada circunstancia del asalto, el hecho de que todavía no hubieran encontrado a los culpables y la detención de sus amigos, primero del joven llegado de Barcelona y después del director del Liceo Artístico y Literario, su mentor poético con quien tan estrecha relación mantenía— eran motivo suficiente para quitar el hambre a cualquiera y provocar insomnio. Bastaba mirarla a la cara para ver hasta qué punto debía de pasar las noches de claro en claro, clavados en las ojeras llevaba sus duermevelas de viuda. No obstante apostaría cualquier cosa a que pronto habría de mejorar. El señor de Fortaleza, en paz descansara, le dejaba la tajada más suculenta: la finca de la Deleitosa, la casa de La Habana, dinero en efectivo, acciones de la banca de Nueva Orleans y del ferrocarril..., si no recordaba mal. Sin embargo, ponía como condición que no volviera a casarse y la obligaba a no vender el ingenio, vinculado al hijo pequeño, José Joaquín, a quien favorecía mucho más que a los otros, con el argumento de que los mayores ya se habían aprovechado suficiente de su patrimonio.

En presencia de Gabriel, Miguel, Custodio y Ángela de Fortaleza y Borrell, además de María de Fortaleza, el notario fue desgranando a quién correspondía cada una de las partes. Ángela estaba a punto de recibir la suya en forma de dote y por eso quedaba excluida. Miguel sólo tenía derecho a la legítima; su padre, además, le obligaba a manumitir a Felicitas a su costa. A Gabriel se le otorgaba, lo mismo que a Custodio, a partes iguales, tierras de Vuelta Abajo sembradas de tabaco, una finca en Matanzas, terrenos urbanizables fuera de las murallas y todas las inversiones en Europa. Dejaba dinero para liberar a seis esclavas y a los hijos que todavía les quedaran vivos. Dejaba para misas y oficios solemnes en la catedral de cuerpo presente, lo que jamás podría cumplirse, y limosnas en diferentes parroquias. Dejaba la casa donde vivían, y que él había comprado para que la habitaran sin pagarle alquiler, a dos mulatas libres con las que había mantenido relaciones, en compensación, escribió, de los buenos ratos secretos. Para leer las últimas frases el notario bajó el tono de voz, carraspeó y miró de reojo a María. Dejaba a su nieto mayor un edificio de dos plantas en Nueva Orleans cuyas rentas le permitirían no tener que andar con privaciones en cuanto cumpliera dieciséis años —una manera de no tener que depender de Custodio ni de la meapilas de Matilde, pensó en seguida don Álvaro—. Dejaba...

María escuchaba reconcentrada, con la cabeza inclinada. A ratos le parecía que todo aquello no tenía nada que ver consigo misma y que ella estaba allí porque alguien le había pedido que se quedara para completar las parejas de un juego o ayudar a devanar una madeja. Incluso su nombre —mi mujer María— por boca del notario, por más que fuera de parte del señor de Fortaleza, le parecía dirigido a otra persona. Su apellido, quizá por descuido del notario o por explícita intención de su marido, no había sido pronunciado tal como era, Forteza, sino asimilado a Fortaleza.

Sus hijastros, por el contrario, atendían con una actitud muy diferente. Miguel y Custodio, dando muestras de disconformidad y comentando en voz alta el valor de cada partida y la pertinencia de su adjudicación. Miguel además amenazó con impugnar la voluntad de su padre al verse desheredado y reclamó a su hermano Gabriel la mitad de su parte. El notario, argumentaba, podía dar fe de que Gabriel había estampado su firma en el documento donde los dos se comprometían a repartirse la herencia. Él no había incumplido con la palabra. Se había quedado en La Habana y había aceptado a la mujer asignada por su padre. Se había casado por poderes. ¿Qué culpa tenía si las circunstancias se le habían vuelto en contra, preguntaba con redomado cinismo, y su pobre mujer había muerto?

María de Fortaleza decidió retirarse a su cuarto. Aquella conversación la afectaba demasiado y hacía que se sintiera incómoda. Además, no deseaba escuchar según qué. Pero el notario le rogó que no se fuera todavía. Aún no había terminado. El señor de Fortaleza le había hecho otro encargo. Por esto pidió a los hermanos que dejaran las discusiones para más adelante y pusieran atención en lo que les tenía que decir.

—Su señor padre, su señor marido, señora —comenzó Medina, después de llevarse el pañuelo a la nariz y olerlo con fuerza—, antes de irse de La Habana vino a verme. Hablamos de la situación política y no me escondió su preocupación por la precipitada huida del Capitán General y por las nuevas que corrían sobre desembarcos filibusteros. Después me dio un sobre lacrado, me dijo que contenía documentos de importancia, y por eso quería que yo lo guardara. Me confió que había pensado en irse al campo, que detestaba las algaradas, en especial los incordios del ruido que las acompañan, y que quería marcharse a la Deleitosa. No desconfiaba de nadie, pero prefería no tener que dejar los papeles en su casa al alcance de posibles miradas indiscretas y temía que si se los llevaba se los pudieran robar durante el viaje. Si no fuera que me advirtió que bajo ningún concepto salieran de mi custodia, en el momento en que me llegó la noticia tristísima del atentado se los hubiera enseñado a la policía, por si en ellos pudiera encontrarse alguna pista para detener a los culpables. Pero el señor de Fortaleza insistió tanto en que sólo había de entregarlos cuando él, de manera directa o indirecta, me los reclamara, que no me atreví, no fuera a resultar contraproducente. Sólo en el caso de su muerte yo se los habría de devolver a su familia, a usted, señora de Fortaleza, en primer lugar —entonces Medina Sotogrande sacó de su cartapacio un voluminoso sobre lacrado y se lo dio a María.

Encerrada en su habitación frente al escritorio, oyendo todavía los rumores de las voces de Gabriel y de Miguel que discutían arriba, María de Fortaleza abrió el sobre. No encontró ninguna nota dirigida a su persona como había supuesto, ni la revelación de ningún secreto —al menos hubiera podido tener con ella la delicadeza de confesarle que Felicitas era hija suya—, sólo papeles agrupados en tres partes y atados con cordeles. En un pliego en blanco que precedía al primer fajo el señor de Fortaleza había escrito: «En defensa propia». ¿De quién necesitaba defenderse? Con un nerviosismo febril luchó con el nudo hasta que consiguió deshacerlo. Vio que eran cartas. El papel llevaba impreso en la cabecera el nombre de Rodríguez de la Conca y todas, con excepción de dos, habían sido fechadas en Madrid antes de su nombramiento. Por lo que se desprendía de aquellos escritos el excelentísimo señor estaba inmensamente agradecido a Fortaleza y a sus amigos, porque trataban por todos los medios que él fuera el único candidato para ocupar el cargo de Capitán General, cuando lograran la destitución del odiado Palenzuela. No sólo les prometía prebendas, como el título, sino ayudarlos en lo que les conviniera. Ya podían comprar terrenos extramuros, por ejemplo, porque una de sus misiones primordiales sería mandar derribar las murallas para engrandecer y magnificar La Habana. Incluso en una carta se atrevía a asegurar que se veía capaz de luchar contra el gobierno de la metrópoli si era necesario para ayudar a los derechos de la colonia. Las dos últimas, mucho más recientes, habían sido fechadas en La Habana. En ambas se daba acuse de recibo de regalos y partidas de dinero.

Había también otro manojo que no era de su excelencia, sino de alguien que firmaba con iniciales, alguien que desde Washington enviaba noticia de unas conversaciones mantenidas en secreto entre el representante del Capitán General y un representante del gobierno de los Estados Unidos para tratar de la posible compra de Cuba. Quien firmaba con las iniciales P.O. aseguraba que una persona de la máxima confianza de su excelencia había admitido de su parte que aquella frase tan contundente del ministro: «Prefiero ver Cuba hundida en el mar que en manos de otra potencia», podía ser matizada o si no *reflotada*. Cuba podría venderse si todos los que tenían que ver con su gobierno sacaban una comisión suculenta... Si no se vendía, tarde o temprano, acabaría por caer en manos de los americanos sin beneficios para nadie.

Otros papeles contenían apuntes de gastos, listas con partidas adjudicadas a personalidades diversas, entre las que figuraba el nombre de Rodríguez de la Conca, así como el de dos ministros de la corona y un personaje de sangre real. Mezclados entre todas estas notas María encontró dos pliegos que le parecieron el detonante de todo cuanto había sucedido, la clave del desastre que se inició justo cuando el Capitán General se fue de su casa. El escrito había sido fechado en Washington dos días antes de la fiesta y, en consecuencia, debió de llegar algunos días después, posiblemente antes de marcharse a la Deleitosa y probablemente también motivara que el señor de Fortaleza quisiera reunir todo aquel material y llevarlo a casa del notario para ponerlo a salvo. Una persona que ni siquiera firmaba pero que pedía dinero para seguir con su trabajo de espía por cuenta del Club de La Habana, aseguraba que el ministro plenipotenciario español en Washington estaba a punto de enviar al gobierno un informe sobre el Capitán General, ya que hasta la cancillería habían llegado noticias de que su excelencia hacía la vista gorda con los miembros del Club mientras éstos le llenaban la bolsa. Pero de la misma manera que él lo daba a conocer a sus amigos, también los agentes del excelentísimo señor se lo harían saber con toda celeridad. Conociéndole no era difícil prever que antes que perder el barco, daría un golpe de timón, sin contemplaciones para nadie. Sólo podía salvarse mostrándose duro, inflexible, incorruptible frente a los que ahora querían destruirle por blando, flexibilísimo, corrupto y absolutamente venal.

En cuanto acabó de leer, María temblaba de pies a cabeza. Recordó la voz de su marido en la agonía y de repente pensó que las palabras pronunciadas débilmente, artas, les, or, al..., tal vez pudieran corresponder con cartas, papeles, traidor, Capitán General... Los pliegos le quemaban entre las manos. Su instinto le decía que eran peor que pólvora, pero si los hacía desaparecer la muerte del señor de Fortaleza quedaría para siempre impune porque si de una cosa estaba segura era de que en aquellos papeles residía la prueba de su asesinato. Ocultarlos la hacía cómplice y ella que tanto amaba a su marido no lo podía consentir. Pero darlos a conocer ahora, llamar al jefe de policía, aquel hombrecillo repulsivo que se había permitido visitarla sin ser anunciado no hacía ni diez días, era del todo improcedente. El jefe de policía actuaba bajo las órdenes directas del Capitán General. Sólo le quedaba una opción, guardarlos en un lugar seguro y esperar a que el excelentísimo señor fuera destituido, cosa que sucedería tarde o temprano, o enviarlos a la metrópoli para que desde allí alguien le desenmascarara públicamente, pero en los tiempos que corrían era demasiado peligroso. Se preguntaba hasta qué punto tenía que guardar ella sola aquel secreto o si debía compartirlo con sus hijastros. Ellos, por descontado, tenían todo el derecho a saber quién había podido mandar asesinar a su padre, pero a la vez le daba miedo que cualquiera de los cuatro se fuera de la lengua. Pensó en decírselo únicamente a Custodio, que la había prevenido contra el Capitán General cuando ella creía que su excelencia era un hombre justo, incorruptible. Pero en seguida consideró que todos debían saberlo. Al ser compartido, el peso de aquella verdad terrible, como un grillete oprimiéndole el corazón, tal vez se le haría más llevadero.

Salió de su cuarto con el sobre en la mano. Ojalá que el notario todavía estuviera allí. Gabriel y Miguel le habían pedido que se quedara para dirimir ante él sus enfrentamientos y sus voces no habían dejado de acompañarla durante el tiempo —más de media hora larga— en que ella estuvo viendo los papeles. Por fortuna todavía no se había marchado y le pidió que le sirviera como testigo. Por el contrario, Custodio bajaba ya las escaleras y tuvo que mandar un criado a buscarle. Hizo avisar a Ángela y se reunió con todos de nuevo. Sobre la mesa del despacho del señor de Fortaleza fue dejando aquellos tizones encendidos, y rogó al notario que los leyera en voz alta, pero antes pidió a sus hijastros, por la memoria de su padre, que lo mantuvieran todo en secreto.

XXIX

Dos días después de que el notario hubiera dado a conocer el testamento a los Fortaleza, María recibió la visita del joven comandante de Estado Mayor. Acababa de llegar a La Habana desde Matanzas donde había sido enviado para reclutar, también allí, un batallón de voluntarios y deseaba expresarle, en persona, sus condolencias, además de llevarle un encargo del Capitán General. Su excelencia quería mostrarle directamente los esfuerzos hechos por la policía para poder llegar, lo antes posible, a la detención de los culpables y por eso le pedía que fuera a palacio al día siguiente, a las doce en punto.

María de Fortaleza, vestida de negro de la cabeza a los pies, decidió romper la costumbre del luto que la obligaba a permanecer en casa, sin salir para nada que no fuera ir a misa, y acudir a la cita. Ayudada por su doncella, intentó disimular su aspecto extenuado y con polvos de arroz trató de enmascarar las ojeras. Se había pasado la noche llamando al sueño, que más desobediente que sordo sólo se dignó comparecer de madrugada, demasiado tarde para serle provechoso. El descanso le resultaba imprescindible para mantener la cabeza despejada, poner los cinco sentidos en todo cuanto pudiera revelarle su excelencia y ver hasta qué punto le convenía darle a entender que conocía el contenido de las cartas. Estaba dispuesta a todo con tal de dejarle en evidencia ante un tribunal. Pero quizás fuera mejor hacerse el tonto, la tonta, se corrigió, y que él diera a conocer su juego, y según cómo no decir nada o decirlo todo.

El Capitán General la recibió en su despacho, después de hacerla esperar durante más de media hora en una sala llena de panoplias y espejos. Circunspecto, no le besó la mano, tal vez porque ella sólo insinuó el gesto de tendérsela y, a medio camino, la echó atrás para recogerse un mechón de cabello que le molestaba sobre la frente. Los dos ayudantes, con los que debía despachar antes de que ella entrara, no se fueron. De pie, uno a cada lado de Rodríguez de la Conca, parecían montar guardia por orden de su excelencia. En vez de conducirla al sofá que había junto a un velador con un ramo de rosas, el único lugar hospitalario de aquella inmensa estancia, donde se repetían las frías panoplias que alternaban con numerosos retratos de adustos militares, le ofreció una silla frente a su mesa, mientras él se sentaba en un enorme sillón solemne, confortable y lujosamente autoritario. Con la mesa de por medio y marcando la distancia que le confería su cargo, en las antípodas de la noche de la fiesta, cuando se había permitido hasta algún golpecito familiar en el brazo al tiempo que le hablaba en susurros casi a ras de mejilla, le dio un extraño pésame: lamentaba la muerte del señor de Fortaleza porque la amistad y el afecto que le he había profesado hasta entonces se imponían todavía sobre el rechazo que debería producirle su persona...

María de Fortaleza protestó:

—¿De qué rechazo habla, excelencia? —le preguntó con firmeza. Pero su excelencia hizo como si no la oyera.

—La noche de la fiesta, de la desgraciada fiesta —marcó con un tono neutro—, alguien me hizo llegar un billete avisándome de que Fortaleza estaba a punto de traicionarme, violando las leyes de la hospitalidad, además de las de la amistad, ¡leyes sagradas! —y miró con menosprecio a la enlutada que se clavaba las uñas en las palmas de las manos para saber que estaba viva y acompañar el dolor que las palabras de Rodríguez le causaban con otro, sangrante pero menor, mientras él repetía con énfasis—, leyes sagradas, sí, y me tendía una trampa, allí mismo, en su casa, en aquellos salones, que yo le había hecho el favor de honrar con mi presencia, como primera autoridad de la colonia... —el tono de su voz subía en atención a la importancia del cargo y rebotaba por los muros de

aquel despacho—: ¡Fortaleza me tendía una trampa mortal!...

—No es cierto, excelencia. ¡Es mentira!

—Calle, señora. ¡Tenga al menos el buen
gusto de no interrumpirme! —exclamó impera-
tivo.

Y otra vez su tono subió hasta el techo para engalanarlo con una guirnalda de referencias
a la fatídica noche.

—Si no hubiera sido por el aviso... ¡A punto
estuve de brindar por el título!... Una sorpresa
para usted... ¡Valiente sorpresa! Valiente manera
de agradecerme todo cuanto había hecho... Si hasta comprometí mi prestigio en solicitar el marquesado de Fortaleza. La Reina estaba a punto de
otorgárselo. ¡Qué ridículo más grande! Por fortuna pude dar marcha atrás... También en esa cuestión Fortaleza me había mentido, comprando los
testimonios que acreditaban un linaje limpio, no
mezclado, no contaminado con sangre mora, o judía. ¡Todo falso! A la postre me enteré de que la
ascendencia de Fortaleza no provenía de cristianos
viejos, como aseguraban los papeles presentados como pruebas de limpieza de sangre, de señores antiguos de Mallorca, sino de conversos infamantes,
quemados en la hoguera. Ni siquiera Fortaleza era
su verdadero apellido, era un apellido falso, inven-
tado, deformado, con el que, dando gato por lie-
bre, encubría el verdadero, Forteza. Forteza como

usted, señora —subrayó con sarcasmo—. Y lo siento porque en las letras de su apellido llevan ustedes escrita la mancha del oprobio, el crimen de los judíos que mataron a Cristo, el estigma de la traición de Judas Iscariote. ¡Bien hicieron los Reyes Católicos expulsando a los judíos para que no nos contaminaran más!

María de Fortaleza notaba que la cabeza le daba vueltas pero hizo un esfuerzo para levantarse.

—Sus insultos me obligan a marcharme.

Y se puso de pie. Irse era la única salida digna que le quedaba.

—No puedo permitir que usted, por muy Capitán General que sea, insul...

No la dejó terminar.

—¡Siéntese! —le ordenó despótico—. No puede marcharse sin que yo se lo autorice. Yo soy aquí quien manda y yo quien decide cuándo se acaban las audiencias, señora mía. La he mandado llamar para decirle cuatro cosas. La primera ya la sabe. Las otras tres son éstas: a pesar de la acusación contra su marido, no actué en consecuencia de inmediato porque quería reunir las pruebas necesarias. Me parecía tan monstruoso que una persona de mi absoluta confianza, en quien tanto afecto había depositado, pudiera desear mi muerte, que me negaba a creerlo. Quería que me lo demostraran con pelos y señales. Para ganar tiempo cedí a la petición de los salvoconductos. Aunque sólo los culpables pretenden huir, me decía. Si quieren irse de La Habana es porque no se sienten seguros. Los inocentes no toman precauciones, eso está claro...

La pausa, demasiado larga, permitió a María intervenir.

—Lo que me llevó a solicitar los salvoconductos, los pedí yo, excelencia, y no mi marido, fue la necesidad de buscar un poco más de sosiego en la Deleitosa. El señor de Fortaleza estaba inquieto, porque creía haber perdido vuestra confianza y no porque hubiera querido atentar contra vuestra excelencia, cosa que nunca se le pasó por la cabeza. Y una buena prueba es que intentó hablaros. Vino a Capitanía para solicitar audiencia...

—Sí —dijo el Capitán General, que había aprovechado aquellos instantes para encender un cigarro, mostrando a las claras con aquel gesto de pésima educación delante de una señora que María le importaba muy poco—, vino varias veces e incluso me escribió ciertamente, con la intención indigna de coaccionarme con mis cartas...

María creyó que le faltaba el aire.

—Se lo digo para que lo sepa, señora Forteza —y puso mucho énfasis en pronunciar el apellido—. A veces desconocemos a la familia, incluso la más próxima. Podemos compartir manteles y hasta sábanas pero no sabemos nada del otro. Estoy seguro —añadió con una sonrisa cínica— de que esto no se lo esperaba... Lo lamento. ¡El señor de Fortaleza chantajista!, como dicen los franceses... Claro que, en descargo suyo, se ha de tener en cuenta que sólo lleva dos años casada...

—Las cartas son com...

—Las cartas —la interrumpió en seguida sin dejar que acabara, y la voz de halcón se abatió sobre la suya de tórtola— obran en su poder, lo supongo... Por si acaso, quiero decirle que no me interesan. Mis ayudantes son testigos. Haga lo que quiera con ellas. No le servirán de nada. En cambio, la suya..., la que me escribió usted me será de mucha utilidad... Usted me escribió después de la fiesta pidiéndome perdón por si mi marcha precipitada había podido tener que ver con usted, por si había sido culpa suya. Quizás, usted, sin querer, había incurrido en alguna falta, en alguna indelicadeza... El señor de Fortaleza estaba tan preocupado, la había regañado tantas veces, me confiaba arteramente... Una buena manera de exculparlo, ¿no le parece? Puede que fueran los remordimientos los que le impulsaron a escribirme. Tal vez fuera usted, y no él, quien quiso acabar conmigo... ¿Por qué no? Usted ha mantenido estrechos contactos con los insurrectos del Liceo Artístico, con esos descontentos catalanes de mierda. Usted ha escrito versos patrióticos... ¡Valientes versos! ¡Claro que sí! La culpa de mi marcha precipitada fue suya... ¿No es así? ¡El veneno en el chocolate lo mandó poner usted!

La medida de mi copa hubiera tenido que ser doble para que su efecto fuera fulminante. Una cena digna de un príncipe con envenenamiento final... Un buen tema para una ópera.

Y sonrió al ver que María abría el abanico para buscar un poco de aire y abría la boca sin encontrar las palabras mientras negaba con la cabeza.

—¿Sabe lo que decía el aviso que me llegó, el aviso que me salvó la vida? ¿Quiere saberlo?

María no contestó porque casi no le oía. El Capitán General pidió a su ayudante que le trajera una carpeta de piel repujada que estaba en un extremo de la mesa. De ella sacó un papel doblado.

—Léalo usted, Pérez —le mandó.

El oficial dio un taconazo y sin moverse más que para tomar el papel, obedeció: EXCELENCIA, MÁRCHESE EN SEGUIDA, ALGUIEN PREPARA SU MUERTE. HAY VENENO EN EL CHOCOLATE.

La señora de Fortaleza se desmayó. Al volver en sí no sabía dónde se encontraba.

XXX

El hielo. Pensaba en el hielo. En los bloques de hielo que por las mañanas, todas las mañanas, acarreaban las esclavas desde la Dominica a las cocinas de los Fortaleza y que en Mallorca sólo había visto en contadísimas ocasiones en Casa Sampol. El hielo, transparente y compacto, durísimo, que apenas dejaba escapar una gota de agua. Sin embargo, las horas lo iban diluyendo, licuando, transformándolo, finalmente, en lo que había sido antes, agua, sólo agua. El hielo retornaba lentamente a su origen como si nada le hubiera pasado. ¿Por qué no aferrarse a que a ella pudiera sucederle lo mismo? A fuerza de insistir, a fuerza de obstinarse en no ir más allá, en no dar un solo paso ni hacer el más mínimo movimiento, con los ojos cerrados, dulcemente apoyada en el hombro de su marido, escuchando la respiración de su hijo en brazos de la nodriza y el traqueteo del carruaje conseguiría quedarse cuanto le restara por vivir sin apartarse de aquel momento. Ni más adelante, ni más atrás, antes de que sonara el tiro que le había destrozado la vida. Se aferraba a aquel último instante de consuelo ahora que sabía que las cosas venían tan mal dadas. Miraba hacia atrás por el temor que le producía mirar hacia delante, donde sólo veía la claridad turbia de una madrugada, una rendija en medio de la oscuridad a la que ya se le habían acostumbrado los ojos. Prefería aquellos instantes monótonos, sin relieve, lisos de vida cotidiana, a los de la celebración de la boda o los del inicio de la fiesta o incluso a los de su triunfo en el Liceo Artístico y Literario, cuando el director le había augurado un porvenir de eternidad en la historia de la literatura cubana. ¿Por qué cubana?, le preguntó ella. Porque usted misma ha escrito que se siente habanera y más que la tierra donde se nace, la patria es el lugar de donde uno se siente, el lugar que nos proporciona la identidad propia.

A menudo le venían pensamientos de otros ratos, mezcla de palabras de otra gente: «Una fiesta extraordinaria...», «Encantado, señora de Fortaleza, es para mí un verdadero honor, envidio a su marido...», «¡Váyase en seguida, excelencia!...», «¡Hay veneno en el chocolate!...». Luchaba por rechazarlos porque sentía hasta qué punto laceraban sus oídos con mucha más intensidad que el ruido de los tambores de la revuelta. Luchaba por no oír nada, para ahorrarse cualquier ruido. Los cambios de carceleros, el retumbar de las botas de los guardias, los pasos de su abogado. Nada le interesaba más que seguir concentrada en el traqueteo del carruaje

mientras pensaba en los próximos días en la Deleitosa con su marido y su hijo. No sabía desde cuándo estaba allí. Había perdido la noción del tiempo,
del paso de las horas y en aquella penumbra perpe-
tua no acertaba a adivinar si era de día o de noche.
No había más luz que una vela. Cuando un poco de
aire la apagaba, se quedaba a oscuras hasta que alguien, casi siempre el centinela que le traía la comida, la encendía de nuevo para que pudiera llevarse
la cuchara a la boca, aunque no probara bocado.
No tenía hambre. Ni sed. Sólo necesidad de regresar al refugio del carruaje y quedarse allí, camino de
la Deleitosa, sin llegar nunca a su destino. En el lin-
dero del ingenio Morena Clara volvió a oír el tiro.
Ahora que ya sabía lo que le esperaba allí, suplicaba
al cochero que cambiara el itinerario. A veces lo
conseguía pero otras sus órdenes no eran obedeci-
das. Quizás con el ruido del carruaje el cochero no
la oía y volvía a darse de bruces con los asesinos y
volvía a escuchar el disparo y veía caer de nuevo al
señor de Fortaleza malherido y notaba su sangre sal-
picándole el escote, manchando su vestido de muselina azul. Pero el horror duraba unos segundos.
Otra vez hacía el esfuerzo de retroceder y se dormía
sobre el hombro de su marido, con el niño entre sus
brazos. Se quedaba así quieta, muy quieta con los
ojos cerrados y el alma fija en esa imagen.

Desde que estaba allí en capilla, desde que
la trasladaron al castillo de la Punta, no había vuel-

to siquiera a preguntar por su hijo. No se había interesado por nada que no fuera estar tumbada sobre el camastro con los ojos cerrados. No quería despedirse de nadie, ni necesitaba el auxilio de ningún sacerdote. Se había confesado abajo, antes de que la subieran, cuando estaba en la cárcel de Capitanía. Había gritado su inocencia a los cuatro vientos. Había protestado todo cuanto había podido para demostrarlo. Le había dicho a su abogado que guardaba papeles comprometedores, papeles que probaban hasta qué punto su excelencia era sospechoso de haber tramado deshacerse de su marido y después de ella misma. Pero los papeles nunca aparecieron. Ya no se encontraban en su escritorio, bajo llave, como ella los había dejado aquella mañana en que por última vez salió de casa. Gabriel se lo notificó personalmente a su abogado. Juraba por la memoria de su padre que aunque tanto Ángela como él trataron de oponerse, no pudieron evitar el registro de los hombres de Morell, que llegaron inmediatamente después de que su madrastra saliera hacia Capitanía para la audiencia. Una trampa que a María jamás se le hubiera podido pasar por la cabeza. Si no se hubiera desmayado tal vez hubiera podido volver a casa y desde allí intentar huir, intentar llegar hasta el Morena Clara para besar al niño y aunque fuera por última vez poder sentir de nuevo el dulce contacto de su carita contra la suya, la tibieza de su cuerpo en su regazo. Su desmayo les había permitido ganar tiempo, mientras ella era trasladada a una celda estrecha y sin ventilación, tirada sobre una cama de tijera, rodeada de penumbra, en un sótano sin más muebles ni ajuar que el cubo para las defecaciones y el somier de patas con un triste colchón de crin donde finalmente, no sabía cuándo, había recobrado el conocimiento.

Los hombres de Morell forzaron cerraduras, abrieron cajones, removieron papeles, hurgaron en documentos, husmearon en cuadernos de versos, y después de olisquear por todas partes, hasta huronear en los escondrijos más recónditos, arramblaron con todo lo que les pareció digno de comprometer a la señora o quizá de *descomprometer* a quien había dado la orden de registro al jefe de policía, su excelencia el Capitán General, aunque lo que buscaban fueran sus cartas, que Morell entregó personalmente a Rodríguez de la Conca. No en vano eran suyas, no en vano el señor de Fortaleza, su destinatario, estaba muerto, y, en consecuencia, era de ley que se devolvieran a quien las había escrito. Los demás papeles fueron sacados en dos voluminosos cofres. Se les había ordenado llevarlo todo a Capitanía y dejarlo allí en depósito para su inspección. El secretario de su excelencia fue el encargado de clasificarlos. Escrituras a un lado, notas del señor de Fortaleza a otro, cartas dirigidas a María a un tercero y en un cuarto, los versos de la señora que ocuparon el espacio de una larga mesa y al menos seis sillas. Roberto Vélez, siguiendo órdenes de su excelencia, examinó despacio los materiales, en los que no pudo encontrar ninguna muestra de sospecha sediciosa. Un sudor de aburrimiento impregnaba su cuerpo después de leer no sólo los versos ya preparados para la imprenta sino el contenido de diversos cuadernos donde se guardaban versiones primerizas, composiciones inacabadas, esbozos y hasta probaturas ininteligibles. A veces para un solo verso desperdiciaba una hoja entera, otras, en cambio, llenaba con letra diminuta un pliego por las cuatro caras y hasta se permitía ahorrar papel escribiendo en sentido vertical sobre lo ya escrito horizontalmente. También aprovechaba el margen de los periódicos y de algunos de los anuncios impresos por Casadevall, aunque según pudo comprobar Vélez, exhausto y agonizante de fastidio, los versos allí recogidos entre tachones y enmiendas habían sido pasados a limpio, y, en consecuencia, también conservados en otro lugar. ¿Por qué y para qué debía de guardar tanta tontería repetida aquella señoritinga bachillera?, se preguntaba el secretario, saciado de versos de por vida y sumamente rabioso por la inutilidad de aquellas jornadas mortales. Todo cuanto había ido leyendo hasta entonces no tenía absolutamente nada que ver con ningún aspecto político. Por mucho que le buscaran cinco pies al gato ni siquiera en «Amor de madre», «Añoranza de cielo», «Jardín abandonado», «A la Virgen María» o «Humildes violetas», las composiciones que le parecieron más acabadas, había referencia alguna a la insurrección y encontrarlas en otras poesías sólo esbozadas le parecía un trabajo de chinos. Mejor sería encargar a cualquier poetastro versos revolucionarios y añadirlos a aquel montón si es que su excelencia trataba de involucrarla por sus escritos. Pero de pronto el secretario se topó con una hoja dedicada al señor de Fortaleza donde aparecían los versos de los que fácilmente podía haber salido la proclama de la insurrección, o acaso no se hablaba de «la patria cubana por la que pretendían luchar hasta la muerte» en el himno de aquella secesión, afortunadamente abortada. Junto a los pliegos, en una carpeta atada con lazos de color de rosa que ahora acababa de examinar, se guardaba el testimonio de que María de Fortaleza había perdido mucho tiempo en un sinfín de variantes antes de dar por buenas las estrofas que finalmente había pasado a limpio.

—Debía de tener mucho interés en que le salieran bien, en encontrar las palabras precisas para servir a la innoble causa revolucionaria —dijo el fiscal con aquellos papeles entre las manos—. Tal vez alguien se los había encargado...

Que la defensa insistiera en que se trataba de versos dedicados a su marido con motivo del primer aniversario de su matrimonio y que, como tales, fueron dados a conocer en un diario de La Habana incluso antes de que Rodríguez de la Conca llegara para ocupar el cargo no cambió nada. El fiscal engoló la voz para leerlos:

> ... la tierra,
> donde crece la palma,
> es mi patria del alma
> donde morir quisiera.
> Yo me siento cubana
> y me siento habanera.
> ¡Oh Cuba! Yo te canto
> como patria primera,
> patria que me libera
> de mi peregrinar.
> Hoy me siento tu hija,
> no me siento extranjera
> y por el suelo patrio
> quiero siempre luchar.

Y después preguntó a la sala si no eran evidentes las intenciones secesionistas. ¿A qué tipo de lucha podía referirse María Forteza, sino a la independencia? Estaba claro que la alusión a la simbólica palma real cubana tenía que ver con los insurrectos... De tan evidente daba asco. El fiscal encontró aún más ejemplos subversivos en aquellos pliegos, como un verso que loaba al surtidorsaeta de la palma imperial..., acaso una saeta venenosa, una flecha envenenada... Debía de ser ésta una vieja obsesión de la señora de Fortaleza o Forteza, se corregía el fiscal, porque aquellos versos estaban fechados hacía poco más de un año y eran los primeros que escribía en Cuba. Pero eso no la disculpaba: era una prueba más de la obsesión antigua por el envenenamiento de la primera autoridad, fuera quien fuese...

Sólo el abogado defensor estaba en contra. Sólo él lo manifestaba. Pero era demasiado joven y demasiado inexperto. Por eso le habían recomendado que no se obcecara en salvar a su defendida, que si quería subir de categoría pronto, era mejor que se dejase ganar, que aceptase que la señora de Fortaleza era culpable, que no proclamase tan alto ni tan claro su inocencia, que no pareciera que creía en ella. La única posibilidad que le quedaba a María Forteza para salvar la piel era el indulto y para obtenerlo tenía que pedirlo y para pedirlo era condición *sine qua non* que asumiera los cargos que se le imputaban, que aceptase su culpabilidad, como la aceptó en la carta dirigida al Capitán General que también aportó el fiscal como prueba. Sólo así su excelencia podría mostrarse magnánimo y conmutarle la pena de muerte por la de destierro.

Pero María se obsesiona en reiterar que es inocente, que no ha cometido ninguna falta, que los versos fueron escritos para agradecer al señor de Fortaleza todo cuanto había hecho por ella, como prueba de cariño matrimonial, que sus relaciones con los catalanes del Liceo Artístico y Literario nada tenían que ver con la subversión y menos aún con la preparación de un alzamiento conjunto de Cuba y Cataluña, como llegó a insinuar el fiscal. Jamás había tenido intención de envenenar a ninguna autoridad, ni jamás se le había pasado por la cabeza acabar con su excelencia, a quien hasta hacía poco, hasta que leyó las cartas dirigidas a su esposo, había considerado merecedor del mayor respeto. Aunque ahora no, ahora manifestaba en voz alta que no le tenía ninguno. Ahora que daba su vida por perdida quería decir bien claro lo que pensaba por si alguno de sus jueces pudiera tomar en cuenta sus palabras y llevárselas consigo lejos de allí, lejos de aquella farsa. Ella acusaba al Capitán General de la muerte de su marido. El Capitán General era su verdugo, estaba segura. Había ordenado al jefe de policía que le hiciera desaparecer y el jefe de policía debía de haber contratado la partida, cosa fácil en los tiempos que corrían, por un poco de dinero y la promesa, incumplida, por cierto, de dejarlos impunes.

—¡Pido, por Dios, que la acusación conste en el acta del juicio! —dijo con la voz rota de angustia pero con un tono firme que la sorprendió a sí misma. Como la había sorprendido el hecho de que para presentarse ante el consejo de guerra pidiera un espejo, agua de colonia y polvos. No quería que la vieran como una miserable, sino como quien era, la señora de Fortaleza. No quería irse de este mundo sin defender a la persona a quien más había querido, después de su hijo, y por su hijo lo hacía también. Por su hijo y por los hijos de su hijo y por los hijos de sus hijos, que tal vez un día, interesados por las figuras lejanas que les precedieron, tratarían de acceder a los papeles guardados en los archivos y encontrarían allí la transcripción de sus palabras entre las de sus acusadores. No pretendía que le sirvieran para evitar la muerte o siquiera para aplazarla. Deseaba, tan sólo, que pudieran ser utilizadas tiempo después. A ellas fiaba su inocencia. Tal vez al cabo de cien años o de ciento cincuenta, alguien acabaría por hacerle justicia.

XXXI

La detención de la señora de Fortaleza se conoció en La Habana con un retraso proporcional a la celeridad con que fue juzgada. El Capitán General tenía ahora mucha prisa para cerrar con el ritual de un sacrificio purificador los actos luctuosos que durante dos semanas conmovieron la colonia e hicieron peligrar su gobierno. La víctima había sido escogida con el mayor cuidado posible, sopesando pros y contras entre más de dos docenas de candidatos, conspiradores o involucrados en la revuelta, probablemente mucho más comprometidos que ella. Pero el hecho de contar con la ayuda de familiares y amigos que habrían de mover los hilos en su defensa le llevó a rechazarlos no fuera a ocurrir que el tiro le saliese por la culata. En los tiempos que corrían su excelencia no se fiaba de nadie y menos que de nadie, de su superior, el ministro de Ultramar que hacía muy poco había estado a punto de destituirlo. María de Fortaleza estaba a su lado cuando le llegó la noticia. Un golpe de mala suerte enviado por un azar nefasto que desencadenó, sin que él se lo propusiera, la tragedia. Un azar que desde el principio la escogía a ella, la ponía en el punto de mira de su cañón. Si la noticia le hubiera llegado en otro sitio o en otro momento todo hubiera sido distinto. Nada podía hacer él si la casualidad elegía a aquella señora. María de Fortaleza, además, muerto el marido, no tenía más amigos personales que los del Liceo Artístico y Literario, letraheridos sin poder que no contaban con otro medio que la palabra para intentar defenderla. Pero ahora, gracias a Morell —debería pensar en un ascenso además de la promesa de compensación económica, un tanto por ciento por detenido, por descontado a cargo de los fondos reservados, los fondos secretos de los que disponía directamente, muy mermados ahora por culpa de la revuelta—, atados de pies y manos, tenían las bocas amordazadas, llenos los tinteros de arena, embotados los plumines, por si alguno, refugiado en cualquier oscuro escondrijo —no en el Liceo, clausurado, ni en las redacciones de los diarios censurados sin contemplaciones—, tuviera aún tentaciones de escribir, no pudiera hacerlo ni siquiera con los pies, como el malabarista manco que él había visto una vez en un circo.

Su excelencia, despierto en su cama, mirando el techo, un ejercicio de lo más rentable porque así solía tomar las resoluciones más acertadas, se rió de sus ocurrencias. De todas formas, aquella gentuza bachillera, aquella caterva de pringosos poetas-hambre no hacía otra cosa que escribir con los pies aunque empleasen la mano derecha. Él, desde muy pequeño, estaba convencido de que el único ennoblecimiento posible de la mano del hombre pasaba por blandir una espada. Sólo empuñando la espada se redimía de las funciones abyectas. Por eso tenía en tan baja consideración a los que preferían la pluma —juristas, leguleyos, clerigalla, chupatintas y gente de libro—, todos tan despreciables como el auditor que no veía claro que María de Fortaleza fuera culpable y pedía una revisión del juicio con lo cual, el muy idiota, retrasaba la paz. No entendía que con la culpabilidad de María todos, incluso ella, salían ganando porque entonces él podría indultarla. Podría mostrarse magnánimo y conmutarle la pena capital por la expulsión de la isla y la confiscación de los bienes. Ésa sería la mejor medida, la más acertada, la más justa. Con ella retornaría el equilibrio a la familia Fortaleza. Todo quedaría como antes, como cuando aquella mosca muerta aún no había llegado a La Habana, pobre y enferma. Todo lo que había vivido de lujos y reconocimientos nadie podría quitárselo: se lo llevaba puesto. Involucrando sólo a María, la honorabilidad del señor de Fortaleza no se ponía en duda. Más tarde o más temprano los Fortaleza se lo tendrían que agradecer... Habían tenido el cinismo de enviarle un pliego pidiéndole clemencia cuando todos, menos quizás Gabriel, la despreciaban. Pero de Gabriel no tenía nada que temer. Encerrado en Casa Fortaleza convalecía de un tiro que le había disparado el bala perdida de su hermano Miguel antes de marcharse. El bala acertada —rectificó y rió, contento del juego de palabras que acababa de hacer—. ¡Valiente familia! Morell le había presentado un informe minucioso de sus últimas actividades. El mayor, un manta, un holgazán, se distraía con la pintura, otra forma de degradar la mano, impropia de un caballero. Claro que los Fortaleza no lo eran... Ángela estaba furiosa porque el luto la obligaba a aplazar la boda, pero respiraba a pleno pulmón desde que la madrastra se había ido y compensaba la mala conciencia intentando que su hermanastro y la nodriza regresaran a La Habana. El Morena Clara era el peor lugar del mundo para dejar un niño. Dios sabe qué podría estar inculcándole el degenerado de Parker. No sabía la engreída señorita de Fortaleza, pero él sí, que los hombres de Morell eran muy eficaces, que Parker con la criatura y la nodriza, había dejado Cuba y que desde Tampa, apelando a su nacionalidad británica, movía los hilos para parar la ejecución, con una inutilidad portentosa... Él, además, ya había dado orden de que le impidieran volver a pisar la isla, declarándole persona *non grata*.

No, la forastera no había tenido suerte con sus hijastros que le habían puesto la zancadilla tanto como habían sabido. El veneno en el chocolate, las cucarachas de los refrescos, según las siempre atentas orejas de Morell, ideas de la señorita Ángela, no eran nada, si se comparaba con la guerra a muerte declarada por Custodio y Miguel después de leer el testamento, que ya habían impugnado. Quizás, si eran capaces de jugarse el todo por el todo, podrían llegar a demostrar que José Joaquín, como había divulgado el malaentraña de Miguel, no podía ser hijo de su padre... En La Habana había más de media docena de mujeres —no todas mulatas, por cierto, ni del oficio— capaces de testificar donde conviniera, por un precio razonable, eso sí, fijado de antemano, que la defunción de la virilidad del señor de Fortaleza databa de bastantes meses antes de su boda. El excelentísimo señor se sintió conmovido por una brizna de piedad. ¡Pobre mujer! Todo le salía mal. Estaba claro que Dios la había dejado de lado. Pero ¿cómo no la había de dejar si ella, en el fondo, no debía de creer en Dios? Quizá judaizaba como sus antepasados... Un buen argumento para tener en cuenta a la hora de contestar al obispo que seguía mareándole con la petición de clemencia para todos los presos y, en especial, para la señora de Fortaleza, la única inculpada del sexo débil, incapaz de maquinar, sólo por el hecho de ser mujer, escribía su eminencia reverendísima, una conspiración tan complicada. En eso tenía razón, pero el purpurado quería meter baza en asuntos que no eran de su incumbencia. A él, además, le daba muy igual que la señora fuera caritativa o dejara de serlo, que el señor obispo la hubiera casado, o que su eminencia fuera amigo de Fortaleza, cuya muerte, se permitió incluso escribirle, no había sido suficientemente aclarada porque, a su entender, la partida que confundió al señor con el intendente de Hacienda no actuaba por cuenta propia y se había ahorcado a sus componentes sin averiguar de dónde salían las órdenes que les mandaban matar. Su eminencia reverendísima no era santo de su devoción. En cuanto todo volviera a la normalidad reemprendería la campaña para que lo trasladaran. Era el único miembro de la Iglesia que le molestaba, el único, si descontaba un par de discípulos del padre Claret que se permitieron durante la revuelta confesar a los negros mezclados con los blancos, condenar la esclavitud, vituperar desde el púlpito las peleas de gallo y las casas de juego, y lo que era mucho peor, insinuar que Cuba estaba mal gobernada... Pero ya había resuelto que habrían de callar por la fuerza si no acataban sus disposiciones y seguían mirando a su entorno en lugar de mirar sólo hacia el cielo. A su eminencia reverendísima, María de Fortaleza le parecía una víctima propiciatoria y, casualmente, esta vez acertaba, en esta cuestión estaban de acuerdo... Pero él ¿qué podía hacerle si había escrito unos versos comprometidos? Y aunque no lo hubiera hecho, como se obstinaba el defensor en demostrar, ¿cómo podía ser tan inocente de no imaginar que en aquellas precisas circunstancias cabía la posibilidad de que fueran malinterpretados, variados o difundidos como santo y seña de la insurrección a espaldas suyas?

Su excelencia era negado para la poesía y no acertaba a comprender por qué extraña regla de tres los revolucionarios solían establecer de inmediato relaciones con los poetas. O tal vez sí. Tal vez, la explicación provenía de un mismo origen: la falta de seso, de sentido común, de disciplina, la incapacidad de prever nada. ¿Cómo decían los versos de la encausada?, se preguntaba ahora, entre bostezos, hablaban de patria y libertad, como siempre, pero eso no estaba prohibido ni era censurable. Tal vez aquella desgraciada se refería, como se empeñaba en argumentar el defensor, a la patria del amor, encontrada en brazos de su esposo. Pero en seguida giró página: era judía y los judíos no tienen patria. Cuba era su Sepharat... ¡Demasiado complicado para una mujer! Un razonamiento difícil. El sexo débil no razona. Las mujeres no tienen cabeza, sino corazón y eso no todas... ¡Las mujeres...!, suspiró, ¡frutos de otro tiempo! Suerte que su esposa aún no hubiera llegado. Ahora sería una lata tenerla cerca. Mejor los gallos como entretenimiento: no hacían perder energía, no pedían nada, no hablaban ni pretendían ser escuchados... Las mujeres podían ser cualquier cosa menos inteligentes. En eso le daba la razón al obispo. Si eran inteligentes, no eran mujeres. Se rió con una carcajada hacia dentro que le hizo toser y se arrebujó entre las sábanas sin dejar de mirar al techo.

El indulto era la mejor solución, siempre que ella lo pidiera, cosa que de momento no había hecho, obsesionada en su inocencia y, sobre todo, si los voluntarios no lo tomaban como una muestra de debilidad, sino como una prueba de que sólo los fuertes pueden ser magnánimos. La vida y la muerte de María de Fortaleza, en consecuencia, no dependían de él, dependían en especial de que ella se dejara aconsejar por el abogado y, más que de ella —de la humildad para pedir perdón, de su arrepentimiento—, de los voluntarios... Las circunstancias eran así de extrañas, en las páginas de la historia no solían constar hechos de este tipo, pero los voluntarios tenían, sin saberlo, la sartén por el mango. Era cierto que habían conseguido con sus tiros pacificar La Habana. Ahora se paseaban desocupados y jactanciosos, presumiendo de haberle resuelto la papeleta, a él, nada menos, que era la máxima autoridad y que los mandaría al cuerno en cualquier momento, si pudiera, claro... Muchas tardes, después de romper filas, tras la parada militar en el Campo de Marte, le habían llegado sus voces exaltadas reclamando justicia, dando vivas a España, nunca a su persona, y exigiendo a coro la muerte de los traidores. Aquella chusma violenta, aquel atajo de mercenarios, aquella purria —también había negros y mulatos—, excelsos patriotas, salvadores de la unidad de la patria, ejemplo de héroes —se había visto obligado a llamarles en su última arenga—, eran incapaces de entender nada que no fuera la evidencia pura, de ir más lejos que la trayectoria de la bala que disparaban con su fusil. ¿Cómo podían hacerse cargo de que las razones de Estado frecuentemente llevan a los gobernantes a un callejón sin salida? ¿Y qué sabían ellos, sin embargo, de las razones de Estado por las que los gobernantes se veían obligados a defender aquello en que no creían, a aceptar los engaños, a fabricar nuevos, a comulgar con ruedas de molino y a mentir para mantener su autoridad que es la primera garantía del orden, y por tanto, de la justicia?

Mandar un ejército era mucho más sencillo que gobernar una ciudad. Él, más que nadie, podía afirmarlo con conocimiento de causa. Mandar un ejército, aunque fuera de mercenarios, escogidos entre los asesinos más abyectos, era fácil. Las ordenanzas militares estaban claras. Todo consistía en hacerlas cumplir sin vacilaciones, a plena luz. Mandar un ejército no tenía secretos. Gobernar, sí. Más que la guerra, la política es el arte de la simulación. Gobernar supone no actuar nunca de cara, usar la mano izquierda, más innoble que la derecha, pactar aquí y hacer concesiones allá, en un tira y afloja constante que le enervaba, jugar a la puta y a la Ramoneta.

Le gustaba, en cambio, y lo reconocía, aquel poder omnímodo de virrey, la palabra dulcísima, el caramelo tan a menudo chupeteado, pese a que nadie se lo llamara, Virrey, Excelentísimo Señor Virrey de la Isla de Cuba, puesto que, por desgracia, ya no se utilizaba. Cuba podía ser, como querían algunos, una provincia alejada pero él tenía muchas más prerrogativas que un gobernador civil y un capitán general juntos: era el representante de Su Majestad Católica la Reina y frecuentemente se veía presidiendo en el salón del trono de Capitanía, como si fuera el Rey... Con estos pensamientos entretenía los insomnios, demasiado frecuentes aquellos últimos días, derivados de las preocupaciones políticas, y a menudo sólo conseguía dormirse con la palabra en los labios, succionándola como haría un niño de teta: Virrey, Virrey, Señor Virrey...

Pero el virreinato lo había obtenido no por méritos propios, ni gracias a un ascenso de guerra o de escalafón, sino con la importantísima ayuda de Fortaleza, en especial, y de sus amigos de La Habana que no habían escatimado dineros e influencias para que pudiera conseguirlo, a cambio, naturalmente, de sus promesas y compromisos de mirar como propios sus intereses. Hasta no hacía un mes había cumplido puntualmente todo cuanto prometió. No les había traicionado. Había tenido sólo conversaciones, intercambio de pareceres con el otro grupo, el que dirigía Sagrera, al que tan afecto era Custodio de Fortaleza, que le prometieron, si triunfaban, nombrarlo gobernador perpetuo de la isla de Cuba, que ya no sería española sino norteamericana... Una buena tajada, un cambio suculento ventajosísimo porque a todo estirar a él no le permitirían quedarse más de cuatro años, tal como iban las cosas en la corte. Pero habían sido sólo conversaciones, nada en firme. Tenía que sopesarlo mucho. De traición a los amigos de La Habana, en absoluto. No había molestado a ninguno durante aquellos días, excepto a Fortaleza. La culpa era suya. Había tirado demasiado de la cuerda, la había tensado en exceso, había pasado el arado delante del buey, exhibiendo sin pudor las conquistas obtenidas de su amistad con el puñal de la anexión. Incluso la frase llegó a sus oídos. Fue el propio Fortaleza quien la soltó de improviso para que quedara claro que su confianza se decantaba toda hacia su excelencia, ahora que él, en pago, pedía, con un informe rebosante de halagos, el título de Marqués de Fortaleza. Se había convertido en su socio: la urbanización extramuros la llevaban a medias. Él se había encargado de que fuera el único capitalista escogido para explotarla a cambio de repartirse los beneficios y por eso expulsaba a Simpson, aquel yanqui aprovechado que pretendía meter cucharada en el caldo suculento de un negocio más que asegurado... Fortaleza se había extralimitado en su confianza, creyendo tenerle en sus manos y no se había dado cuenta de que era al revés, que él podía prescindir fácilmente en cualquier momento de quien le estorbara, que no dudaría en eliminarle si lo consideraba necesario. Además, Fortaleza no era trigo limpio, le había mentido sobre su origen. Pero la llegada del comandante de Estado Mayor le había sido de gran utilidad, era mallorquín y casualmente le había informado de la ascendencia de la familia. Una ascendencia infamante, no limpia, como tantas, por otra parte, como la suya... Sin embargo él, a pesar de haber estado sentado junto a la desventurada señora de Fortaleza, tendría, estaba seguro, mejor fortuna. A él sí, la Reina, cuando todo acabara, cuando su mandato pacificador concluyera, si la isla todavía no había cambiado de manos y no era él su gobernador perpetuo, le concedería un título, él sí que llegaría a ser marqués.

El excelentísimo señor dejó de mirar al techo. El día había comparecido de repente esparciendo sus cubos de luz por detrás de las persianas. En seguida escucharía el golpear suave del ayuda de cámara sobre la puerta antes de entrar con la jofaina para las abluciones. Le esperaba un día difícil, sobre todo si el auditor, aquel maldito tozudo, seguía insistiendo en la necesidad de la revisión del caso de la señora de Fortaleza. Necesitaría encontrar en un plazo de veinticuatro horas tres magistrados de absoluta confianza y tratar de pasar por alto la or-

denanza que exigía que fueran sorteados y no nom-
brados a dedo, con lo cual no podría levantar todavía el estado de excepción.

XXXII

Después de la revisión de la sentencia, más condenatoria aún porque los magistrados consideraron un agravante el envenenamiento de diversos invitados y les sirvió de prueba en que basar la premeditación con que había obrado la encausada, su excelencia, exultante, decidió levantar el estado de excepción. Concluido el juicio, instruido según la más estricta legalidad procesal —sus señorías habían sido elegidas por sorteo y no designadas a dedo, aunque eso carecía de importancia puesto que nadie sabía qué bolas habían sido introducidas en el bombo y qué bolas habían quedado excluidas—, el Capitán General podía respirar tranquilo. Había obrado de manera ajustada a derecho, aceptando la propuesta del auditor y también algunas opiniones dignas de ser escuchadas por provenir de quienes provenían —tres cuartas partes del azúcar producido procedía de sus ingenios— pero no porque las considerara acertadas. Aguas Claras no sólo encabezó un pliego de firmas, a la que seguía la de Medina Sotogrande, sino que además le dio un par de horas de murga repitiéndole que era completamente ridículo to-mar por envenenamiento masivo y magnicida, ma-quinado con premeditación y alevosía, un desgra-ciado incidente doméstico, que lo máximo que había provocado había sido un par de días de dia-rrea, por otro lado nada novedoso en aquellos lu-gares donde los estreñidos eran siempre minoría. Al marqués, aparte de un sentimiento elemental de justicia —aquella pobre desgraciada le parecía una víctima propiciatoria—, le movía sobre todo un componente estético: le sacaba de quicio el hecho de que el conato de insurrección pudiera llegar a ser conocido en el futuro como la conspiración de la diarrea, o quizás peor, de la mierda. Si el Capitán General hubiera sido un hombre fino, un hombre de mundo y no un vulgar militarote, un espadón igual que tantos, hubiera hecho lo posible para que aquel episodio de letrina pasara desapercibido en lugar de airearlo entre los papeles del sumario. Pero no, quieres mierda, pues mierda tendrás y por par-tida doble. Aguas Claras se indignaba cuando pen-saba que, probablemente, tanto él como quienes formaban parte del selecto Club de La Habana aca-barían por ser involucrados en la Conspiración de la Mierda, de la Diarrea o de la Tripa Suelta, cuan-do los futuros historiadores estudiaran los hechos que hubieron de conducir a la revuelta y analiza-ran sus entramados. Pero era inútil. Ya no podía hacer nada. Ya había hecho todo cuanto había podido para que Rodríguez de la Conca recapacitara. El Capitán General, más basto que un arado, tenía la sartén por el mango y con ella acababa de darle la vuelta a la tortilla: el puñal de la anexión, rico en oro y piedras preciosas, había sido cambiado por un cuchillo cachicuerno de punta curvada y hundido a traición sobre el pecho de los Fortaleza. Debían tomarlo como un aviso por si acaso las tornas hubiesen comenzado, aunque el levantamiento del estado de excepción, inminente según parecía, diera un respiro a los miembros del Club. A algunos de ellos, como Arozamena e Iturbe, también Betancourt, la revuelta les había supuesto pérdidas económicas bastante considerables, aunque las diesen por bien empleadas a cambio de no haber sido molestados personalmente. Pero ahora que las cosas parecían volver a la normalidad debían reunirse con urgencia para estudiar juntos una nueva estrategia, según los cambios detectados en Capitanía.

En Capitanía, el excelentísimo señor despachaba con su secretario. Le dictaba un bando, o más bien le resumía su contenido para que Vélez pudiera lucirse a su aire con las encendidas frases patrióticas que tan bien recibidas solían ser por los peninsulares: «Con la preservación de la unidad de la patria ultramarina, el peligro de la seguridad de las personas y bienes ha pasado. Puedo garantizar, y garantizo, que haré valer toda mi autoridad contra aquellos que violen ambas... Con el pulso firme... Mi autoridad...».

La confirmación de su autoridad y, en consecuencia, del cargo, acababa de llegarle desde España vía Washington no hacía ni tres horas. Ese esperado telegrama le permitía olvidarse de todos los demás remitidos desde medio mundo. Sería porque la encausada era de origen judío, conjeturaba Rodríguez de la Conca, y los judíos, con el pretexto de la diáspora, habían conseguido extender sus *testículos* por todas partes, exclamaba carcajeándose como siempre que cambiaba tentáculos por testículos, igual que hacía su ex amigo el señor de Fortaleza, y su recuerdo le provocó un conato de remordimiento que trató de rechazar... El alud de protestas por la condena a muerte de María de Fortaleza le había tocado los cojones de mala manera, según aseguraba a sus íntimos con estas textuales palabras. Su excelencia no acertaba a explicarse qué interés podían tener los gobiernos de los Estados Unidos, el de Su Graciosa Majestad británica o el de Luis Napoleón, casado con una española, para *más inri,* en remover la inmundicia de las letrinas ajenas, ¡como si ellos no tuvieran bastante con la propia!, puesto que en definitiva aquella pobre desgraciada ni les iba ni les venía. ¿Qué méritos había hecho ella para ser tan conocida? Si se meten con nosotros, le decía ahora a su secretario, es porque no nos perdonan el pasado. ¿Qué culpa tenemos, quiere usted decírmelo, de haber sido la nación más poderosa de la Tierra? Y sacaba pecho, repantingándose en su sillón todavía más a gusto. En tiempo de los virreyes no nos hubieran tocado los huevos con ningún telegrama...

El secretario sonrió con una cierta malignidad e incluso se arriesgó:

—Entonces hubiera sido difícil, excelencia, con todos los respetos, señor..., el invento es muy reciente.

—Naturalmente, idiota. No me tome al pie del zapato, de la bota —rectificó mirándose el calzado—, o sea, al pie de la letra. Quiero decir que cuando en nuestros dominios nunca se ponía el sol, cuando el universo entero nos pertenecía, cuando teníamos el imperio más grande de la Tierra, no valían franceses, ni ingleses, ni norteamericanos. Todo eso nos pasa por tontos, porque nos hemos dejado acobardar, humillar y expoliar.

Los ataques de patriotismo de su excelencia eran esporádicos pero solían estar relacionados con ascensos, prebendas o cargos obtenidos. Demostración obligada de agradecimiento momentáneo que no entraba en contradicción con la capacidad previsora del Capitán General. Si la patria ultramarina se desintegraba más valía tener a punto otra de recambio. Para su excelencia la variación de los colores de la bandera no era tan importante como la voluntad de defenderla en función de sus propios intereses. El excelentísimo señor acababa de encender un habano y mientras el secretario apagaba la cerilla, él daba las primeras caladas para comprobar la buena combustión. El humo difuminaba sus ojillos de tordo, de pestañas escasas y apolilladas, diluía piadosamente su aventajada nariz, nimbaba su frente estrecha y sus grandes orejas de galgo. Entre las espirales aquel rostro amasado con desgana, de una zafiedad manifiesta —que algunas señoras consideraban, no obstante, atractivo, tal vez porque pertenecía al mismo cuerpo que vestía entorchados—, parecía menos indigno. Resultaba mucho mejor contemplar a su excelencia nimbado por el humo que directamente, sin ningún tipo de veladura.

El secretario, acostumbrado a sus pausas, observaba dubitativo el plumín reseco, sin saber si volverlo a mojar para escribir de inmediato o esperar a que el Capitán General decidiera continuar dictándole. A menudo, entre párrafo y párrafo, cuando su excelencia divagaba intercalando comentarios o preguntas el secretario tenía tiempo de rumiar un buen número de jugadas de ajedrez que, después de las cantantes, constituían su diversión predilecta, una rareza en un lugar donde los juegos de azar se llevaban la palma.

—¿Cuántas bajas han sido contabilizadas en total? —preguntó finalmente su excelencia, echando humo por la boca.

—En toda la isla treinta y siete, señor, entre voluntarios y soldados.

—Poca cosa. Creí que serían muchos más.

—Por fortuna, excelencia, hemos tenido pocas bajas sobre todo si las comparamos con las ochenta y cinco de los insurrectos. La proporción nos es muy favorable...

—Cosa que prueba que Dios sigue protegiéndonos. Tampoco le gustan los carlistas, nos quiere mucho más a nosotros, los liberales... En las batallas siempre nos favorece —sonrió el Capitán General, y se tragó el humo, recordando que había ascendido en tres ocasiones por méritos de guerra, al haber combatido con éxito contra las tropas de Cabrera...

El secretario se permitió seguirle el hilo, tratando de evitar que le volviese a contar la estrategia que empleó contra el Tigre de Morella en la campaña del Maestrazgo, como solía hacer...

—Es cierto, señor, la francesada lo demostró bien a las claras. A pesar de mi respeto por Napoleón, los españoles fuimos los únicos en plantarle cara de verdad. El Dios de los ejércitos está de nuestra parte y, además, desde hace tiempo: Clavijo, Las Navas, Lepanto... ¿No cree su excelencia que somos el pueblo elegido por Dios?

La observación no fue del gusto de su excelencia. El secretario era un hombre descreído, según se decía, y aquella lista de nombres gloriosos sólo podía tomarse como un intento de bailarle el agua de lo más desacertado. Con excepción de la guerra de la Independencia, los españoles desde hacía doscientos años las habían perdido todas. Por eso le replicó con acritud que se equivocaba. Calló sin embargo que las referencias al pueblo judío le devolvieran al recuerdo de María. Si quería indultarla tenía que hacerlo deprisa, pero todavía dudaba, no sabía qué le convenía más. Los voluntarios parecían aplacados: los comerciantes de La Habana les rendirían un homenaje con banquete incluido. Y con el estómago feliz el mundo se ve de manera distinta... El alcaide le había mandado recado de que la encausada se negaba a comer desde hacía tres días. Si se iba de este mundo por propia voluntad, le ahorraría tomar una decisión, pero no podía permitirse dilatarla por más tiempo. El retorno a la normalidad que todos deseaban incluía también la resolución definitiva del caso. Podía tirar una moneda al aire, jugárselo a los gallos, o consultar con la echadora de cartas que le había leído el futuro.

—Si queréis ver la lista de víctimas, señor —dijo el secretario sacando un pliego de su carpeta—. Por fortuna no hay ningún oficial, ni nadie que merezca honores o condecoraciones, a excepción, quizá, del cabo Martínez que defendió «La Filosofía» de un alud de facinerosos que pretendían arramblar con los víveres almacenados en la trastienda y fue asesinado vilmente a golpes por la chusma. Parece que el dueño está dispuesto a pagarle un vitalicio a la viuda.

—Bien hecho —dijo su excelencia—, así me gusta, no debe de ser catalán —ironizó con mala idea mientras tomaba la lista que le tendía Vélez—. No conozco a nadie —dijo después de echarle una ojeada—. Los muertos por la patria se merecen un buen funeral, bien solemne, concelebrado...

—Excelencia, si me permitís, sin ánimo de... —el secretario vacilaba, buscando la palabra oportuna.

—Cojones, Vélez, qué circunloquios. Sin ánimo o con ánimo, ¿qué es lo que quiere decirme?

—Yo, excelencia, si me permitís un consejo, evitaría que el obispo concelebrara... A no ser que vuestra excelencia desee un funeral por todas las víctimas de la revuelta, incluidos los insurrectos...

—¡De ninguna manera! ¡Que vayan todos al infierno, que se abrasen en las calderas de Pedro Botero! ¡Los enemigos de la patria no merecen ni una oración, ni un céntimo para sufragios a expensas del erario público!

—Entonces, excelencia, me permito, modestamente, sugeriros que el funeral se celebre en el Campo de Marte, oficiado por nuestros curas castrenses. Así evitaremos que el señor obispo pueda salir... pueda salir... con una...

—Con una pata de chivo... Tiene usted razón. No me fío nada de que no pueda meter la pata en el sermón y volvamos a tener baile. En todo caso, tendría que mandarlo llamar para asegurarme de sus intenciones, pactar con él y todo eso me incomoda. Seguro que querría sacar alguna concesión y no me pasa por los cojones. Me ha cabreado mucho restregándome por los morros sus pastorales con la necesidad de clemencia. Un buen funeral de campaña y en la catedral un buen *Te Deum*. Un *Te Deum* solemne de acción de gracias por la victoria. Un *Te Deum*, que no incluye sermón. Un *Te Deum* bien cantado, concelebrado por cuantos curas quiera. Y después del *Te Deum*, vida normal. Se reconstruye lo derruido, se prometen mejoras y otra vez el bullicio, el jaleo del paseo, los negros, ¡qué remedio!, y las mulatas, el mejor invento catalán, hay que reconocerlo, y el ir y venir de los quitrines y el trajinar de carros... Todo otra vez como siempre. Prepare un bando en ese sentido. ¿Entendido? ¿Algún asunto más que despachar?

—El intendente solicita a vuestra excelencia volver a abastecer el mercado con las provisiones venidas de fuera. Si el puerto se abre de nuevo al tráfico ya no faltarán avituallamientos... —dijo el secretario para facilitarle las cosas al Capitán General, que también debía dar órdenes sobre aquel asunto de tanta importancia, ya que en La Habana estaban a punto de pasar hambre por falta de alimentos de primera necesidad.

—¡Muy bien! Prepare el escrito. Además del *Te Deum* —el Capitán General seguía con su preocupación— haría falta un espectáculo, un entretenimiento que permitiera a todo el mundo olvidar las penalidades pasadas.

—Una corrida, unos buenos toros... —dijo el secretario que era aficionado.

—Muy bien si me dice usted de dónde sacamos los toreros... Para cuando lleguen Curro Cúchares o Desperdicios ya me han armado otro complot.

—¿La temporada de ópera...? La compañía espera. La *prima donna* es excelente —y puso unos ojos voluptuosos—. La conozco y sé que le haría mucha ilusión ser presentada a vuestra excelencia... Vuestra excelencia se cruzó con ella la noche de la fiesta en las escaleras de Casa Fortaleza, donde la habían contratado para cantar...

—Sí, la ópera, claro... Pero a la ópera sólo van los señores... Necesitamos otro espectáculo además, un espectáculo popular —dijo sin interesarse por la Duranti que no le gustaba nada, aunque debiera estarle agradecido, ella era quien había hecho correr por toda La Habana que el billete le avisaba del complot.

—Ya lo tengo, señor: Puget de la Sauvage... ¡El aerostático!

—Perfecto, Vélez... ¡Muy bien! ¡El aerostático! Viendo cómo se eleva elevarán también el espíritu hacia el cielo... —y sonrió con un gesto benevolente, satisfecho con la ocurrencia del secretario, que le permitiría mostrarse paternal con los vecinos de La Habana. ¡Qué lástima que no fueran súbditos en lugar de gobernados, señor virrey!, se dijo.

Después de aquellos días de reclusión forzosa —escribía Fígaro en su crónica— la noticia del espectáculo aerostático era un acontecimiento de primera magnitud que, con toda seguridad, sería muy bien recibido por todo el mundo. Su excelencia el Capitán General, en vez de aceptar que la banda de música celebrara un concierto de marchas militares, como le había propuesto el comandante director, consideró conveniente dar un aire más civil —una medida muy acertada, por su parte— al retorno a la vida cotidiana de la ciudad y por eso se había inclinado, finalmente por la exhibición de Puget de la Sauvage, aplazada a consecuencia de las malditas revueltas. Con el aerostático y la ejecución de la sentencia —única alusión de Fígaro a la eximia poetisa de sus crónicas de hacía apenas unos meses— se acabarían aquellos días luctuosos de infausta memoria. Y a continuación ofrecía pormenorizadas referencias del solemne *Te Deum* concurridísimo por todas las capas sociales y hacía hincapié en que la catedral no fue suficiente para acoger la multitud que acudió.

Tanto el verdugo como Puget de la Sauvage lo tenían todo dispuesto. Su excelencia había decidido que el espectáculo aerostático y el del garrote coincidieran porque de esa manera la gente preferiría ir al Campo de Marte y no a las cercanías del castillo de la Fortaleza donde se ejecutaba a los condenados. Finalmente, Rodríguez de la Conca no se jugó la vida de María a los gallos, ni hizo que dependiera de una moneda. Consultó con su oráculo y ésta le aconsejó que, ya que la sentencia había resultado condenatoria, lo mejor que podía hacer era mostrarse de acuerdo, especialmente si de todos modos la encausada había decidido dejarse morir, otra forma de rebelarse que la culpaba doblemente. No aceptando que fuera su autoridad la que decretase su muerte o su benevolencia la que le hiciera la gracia del indulto, demostraba un despreciable orgullo. La condenada era de una soberbia claramente judaica y no merecía ni pizca de piedad. Podía descansar muy tranquilo con la conciencia limpia. Su excelencia respiró en paz. Que la echadora de cartas coincidiera con lo que él pensaba le fue de gran ayuda. Por nada del mundo iba a dejar en el futuro de confiar en sus predicciones.

Puget de la Sauvage era un hombre organizado. Al rayar el alba él y dos ayudantes ya habían trasladado al Campo de Marte todos los utensilios necesarios. El globo, que tenía forma de calabaza, había empezado a ser inflado, en la barquilla estaba ya dispuesta la mesa con un servicio de porcelana y cubiertos de plata, para que los intrépidos que pagaran las tres onzas que costaba elevarse se sintieran los huéspedes mejor tratados del mundo y, al bajar, pudieran presumir de ser los primeros del universo en haber degustado entre nubes una suculenta comida, mientras contemplaban desde el cielo la ciudad, cuya inigualable perspectiva nunca vista habría de sorprenderles. Los campanarios más altos, las fábricas mejor abastecidas, los palacios más solemnes desde allá arriba no eran más que grumos diminutos, excrecencias de piedra insignificantes. Pero a pesar de la propaganda, a pesar de la multitud que desde antes del alba hacía cola para poder entrar, esperando que las rejas de hierro fueran abiertas, Puget de la Sauvage no encontraba candidatos. Gabriel de Fortaleza y dos amigos más, que antes de que se iniciaran los disturbios habían reservado plaza, no comparecieron. Los preparativos técnicos, minuciosamente explicados por el dueño del invento, no animaron a nadie. Todo pronosticaba, según Fígaro, que escribía su crónica *in situ,* que el intrépido piloto tendría que volar solo. Puget de la Sauvage, antes de subir, comprobó que el gas hidrógeno hubiera penetrado bien, que las válvulas estuvieran correctamente aseguradas y las cuerdas aparejadas perfectamente. Después de echar un último vistazo, revisó los aparatos que había dentro de la barquilla, una inspección que fue seguida con todo detalle por los curiosos, especialmente por aquellos que, desde ventanas y balcones, o encaramados en muretes y árboles podían contemplarlo con mayor facilidad que los que se encontraban dentro del Campo de Marte, donde no había quien se moviera de lo apretados que estaban. Puget, satisfecho de la inspección, se dirigió al público. Antes de emprender el viaje —les dijo— tenía por costumbre soltar dos globos pequeños sin tripulación para conocer la dirección de las corrientes aéreas. Rojo el uno y azul el otro, subieron en dirección este, hacia donde soplaba el viento.

Puget, sin perder su sonrisa heroica, saludó despidiéndose de toda aquella multitud tan pusilánime o tan pobre que era incapaz de compartir su vuelo. Una vez más había podido constatar hasta qué punto él era superior en todo a aquel gentío maravillado que ahora le aplaudía frenético entre aclamaciones. El globo se elevaba sobre sus cabezas, ya les doblaba en altitud, cogía empuje y empezaba a subir con suavidad. Puget de la Sauvage seguía saludando con su sombrero de copa. El viento empujaba el globo hacia el castillo de la Fortaleza. La gente que había acudido a presenciar la elevación aerostática, prefiriendo este espectáculo al del garrote vil, pensó en seguida que Puget podría contemplar la ejecución desde el aire, y algunos se arrepintieron por partida doble de no haber subido al aerostático. Ver desde aquella perspectiva insólita cómo María de Fortaleza entregaba su alma sería un acontecimiento todavía mayor. Ahora una ráfaga de viento empujaba el globo más deprisa, siempre hacia el este, y lo hacía ascender con más fuerza. Las figuras mitológicas estampadas con tanto tino en aquella esfera enorme —Júpiter tonante entre sus rayos, Saturno devorando a sus hijos, Venus acabada de nacer, magnífica, del mar— casi no se distinguían. Los ojos seguían fijos en el movimiento del aerostático que, de pronto, al llegar sobre la Fortaleza, empezó a bajar velozmente. La gente se apresuraba a salir del Campo de Marte y corría hacia el castillo. Quizá con la caída del globo la ejecución se detendría. Quizá era una maniobra preparada para salvar a la víctima, en el último momento. Algunos ya veían a Puget de la Sauvage ofreciendo su mano a la señora de Fortaleza para ayudarla a subir y elevarse de nuevo, deprisa, muy deprisa hasta perderse por el cielo y más allá.

Y un epílogo prescindible

Pocos meses después de la muerte por garrote vil de María de Fortaleza, el Capitán General fue destituido y tuvo que comparecer ante las Cortes para justificar su actuación. El gobierno inglés, a instancias de un antiguo corsario mallorquín nacionalizado británico a quien la armada de Su Graciosa Majestad debía favores, hizo todo lo posible para presionar al ministro de Ultramar en contra de Rodríguez de la Conca, caído definitivamente en desgracia.

El hijo de María de Fortaleza creció lejos de Cuba, en una finca del Brasil donde todo el mundo vestía de blanco, y recibió una esmerada educación. Al cumplir la mayoría de edad reclamó su herencia que le fue restituida por sus hermanastros, Gabriel y Custodio.

Ángela, casada con el abogado a quien tanto le atraía la Deleitosa, murió dos años después que su madrastra al caerse de un caballo. No dejó hijos. Miguel huyó de Cuba, después de pleitear infructuosamente con sus hermanos.

José Joaquín de Fortaleza y Forteza intentó, a lo largo de su vida, retornar el buen nombre a su madre, probando la injusticia de su condena a muerte. Estudió Derecho en Madrid y al acabar la carrera, antes de regresar al Brasil, fue a Mallorca para conocer a la familia de su madre y buscar los versos que, según su padrino sir David Parker, ella había publicado dispersos en algunos almanaques, con la intención de reunirlos, junto con la producción cubana, en un volumen.

Antes de morir, inmensamente rico, porque Parker se lo dejó todo, dictó a su hija unas notas sin demasiado interés exceptuando un pasaje, en el que contaba que el día de su llegada a Ciutat, justo después de desembarcar, al pasar por la plaza de Santa Eulalia, camino de la Argentería, donde vivían todavía sus tíos maternos, oyó la tonada de un ciego muy viejo que cantaba un romance tristísimo, cuya letra le impresionó hasta el punto de aprendérselo de memoria:

Allá en La Habana de Cuba
un gran suceso pasó,
quien quiera saber el hecho
que escuche con atención
y que deje en mi sombrero
una limosna por Dios,
si cree que acompasado,
este ciego les cantó

el romance que compuso,
con harta pena y dolor.
El suceso extraordinario,
yo se lo juro, por Dios,
si no es milagro es, al menos,
de una gran admiración...
Una joven mallorquina
que en nuestra ciudad habitó
apenas hará unos años
y María se llamó;
con Isabel, la su hermana,
hacia Cuba se embarcó.
Antes de dejar Mallorca
al Santo Cristo rezó
que en Santa Eulalia se halla,
cerca del altar mayor.
Al Santo Cristo le pide
compasión para las dos,
que ponga la mar en calma
y el viento empuje, que es Dios...
Aunque Dios todo lo puede,
hace ver que no escuchó
las oraciones y preces
que María le rezó.
Pues tempestades terribles,
malos vientos, un ciclón,
olas de hasta veinte metros,
todo eso les mandó.
Y por si no les bastara,

también la peste envió.
Isabel ya se contagia,
María igual, enfermó,
Isabel, la pobrecilla,
a Dios el alma entregó.
María, de tan enferma,
la muerte no conoció
de la cuitada su hermana
que en la mar sepulcro halló.
María ha llegado a Cuba
sin saber lo que pasó
y en Cuba todos la toman
por la hermana que murió,
que por poderes casada
iba por fin a encontrar
al marido rico y craso
con quien poder celebrar
unas fiestas muy sonadas
de bodas y convidar
a todos cuantos se unan
para el parabién los dar.
María muda se queda
sin palabra pronunciar
que pueda aclarar que ella
no es quien se viene a casar.
Pero Dios por fin la ayuda,
Jesús la quiere salvar
y cuando ya a punto estaba
en el convento de entrar

el suegro de la su hermana
a ella quiere desposar
pero los hijos se oponen
porque creen que heredar
les será *muy más* difícil
si ella otros hijos le da.
Por eso, los muy arteros
se unen para jurar
que en cuanto posible sea
la intentarán castigar.
María sin saber nada,
feliz de tener hogar,
agradecida al buen viejo
otro hijo le ha de dar.
Y mientras al hijo espera
le está cosiendo el ajuar
y aunque la aguja maneja
con gracia para bordar,
a veces toma la pluma
para algún verso hilvanar.
Los versos que hace María
son de gran maravillar.
Ya los canta mucha gente,
hechos son para cantar.
Con los versos de María
algunos van a luchar.
Pero sisar le han algunos
para el sentido cambiar.
Mientas tanto a su marido

han mandado asesinar.
Cuando estalla la revuelta
a María han de buscar
con sus versos, los desmanes
mezclados vienen y van.
También las acusaciones
de haber querido matar
nada más y nada menos
que al Capitán General.
Los negros contra los blancos,
dicen, se levantarán.
En La Habana reina un caos
que no es cosa habitual.
Los desórdenes deprisa
controla la autoridad
para que la hermosa Antilla
vuelva a la normalidad.
Mas la condena a María
ésa no la evitarán.
Verdugos tienen a punto
para la tuerca apretar.
Aunque voces se levantan
para a María salvar:
¡Es un ángel inocente!,
y buena de natural,
siempre tiene una palabra
de consuelo y caridad.
Los pobres que van a ella
nunca vacíos se van...

Mas en vano son los ruegos,
todo preparado está.
Que María es inocente
os lo puedo asegurar,
que los hijos son muy malos
os digo que es la verdad.
Ya en capilla la señora
anoche acaba de entrar
sabe que al amanecer
ajusticiada será.
El Santo Cristo muy lejos
oye a María rezar,
como si fuera a sus plantas,
no más allá de la mar.
Su clemencia ya le envía
el que no puede fallar,
por el cielo ya se acerca
aquel que la salvará.
No es ángel ni lo parece,
un artilugio verán
que le llaman aerostático,
¡Jesús, qué barbaridad!
El piloto muy galante
la mano le tenderá,
con un palmo de narices
al verdugo dejará.
Por el cielo muy deprisa
ambos dos se perderán...
En prueba de que no es cuento

lo que acabo de narrar
os digo que los despojos
nunca se hubieron de hallar
y que el cuerpo de María
no llevaron a enterrar.
Eso a mí me significa
que algún día volverá
con el niño que tenía
para poder visitar
al Cristo de Santa Eulalia,
que en el madero se está,
para ofrecer testimonio,
que quien a sus plantas va
para rezarle devoto
no muere sin regresar.

Y fue su hija la que, sorprendida por aquel romance, volvió a revolver entre los papeles del caso y encontró que, en efecto, Rodríguez de la Conca se negó a devolver los restos de María Forteza a la familia para que pudieran ser enterrados en el panteón de los Fortaleza y no en la fosa común, y dedujo de ese hecho que María no había muerto. También supo por los periódicos que el mismo día que su abuela entregó, presuntamente, el alma, Puget de la Sauvage se perdió para siempre con su aerostático.

La nieta de María de Fortaleza, ya vieja, y quizás un poco trastornada por los años y las penas, transmitió a su hija, mi abuela, que estaba segura de que la señora con quien finalmente se casó Tomeu Moner, o lo que era lo mismo, sir David Parker, unos años después de aquellos hechos que conmovieron La Habana, no era otra que María Forteza. Prueba de que se salvó, huyendo en el globo o de cualquier otra forma, era el romance. ¿Quién sino ella podía saber todos aquellos detalles de su vida? Lo compuso y se lo mandó a Raúl, que durante años y años siguió cantándolo acompañado de su guitarra y un cartelón donde se representaba la historia de la desventurada o tal vez afortunada María.

Deià (Mallorca), verano de 1995
Gainesville (Florida), invierno-primavera de 1997
Barcelona-Sitges, 1997-2000

Nota

Con esta novela se concluye el ciclo, que inicié con *En el último azul,* dedicado a los judíos conversos mallorquines. Los protagonistas de *Por el cielo y más allá* descienden de Isabel Tarongí, muerta en el brasero inquisitorial en 1691. En esta obra la acción transcurre a mediados del siglo XIX, en la isla de Cuba, adonde emigran por razones distintas dos ramas de la familia Forteza. Si *En el último azul* utilicé como recurso el relato bizantino, aquí me ha parecido oportuno servirme de las extraordinarias posibilidades del folletín, tan característico de la literatura del periodo en que la novela está ambientada, de ahí que el suspense sea, en parte, el motor del texto.

Como en el libro anterior, he pretendido recrear el ambiente histórico. Sin embargo en esta novela los personajes principales proceden de mi invención. No ocurre lo mismo con los secundarios —el capitán general de Cuba, los patricios sacarócratas amigos del señor de Fortaleza o el piloto aerostático—, a quienes cambié o modifiqué los nombres, después de cerciorarme de que se comportaron tal y como lo hacen en mi relato. Curiosamente, lo más novelesco de mi narración coincide con hechos documentados. Así, en la decimonónica *Siempre Fidelísima Perla,* unos hermanos tarambanas se juegan a las cartas a cuál de los dos corresponde el sacrificio de casarse, y una conspiración verdadera lleva a la necesidad de escoger una víctima propiciatoria, María de Fortaleza, inspirada en el personaje de Ramón Pintó, el fundador del Liceo Artístico y Literario de La Habana, amigo del capitán general Gutiérrez de la Concha, que, pese a todo, le mandará dar garrote.

Con *Por el cielo y más allá* intento pagar una deuda con mi abuela y con la isla de Cuba, a la que tantos mallorquines emigraron hasta bien entrado el siglo XX. También trato de reflexionar sobre la historia de nuestro pasado y las contradicciones de nuestro presente, que nos abocan a la más absoluta desmemoria. No hace tanto que fuimos emigrantes y también negreros. La Cataluña *rica i plena* y el industrializado País Vasco, por ejemplo, se levantaron, en gran parte, con capital proveniente de los ingenios esclavistas, y aunque no nos guste, quizá el hecho de reconocerlo nos permitiría ser más generosos y tolerantes con los inmigrantes, con cuantos son diferentes o, simplemente, no piensan lo mismo que nosotros.

Debo dar las gracias a las personas e instituciones que me han ayudado durante los cinco años dedicados a escribir esta novela. A la profesora Geraldine Nichols, *chairman* del Department of Romance Languages and Literatures de la Universidad de Florida, en Gainesville, donde enseñé literatura entre enero y abril de 1997, por las horas tranquilas que su invitación me proporcionó.

Al equipo rectoral de mi universidad, la Autònoma de Barcelona, que me concedió el año sabático que me permitió acabar *Por el cielo y más allá*.

A la Institució de les Lletres Catalanes, que me invitó a participar en la tercera Setmana Catalana a Cuba, en diciembre de 1998, y reencontrarme con La Habana.

A Josep Turiel, bibliotecario de la Universidad de Barcelona, por su amabilísima eficacia en proporcionarme bibliografía ad hoc. A Joan Negreira y Manolo Reguera, por el préstamo de libros cubanos.

A Lluís Permanyer, por sus sabias referencias sobre la Barcelona de mediados del siglo XIX, y a Daniel Silva por las suyas sobre Cuba.

A Enrique Badosa y Esteban Padrós de Palacios, por sus oportunas puntualizaciones.

De manera muy especial a Luisa Cotoner, por su ayuda siempre pronta y desinteresada respecto a la versión castellana de esta novela.